GLI ADELPHI

3

Nato il 3 gennaio 1892 a Bloemfontein, nel Sudafrica, John Ronald Reuel Tolkien è stato una delle figure più prestigiose del mondo culturale inglese contemporaneo. Per molti anni a Oxford insegnò lingua e letteratura inglese. La sua fama è affidata innanzitutto alle sue opere di narrativa, in particolare a *Lo hobbit* (1937) e a *Il Signore degli Anelli* (1954-55). Morì a Oxford il 2 settembre 1973.

J.R.R. Tolkien

Lo hobbit
o la Riconquista del Tesoro

MAPPE E ILLUSTRAZIONI DELL'AUTORE

ADELPHI EDIZIONI

TITOLO ORIGINALE:
*The Hobbit
or There and Back Again*

Traduzione di Elena Jeronimidis Conte

© 1973 ADELPHI EDIZIONI S.P.A. MILANO

WWW.ADELPHI.IT

ISBN 978-88-459-2755-3

Anno									Edizione
2027	2026	2025	2024		50	51	52	53	54 55

INDICE

INDICE DELLE ILLUSTRAZIONI

LO HOBBIT

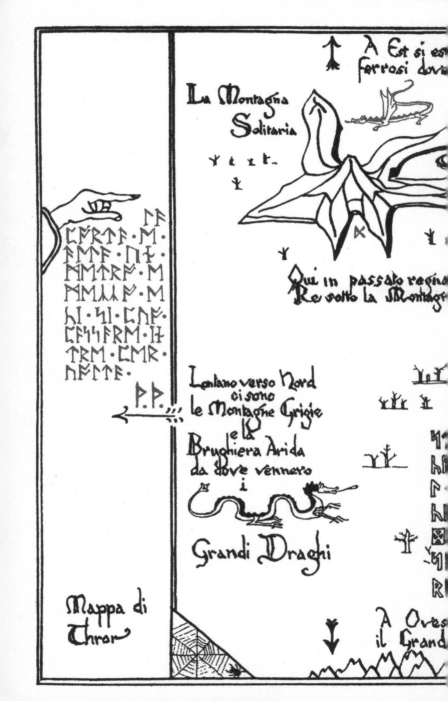

À Est si es
ferrosi dove

La Montagna
Solitaria

Qui in passato regna
Re sotto la Montagn

Lontano verso Nord
ci sono
le Montagne Grigie
e la
Brughiera Arida
da dove vennero
i
Grandi Draghi

Mappa di
Thror

À Oves
il Grand

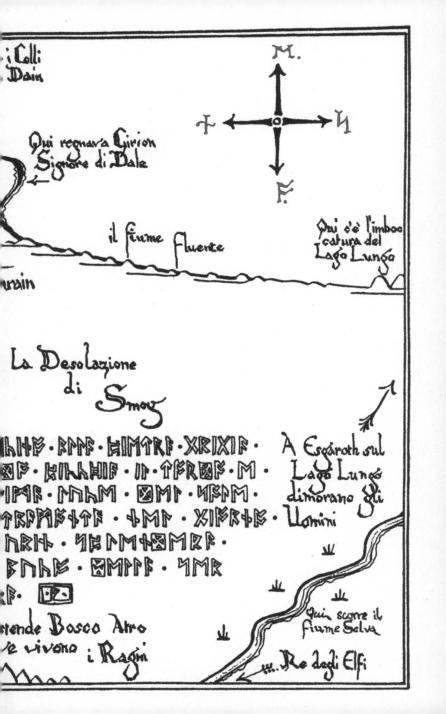

ᛚᚩ ᚻᚩᛒᛒᛁᛏ
ᚩ
ᛚᚪ ᚱᛁᚳᚩᚾᚳᚹᚢᛁᛋᛏᚪ ᛞᛖᛚ ᛏᛖᛋᚩᚱᚩ

Questa è una storia di tanto tempo fa. A quel tempo gli idiomi e le lettere dell'alfabeto erano molto diversi da quelli nostri di oggi. Per rappresentare quegli idiomi si è usato l'italiano.

Le rune erano lettere antiche originariamente ottenute intagliando o graffiando legno, pietre o metalli, ed erano pertanto sottili e angolose. Al tempo di questa storia soltanto i nani ne facevano un uso regolare, specialmente per documenti privati o segreti. Le loro rune sono sostituite in questo libro dalle nostre antiche rune, che oramai sono note solo a poche persone. Se si confrontano le rune della Mappa di Thror colla trascrizione in lettere moderne (cfr. pp. 32 e 69) si può scoprirne l'alfabeto, adattato all'italiano moderno, e si può anche leggere il titolo in runico all'inizio della pagina. Sulla Mappa sono reperibili quasi tutte le rune normali, eccetto la ᚠ per la effe, la ᛣ per la kappa, la ᛉ per la ics, e la ᚣ per la ipsilon. La i lunga e la v si scrivono come la i e la u. Non c'era nessuna runa per la qu (si usi il gruppo cw); né per la zeta (se necessario, si può usare la runa nanesca ᛦ). Si badi bene, però, al fatto che alcune singole rune sostituiscono due lettere moderne (per es. ᚦ = th; ᛠ = ea; ⋈ = st; ᛇ = ee). La porta segreta era segnata con una P, cioè ᚱ. Essa era indicata da una mano disegnata sul lato, sotto la quale era scritto:

ᚾᚪ · ᚲᚠᚱᚪᚾ · ᛗ · ᚾᚷᚪᚾ · ᚾᛏ · ᛗᛗᚪᚱᚠ · ᛗ · ᛗᛗᛚᛚᚠ · ᛗ · ᚻᛁ · ᛉᛁ · ᚲᚾᚠ · ᚲᚪᛝᛝᚪᚱᛗ · ᛁᛏ · ᛏᚱᛗ · ᚲᛗᚱ · ᚾᛗᛝᚪᚾ : ᚦᚦ

Le ultime due rune sono le iniziali di Thror e Thrain.

Le rune lunari lette da Elrond erano:

ᛝᛏᚪ · ᚾᛁᚻᛁᛏᚠ · ᚪᚾᚪ · ᚲᛁᛗᚪᚱᚪ · ᚷᚱᛁᚲᛁᚪ · ᚷᚾᚪᛏᛈᚠ · ᚲᛁᚻᚻᛁᚪ · ᛁᚪ · ᛏᚠᚱᛈᚠ · ᛗ · ᚪ · ᚾᛗᚪᛁᛗᚪ · ᚾᚾᚻᛗ · ᛈᛗᚪ · ᛝᚪᛗ · ᚻᛁᛗ · ᛏᚱᚪᛗᚠᛏᚪ · ᛝᚾᚪ · ᚷᛁᚠᚱᛏᚠ · ᚻᛁ · ᛈᚾᚱᛁᛏ · ᛝᛉᚪᛗᚾᛈᛗᚱᚪ · ᛝᚾᚪ · ᛒᚾᚻᚠ · ᛈᛗᚾᚪ · ᛝᛗᚱᚱᚪᛏᚾᚱᚪ

Sulla Mappa i punti cardinali sono indicati in caratteri runici; l'Est è in alto, come sempre nelle mappe dei nani; pertanto si leggano in senso orario: E(st), S(ud), O(vest), N(ord).

I

UNA RIUNIONE INASPETTATA

In una caverna sotto terra viveva uno hobbit. Non
era una caverna brutta, sporca, umida, piena di resti
di vermi e di trasudo fetido, e neanche una caverna
arida, spoglia, sabbiosa, con dentro niente per sedersi
o da mangiare: era una caverna hobbit, cioè como-
dissima.

Aveva una porta perfettamente rotonda come un
oblò, dipinta di verde, con un lucido pomello d'ottone proprio nel mezzo. La porta si apriva su un ingresso
a forma di tubo, come un tunnel: un tunnel molto
confortevole, senza fumo, con pareti foderate di legno
e pavimento di piastrelle ricoperto di tappeti, fornito
di sedie lucidate, e di un gran numero di attaccapanni
per cappelli e cappotti: lo hobbit amava molto ricevere visite. Il tunnel si snodava, inoltrandosi profondamente anche se non in linea retta nel fianco
della collina (o meglio la Collina, come era chiamata da tutta la gente per molte miglia all'intorno) e
molte porticine rotonde si aprivano su di esso, prima
da una parte e poi dall'altra. Niente piani superiori
per lo hobbit: le camere da letto, i bagni, le cantine,
le dispense (molto numerose), i guardaroba (c'erano

camere intere destinate ai vestiti), le cucine, le sale da pranzo, erano tutte sullo stesso piano, anzi sullo stesso corridoio. Le camere migliori erano tutte sul lato sinistro (entrando), perché erano le sole ad avere finestre: finestre rotonde profondamente incassate che davano sul giardino e sui campi dietro di esso, lentamente degradanti verso il fiume.

Questo hobbit era uno hobbit veramente benestante, e il suo nome era Baggins. I Baggins avevano vissuto nella zona attorno alla Collina da tempi immemorabili, e la gente li considerava molto rispettabili, non solo perché in generale erano molto ricchi, ma anche perché non avevano mai avuto nessuna avventura né fatto niente di imprevedibile: si poteva presupporre l'opinione di un Baggins su un problema qualsiasi senza che ci fosse bisogno di chiedergliela. Questa è la storia di come un Baggins ebbe un'avventura e si trovò a fare e dire cose del tutto imprevedibili. Può anche aver perso il rispetto del vicinato, ma in cambio ci guadagnò... bene, vedrete se alla fine ci guadagnò qualche cosa.

La madre di questo nostro hobbit, così diverso dagli altri – ma che cos'è uno hobbit? Credo che al giorno d'oggi gli hobbit abbiano bisogno di essere in qualche modo descritti, dal momento che sono diventati rari e timorosi della Gente Grossa, come ci chiamano. Sono (o erano) gente piccola, alti all'incirca la metà di noi, e più minuti dei nani barbuti. Gli hobbit non hanno barba. Del resto, poco o niente di magico c'è in loro tranne il modo comunissimo con cui spariscono silenziosamente e velocemente quando gente grossa e stupida come me e voi capita lì attorno, facendo il rumore di un elefante che essi possono sentire a un miglio di distanza. Tendono a metter su un po' di pancia; vestono di colori vivaci (soprattutto di verde e di giallo); non portano scarpe, perché i loro piedi sviluppano piante naturalmente dure come il cuoio e un vello fitto, caldo e scuro come quello che hanno in testa (che è riccioluta); hanno lunghe, abili dita scure, facce gioviali, e ridono con risa profonde e pastose (specialmente dopo il pranzo, che consumano due volte al giorno, se ci riescono). Adesso ne sapete abbastanza per andare avanti. Come dicevo, la madre di questo hobbit – di Bilbo Baggins, cioè – era la famosa Belladonna Tuc, una delle tre notevoli figlie del Vecchio Tuc, capo degli hobbit che vivevano di là dall'Acqua, cioè oltre il piccolo fiume che scorreva ai piedi della Collina. Si diceva spesso (in altre famiglie) che molto tempo addietro uno degli antenati dei Tuc doveva avere preso in moglie una fata. Naturalmente questo era assurdo, ma certo v'era ancora qualcosa di non tipicamente hobbit in loro, e di tanto in tanto qualche membro del clan Tuc partiva e aveva avventure. Spariva discretamènte, e la famiglia metteva tutto a tacere; ma rimaneva il fatto che i Tuc non erano così rispettabili come i Baggins, pur essendo indiscutibilmente più ricchi.

Non che Belladonna Tuc avesse mai avuto una qualsiasi avventura dopo aver sposato Bungo Baggins. Bungo, cioè il padre di Bilbo, costruì per lei (e in parte col denaro di lei) la più lussuosa hobbit-casa che si potesse trovare sotto la Collina, o sopra la Collina o di là dall'Acqua, e rimasero lì fino alla fine dei loro giorni. Tuttavia, è probabile che Bilbo, l'unico figlio di Belladonna, sebbene fosse e si comportasse esattamente come una seconda edizione del suo solido e tranquillo padre, avesse ereditato dalla parte dei Tuc qualcosa di strano nella sua formazione, qualcosa che aspettava solo l'occasione per venire alla luce. L'occasione arrivò solo dopo che Bilbo fu cresciuto, quando aveva circa cinquant'anni, e viveva nella bella casa di suo padre che vi ho appena descritto: quando cioè si era 'sistemato', in apparenza per sempre.

Per un qualche curioso caso, un mattino di molto tempo fa, nella quiete del mondo, quando c'era meno rumore e più verde, e gli hobbit erano ancora numerosi e prosperi, e Bilbo Baggins stava sulla porta dopo colazione fumando un'enorme pipa di legno che gli arrivava fin quasi alle pelose dita dei piedi (accuratamente spazzolate), ecco arrivare Gandalf. Gandalf! Se di lui aveste sentito solo un quarto di quello che ho sentito io, e anch'io ho sentito ben poco di tutto quello che c'è da sentire, vi aspettereste subito una qualche storia fuor del comune. Storie e avventure spuntavano fuori da ogni parte, dovunque egli andasse, e del tipo più straordinario. Non era più sceso sotto la Collina da un sacco di tempo, per l'esattezza da quando era morto il suo amico, il Vecchio Tuc, e gli hobbit avevano quasi dimenticato il suo aspetto. Era stato via oltre la Collina e al di là dell'Acqua per certi suoi affari sin da quando erano tutti piccoli hobbit.

Tutto quello che l'ignaro Bilbo vide quel mattino era un vecchio con un bastone. Aveva un alto cappello blu a punta, un lungo mantello grigio, una sciarpa argentea sulla quale la lunga barba bianca ricadeva fin sotto la vita, e immensi stivali neri.

« Buon giorno! » disse Bilbo; e lo pensava veramente. Il sole brillava e l'erba era verdissima. Ma Gandalf lo guardò da sotto le lunghe sopracciglia irsute ancora più sporgenti della tesa del suo cappello.

« Che vuoi dire? » disse. « Mi auguri un buon giorno o vuoi dire che è un buon giorno che mi piaccia o no; o che ti senti buono, quest'oggi; o che è un giorno in cui si deve essere buoni? ».

« Tutto quanto » disse Bilbo. « È un bellissimo giorno per una pipata all'aperto, per di più. Se avete una pipa con voi, sedetevi e prendete un po' del mio tabacco! Non c'è fretta, abbiamo tutto il giorno davanti a noi! ». E Bilbo si sedette su un sedile accanto alla porta, incrociò le gambe e fece un bell'anello grigio di fumo che salì in aria senza rompersi e si librò sopra la Collina.

« Graziosissimo! » disse Gandalf. « Ma stamattina non ho tempo di fare anelli di fumo. Cerco qualcuno con cui condividere un'avventura che sto organizzando ed è molto difficile trovarlo ».

« Lo credo bene, da queste parti! Siamo gente tranquilla e alla buona e non sappiamo che farcene delle avventure. Brutte fastidiose scomode cose! Fanno far tardi a cena! Non riesco a capire cosa ci si trovi di bello! » disse il nostro signor Baggins, e infilati i pollici sotto le bretelle fece un anello di fumo ancora più grande. Poi tirò fuori la posta del mattino e cominciò a leggerla, ostentando d'ignorare completamente il vecchio. Aveva deciso che non era proprio il suo tipo e voleva che se ne andasse. Ma il vecchio non si mosse. Stava fermo, appoggiato al suo bastone, fissando lo hobbit senza dire niente, finché Bilbo si sentì a disagio e anche un po' seccato.

« Buon giorno! » disse alla fine. « Non vogliamo nessuna avventura qui, grazie tante! Potete tentare sopra la Collina o di là dall'Acqua ». Con ciò voleva dire che la conversazione era conclusa.

« Però, quante cose sai dire col tuo *Buon giorno!* » disse Gandalf. « Adesso vuoi dire che ti vuoi sbarazzare di me e che il giorno non sarà buono finché non me ne sarò andato ».

« Niente affatto, niente affatto, caro signore! Vediamo un po', non credo di conoscere il vostro nome... ».

« Sì, sì, mio caro signore!... E io conosco benissimo il tuo, signor Bilbo Baggins. E tu conosci benissimo il mio, anche se non ricordi che sono io a portarlo. Io sono Gandalf e Gandalf vuol dire "me"! E pensare che dovevo vivere per essere congedato con un "Buon giorno" dal figlio di Belladonna Tuc, come se fossi un venditore ambulante di bottoni! ».

« Gandalf, Gandalf! Figurarsi un po'! Quello stregone vagabondo che diede al Vecchio Tuc un paio di magici gemelli di diamanti che si attaccavano da sé e non si riusciva più a staccarli fino a che non glielo si ordinava? Quel tipo che alle feste raccontava splendide storie di draghi e orchi e giganti e la liberazione di principesse e la fortuna inaspettata di figli di vedove? L'uomo che sapeva fabbricare quei fantastici fuochi d'artificio? Quelli sì che me li ricordo! Il Vecchio Tuc li faceva a Ferragosto. Splendidi! Salivano come enormi gigli, bocche di leone e ginestre di fuoco, e rimanevano sospesi nel crepuscolo per tutta la sera!». Vi sarete accorti che il signor Baggins non era proprio così prosaico come amava credere, e inoltre che era molto amante dei fiori. «Povero me!» continuò. «Proprio il Gandalf che spinse tanti bravi ragazzi e ragazze a partire per l'Ignoto in cerca di pazze avventure: arrampicarsi sugli alberi, visitare elfi o andare per nave e far vela per altri lidi! Che il cielo mi perdoni, la vita era proprio interess... voglio dire, un tempo avevate l'abitudine di metter tutto sottosopra da queste parti! Vi chiedo scusa, ma non avevo idea che foste ancora in affari!».

«Che altro dovrei fare?» disse lo stregone. «Ma sono contento lo stesso di vedere che ricordi qualcosa di me. Sei gentile a ricordare almeno i miei fuochi d'artificio, e questo mi fa sperare bene. Sì, certo! Per amore del tuo vecchio nonno Tuc e per amore della povera Belladonna, ti darò quello che mi hai chiesto!».

«Vi chiedo scusa, ma io non ho chiesto niente!».

«E invece sì, e per ben due volte. Sei scusato. Te lo darò. Anzi, farò di più: ti darò una bella parte in quest'avventura, molto divertente per me, ottima per te, e anche proficua, probabilmente, se riesci a venirne fuori».

«Scusate! Io non voglio nessuna avventura, grazie! Non oggi! Buon giorno! Ma venite a prendere il tè, per piacere, quando vi pare! Perché non domani? Venite domani! Arrivederci!». Detto questo lo hobbit si girò, svignandosela per la verde porta rotonda, e la chiuse, appena osò farlo senza apparire maleducato. Dopo tutto gli stregoni sono sempre stregoni.

«Perché mai l'ho invitato a prendere il tè?» disse tra sé e sé andando in dispensa. Aveva appena fatto colazione, ma pensò che una torta o due e un bicchierino gli avrebbero fatto bene dopo lo spavento.

Frattanto Gandalf stava ancora lì fuori della porta, ridendo a lungo, ma silenziosamente. Dopo un po' si mosse e con la punta del bastone fece uno strano segno sul bel portoncino verde dello hobbit. Poi si allontanò a grandi passi, più o meno mentre Bilbo stava finendo la sua seconda torta e cominciava a pensare che era stato molto abile nell'evitare avventure.

Il giorno dopo aveva quasi dimenticato Gandalf. Non ricordava molto bene le cose, a meno che non le mettesse giù sulla lavagnetta dove segnava gli appuntamenti, più o meno così: « Gandalf. Tè. Mercoledì ». Ieri era stato troppo agitato per poter fare qualcosa del genere.

Proprio un momento prima dell'ora del tè, il campanello della porta suonò furiosamente, e allora si ricordò! Corse a metter su la cuccuma per l'acqua, tirò fuori un'altra tazza e un piattino, una o due torte in più, e corse alla porta.

Stava per dire: « Mi dispiace tanto di avervi fatto aspettare! », quando vide che non era affatto Gandalf. Era un nano con una barba blu infilata in una cintura d'oro, e occhi vivacissimi sotto il cappuccio verde scuro. Appena la porta fu aperta, si infilò dentro, proprio come se fosse stato atteso.

Appese il mantello a cappuccio sull'attaccapanni più vicino e, con un leggero inchino, disse: « Dwalin al vostro servizio! ».

« Bilbo Baggins al vostro! » disse lo hobbit, troppo sorpreso per poter far domande. Quando il silenzio che seguì divenne imbarazzante, aggiunse: « Stavo proprio per prendere il tè; volete avere la cortesia di venire a prenderne una tazza con me? ». Un po' troppo formale, forse, ma l'intenzione era gentile. E d'altra parte voi che cosa fareste, se vi arrivasse un nano inaspettato e appendesse le sue cose nel vostro ingresso senza una parola di spiegazione?

Non erano stati a lungo a tavola – in effetti avevano a malapena attaccato la terza torta – quando il campanello suonò ancora, e più forte di prima.

« Scusatemi! » disse lo hobbit, e andò ad aprire la porta.

« Finalmente siete arrivato! ». Questo era quanto avrebbe detto a Gandalf questa volta. Ma non era Gandalf. Al suo posto, sulla soglia, c'era un nano molto vecchio, con una barba bianca e un cappuccio scarlatto; e anche lui saltellò dentro appena la porta fu aperta, proprio come se fosse stato invitato.

«Vedo che son già cominciati ad arrivare» disse scorgendo il cappuccio verde di Dwalin appeso all'attaccapanni. Vi appese vicino quello suo, rosso, e con la mano sul petto disse: « Balin al vostro servizio! ».

« Grazie! » disse Bilbo boccheggiante. Non era la risposta giusta, ma la frase « son cominciati ad arrivare » lo aveva proprio sconvolto. I visitatori gli piacevano, ma gli piaceva conoscerli prima che arrivassero e preferiva invitarli di persona. Aveva l'orribile sensazione che il numero delle torte sarebbe probabilmente risultato insufficiente, e che lui poi, come anfitrione (conosceva il suo dovere e lo compiva, per quanto fosse doloroso), avrebbe dovuto farne a meno.

« Venite dentro a prendere un po' di tè » riuscì a dire dopo aver tratto un profondo respiro.

« Preferirei un po' di birra, se per voi è lo stesso, mio caro signore, » disse Balin dalla barba bianca « ma un po' di torta mi va benissimo: pan di spagna, se ne avete ».

«Altro che! » si trovò a rispondere Bilbo, con sua gran sorpresa, e si trovò anche a correre in cantina per riempire un boccale di birra da mezzo litro e poi in dispensa a cercare due pan di spagna belli rotondi, che aveva cotto nel pomeriggio per lo spuntino dopo cena.

Quando tornò, Balin e Dwalin stavano a tavola parlando come vecchi amici (per la verità erano fratelli). Bilbo posò seccamente la birra e le torte davanti a loro, ed ecco che il campanello suonò ancora, e ancora con forza.

« Stavolta è Gandalf senz'altro » pensò mentre sbuffava nel corridoio. Invece no: erano altri due nani, entrambi con cappucci blu, cinture d'argento e barba gialla; e ciascuno di essi portava un sacco di attrezzi e una vanga. Saltellarono dentro, appena la porta fu aperta, e Bilbo ne fu assai poco sorpreso.

« Cosa posso fare per voi, nani miei? » disse.

« Kili al vostro servizio! » disse uno. « E Fili! » aggiunse l'altro, ed entrambi si sfilarono il cappuccio blu e fecero un cortese cenno di saluto.

« Al vostro e della vostra famiglia! » replicò Bilbo, che questa volta si ricordò delle buone maniere.

« Vedo che Dwalin e Balin sono già qui » disse Kili. « Mescoliamoci alla folla! ».

« La folla! » pensò il signor Baggins. « Questo modo di parlare non mi piace affatto! Devo proprio sedermi un attimo a riprender fiato e a bere qualcosa ». Aveva appena fatto in tempo a bere un sorso (in un angolo, mentre i quattro nani sedevano attorno alla tavola e parlavano di miniere, di oro, di guai con gli orchi, delle ruberie dei draghi, e di un sacco di altre cose che Bilbo non capiva e non voleva capire, perché avevano l'aria d'essere troppo avventurose) quando ding-dong e ling-lang il campanello suonò di nuovo, come se un ragazzaccio hobbit stesse cercando di rompere il pulsante.

« Qualcuno è alla porta! » disse battendo le palpebre.

« Circa quattro, direi, dal suono » disse Fili. « A parte questo, li abbiamo visti venire dietro di noi, in lontananza ».

Il povero piccolo hobbit si sedette nell'ingresso e si prese la testa tra le mani, chiedendosi che cosa fosse accaduto, cosa stesse per accadere, e se sarebbero rimasti a cena tutti quanti. Poi il campanello suonò di nuovo più forte che mai, e dovette correre alla porta. Dopotutto non erano quattro, erano CINQUE. Un altro nano era arrivato mentre lui, nell'ingresso, stava chiedendosi che cosa succedeva. Aveva a malapena girato la maniglia che erano già tutti dentro, facendo cortesi cenni di saluto e dicendo: « Al vostro servizio! » uno dopo l'altro. Dori, Nori, Ori, Oin e Gloin erano i loro nomi; e ben presto due cappucci purpurei, un cappuccio grigio, un cappuccio marrone e un cappuccio bianco pendevano dall'attaccapanni e i nani si avviavano marciando a raggiungere gli altri, colle larghe mani ficcate nelle cinture d'oro e d'argento. Era già diventata quasi una folla. Qualcuno chiese della birra chiara, qualcuno della birra scura, uno il caffè e tutti delle torte; così tennero lo hobbit molto occupato per un po' di tempo.

Una grossa caffettiera era stata appena posata a terra, i pan di spagna erano spariti, e i nani cominciavano un giro di brioche imburrate, quando si sentì bussare forte. Non uno squillo, ma un duro bum-bum sulla porta verde dello hobbit. Qualcuno batteva violentemente con un bastone!

Bilbo corse per il corridoio, arrabbiatissimo, completamente sconcertato e sconvolto: questo era il peggiore mercoledì di tutta la sua vita! Aprì la porta con uno strattone e caddero tutti dentro, uno sopra l'altro. Altri nani, altri quattro! e dietro c'era Gandalf, che stava appoggiato al bastone e rideva. Aveva fatto una bella ammaccatura sulla porta, e, tra parentesi, aveva cancellato il segno segreto che vi aveva messo il mattino precedente.

« Attento! Attento! » disse. « Non è da te far aspettare gli amici sullo zerbino, Bilbo, e poi aprire la porta come un fulmine! Permettimi di presentarti Bifur, Bofur, Bombur e specialmente Thorin! ».

« Al vostro servizio » dissero Bifur, Bofur e Bombur stando in fila. Poi appesero due cappucci gialli e uno verde pallido, e anche uno azzurro cielo con una lunga nappa d'argento. Quest'ultimo apparteneva a Thorin, un nano estremamente importante, non altri, anzi, che il grande Thorin Scudodiquercia in persona, che non era stato contento per niente di cadere disteso sullo zerbino di Bilbo con Bifur, Bofur e Bombur sopra di lui. Tra l'altro Bombur era enormemente grasso e pesante! Thorin in realtà era molto altero, e la parola «servizio» non gli uscì affatto di bocca, ma il povero signor Baggins si scusò tante di quelle volte che alla fine egli grugnì un «per favore, non importa», e spianò il suo cipiglio.

«Adesso ci siamo tutti!» disse Gandalf, osservando la fila di tredici cappucci (i migliori cappucci staccabili, quelli della festa) e il proprio cappello che pendevano dall'attaccapanni. «Una bella compagnia davvero. Spero che ci sia ancora qualcosa da mangiare per i ritardatari! Che cosa ci sarà? Del tè? No, grazie tante! Per me un goccio di vino rosso, direi».

«E anche per me» disse Thorin.

«E marmellata di lamponi e torta di mele!» disse Bifur.

«E pizza e formaggio!» disse Bofur.

«E polpettone e insalata!» disse Bombur.

«E ancora dolci! e birra! e caffè! se non vi dispiace...» chiesero gli altri nani attraverso la porta.

«Metti su qualche uovo, da bravo!» gli gridò dietro Gandalf, mentre lo hobbit si avviava tutto rigido verso le dispense. «E già che ci sei, tira fuori il pollo freddo e i sottaceti».

«Sembra che sappia che cos'ho in dispensa meglio di me!» pensò il signor Baggins, che si sentiva completamente a terra e cominciava a chiedersi se la più sciagurata delle avventure non gli fosse piombata addirittura in casa. Quando finalmente riuscì ad ammucchiare su grossi vassoi tutte le bottiglie, i piatti, i bicchieri, i cucchiai, le scodelle e chi più ne ha più ne metta, era diventato tutto accaldato, rosso in faccia e molto seccato.

«Vadano in malora tutti quanti, questi nani!» disse ad alta voce. «Perché non vengono a darmi una mano?». Detto e fatto! Ecco lì Balin e Dwalin sulla porta della cucina, e Fili e Kili dietro di loro, e prima che Bilbo potesse dire *ba* avevano fatto sparire nel salotto i vassoi e un paio di tavolinetti, e disposto bellamente ogni cosa.

Gandalf sedeva a capotavola coi tredici nani tutt'intorno a lui: e Bilbo sedeva su una seggiolina vicino al caminetto, mordicchiando un biscotto (l'appetito gli era quasi completamente passato), e cercando di fingere che tutto fosse perfettamente a posto e niente affatto un'avventura. I nani mangiavano e mangiavano, parlavano e parlavano, e il tempo passava. Alla fine spinsero indietro le sedie e Bilbo si mosse per raccogliere piatti e bicchieri.

« Immagino che vi tratteniate a cena? » disse col tono di voce più educato e inespressivo.

« Ma naturale! » disse Thorin. « E anche dopo. Non risolveremo la faccenda fino a tardi e dobbiamo prima fare un po' di musica. Adesso... sparecchiare! ».

Al che i dodici nani – non Thorin, che era troppo importante e rimase a parlare con Gandalf – balzarono in piedi e ammucchiarono ogni cosa in alte pile. Senza aspettare i vassoi, se ne uscirono tenendo in equilibrio con una mano sola colonne di piatti, ognuna con una bottiglia in cima, mentre lo hobbit correva dietro di loro quasi squittendo per la paura: « Per piacere, fate attenzione! », e « Per piacere, non vi disturbate! Posso fare da solo! ». Ma per tutta risposta i nani cominciarono a cantare:

> Scheggia le coppe, sbriciola i piatti!
> Lame e forchette torci non poco!
> Ciò Bilbo Baggins odia da matti –
> Spacca bottiglie, dà i tappi al fuoco!
>
> Strappa tovaglie, sul grasso salta!
> Riversa il latte nel ripostiglio!
> A piè del letto tutto ribalta!
> L'uscio di vino spruzza vermiglio!
>
> Versa stoviglie, ché l'acqua scotta,
> Col gran pestello tritale bene;
> e se qualcuna resta non rotta
> buttarla in terra tosto conviene!
>
> Ciò Bilbo Baggins odia da matti!
> Attento dunque tu con quei piatti!

Naturalmente non fecero nessuna di queste cose orribili, e pulirono e riposero ogni cosa sana e salva, mentre lo hobbit girava e rigirava in mezzo alla cucina cercando di vedere che cosa stessero facendo. Poi tornarono indietro, e trovarono Thorin che fumava la pipa coi piedi sul parafuoco. Faceva degli anelli di fumo assolutamente enormi, che andavano dovunque egli diceva loro di andare – su per la cappa del camino, o dietro l'orologio sopra la mensola, o sotto la tavola, o attorno al soffitto: ma dovunque l'anello di fumo andasse, non era mai abbastanza veloce da sfuggire a Gandalf. Pop! Dalla sua corta pipa di terracotta egli spediva un anello di fumo più piccolo esattamente attraverso ciascuno di quelli di Thorin. Poi l'anello di fumo di Gandalf diventava verde e tornava indietro a librarsi sopra la testa dello stregone. Ce n'era già una nuvola attorno a lui, che gli dava un aspetto strano e stregonesco, nella penombra. Bilbo rimase fermo a guardare – gli piacevano molto gli anelli di fumo – e poi arrossì al pensiero di quanto si fosse sentito fiero degli anelli di fumo che aveva fatto salire nel vento sopra la Collina, il mattino precedente.

« E adesso un po' di musica! » disse Thorin. « Tirate fuori gli strumenti! ».

Kili e Fili si precipitarono a prendere le borse e riportarono con loro dei piccoli violini; dall'interno dei loro mantelli, Dori, Nori e Ori tirarono fuori dei flauti; Bombur esibì un tamburo che era nell'ingresso; anche Bifur e Bofur uscirono e tornarono con dei clarinetti che avevano lasciato nel portaombrelli. Dwalin e Balin dissero: « Scusate! ho lasciato il mio strumento nel portico! ». « Già che ci siete, portate dentro anche il mio! » disse Thorin. Ritornarono con delle viole grosse quanto loro, e con l'arpa di Thorin avvolta in un panno verde. Era una bella arpa d'oro, e quando Thorin la sfiorò, la musica che si sprigionò all'istante fu così improvvisa e dolce che Bilbo dimenticò qualsiasi altra cosa, e fu trascinato

25

via in terre oscure sotto lune sconosciute, al di là dell'Acqua e assai lontano dalla sua casetta sotto la Collina.

Il buio entrava nella stanza attraverso la finestrella che dava sulla Collina; la luce della fiamma vacillava – era aprile – ed essi suonavano ancora mentre l'ombra della barba di Gandalf si muoveva ritmicamente contro il muro.

Il buio aveva invaso tutta la stanza; il fuoco moriva lentamente, le ombre si smarrivano, ed essi suonavano ancora. E d'un tratto, mentre suonavano, cominciarono a cantare uno dopo l'altro: un canto roco di nani che sembrava salire dai recessi delle loro antiche case; e questo è come un frammento della loro canzone, se canzone può esserci senza alcuna musica.

> Lontan sui monti fumidi e gelati
> in antri fondi, oscuri, desolati,
> prima che sorga il sol dobbiamo andare
> i pallidi a cercar ori incantati.

> Faceano i nani un dì magiche gesta,
> battendo mazze qual campane a festa
> dove dorme laggiù tetro un mistero
> negli antri sotto la rocciosa cresta.

> Per prenci antichi, degli elfi signori,
> gli accumulati e balenanti ori
> lavoravano ad arte, il dì ghermendo
> per dare a gemme d'elsa altri splendori.

> Trapuntavan di stelle le collane
> i serti con baglior di drago immane,
> poscia in ritorto fil di sole e luna
> intessevan le luci in filigrane.

> Lontan sui monti fumidi e gelati
> in antri fondi, oscuri, desolati,
> prima che sorga il sol dobbiamo andare
> per esigere i nostri ori obliati.

Calici e arpe cesellavan d'oro
e dove gli uomini non scavan, loro
vissero a lungo, ma dei lieti canti
né uom né elfo sentì mai il coro.

I pini sulle alture eran ruggenti,
alti gemevan nella notte i venti.
Rosso era il fuoco e distruggeva tutto,
gli alberi come torce eran splendenti.

Le campane s'udian per la vallata
e la faccia d'ognuno era sbiancata;
del fuoco più crudel, l'ira del drago
distrusse torri e case all'impazzata.

Fumava il monte nel chiaror lunare;
i nani udir la morte ecco avanzare.
La casa abbandonarono, morendo
di sotto il drago nel chiaror lunare.

Lontan sui monti fumidi e gelati
in antri fondi, oscuri, desolati,
prima che sorga il sol dobbiamo andare
a riaver l'arpe e l'oro a noi strappati.

Mentre cantavano lo hobbit sentì vibrare in sé
l'amore per le belle cose fatte con le proprie mani,
con abilità e magia, un amore fiero e geloso, il desiderio dei cuori dei nani. Allora qualcosa che gli
veniva dai Tuc si risvegliò in lui, e desiderò di andare a vedere le grandi montagne, udire i pini e le
cascate, esplorare le grotte e impugnare la spada al
posto del bastone da passeggio. Guardò fuori della finestra. Le stelle erano apparse in un cielo buio al di
sopra degli alberi. Pensò ai gioielli dei nani che scintillavano in caverne buie. Improvvisamente nel bosco
di là dall'Acqua palpitò una fiamma – probabilmente
qualcuno che accendeva un fuoco di legna – ed egli
pensò a draghi predatori che venivano a installarsi
sulla sua quieta Collina e ad appiccare il fuoco dappertutto. Rabbrividì: e in men che non si dica era

tornato ad essere il posato signor Baggins di Casa Baggins, Vicolo Cieco, Sottocolle.

Si alzò tremando. Aveva meno di una mezza idea di andare a prendere una lampada, e più di una mezza idea di fare solo finta, e di andare invece a nascondersi in cantina dietro i barili di birra, per non tornare più finché tutti i nani non se ne fossero andati. Improvvisamente si rese conto che la musica e il canto si erano interrotti, e che tutti lo stavano guardando con occhi scintillanti nel buio.

« Dove stai andando? » disse Thorin, con un tono che sembrava mostrare che aveva intuito entrambe le mezze idee dello hobbit.

« Che ne pensate di un po' di luce? » disse Bilbo in tono di scusa.

« L'oscurità ci piace! » dissero tutti i nani. « Oscurità per affari oscuri! Mancano molte ore all'alba! ».

« Ma certo! » disse Bilbo, e si sedette in fretta. Mancò lo sgabello e si sedette sul parafuoco, urtando con gran fracasso la paletta e l'attizzatoio.

« Ssst! » disse Gandalf. « Che Thorin parli ». E Thorin cominciò così.

« Gandalf, nani e signor Baggins! Ci siamo riuniti nella casa del nostro amico e compagno cospiratore, questo eccellentissimo e audacissimo hobbit – voglia il cielo che i peli dei suoi piedi non cadano mai! lode grandissima al suo vino e alla sua birra!... ». Qui fece una pausa per riprender fiato e per un'educata replica dello hobbit, ma i complimenti eran del tutto sprecati col povero Bilbo Baggins che boccheggiava tentando di protestare contro l'esser chiamato *audace* e peggio che mai *compagno cospiratore*, pur non riuscendo a produrre nessun suono, tanto era abbattuto.

Così, Thorin continuò: « Ci siamo riuniti per discutere i nostri piani, le soluzioni, i mezzi, le strategie e le risorse. Tra poco, prima che spunti l'alba, intraprenderemo il nostro lungo viaggio, un viaggio da cui qualcuno di noi, o forse ognuno di noi (eccetto il nostro amico e consigliere, l'ingegnoso stregone Gandalf) può anche non ritornare. È un momento solenne. Il nostro scopo, non credo di sbagliare, è ben noto a tutti noi. Per lo stimatissimo signor Baggins, e forse per uno o due dei nani più giovani (credo di non sbagliarmi se indico Kili e Fili, per esempio) può essere opportuna una sommaria e breve descrizione dello stato attuale delle cose ».

Questo era lo stile di Thorin. Era un nano importante. Se gli fosse stato permesso, con molta probabilità sarebbe andato avanti in questo modo fino a rimanere senza fiato, senza raccontare a nessuno dei presenti niente che non fosse già noto a tutti. Ma fu bruscamente interrotto. Il povero Bilbo non ce la fece più a sopportarlo. Al *può anche non ritornare* cominciò a sentire un grido salire dentro di lui, e ben presto esso esplose come il fischio lacerante di una locomotiva che esce da un tunnel. Tutti i nani saltarono su picchiando sopra la tavola. Gandalf fece sprizzare una luce blu dall'estremità del suo magico bastone e nel suo vivido bagliore si poté vedere il povero piccolo hobbit inginocchiato sul tappeto davanti al focolare, tremante come una gelatina che si sta squagliando. Poi cadde bocconi sul pavimento e continuò a gridare: « Fulminato, fulminato! »; e questo fu tutto quanto riuscirono a cavargli fuori per un bel po'. Così lo presero e lo levarono di lì, posandolo sul divano del salotto con qualcosa da bere vicino, e tornarono ai loro affari oscuri.

« Che tipetto impressionabile! » disse Gandalf, quando si furono nuovamente seduti. « Gli vengono questi strani buffi attacchi, ma è uno dei migliori... uno dei migliori, fiero come un drago nelle peste ».

Se avete mai visto un drago nelle peste, vi renderete conto che questa era solo un'esagerazione poetica, se riferita a un qualsiasi hobbit, perfino al proprozio del Vecchio Tuc, Ruggitoro, che era tanto alto (per uno hobbit) da poter cavalcare un cavallo. Prese parte alla carica contro le schiere degli orchi di

Monte Gramma, nella Battaglia di Campiverdi, e colpì e staccò di netto la testa del loro re Golfimpal con una mazza di legno. La testa volò in aria per un centinaio di metri e cadde poi giù in una tana di coniglio: ed in questo modo fu vinta la battaglia e, contemporaneamente, inventato il gioco del Golf.

Nel frattempo, comunque, il più mite discendente di Ruggitoro si stava riprendendo in salotto. Dopo un po' di tempo e un bicchierino, si avvicinò furtivamente alla porta del salotto, e udì Gloin che diceva: « Ehm! (o qualche altro sbuffo del genere). Credete che ce la farà? Non discuto il fatto che secondo Gandalf questo hobbit sia tanto fiero, ma un urlo come quello, in un momento di panico, basterebbe a svegliare il drago e tutti i suoi parenti, e a far uccidere molti di noi. In realtà, se non fosse stato per il segno sulla porta, direi che siamo entrati nella casa sbagliata. Appena ho dato un'occhiata a quel tipetto saltellante e sbuffante sullo zerbino ho avuto i miei dubbi. Sembra più un bottegaio che uno scassinatore! ».

A questo punto il signor Baggins girò la maniglia ed entrò. Il lato Tuc aveva vinto. Sentì improvvisamente che avrebbe fatto a meno del letto e della prima colazione pur di essere considerato una tempra d'acciaio; quanto al «tipetto saltellante sullo zerbino », una frase così lo aveva già temprato abbastanza. Molto tempo dopo, il lato Baggins avrebbe rimpianto ciò che fece ora, ed egli si sarebbe detto: «Bilbo, sei stato un pazzo: te la sei proprio andata a cercare ».

« Scusatemi, » disse « se per caso ho sentito le parole che stavate dicendo. Non pretendo di capire di che cosa stiate parlando, o il vostro riferimento agli scassinatori, ma penso di aver ragione nel credere (questo è quello che chiamava ammantarsi della propria dignità) che voi pensiate che io sia un inetto. Vi proverò il contrario. Non ho segni sulla mia porta – è stata ridipinta la settimana scorsa – e sono assolutamente sicuro che siete entrati nella casa sbagliata. Appena ho visto le vostre buffe facce sui gradini della porta, ho avuto i miei dubbi. Ma ammettiamo pure che questa sia la casa giusta. Ditemi cosa volete che faccia, e io farò del mio meglio, anche se dovessi andare a piedi da qui al più Lontano Oriente e combattere i selvaggi Draghi Mannari nell'Ultimo Deserto. Un mio pro-pro-pro-prozio, Ruggitoro Tuc, una volta... ».

« Sì, sì, ma era molto tempo fa » disse Gloin. « Io stavo parlando di *te*. E ti assicuro che su questa porta c'è un segno, quello comunemente usato nel mestiere, o quanto meno usato fino a qualche tempo fa. *Scassinatore cerca buon lavoro, eccitante e ragionevolmente remunerativo*, ecco come lo si legge di solito. Se preferisci, puoi dire *Esperto cacciatore di tesori* invece di *scassinatore*. Qualcuno lo fa. Per noi è proprio lo stesso. Gandalf ci ha detto che da queste parti c'era una persona del genere, che cercava lavoro immediatamente e che aveva organizzato un incontro qui per questo mercoledì all'ora del tè ».

« Certo che c'è un segno » disse Gandalf. « Ce l'ho messo io stesso. Per ottime ragioni. Mi avevate chiesto di trovare un quattordicesimo uomo per la vostra spedizione, ed io ho scelto il signor Baggins. Se solo qualcuno si permette di dire che ho scelto l'uomo sbagliato o la casa sbagliata, potete restare in tredici e avere tutta la sfortuna che vi pare o tornarvene a scavare carbone! ».

Sgridò Gloin con tanta ira, che il nano si rannicchiò tutto in fondo alla sedia; e quando Bilbo tentò di aprir bocca per fare una domanda, si girò verso di lui, lo fissò severamente aggrottando le irsute sopracciglia, finché Bilbo non serrò la bocca con uno scatto. « Così va bene » disse Gandalf. « Smettiamola di litigare. Ho scelto il signor Baggins e questo dovrebbe essere più che sufficiente per tutti voi. Se io dico che è uno Scassinatore, Scassinatore è, o lo sarà al momento opportuno. È più in gamba di quanto voi non possiate indovinare, e assai più di quanto egli stesso immagini. Mi auguro che possiate tutti sopravvivere per ringraziarmi ancora. Adesso, Bilbo, ragazzo mio, va' a prendere la lampada e illuminiamo un po' questa! ».

E alla luce di una grossa lampada dall'ombra rossa, spiegò sulla tavola un pezzo di pergamena che somigliava molto a una mappa.

« Questa fu fatta da Thror, tuo nonno, Thorin » disse in risposta alle concitate domande dei nani. « È una pianta della Montagna ».

« Non mi pare che ci aiuterà molto » disse Thorin con un certo disappunto, dopo averci dato un'occhiata. « Mi ricordo abbastanza bene la Montagna e le terre tutt'intorno. E so dov'è Bosco Atro e la Brughiera Arida, dove sono nati i grandi draghi ».

« C'è un drago segnato in rosso sulla Montagna, » disse Balin « ma sarà abbastanza facile trovarlo lo stesso, se mai arriviamo là ».

« C'è una cosa che non avete notato, » disse lo stregone « ed è la porta segreta. Vedete quella runa sulla parte orientale e la mano che la indica dalle altre rune? Questo è il segno di un passaggio alle Sale Inferiori ». (Guardate la pianta all'inizio di questo libro e vedrete le rune in rosso).

« Può essere stata segreta un tempo » disse Thorin. « Ma come facciamo a sapere che lo è ancora? Il vecchio Smog ha vissuto lì abbastanza a lungo per scoprire tutto quanto c'è da sapere riguardo a quelle caverne ».

« Probabilmente; ma non può averla usata da anni e anni ».

« Perché? ».

« Perché è troppo piccola. "La porta è alta un metro e mezzo e ci si può passare in tre per volta" dicono le rune, ma Smog non poteva infilarsi in una apertura di quella misura, neanche quand'era un giovane drago, e certo non dopo avere divorato tutti quei nani e tutti quegli uomini di Dale ».

La Collina: Hobbitopoli di là dall'Acqua

« A me sembra un'apertura molto grande! » squittì Bilbo (che non aveva nessuna esperienza di draghi, ma solo di caverne hobbit). Si stava di nuovo eccitando e interessando, sicché dimenticò di tener chiusa la bocca. Amava le mappe, e nell'ingresso ne teneva appesa una grande del territorio della Contea con tutte le sue passeggiate preferite segnate in rosso. « Come ha potuto una porta così larga rimanere nascosta a tutti gli estranei, a parte il drago? » domandò. Non dimenticate che era solo un piccolo hobbit...

« In molti modi » disse Gandalf. « Ma come questa in particolare sia rimasta nascosta, non possiamo saperlo senza andare a vedere. Da quanto dice la mappa, direi che si tratta di una porta chiusa in modo da sembrare esattamente una parte del fianco della Montagna. È il metodo comunemente usato dai nani, mi pare, o sbaglio? ».

« No, hai perfettamente ragione » disse Thorin.

« Inoltre, » continuò Gandalf « ho dimenticato di dirvi che assieme alla mappa c'è una chiave, una chiave piccola e strana. Eccola qua! » disse, e porse a Thorin una chiave d'argento dal lungo fusto, con gli ingegni molto complicati. « Tienila al sicuro! ».

« Senza dubbio! », e Thorin l'assicurò a una sottile catenella che gli pendeva attorno al collo, sotto la giacca. « Adesso le cose cominciano ad apparire più rosee: questa novità le migliora molto. Finora non sapevamo bene che cosa fare. Pensavamo di andare verso Oriente, il più silenziosamente e prudentemente possibile, fino al Lago Lungo. I guai sarebbero cominciati allora... ».

« Molto prima, se so qualcosa delle strade orientali » interruppe Gandalf.

« Da lì avremmo potuto risalire il Fiume Fluente » continuò Thorin senza badargli « e poi arrivare alle rovine di Dale, l'antica città della valle, all'ombra della Montagna. Ma a nessuno di noi piaceva l'idea della Porta Principale. Il fiume scorre fuori proprio di lì, attraverso le grandi rupi a sud della Montagna e proprio di lì esce anche il drago, di gran lunga troppo spesso, a meno che non abbia cambiato le proprie abitudini ».

« Questo non servirebbe a niente » disse lo stregone. « Non senza un possente Guerriero, anzi un Eroe. Ho cercato di trovarne uno, ma i guerrieri sono occupati a combattersi l'un l'altro in terre lontane, e in questa zona gli eroi scarseggiano o è semplicemente impossibile trovarli. Da queste parti le spade hanno per lo più perso il filo, le asce sono usate per gli alberi, e gli scudi come culle o coperchi; i draghi poi sono confortevolmente lontani (e perciò leggendari). Questa è la ragione per cui mi sono deciso per lo scassinamento, specialmente quando mi sono ricordato l'esistenza della Porta Laterale. Ed ecco il nostro piccolo Bilbo Baggins, lo scassinatore, lo scassinatore scelto e prescelto. Perciò andiamo avanti e facciamo qualche piano ».

« Molto bene, allora, » disse Thorin « ammesso che l'esperto in furto con scasso ci dia qualche buona idea o qualche suggerimento ». Si girò con ironica cortesia verso Bilbo.

« In primo luogo mi piacerebbe saperne un po' di più » disse questi, sentendosi confuso e interiormente un po' scosso, ma ancora Tuccamente deciso ad andare avanti con quella faccenda. « Voglio dire riguardo all'oro e al drago e compagnia bella, e come ci è arrivato e a chi appartiene, e così via è così via ».

« Che il cielo mi fulmini! » disse Thorin. « Non hai qui una mappa? E non hai sentito la nostra canzone? E non siamo stati a parlarne per ore e ore? ».

« Mi piacerebbe lo stesso avere una spiegazione chiara e semplice » disse Bilbo ostinatamente, assumendo i suoi modi professionali (di solito riservati alle persone che cercavano di chiedergli del denaro in prestito), e facendo del proprio meglio per apparire saggio, prudente, professionale e all'altezza della raccomandazione di Gandalf. « Inoltre mi piacerebbe saperne di più sui rischi, sulle spese extra, sul tempo a disposizione, sul compenso, e così via ». E voleva dire: « Che cosa me ne verrà in tasca? e tornerò indietro vivo? ».

« Benissimo, allora! » disse Thorin. « Molto tempo fa, al tempo di mio nonno Thror, la nostra famiglia fu cacciata dal lontano Nord e ritornò con tutti i suoi beni e i suoi attrezzi a questa Montagna indicata sulla mappa. Era stata scoperta dal mio lontano antenato Thrain il Vecchio, ma fu solo a quel tempo che i miei parenti vi scavarono sotto delle miniere e dei tunnel, e vi costruirono sale più larghe e officine più grandi; inoltre trovarono, credo, un bel po' d'oro e anche un'infinità di pietre preziose. In ogni modo divennero immensamente ricchi e famosi, e mio nonno fu di nuovo Re sotto la Montagna, e trattato con gran rispetto dagli uomini mortali, che vivevano a Sud, e si diffondevano gradatamente per tutta la valle all'ombra della Montagna risalendo il Fiume Fluente. In quei giorni costruirono lì la prospera città di Dale. I re ricercavano l'opera dei nostri fabbri, e ricompensavano perfino il meno abile con la massima liberalità. I padri ci pregavano di prendere i loro figli come apprendisti e ci pagavano profumatamente, specialmente con prodotti alimentari, che noi non ci curavamo di coltivare o di procurarci noi stessi. Tutto sommato erano dei gran bei giorni per noi, e il più povero aveva soldi da spendere e prestare, e tutto il tempo libero che voleva per fare le cose più belle per puro diletto; per non parlare dei giocattoli, i più magici e meravigliosi del mondo, di cui oggi non si ha assolutamente l'uguale. Così le sale di mio nonno si riempirono di armature, gioielli, incisioni e coppe, e il mercato di giocattoli a Dale divenne la meraviglia del Nord.

« Senza dubbio fu questo che attirò il drago. Sai che i draghi rubano agli uomini, agli elfi e ai nani oro e gioielli, dovunque possano trovarli; e fanno la guardia al loro bottino finché vivono (il che in pratica vuol dire per sempre, a meno che non vengano uccisi) e non si godono uno spillo di quello che hanno rubato. In realtà sanno a malapena distinguere un lavoro ben fatto da uno fatto male, anche se di solito ne conoscono bene il valore corrente sul mercato; e non sono capaci di far niente da soli, neanche di riparare una scaglietta staccatasi dalla loro corazza. A quei tempi c'era un gran numero di draghi al Nord, e l'oro probabilmente cominciava a scarseggiare da quelle parti, coi nani che scappavano a sud o venivano uccisi e la desolazione e la distruzione che i draghi continuarono a disseminare, sì che tutto va sempre di male in peggio. C'era un drago particolarmente avido, forte e malvagio, chiamato Smog. Un giorno si levò in aria e volando giunse al Sud. La prima cosa che sentimmo di lui fu un rumore come d'uragano provenire da nord, e i pini sulla Montagna scricchiolare e schiantarsi al vento. Con alcuni dei nani che per caso si trovavano all'aperto (fortunatamente ero uno di essi, un ragazzetto avventuroso a quei tempi, sempre in giro, e questo mi salvò la vita quel giorno) – bene, da una bella distanza vedemmo il drago calare sulla nostra montagna in una nube di fuoco. Poi scese la china e quando arrivò ai boschi, le fiamme li divorarono. Contemporaneamente, tutte le campane suonavano a Dale e i guerrieri si armavano. I nani si precipitarono fuori dalla grande Porta, ma trovarono il drago ad aspettarli. Nessuno si salvò per quella via. Il fiume ribollì in densi vapori e una fitta nebbia investì Dale, e nella nebbia il drago calò su di loro e distrusse quasi tutti i guerrieri – la solita storia disgraziata, fin troppo comune a quei giorni. Poi tornò indietro e si infilò dentro la Porta Principale e mise a soqquadro tutte le sale, i condotti, i tunnel, i corridoi, le cantine, le abitazioni e i passaggi. Dopo di ciò non rimase all'interno un solo nano vivo, ed egli si impadronì di tutti i loro beni. Probabilmente, perché questo è l'uso dei draghi, ha ammassato tutto in un gran mucchio nel cuore della

Montagna e ci dorme sopra come fosse il suo letto. Era solito poi strisciare fuori della Porta grande e andare a Dale di notte a portar via delle persone, specialmente fanciulle, per mangiarsele, finché Dale non fu rovinata e tutta la sua gente morta o partita. Non so con certezza che cosa vi stia succedendo adesso, ma credo che al giorno d'oggi nessuno viva più vicino alla Montagna, almeno non oltre l'estremità più lontana del Lago Lungo.

« Quei pochi tra noi che erano fuori al sicuro si sedettero e piansero, tenendosi nascosti, e maledissero Smog; poi, inaspettatamente, fummo raggiunti da mio padre e da mio nonno con le barbe bruciate. Avevano un aspetto torvo e parlarono molto poco. Quando chiesi come avessero fatto a scampare, mi dissero di tenere a freno la lingua, e aggiunsero che un giorno, al momento opportuno, l'avrei saputo. Dopo di che ce ne andammo, e dovemmo guadagnarci da vivere come meglio potevamo ora qui ora là, fin troppo spesso costretti a umiliarci lavorando come maniscalchi o addirittura come minatori. Ma non abbiamo mai dimenticato il nostro tesoro rubato. E ancor oggi, che abbiamo messo da parte un bel po' e non stiamo proprio tanto male, ammettiamolo pure » e qui Thorin passò la mano sulla catena d'oro attorno al collo « ancora oggi vogliamo riaverlo, e tornare a casa e rovesciare le nostre maledizioni su Smog, se possiamo.

« Mi sono spesso stupito della fuga di mio padre e mio nonno. Mi rendo conto adesso che dovevano aver avuto una Porta Laterale privata di cui essi soli conoscevano l'esistenza. Ma a quanto pare fecero una mappa e mi piacerebbe sapere come ha fatto Gandalf a impossessarsene, e perché non è arrivata a me, il legittimo erede ».

« Non è che io me ne sia "impossessato"; essa mi è stata data » disse lo stregone. « Tuo nonno Thror fu ucciso, come ben ricordi, nelle miniere di Moria da Azog l'Orco ».

« Maledetto il suo nome, sì » disse Thorin.

« E Thrain, tuo padre, scomparve il ventun aprile, che giovedì scorso faceva cent'anni, e tu non l'hai più visto da allora... ».

« Vero, vero » disse Thorin.

« Bene, tuo padre me la dette per darla a te; e se ho scelto il momento e il modo che preferivo per consegnartela, non puoi proprio biasimarmi, considerate le difficoltà che ho avuto per trovarti. Tuo padre non riusciva neanche a ricordarsi il suo nome quando mi dette la carta e non mi disse mai il tuo; così nel complesso penso che dovrei essere lodato e ringraziato! Ecco qua » disse consegnando la mappa a Thorin.

« Non capisco » disse Thorin, e Bilbo pensò che gli sarebbe piaciuto dire lo stesso. La spiegazione non sembrava spiegare niente.

« Tuo nonno » disse lo stregone con voce lenta e severa « dette la mappa a suo figlio prima di recarsi nelle miniere di Moria. Tuo padre se ne andò a tentare la sorte con la mappa dopo che tuo nonno fu ucciso, ed ebbe un gran numero di avventure del tipo più spiacevole, ma non arrivò mai vicino alla Montagna. Come fosse arrivato lì non lo so, ma lo trovai prigioniero nelle segrete del Negromante ».

« Che cosa ci eri andato a fare? » disse Thorin con un fremito d'orrore: e tutti i nani rabbrividirono.

« Questo non ti riguarda. Indagavo, come al solito; ed era proprio un affare maledettamente pericoloso. Perfino io, Gandalf, riuscii a scappare appena in tempo. Cercai di salvare tuo padre, ma era troppo tardi. Inebetito e brancolante, si era ormai dimenticato quasi di tutto, tranne che della mappa e della chiave ».

« Molto tempo fa l'abbiamo fatta pagare agli orchi di Moria » disse Thorin. « Dobbiamo cominciare a occuparci del Negromante! ».

« Non essere assurdo! È un nemico molto al di sopra delle possibilità di tutti i nani messi assieme, se anche potessero essere riuniti di nuovo dai quattro angoli della terra. La sola cosa che tuo padre desiderava era che suo figlio leggesse la mappa e usasse la chiave. Il drago e la Montagna sono rischi grandi più che abbastanza per voi! ».

« Senti senti! » disse Bilbo, e per caso lo disse ad alta voce.

« Senti che cosa? » dissero tutti volgendosi improvvisamente verso di lui, ed egli ne fu così confuso che rispose: « Senti che cosa ho da dire! ».

« Che cosa? » chiesero.

« Be', direi che dovreste andare a Est a dare un'occhiata in giro. Dopo tutto c'è la Porta Laterale, e anche i draghi debbono pur dormire qualche volta, suppongo. Se ve ne starete seduti sulla soglia abbastanza a lungo, oso dire che vi verrà in mente qualcosa. Per ora, a me viene in mente che abbiamo parlato abbastanza per una notte sola, non so se mi spiego. Che ne pensate di un letto, e di partire di buon'ora e compagnia bella? Vi preparerò una buona colazione prima che partiate ».

« Prima che *partiamo*, vuoi dire » disse Thorin. « Non sei tu lo scassinatore? Quanto allo star seduti sulla soglia, mi pare che questo sia compito tuo, per non parlare del fatto di aprire la porta ed entrare! Ma sono d'accordo per quanto riguarda il letto e la colazione. Prendo volentieri sei uova col prosciutto, quando mi metto in viaggio: fritte, non in camicia, e fa' attenzione a non romperle ».

Dopo che tutti gli altri ebbero ordinato la loro colazione senza dire neanche una volta « per piacere » (cosa che a Bilbo seccò moltissimo), si alzarono. Lo hobbit dovette trovare posto per tutti, e riempire tutte le camere disponibili, preparando i letti su sedie e divani, prima di averli sistemati e di poter andare a dormire nel suo lettino, molto stanco e nel complesso assai poco felice. L'unica decisione che prese fu di non disturbarsi ad alzarsi molto presto per preparare la dannata colazione per tutti gli altri. Il suo lato Tuc si stava rapidamente squagliando, e

Bilbo non era più tanto sicuro che al mattino dopo sarebbe partito per un viaggio, di qualsiasi tipo fosse.

Mentre giaceva a letto poteva udire Thorin che cantava ancora piano, tra sé e sé, nella migliore camera da letto accanto alla sua:

> Lontan sui monti fumidi e gelati
> in antri fondi, oscuri, desolati,
> prima che sorga il sol dobbiamo andare
> i pallidi a cercar ori incantati.

Bilbo si addormentò con questo canto nelle orecchie, che gli provocò dei sogni molto agitati. Fu molto dopo l'aurora che si svegliò.

II

ABBACCHIO ARROSTO

Bilbo saltò su, e mettendosi la vestaglia andò in sala da pranzo. Non ci trovò nessuno, ma ben visibili erano i segni di una colazione abbondante e frettolosa. C'era un disordine spaventoso nella stanza, e pile di vasellame da lavare in cucina. Sembrava che fossero state adoperate quasi tutte le pentole e le casseruole che possedeva. I piatti da lavare erano così malinconicamente reali, che Bilbo fu costretto a convincersi che la riunione della notte precedente non aveva fatto parte dei suoi incubi, come sperava vagamente. Si sentì realmente sollevato pensando che, dopo tutto, se ne erano andati senza di lui, e senza stare a svegliarlo (« ma senza neppure dire grazie » pensò); eppure in certo qual modo non poteva fare a meno di provare una certa delusione. Questa sensazione lo sorprese.

« Non essere pazzo, Bilbo Baggins! » si disse. « Pensare ai draghi e a tutte quelle bizzarre assurdità all'età tua! ». Così si mise un grembiule, accese i fornelli, scaldò l'acqua e lavò i piatti. Poi si fece una bella colazioncina in cucina prima di avviarsi verso la sala da pranzo. A questo punto il sole splendeva, e la porta d'ingresso era aperta, facendo entrare una tiepida brezza primaverile. Bilbo cominciò a fischiettare forte e a dimenticare quanto era accaduto la notte precedente. Stava infatti per mettersi davanti a una seconda bella colazioncina, in sala da pranzo, accanto alla finestra aperta, quando entrò Gandalf.

« Vecchio mio, » gli disse « ma quando ti decidi a venire? E la partenza di buon'ora dov'è finita? Eccoti qui a fare colazione, o come la vuoi chiamare, alle dieci e mezzo! Ti hanno lasciato quel messaggio perché non potevano aspettare ».

« Che messaggio? » disse il povero signor Baggins, tutto turbato.

« Perdinci! » disse Gandalf. « Ma che hai stamattina? Non hai spolverato la mensola del camino! ».

« E che c'entra? Ho avuto abbastanza da fare lavando piatti per quattordici persone! ».

« Se tu avessi spolverato la mensola, avresti trovato questo proprio sotto l'orologio » disse Gandalf porgendo a Bilbo un bigliettino (scritto naturalmente sulla carta intestata). Questo è quanto lesse:

« Da Thorin e Compagnia a Bilbo, lo Scassinatore, salute e salve! Ti ringraziamo sinceramente per l'ospitalità e accettiamo con gratitudine la tua offerta di prestarci la tua assistenza professionale. Questi sono i termini: pagamento in contanti alla consegna, fino, ma non oltre, a un quattordicesimo del guadagno netto totale (se ce ne sarà); tutte le spese di viaggio assicurate in ogni caso; spese funebri a carico nostro o dei nostri rappresentanti, se se ne presenterà l'occasione e la questione non verrà sistemata altrimenti.

« Ritenendo inutile disturbare il tuo pregiato riposo, abbiamo provveduto in anticipo a fare i preparativi necessari, e rimarremo in attesa della tua insigne persona alla locanda del Drago Verde, a Lungacque, alle undici precise. Sicuri che sarai *puntuale,*
abbiamo l'onore di firmarci
i tuoi devotissimi
Thorin & Co. ».

« Hai solo dieci minuti di tempo. Ti toccherà correre » disse Gandalf.

« Ma... » disse Bilbo.

« Non c'è tempo » disse lo stregone.

« Ma... » disse ancora Bilbo.

« Non c'è tempo neanche per questo! Sbrigati! ».

Fino alla fine dei suoi giorni Bilbo non riuscì mai a ricordare come fece a trovarsi fuori casa, senza cappello, bastone, un po' di denaro, o una qualsiasi di quelle cose che di solito portava con sé quando usciva, lasciando a metà la sua seconda colazione e senza sparecchiare, ficcando le chiavi in mano a Gandalf e correndo alla massima velocità consentitagli dai piedi lanosi giù per il viottolo, oltre il grande Mulino, al di là dell'Acqua e poi per un miglio e più.

Era tutto ansimante quando arrivò a Lungacque proprio alle undici precise, e scoprì che era venuto via senza un fazzoletto!

« Bravo! » disse Balin che stava sulla porta della locanda in attesa di vederlo arrivare.

Proprio allora tutti gli altri sbucarono da dietro l'angolo della strada proveniente dal villaggio. Montavano dei pony, e da entrambi i fianchi di ogni pony pendevano i bagagli più disparati: casse, pacchi ed effetti personali. C'era anche un pony piccolo piccolo, a quanto pareva destinato a Bilbo.

« Montate su, voi due, e partiamo! » disse Thorin.

« Mi dispiace tanto, » disse Bilbo « ma sono venuto via senza cappello, e ho dimenticato il fazzoletto e sono senza soldi. Non ho ricevuto il vostro biglietto che alle dieci e quaranticinque, per essere precisi ».

« Non essere preciso, » disse Dwalin « e non preoccuparti! Dovrai fare a meno di fazzoletti e di un bel po' di altre cose, prima di arrivare alla fine del viaggio. Per quanto riguarda il cappello, ho un cappuccio e un mantello in più nel mio bagaglio ».

E fu così che si misero in viaggio, caracollando via dalla locanda in un bel mattino di fine aprile, su dei pony sovraccarichi; e Bilbo indossava un cappuccio verde scuro (un po' rovinato dalle intemperie) e un mantello verde scuro prestatigli da Dwalin. Erano troppo grandi per lui e gli davano un'aria abbastanza buffa. Che cosa avrebbe pensato di lui suo padre Bungo, non oso immaginarlo. La sua unica consolazione era che non avrebbe potuto essere scambiato per un nano, visto che non aveva la barba.

Cavalcavano da poco, quando arrivò Gandalf, veramente superbo su un cavallo bianco. Recava con sé molti fazzoletti, e la pipa e il tabacco di Bilbo. Dopo di ciò, dunque, la brigata andò avanti molto allegramente, ed essi raccontarono storie o cantarono canzoni tutto il giorno mentre cavalcavano, eccetto naturalmente quando si fermavano per i pasti. Non ce n'erano tanti quanti Bilbo avrebbe voluto, tuttavia egli cominciò a pensare che in fondo le avventure non erano poi troppo brutte.

All'inizio erano passati attraverso le terre abitate dagli hobbit, una vasta e rispettabile contrada abitata da gente per bene, con strade buone, una o due locande e di quando in quando un nano o un fattore in giro per affari. Poi arrivarono a terre dove la gente parlava in modo strano, e cantava canzoni che Bilbo non aveva mai sentito prima. Adesso si erano profondamente inoltrati nelle Terre Solitarie, dove non c'erano più né persone né locande e le strade andavano costantemente peggiorando. Non molto lontano, davanti a loro, si ergevano sempre più alte tetre colline, scurite dagli alberi. Su alcune di esse si levavano vecchi castelli dall'aspetto sinistro, come se fossero stati costruiti da gente malvagia. Tutto sembrava deprimente, poiché quel giorno il tempo si era messo al brutto. Per lo più era stato bello come lo può essere a maggio, anche nelle favole più liete, ma adesso era freddo e umido. Nelle Terre Solitarie erano stati costretti ad accamparsi dove potevano, ma almeno era sempre stato all'asciutto.

« E pensare che a momenti è giugno! » borbottò

Bilbo, mentre sguazzava dietro agli altri in un sentiero fangosissimo. L'ora del tè era passata; pioveva a dirotto, come non aveva smesso di fare per tutta la giornata; il cappuccio gli sgocciolava negli occhi, il mantello era pieno d'acqua; il pony era stanco e inciampava sui sassi, e gli altri erano troppo di cattivo umore per parlare. « E sono sicuro che la pioggia è entrata nei vestiti asciutti e nelle borse delle provviste » pensò Bilbo. « Accidenti agli scassinamenti e a tutto quello che ci ha a che fare! Quanto vorrei essere a casa nella mia bella caverna accanto al fuoco, con la cuccuma che comincia a fischiare ». Non fu l'ultima volta che espresse questo desiderio!

I nani non smettevano di avanzare, senza girarsi mai, e ignorando completamente lo hobbit. Chissà dove, dietro alle nuvole grigie, il sole doveva essere tramontato, perché il buio cominciò a calare mentre scendevano in una profonda valle sul cui fondo scorreva un fiume. Si levò il vento, e i salici sulle sponde si piegarono e sospirarono. Fortunatamente la strada passava sopra un antico ponte di pietra, poiché il fiume, gonfiatosi a causa della pioggia, si precipitava con violenza giù dalle colline e dalle montagne a nord. Era quasi notte quando arrivarono dall'altra parte. Il vento squarciò le nuvole grigie e in mezzo ai lembi svolazzanti una vaga luna apparve sopra le colline. A quel punto essi si fermarono e Thorin borbottò qualcosa riguardo alla cena, « e dove troveremo un posticino asciutto per dormire? ».

Fu solo allora che si accorsero che Gandalf non c'era. Fino a quel punto li aveva sempre seguiti senza mai dire se era anche lui dei loro o se si sarebbe limitato ad accompagnarli per un po'. Aveva mangiato più di tutti, parlato più di tutti, e riso più di tutti. E adesso era semplicemente sparito!

« Proprio quando uno stregone ci sarebbe stato più utile che mai! » borbottarono Dori e Nori (che condividevano il punto di vista dello hobbit riguardo ai pasti regolari, abbondanti e frequenti).

Alla fine decisero che avrebbero dovuto accamparsi dov'erano. Si spostarono sotto un folto d'alberi e sebbene lì sotto fosse più asciutto, il vento scuoteva via la pioggia dalle foglie e il continuo sgocciolio era veramente insopportabile. Il malocchio sembrava aver colpito perfino il fuoco. I nani sono capaci di accendere il fuoco praticamente dappertutto servendosi praticamente di qualsiasi cosa, vento o non vento; ma quella notte non ci riuscirono neanche Oin e Gloin che avevano una particolare abilità a farlo.

Poi uno dei pony si spaventò per un nonnulla e si imbizzarrì. Corse fin dentro al fiume prima che riuscissero a catturarlo, e prima che riuscissero a tirarlo fuori di nuovo Fili e Kili erano quasi annegati e tutto il bagaglio che portava gli era stato strappato di dosso. Ovviamente si trattava prevalentemente di cibarie, e così ne rimanevano poche per la cena e ancor meno per la prima colazione.

Sedevano tutti lì abbattuti e bagnati, borbottando, mentre Oin e Gloin continuavano a cercare di accendere il fuoco e a litigarci sopra. Bilbo rifletteva tristemente che le avventure non sono fatte solo di piacevoli cavalcate al sole di maggio, quando Balin, che era sempre la loro vedetta, disse: « C'è una luce laggiù! ». A una certa distanza c'era una collina coperta di alberi, qua e là molto fitti. Nella massa scura delle piante riuscirono a distinguere una luce che brillava, una luce rossastra dall'aspetto confortante, come un fuoco, per esempio, o alcune torce accese.

Quando l'ebbero guardata per un po', cominciarono a discutere animatamente. Alcuni dicevano « no » e alcuni dicevano « sì ». Alcuni dicevano che potevano almeno andare a vedere, e che qualsiasi cosa era meglio di una misera cena, una colazione ancora più scarsa, e vestiti bagnati per tutta la notte.

Altri dissero: « Queste parti nessuno le conosce bene, e sono troppo vicine alle montagne. Al giorno d'oggi pochi viaggiatori percorrono questa strada. Le vecchie mappe sono inutili: le cose sono peggiorate e la strada non è sorvegliata. Da queste parti si è sentito raramente parlare del re, e meno curiosi si è, andando avanti, meno guai è probabile avere ». Alcuni dissero: « In fondo siamo quattordici ». Altri dissero: « Dov'è andato a finire Gandalf? ». Questa osservazione fu ripetuta da tutti. Poi la pioggia ricominciò a scrosciare più forte che mai e Oin e Gloin cominciarono a picchiarsi.

Questo risolse la questione. « Dopo tutto abbiamo uno scassinatore con noi » dissero e così si avviarono guidando i pony (con tutta la dovuta e necessaria cautela) in direzione della luce. Arrivarono alla collina e presto furono nel bosco. Salirono su per la collina; ma un sentiero vero e proprio, che potesse portare a una casa o a una fattoria non era visibile; e sebbene facessero del loro meglio, non poterono evitare un bel po' di fruscii, scricchiolii e scalpiccii (ma anche un bel po' di borbottii e di imprecazioni) mentre avanzavano fra gli alberi al buio, un buio nero come la pece.

Improvvisamente la luce rossa brillò molto vivida fra i tronchi non lontani.

« Adesso tocca allo scassinatore » dissero, alludendo a Bilbo. « Devi andare a scoprire tutto su quella luce, e a che serve, e se tutto è perfettamente sicuro e a posto » disse Thorin allo hobbit. « Adesso corri e sbrigati a tornare, se tutto va bene. Altrimenti, torna quando puoi! Se non puoi, fai due volte il verso della civetta e una volta quello del gufo e faremo tutto il possibile per aiutarti ».

E Bilbo dovette andare, prima di poter spiegare che non era capace di fare neanche una volta sola il verso di un qualsiasi uccello, più di quanto non fosse capace di volare come un pipistrello. Ma ad ogni modo gli hobbit si muovono molto silenziosamente nei boschi, senza fare nessun rumore. Ne sono molto fieri e Bilbo aveva arricciato il naso più di una volta per « tutto quel chiasso nanesco », come diceva lui, durante il viaggio, anche se non credo che voi o io avremmo notato nulla in una notte ventosa, neanche se l'intera cavalcata ci fosse passata a mezzo metro di distanza. Quanto a lui, Bilbo, che ora camminava tutto teso e attento verso la luce rossa, credo che neanche una donnola avrebbe mosso un baffo al suo passaggio. Così, naturalmente, arrivò proprio accanto al fuoco – poiché di un fuoco si trattava – senza disturbare nessuno. E questo è ciò che vide.

Tre persone grandi e grosse stavano sedute attorno a un gran fuoco di ceppi di faggio. Stavano arrostendo dell'abbacchio su lunghi spiedi di legno e si leccavano il sugo dalle dita. C'era nell'aria un profumino appetitoso, e c'era anche un barilotto di buona birra a portata di mano, ed essi la bevevano in grandi boccali. Ma erano Uomini Neri. Senza possibilità d'errore. Perfino Bilbo, nonostante la sua vita ritirata, poteva rendersene conto: dalle loro grosse facce volgari, dalla loro taglia e dalla forma delle loro gambe, per non parlare del loro linguaggio che non era per niente salottiero, proprio per niente.

« Abbacchio ieri, abbacchio oggi e che mi caschi un occhio in mano se non ci avremo abbacchio pure domani » disse uno degli Uomini Neri.

« Neanche un pezzettino da niente di carne d'uomo, ci abbiamo avuto quest'ultimi tempi! » disse il secondo. « Che diavolo gli è venuto in mente a Guglielmo di portarci da 'ste parti, io proprio non lo capisco! E tra un po' rimaniamo anche senza bere! » disse urtando il gomito di Guglielmo che stava bevendo un sorso dal suo boccale.

A Guglielmo andò di traverso la birra. « E chiudi il becco! » disse appena poté. « Che ti credi, che la gente passa di qua solo per farsi mangiare da te e Berto? Tra di voi vi siete mangiati un paese e mezzo, da quando siamo scesi dalle montagne. E ancora non sei contento? Eppure ci sono stati i tempi, quando altroché se m'avresti detto grazie per un bel tocchetto d'abbacchio tenerello come questo! ». E con un morso staccò un bel pezzo di carne da una zampa della pecora che stava rosolando e si asciugò le labbra con la manica.

Sì, temo proprio che gli Uomini Neri si comportino così, anche quelli che hanno solo una testa per uno. Dopo aver udito tutto questo, Bilbo avrebbe dovuto fare qualcosa all'istante. O sarebbe dovuto tornarsene indietro silenziosamente ad avvertire i suoi amici che a pochi passi da loro c'erano tre Uomini Neri di dimensioni più che rispettabili e di cattivo umore, pericolosamente propensi ad assaggiare nani rosolati o anche pony, tanto per cambiare; oppure avrebbe dovuto fare una rubacchiatina veloce e ben fatta. Uno scassinatore veramente spettacoloso e di prim'ordine a questo punto avrebbe svuotato le tasche agli Uomini Neri (ne vale quasi sempre la pena, se ci si riesce), portato via l'abbacchio dallo spiedo, fatto sparire la birra e infine se ne sarebbe andato senza che nessuno si accorgesse di lui. Altri con maggior senso pratico ma con minor orgoglio professionale avrebbero forse ficcato un pugnale in ciascuno degli Uomini Neri prima che si accorgessero di lui. Dopodiché si sarebbe potuta passare una nottata allegra.

Bilbo lo sapeva. Aveva letto molte cose utili che personalmente non aveva mai visto o fatto. Era allarmatissimo e disgustato; avrebbe desiderato essere lontano mille miglia da lì, eppure... eppure c'era qualcosa che gli impediva di tornare subito da Thorin e Compagnia a mani vuote. Così rimase fermo ed esitante nelle tenebre. Dei vari tipi di furto di cui aveva sentito parlare, svuotare le tasche agli Uomini Neri sembrava di gran lunga il meno difficile, così alla fine strisciò dietro un albero proprio alle spalle di Guglielmo.

Berto e Maso si diressero verso il barile. Guglielmo stava scolando un altro boccale. Allora Bilbo raccolse tutto il suo coraggio e mise la manina nell'enorme tasca di Guglielmo. C'era dentro un borsellino, grande quanto una borsa, per Bilbo. « Eccoci qua! »

pensò, appassionandosi al suo nuovo lavoro mentre estraeva con somma cautela il borsellino. « Questo sì che è un buon inizio! ».

Proprio! Dei borsellini degli Uomini Neri non ci si deve mai fidare, e questo non faceva eccezione. « Ehi, tu chi sei? » gridò uscendo dalla tasca, e Guglielmo si girò immediatamente e acchiappò Bilbo per il collo, prima che potesse acquattarsi dietro l'albero.

« Che mi caschino gli occhi in mano, Berto, guarda che ho beccato! » disse Guglielmo.

« Che cos'è? » dissero gli altri avvicinandosi a lui.

« E che diavolo ne so! Che cosa sei? ».

« Bilbo Baggins, uno scass... uno hobbit! » disse il povero Bilbo, tremando da capo a piedi e chiedendosi come fare versi gufici, prima che lo strozzassero.

« Uno scasshobbit? » dissero, un po' perplessi. Gli Uomini Neri sono lenti di comprendonio e superlativamente sospettosi nei confronti di qualsiasi cosa per loro nuova.

« E comunque cos'ha da spartire uno scasshobbit colle mie tasche? » disse Guglielmo.

« E si possono cucinare? » disse Maso.

« Ci si può provare » disse Berto prendendo uno spiedo.

« Non ti riempirebbe neanche la bocca, » disse Guglielmo che aveva già fatto un'ottima cena « non dopo che è stato disossato e spellato ».

« Forse ce n'è qualche altro come lui qui attorno e potremmo farci uno spezzatino » disse Berto. « Ehi tu, coniglio schifoso, c'è qualche altro spione del tuo tipo che striscia qui in questi boschi? » disse guardando i piedi pelosi dello hobbit; lo tirò su per le dita dei piedi e lo scosse.

« Sì, tanti » disse Bilbo prima di ricordarsi di non tradire i suoi amici. « No, no, proprio nessuno, neanche uno » disse subito dopo.

« Che vuoi dire? » disse Berto tenendolo sollevato, questa volta per i capelli.

« Quello che dico! » disse Bilbo boccheggiando. « E per piacere non cuocetemi, buoni signori! Io stesso sono un buon cuoco, più buono a cucinare di quanto non lo sia a essere cucinato, non so se mi spiego. Cucinerò benissimo per voi, vi farò un ottimo pranzo se solo non mi mangerete a cena ».

« Povera canaglietta! » disse Guglielmo. Aveva già mangiato tutto quello che poteva ingoiare a cena; e aveva anche bevuto un sacco di birra. « Povera canaglietta! Lascialo andare! ».

« Non prima che abbia detto cosa ha voluto dire con "tanti", e con "proprio nessuno" » disse Berto. « Non voglio mica svegliarmi con la gola tagliata! ».

« Io non lo permetto! » disse Guglielmo. « Sono stato io a catturarlo! ».

« Sei un pancione deficiente, Guglielmo, » disse Berto « come t'ho già detto prima di stasera ».

« E tu sei un cafone! ».

« Questo non me lo dovevi dire, Guglielmo Huggings » disse Berto dando un pugno nell'occhio di Guglielmo.

Allora ci fu un bellissimo pandemonio. Bilbo, quando Berto lo lasciò cadere a terra, ebbe ancora abbastanza presenza di spirito da sgattaiolare fuori dai loro piedi prima che cominciassero ad azzuffarsi come cani e a chiamarsi reciprocamente e a gran voce con ogni sorta di nomi perfettamente veritieri e appropriati. Presto furono serrati l'uno nelle braccia dell'altro, rotolando quasi dentro al fuoco tra pugni e botte, mentre Maso li bastonava entrambi con un ramo per ricondurli alla ragione – e questo ovviamente servì solo a infuriarli più che mai.

Per Bilbo sarebbe stato il momento giusto di andarsene. Ma i suoi poveri piedi erano stati quasi stritolati dalla zampaccia di Berto e lui stesso non aveva più fiato in corpo e la testa gli girava; così rimase lì ad ansimare per un po', appena fuori del cerchio di luce proiettato dal fuoco.

Proprio nel mezzo della lotta arrivò Balin. I nani avevano udito dei rumori in distanza e dopo avere atteso per un po' che Bilbo ritornasse o facesse il verso del gufo, cominciarono uno a uno a strisciare verso la luce il più silenziosamente possibile. Vedere Balin farsi avanti nel cerchio di luce e gettare un urlo terribile, fu per Maso un tutt'uno. Gli Uomini Neri non sopportano nemmeno la vista dei nani (non cotti). Berto e Guglielmo smisero immediatamente di lottare e « Presto, Maso, un sacco! » dissero. Prima che Balin, il quale si chiedeva dove fosse Bilbo in tutta quella confusione, capisse cosa stava succedendo, il sacco gli calò sulla testa e lui fu gettato per terra.

« O mi sbaglio di grosso, o ne arriveranno altri » disse Maso. « Tanti e nessuno, è proprio vero! » disse. « Nessuno scasshobbit, ma tanti di questi nani qui. Ecco come stanno le cose! ».

« Mi sa che hai ragione, » fece Berto « e faremmo meglio a toglierci dalla luce ».

E così fecero. Tenendo in mano i sacchi che usavano per portare via pecore e altra preda attesero nelle tenebre. Man mano che ciascun nano arrivava, e guardava sorpreso il fuoco, i boccali ricolmi, e il montone rosicchiato, plop! un sacco puzzolente gli piombava sulla testa ed egli era giù per terra. Presto accanto a Balin giacquero Dwalin, Fili e Kili insieme, Dori, Nori e Ori tutti in un mucchio, e Oin, Gloin, Bifur, Bofur e Bombur ammonticchiati scomodamente accanto al fuoco.

« Così imparano! » disse Maso; infatti Bifur e Bombur avevano dato parecchio da fare e avevano lottato furiosamente, come fanno i nani quando sono messi alle corde.

Thorin arrivò per ultimo – e non fu catturato di sorpresa. Arrivò aspettandosi dei guai e non ebbe bisogno di vedere sporgere fuori dai sacchi le gambe dei suoi amici per capire che le cose non andavano bene per niente. Indugiò fuori nelle tenebre per un po', e disse: « Ma che razza di guaio è questo? Chi è che ha sbattuto la mia gente di qua e di là? ».

« Gli Uomini Neri! » disse Bilbo da dietro a un albero. Si erano completamente dimenticati di lui. « Sono nascosti nei cespugli con dei sacchi in mano » aggiunse.

« Ah! davvero? » disse Thorin, e balzò in avanti verso il fuoco, prima che potessero lanciarsi su di lui. Raccolse un grosso ramo incendiato a un'estremità, e Berto si prese quell'estremità nell'occhio prima di potersi scansare. Questo lo mise fuori combattimento per un po'. Bilbo fece del suo meglio. Si attaccò alla gamba di Maso — come meglio poté, visto che era spessa come un giovane tronco — ma fu spedito a gambe all'aria in cima a qualche cespuglio, quando dando un calcio al bastone Maso fece sprizzare le scintille in faccia a Thorin.

In cambio Maso si prese il ramo sui denti e perse uno degli incisivi. Questo lo fece urlare, ve lo dico io. Ma in quel momento sopravvenne da dietro Guglielmo e gettò il sacco proprio sopra la testa di Thorin, dritto giù fino ai piedi. E così la lotta finì. Adesso erano tutti in un bell'imbroglio: tutti ben legati nei sacchi, con tre Uomini Neri arrabbiati (due con bruciature e colpi di cui ricordarsi) seduti accanto a loro, che discutevano se dovessero arrostirli lentamente, o tritarli finemente e bollirli, o semplicemente sedersi su di loro e schiacciarli uno per uno, riducendoli in gelatina: e Bilbo su di un cespuglio, con la pelle e i vestiti lacerati, che non osava muoversi per paura che lo potessero udire.

Fu proprio allora che Gandalf ritornò. Ma nessuno lo vide. Gli Uomini Neri avevano deciso di arrostire subito i nani e di mangiarli più tardi: l'idea era di Berto, ed era stata approvata dagli altri dopo un bel po' di discussioni.

« È stupido arrostirli subito, andremo avanti tutta la notte » disse una voce. Berto pensò che fosse quella di Guglielmo.

« Non ricominciare tutta la discussione da capo, Guglielmo, » disse « o andrà davvero avanti tutta la notte ».

« Ma chi discute? » disse Guglielmo, che pensava fosse stato Berto a parlare.

« Tu » disse Berto.

« Sei un bugiardo » disse Guglielmo; e così la discussione ricominciò da capo. Alla fine decisero di tritarli finemente e di bollirli. Così si munirono di un pentolone nero e tirarono fuori i coltelli.

«È stupido bollirli! Non abbiamo acqua e ci vuole un sacco di tempo per arrivare fino al pozzo » disse una voce. Berto e Guglielmo pensarono fosse quella di Maso.

« Chiudi il becco! » dissero. « O non la finiremo mai. E ci puoi andare tu a prendere l'acqua, se parli ancora ».

« Chiudi il becco tu! » disse Maso, che pensava fosse stata la voce di Guglielmo. « Chi è che discute, a parte te? vorrei proprio saperlo ».

« Sei uno zoticone! » disse Guglielmo.

« Zoticone sarai tu! » disse Maso.

E così la discussione ricominciò da capo e si fece più violenta che mai, finché alla fine decisero di sedersi sui sacchi uno dopo l'altro e di schiacciare i nani e bollirli alla prossima occasione.

« Su chi ci sediamo per primo? » disse la voce.

« Meglio sedersi per primo sull'ultimo arrivato » disse Berto, il cui occhio era stato ammaccato da Thorin. Egli pensava che fosse stato Maso a parlare.

« Non parlare da solo! » disse Maso. « Ma se ti vuoi sedere sull'ultimo, sieditici. Qual è? ».

« Quello coi calzini gialli » disse Berto.

« Sciocchezze, quello coi calzini grigi » disse una voce simile a quella di Guglielmo.

« Sono sicurissimo che il colore era giallo » disse Berto.

« E giallo era » disse Guglielmo.

« Allora perché dici che era grigio? » disse Berto.

Gli Uomini Neri

« Non l'ho mai detto. L'ha detto Maso ».

« Questo mai! » disse Maso. « Sei stato tu ».

« Due contro uno, perciò chiudi il becco! » disse Berto.

« A chi stai parlando? » disse Guglielmo.

« Adesso piantala! » dissero insieme Maso e Berto. « La notte sta finendo e l'alba arriva presto. Finiamola una buona volta, e sbrighiamoci! ».

« L'alba vi prenda tutti e sia di pietra per voi! » disse una voce che sembrava quella di Guglielmo. Ma non lo era. Infatti proprio in quel momento la luce apparve sopra la collina e si sentì un forte cinguettio tra i rami. Guglielmo non parlò più perché rimase fermo, mutato in pietra mentre si chinava; e Berto e Maso si immobilizzarono come rocce mentre lo guardavano. E sono rimasti lì fino ad oggi, tutti soli, a meno che gli uccelli non si posino su di loro; infatti gli Uomini Neri, come probabilmente saprete, debbono trovarsi sottoterra prima dell'alba o ritornano alla sostanza petrosa di cui sono fatti e non si muoveranno mai più. Questo è quanto era accaduto a Berto, Maso e Guglielmo.

« Ottimo! » disse Gandalf, mentre avanzava da dietro un albero e aiutava Bilbo a scendere dal cespuglio spinoso. Allora Bilbo capì. Era stata la voce dello stregone che aveva indotto gli Uomini Neri a bisticciare e litigare finché non era arrivata la luce a porre fine a tutto.

L'operazione successiva consistette nello slegare i sacchi e far uscire i nani. Erano quasi soffocati e molto seccati: non gli era per nulla piaciuto star lì per terra ad ascoltare gli Uomini Neri che facevano piani per arrostirli, schiacciarli e tritarli. Dovettero sentire il resoconto di Bilbo sull'accaduto almeno due volte, prima di essere soddisfatti.

« Che momento stupido per esercitarsi a rubare e borseggiare, » disse Bombur « quando quello che volevamo era un fuoco e del cibo! ».

« Ed è proprio quello che, senza lottare, non avreste mai ottenuto da questi bei tipi » disse Gandalf. « Comunque adesso state perdendo tempo. Com'è possibile che non vi rendiate conto che gli Uomini Neri dovevano avere una grotta o una caverna qui vicino, dove sottrarsi alla vista del sole? Dobbiamo andare a farvi una visitina! ».

Ispezionarono tutt'intorno, e presto trovarono delle impronte di stivali petrosi da Uomo Nero che si allontanavano in mezzo agli alberi. Seguirono le tracce su per la collina, finché non arrivarono a una grossa porta di pietra, nascosta tra i cespugli, che chiudeva una grotta. Ma non riuscirono ad aprirla, benché spingessero tutti mentre Gandalf provava varie formule magiche.

« Questa potrebbe servire a qualcosa? » chiese Bilbo, quando tutti erano ormai stanchi e irritati. « L'ho trovata per terra dove gli Uomini Neri si sono azzuffati ». E tirò fuori una chiave abbastanza grossa, anche se Guglielmo l'aveva senza dubbio giudicata molto piccola e segreta. Doveva essergli caduta di tasca, molto fortunatamente, prima che fosse tramutato in pietra.

« Perché non ne hai parlato prima? » gridarono. Gandalf l'afferrò e la infilò nella serratura. Allora la porta di pietra si aprì con una spinta poderosa, ed entrarono tutti. C'erano delle ossa sul pavimento e un odore sgradevole nell'aria; ma c'era anche una grande quantità di cibo gettato alla rinfusa su alcuni scaffali e sul terreno e, in gran disordine, il bottino di molte rapine. C'era di tutto: bottoni d'ottone e pentole piene di monete d'oro che stavano in un angolo. C'erano anche molti vestiti, appesi alle pareti – troppo piccoli per Uomini Neri, temo che appartenessero alle loro vittime – e in mezzo ad essi molte spade di varia fattura, forma e dimensione. Due attrassero particolarmente il loro sguardo, per le loro belle guaine e per le else tempestate di gemme.

Gandalf e Thorin ne presero una per uno; e Bilbo prese un coltello in una custodia di pelle. Per un

Uomo Nero sarebbe stato al massimo un coltellino tascabile, ma per lo hobbit era buono quanto una spada corta.

« Sembrano buone lame » disse lo stregone, estraendole a mezzo e fissandole con curiosità. « Non sono state fatte da nessun Uomo Nero, né da nessun fabbro tra gli uomini, né da queste parti né di recente; ma quando potremo leggere le rune incise su di esse, ne sapremo di più sul loro conto ».

« Usciamo da questa puzza terribile! » disse Fili. Così portarono fuori le pentole con le monete e il cibo che sembrava intatto e buono da mangiare, oltre a un barile di birra chiara che era ancora pieno. Avevano un bisogno assoluto di far colazione, ed essendo affamatissimi non arricciarono il naso davanti a quel che si erano procurati nella dispensa degli Uomini Neri. Le loro provviste personali erano molto scarse. Adesso avevano pane e formaggio, birra in abbondanza e pancetta da friggere sulle braci.

Dopodiché dormirono, perché la notte era stata movimentata; e non fecero altro fino al pomeriggio. Poi andarono a prendere i loro pony e portarono via le pentole con l'oro, e le seppellirono molto segretamente non lontano dal sentiero vicino al fiume, facendoci sopra moltissimi incantesimi, caso mai avessero modo di tornare a riprenderle. Quando questo fu fatto, rimontarono tutti in sella e ripresero ad avanzare caracollando sul sentiero verso Oriente.

« Dove eri andato, se non sono indiscreto? » disse Thorin a Gandalf mentre cavalcavano.

« A guardare avanti » egli disse.

« E che cosa ti ha portato indietro all'ultimo minuto? ».

« L'aver guardato indietro » egli disse.

« Chiarissimo! » disse Thorin. « Ma non potresti essere più esplicito? ».

« Andai avanti a perlustrare la nostra strada. Presto diventerà pericolosa e difficile. Inoltre ero ansioso di rifornire la nostra piccola scorta di provviste. Comunque non ero andato molto lontano, quando incontrai un paio di amici miei di Forraspaccata ».

« Dov'è? » chiese Bilbo.

« Non interrompere! » disse Gandalf. « Ci arriverete tra pochi giorni ormai, se siamo fortunati, e scoprirete tutto al riguardo. Come dicevo, incontrai due amici appartenenti al popolo di Elrond. Se ne andavano di corsa per paura degli Uomini Neri. Furono loro a dirmi che tre di essi erano scesi dalle montagne e si erano sistemati nei boschi non lontano dalla strada: avevano suscitato un tale terrore che la contrada si era spopolata e tendevano agguati agli stranieri.

« Ebbi immediatamente la sensazione che era necessario che ritornassi da voi. Guardando indietro vidi un fuoco in lontananza e mi ci diressi. Così adesso sapete tutto. Per piacere state più attenti la prossima volta, o non raggiungeremo mai la nostra meta! ».

« Grazie! » disse Thorin.

III

UN BREVE RIPOSO

Quel giorno non cantarono né raccontarono storie, anche se il tempo era migliorato; e neanche l'indomani, né il giorno successivo. Avevano cominciato ad avvertire che, da tutti i lati, il pericolo non era lontano. Si accampavano sotto le stelle, e i loro pony avevano da mangiare più di loro: infatti c'era erba in abbondanza, ma non c'era molto nelle loro bisacce, considerato anche quello che si erano procurati dagli Uomini Neri. Un mattino guadarono un fiume in un punto ampio e poco profondo, risonante contro le rocce fra schizzi di spuma. La riva opposta era scoscesa e sdrucciolevole. Quando vi arrivarono in cima, conducendo a mano i pony, videro che le grandi montagne erano ormai vicinissime. Subito pensarono che ormai ci volesse solo un giorno di viaggio per giungere ai piedi di quella più vicina. Scura e desolata essa appariva, benché ci fossero macchie di sole sui suoi fianchi bruni, e dietro alle sue spalle scintillassero le punte delle vette nevose.

« È questa *la* Montagna? » disse Bilbo con voce solenne, guardandola con occhi sbarrati. Non aveva mai visto una cosa tanto grande in vita sua.

« Certo che no! » disse Balin. « Questo è solo l'inizio delle Montagne Nebbiose e bisogna che in qualche modo passiamo al di là, al di sopra o al di sotto di esse, prima di poter giungere nel Deserto che sta dietro. E c'è un bel po' di strada anche dall'altra parte, fino alla Montagna Solitaria a est, dove Smog giace sul nostro tesoro ».

« Oh! » disse Bilbo, e proprio in quel momento si sentì più stanco di quanto ricordasse d'essere mai stato prima. Pensò una volta di più alla sua comoda poltrona davanti al caminetto nel suo soggiorno preferito della sua caverna hobbit, e alla cuccuma che fischiava. E non fu l'ultima volta!

Adesso Gandalf era passato in testa. « Non dobbiamo smarrire la strada o siamo fritti » disse. « Abbiamo bisogno di cibo, tanto per cominciare, e di riposarci in un posto abbastanza sicuro; inoltre è assolutamente necessario affrontare le Montagne Nebbiose sul sentiero giusto, altrimenti ci si perde e bisogna tornare indietro e ricominciare tutto da capo (ammesso che si riesca a tornare indietro) ».

Gli chiesero dove si stesse dirigendo ed egli rispose: « Siete arrivati proprio al confine delle Terre Selvagge, come forse alcuni di voi sanno già. Nascosta da qualche parte davanti a noi c'è la bella valle di Forraspaccata, dove Elrond vive nell'Ultima Casa Accogliente. Gli ho inviato un messaggio tramite i miei amici e siamo attesi ».

Questo suonava molto bello e consolante, ma ancora non erano arrivati fin là, e trovare l'Ultima Casa Accogliente a ovest delle Montagne non era così semplice come sembrava. Pareva che non ci fosse albero, valle o collina a interrompere il terreno di fronte a loro, solo un vasto pendio che saliva lentamente sempre più in su fino a incontrare i piedi della montagna più vicina, un ampio terreno color erica, e roccia sgretolata, con macchie e radure d'erba e musco che indicavano dove poteva esserci dell'acqua.

Passò il mattino, giunse il pomeriggio; ma in tutto

quel deserto silenzioso non c'era traccia di nessuna dimora. La loro ansia cresceva, perché ora si rendevano conto che la casa poteva essere nascosta quasi dovunque tra loro e le Montagne. Giunsero sopra valli inattese, strette, dai fianchi ripidi, che si aprivano improvvisamente ai loro piedi, e guardarono giù, meravigliati di vedere alberi sotto di loro e corsi d'acqua sul fondo. C'erano canaloni che si potevano attraversare quasi con un salto, ma molto profondi e con molte cascate. C'erano precipizi scuri e che non si potevano attraversare né saltando né calandovicisi dentro. C'erano acquitrini; luoghi verdi e piacevoli da guardare, con fiori che crescevano vividi e alti; ma un pony che vi camminasse con una soma sulla schiena non ne sarebbe mai più uscito fuori.

Veramente dal guado alle Montagne si stendeva un territorio molto più vasto di quanto si sarebbe mai potuto immaginare. Bilbo era stupefatto. L'unico sentiero era segnato da pietre bianche, alcune piccole e altre seminascoste dall'erica e dal musco. Seguire la pista era, tutto sommato, una faccenda assai lenta, benché fossero guidati da Gandalf che sembrava orizzontarsi molto bene.

La testa e la barba dello stregone si chinavano ora da una parte ora dall'altra, mentre cercava le pietre, ed essi seguivano le sue indicazioni; ma quando il giorno cominciò a declinare non sembrava che si fossero avvicinati di molto alla fine della loro ricerca. L'ora del tè era trascorsa da tempo, e sembrava che anche per l'ora di cena sarebbe stato, tra poco, lo stesso. C'erano delle falene che svolazzavano tutt'intorno, e la luce si fece sempre più fioca, perché la luna non si era ancora levata. Il pony di Bilbo cominciò a inciampare sopra radici e pietre. Arrivarono sull'orlo di un ripido dirupo così all'improvviso che il cavallo di Gandalf quasi scivolò giù per il pendio.

« Finalmente ci siamo! » gridò, e gli altri gli si affollarono intorno e si sporsero a guardare. In basso, lontano, videro una valle. Potevano udire la voce dell'acqua che scorreva frettolosa in un letto roccioso sul fondo; nell'aria c'era il profumo degli alberi; e c'era una luce sul lato della valle al di là del fiume.

Bilbo non dimenticò mai il modo in cui sdrucciolarono e scivolarono all'imbrunire giù per il ripido sentiero a zig-zag entro la valle segreta di Forraspaccata. L'aria diventava più calda via via che scendevano, e l'odore dei pini lo insonnolì, sicché ogni tanto la testa gli cadeva sul petto, e lui quasi scivolava giù dalla sella, o batteva il naso sul collo del cavallo. Il loro morale si risollevava man mano che scendevano in basso. Ora gli alberi erano faggi e querce, e c'era un senso di serenità nel crepuscolo. L'ultimo verde era quasi svanito dall'erba, quando infine giunsero a una radura non lontana dalle sponde del ruscello.

« Mmmm! Sento odore di elfi! » pensò Bilbo, e guardò le stelle sopra di lui. Brillavano vivide e azzurre. Proprio allora esplose tra gli alberi una canzone simile a una risata.

> Cosa fate, dove andate?
> Questi pony, via, ferrate!
> Scende il fiume con cascate!
> Trallallerollerollà
> nella valle, proprio qua!
>
> Che cercate, a che mirate?
> Le fascine son bruciate,
> le focacce ben tostate!
> Trallallerollerollà
> questa valle è una beltà
> ahaha!
>
> Dove andate, dove andate
> con le barbe scarmigliate?
> Come mai, vi domandate,
> come mai vi ritrovate
> Mister Baggins, Balin, Dwalin
> nella valle
> questa estate?
> ahaha!

FORRA SPACCATA

Qui restate o ve ne andate?
Spersi i pony, cosa fate?
Muore il dì, non progettate
di partir: sono mattate!
Tanto bello è se restate
ed attenti ci ascoltate,
fino all'ore più inoltrate,
a cantare le ballate!
ahaha!

Così ridevano e cantavano tra le fronde degli alberi; so bene che voi le giudicherete graziose sciocchezze. Non che gliene importerebbe; semplicemente, riderebbero ancora di più. Erano elfi, beninteso. Presto Bilbo poté dar loro qualche rapida occhiata mentre il buio si infittiva. Amava gli elfi, anche se li incontrava raramente; ma allo stesso tempo ne aveva un po' paura. I nani poi non vanno molto d'accordo con loro: anche nani abbastanza per bene come Thorin e i suoi amici pensano che essi siano dei pazzi (e pensare una cosa simile è proprio una pazzia), o ne sono irritati. Il fatto è che alcuni elfi si burlano e ridono di loro, soprattutto della loro barba.

« Bene, bene! » disse una voce. « Guarda un po'! Bilbo lo hobbit a cavallo di un pony, nientemeno! Che spettacolo! ».

« Davvero sorprendente, meraviglioso! ».

Poi si imbarcarono in un'altra canzone ridicola quanto quella che ho riportata per intero. Alla fine uno, un giovane alto, venne fuori dagli alberi e si inchinò di fronte a Gandalf e a Thorin.

« Benvenuti nella valle! » disse.

« Grazie! » disse Thorin un po' bruscamente; Gandalf invece era già sceso di sella e chiacchierava allegramente con gli elfi stando in mezzo a loro.

« Siete un po' fuori strada, » disse l'elfo « cioè a dire, se vi state dirigendo all'unico sentiero che attraversa il ruscello e porta alla casa dall'altra parte. Vi mostreremo la via giusta, ma fareste meglio ad andare a piedi fino a che non avrete attraversato il ponte. Volete fermarvi un po' a cantare con noi, o volete continuare subito? Di là stanno preparando la cena » disse. « Posso sentire l'odore della legna che arde nella cucina ».

Stanco com'era, a Bilbo sarebbe piaciuto fermarsi un poco. Il canto degli elfi, a giugno, sotto le stelle, è una cosa che non va persa, almeno se si tiene a queste cose. Inoltre gli sarebbe piaciuto scambiare qualche parola in privato con queste persone che sembravano conoscere il suo nome e sapere tutto su di lui, anche se non le aveva mai viste prima. Pensava che la loro opinione sulla sua avventura poteva essere interessante. Gli elfi sanno un sacco di cose e sono meravigliosi per quanto riguarda le notizie: vengono a sapere che cosa succede tra le genti del paese con la velocità con cui scorre l'acqua, o più velocemente ancora.

Ma per il momento i nani erano tutti in favore dell'idea di cenare al più presto possibile, e non vollero fermarsi. Si incamminarono tutti, conducendo i pony a mano, finché non furono guidati su un buon sentiero e, finalmente, proprio alla sponda del fiume. Esso scorreva veloce e rumoroso, come fanno i rivi montani nelle sere d'estate, quando il sole ha sfolgorato tutto il giorno sulle alte nevi lontane. C'era solo uno stretto ponte di pietra senza parapetto, così stretto che un pony poteva appena passarci sopra; e sopra di esso dovettero passare, lentamente e con attenzione, uno dopo l'altro, ciascuno conducendo il suo pony per le briglie. Gli elfi avevano portato sulla riva delle lanterne luminose, e cantarono un'allegra canzone mentre la compagnia attraversava.

« Non immergere la barba nella schiuma, padre! » gridarono a Thorin, che stava chino quasi carponi. « È già lunga abbastanza anche senza innaffiarla! ».

« Attenti che Bilbo non si mangi tutti i dolci! » trillarono. « È già troppo grasso per riuscire a passare attraverso il buco della serratura! ».

«Ssst! Zitti, Buona Gente! e buona notte! » disse

Gandalf, che era l'ultimo. « Le valli hanno orecchie e certi elfi cianciano un po' troppo allegramente. Buona notte! ».

E così finalmente arrivarono tutti all'Ultima Casa Accogliente, e trovarono le porte spalancate.

Certo è una cosa strana, ma sta di fatto che a parlare delle cose belle e dei giorni lieti si fa in fretta, e non è che interessi molto ascoltare; invece da cose disagevoli, palpitanti o addirittura spaventose si può fare una buona storia, o comunque, un lungo racconto. Rimasero per un bel po' in quella casa confortevole, almeno quattordici giorni, e trovarono duro andarsene. Bilbo sarebbe stato contentissimo di fermarsi lì in sempiterno, anche supponendo che un desiderio esaudito per magia lo avesse riportato senza guai diritto alla sua caverna hobbit. Eppure, di quel soggiorno c'è poco da raccontare.

Il padrone di casa era un amico degli elfi, una di quelle persone i cui padri compaiono nelle strane storie anteriori all'inizio della Storia, nelle guerre tra gli orchi malefici, gli elfi e i primi uomini del Nord. Nei giorni in cui si svolge la nostra storia c'erano ancora delle persone che avevano per antenati sia gli elfi sia gli eroi del Nord, e Elrond, il padrone di casa, era il loro capo.

Era nobile e bello in viso come un sire elfico, forte come un guerriero, saggio come uno stregone, venerabile come un re dei nani, e gentile come la primavera. Compare in molte storie, ma la sua parte in quella della grande avventura di Bilbo è piccola, anche se importante, come vedrete se mai ne arriviamo alla fine. La sua casa era perfetta, che vi piacesse il cibo, o il sonno, o il lavoro, o i racconti, o il canto, o che preferiste soltanto star seduti a pensare, o anche se amaste una piacevole combinazione di tutte queste cose. In quella valle il male non era mai penetrato.

Vorrei avere il tempo di raccontarvi almeno qualcuna delle storie, o riportare una o due delle canzoni che udirono in quella casa. Tutti quanti, perfino i pony, si rinfrancarono e si rinforzarono in quei pochi giorni che vi trascorsero. Fu presa cura dei loro abiti come delle loro ammaccature, del loro umore e delle loro speranze. Le loro bisacce furono riempite di cibo e di provviste leggere da portare, ma tanto sostanziose da permetter loro di passare al di là dei passi montani. I loro piani furono migliorati da eccellenti consigli. Così si arrivò a Ferragosto, ed essi dovevano rimettersi in cammino proprio la mattina di Ferragosto, al sorger del sole.

Elrond sapeva tutto su qualsiasi tipo di runa. Quel giorno guardò le spade che essi avevano portato via dal covo degli Uomini Neri e disse: « Questa non è fattura di Uomini Neri. Sono spade antiche, spade antichissime, appartenenti agli Elfi Alti dell'Ovest, alla mia famiglia. Furono forgiate a Gondolin per le guerre contro gli orchi. Devono provenire dal tesoro di un drago o dal bottino degli orchi; infatti draghi e orchi distrussero quella città tanto tempo fa. A questa, Thorin, le rune danno il nome di Orcrist, che vuol dire Fendiorchi nell'antico linguaggio di Gondolin: era una lama famosa. Questa, Gandalf, era Glamdring, la Battinemici, che un tempo era cinta dal re di Gondolin. Conservatele con cura! ».

« Chissà da dove se le erano procurate gli Uomini Neri... » disse Thorin, guardando la sua spada con un nuovo interesse.

« Non saprei, » disse Elrond « ma si può immaginare che i vostri Uomini Neri avessero depredato altri predoni, o che avessero messo le mani sui resti di antiche ruberie in qualche rifugio sulle montagne. Ho sentito dire che ci sono ancora tesori d'altri tempi, che sono stati dimenticati e che debbono ancora essere ritrovati nelle caverne abbandonate delle miniere di Moria, dopo la guerra tra i nani e gli orchi ».

Thorin ponderò queste parole: « Terrò questa spada in grande onore » disse. « Possa presto tornare a fendere orchi! ».

« Un desiderio che probabilmente sarà soddisfatto abbastanza presto, sulle montagne! » disse Elrond. « Ma adesso mostratemi la vostra mappa! ».

La prese e la fissò a lungo, e scosse la testa; poiché se non approvava interamente i nani e il loro amore per l'oro, odiava i draghi e la loro crudele malvagità, e lo rattristava ricordare la rovina della città di Dale e le sue allegre campane, e le rive bruciate del luminoso Fiume Fluente. La luna brillava in una larga falce d'argento. Egli sollevò la mappa e la luce bianca splendette attraverso di essa. « Che cos'è questo? » disse. « Ci sono delle lettere lunari, qui, accanto alle rune visibili, che dicono "la porta è alta un metro e mezzo e ci si può passare in tre per volta" ».

« Cosa sono le lettere lunari? » chiese lo hobbit, pieno d'eccitazione. Amava le mappe, come vi ho già detto; e amava anche le rune e le lettere dell'alfabeto e la bella calligrafia, anche se quando scriveva faceva delle sottilissime zampe di gallina.

« Le lettere lunari sono rune, ma non le si può vedere, » disse Elrond « non quando le si guarda direttamente. Si può vederle soltanto quando la luna brilla dietro di esse, ma ciò che conta di più, anzi il punto fondamentale, è che la luna deve trovarsi nella stessa fase e nella stessa stagione di quando le lettere furono scritte. Furono i nani a inventarle e le scrissero con penne d'argento, come potrebbero dirti i tuoi amici. Devono essere state scritte in una notte di Ferragosto, quand'era luna crescente, molto tempo fa ».

« Che cosa dicono? » chiesero contemporaneamente Gandalf e Thorin, forse un po' scossi dal fatto che qualcun altro, sia pure Elrond, avesse dovuto scoprirle per primo, benché veramente non ce ne fosse stata la possibilità prima d'allora, e non ce ne sarebbe stata più un'altra per chissà quanto tempo.

« "Sta vicino alla pietra grigia quando picchia il tordo » lesse Elrond « e l'ultima luce del sole che tramonta nel giorno di Durin splenderà sul buco della serratura" ».

« Durin, Durin! » disse Thorin. « Era il padre dei padri della più antica razza di nani, i Lunghebarbe, e mio capostipite: io ne sono l'erede ».

« Allora, che cos'è il giorno di Durin? » chiese Elrond.

« Il capodanno dell'Anno Nuovo dei nani » disse Thorin « è, come tutti dovrebbero sapere, il primo giorno dell'ultima luna d'autunno alle soglie dell'inverno. Lo chiamano ancora "Giorno di Durin" ed è quando l'ultima luna d'autunno e il sole stanno insieme nel cielo. Ma questo non ci aiuterà molto, temo, perché oggi è al di là delle nostre capacità indovinare quando ci sarà di nuovo un momento simile ».

« Questo è ancora da vedere » disse Gandalf. « C'è scritto qualcos'altro? ».

« Niente che possa essere visto con questa luna » disse Elrond, e restituì la mappa a Thorin. Poi scesero al rivo per vedere gli elfi che danzavano e cantavano, celebrando la notte di Ferragosto.

La mattina del giorno dopo era bella e fresca come in un sogno: azzurro il cielo senza una nuvola, e il sole danzava sull'acqua. Partirono accompagnati da canzoni d'addio e di buona fortuna, col cuore pronto per nuove avventure e conoscendo la strada che dovevano seguire sulle Montagne Nebbiose fino alla terra al di là di esse.

IV

IN SALITA E IN DISCESA

C'erano molti sentieri che portavano su per quelle montagne, e molti passi sopra di esse. Ma la maggior parte dei sentieri si rivelavano inganni e illusioni che non portavano in nessun posto o a una brutta fine; e la maggior parte dei passi era infestata da cose malvagie e da pericoli mortali. I nani e lo hobbit, aiutati dai saggi consigli di Elrond, e dalla sapiente memoria di Gandalf, presero la strada giusta per il passo giusto.

Lunghi giorni dopo che erano usciti dalla valle e avevano lasciato l'Ultima Casa Accogliente molte miglia dietro di sé, essi stavano ancora salendo, salendo, e salendo. Era un sentiero difficile e pericoloso, un cammino tortuoso, solitario e lungo. Voltandosi, potevano ora vedere le terre che avevano lasciato, distese dietro di loro molto più in basso. Bilbo sapeva che lontano lontano, a occidente, dove tutto era azzurro e sbiadito, c'era il suo paese, dove le cose erano sicure e tranquille, e la sua piccola caverna hobbit. Rabbrividì. Il freddo stava diventando sempre più intenso lassù e il vento soffiava fischiando tra le rocce. A tratti, grossi macigni precipitavano giù dai fianchi della montagna, staccati dal sole di mezzogiorno che scioglieva la neve, e passavano in mezzo a loro (una bella fortuna!), o sopra la loro testa (una bella preoccupazione!). Le notti erano scomode e gelide, ed essi non osavano cantare o parlare a voce troppo alta, poiché l'eco era strana e pareva che il silenzio non volesse essere rotto, tranne che dal rumore dell'acqua, dal gemito del vento e dallo sgretolarsi delle rocce.

« Là sotto è estate, » pensò Bilbo « e si falcia il fieno e si va a fare i picnic. Faranno la mietitura e raccoglieranno le more prima ancora che noi cominciamo a scendere giù dall'altra parte, se continuiamo di questo passo ». Anche gli altri erano assorti in pensieri egualmente cupi, benché, quando avevano salutato Elrond al culmine delle speranze di un mattino di mezz'estate, avessero parlato gaiamente di superare le Montagne e di attraversare rapidamente le terre al di là di esse. Avevano creduto di arrivare alla porta segreta sulla Montagna Solitaria forse proprio in quella prossima luna nuova d'autunno « e forse sarà il giorno di Durin », avevano detto. Solamente Gandalf aveva scosso la testa e non aveva detto niente. I nani non erano più passati per quella strada da molti anni, ma Gandalf sì, e sapeva quanto il male e il pericolo fossero aumentati e avessero allignato nelle Terre Selvagge, da quando i draghi avevano cacciato gli uomini, e gli orchi si erano diffusi di nascosto a tutti, dopo la battaglia delle Miniere di Moria. Perfino i piani ben fatti di uno stregone saggio come Gandalf e di un buon amico come Elrond qualche volta falliscono, quando si vive una avventura pericolosa sul Confine delle Terre Selvagge; e Gandalf era uno stregone saggio abbastanza per saperlo.

Sapeva che sarebbe potuto accadere qualcosa di inaspettato e non osava nemmeno sperare che avrebbero attraversato senza terribili vicissitudini quelle monta-

Il sentiero sulla Montagna

gne grandi e alte con vette solitarie, e quelle valli dove non governava nessun re. E qualcosa accadde, infatti. Tutto andò bene fino a che un giorno furono assaliti da un temporale con fulmini e tuoni, o meglio da una guerra tra fulmini e tuoni. Sapete quanto possa essere spaventosa una tempesta veramente violenta in pianura o nella vallata di un fiume; specie certe volte quando due grossi temporali si scontrano o cozzano. Ma tuoni e fulmini sono ancora più terribili sulle montagne, di notte, quando le bufere si levano da est e ovest e si fanno guerra. I fulmini si infrangono sulle vette e le rocce tremano, e grossi macigni si spaccano e fendono l'aria, rotolando e precipitando in ogni grotta. e in ogni cavità; e il buio è percorso da rumori minacciosi e da luci improvvise.

Bilbo non aveva mai visto né immaginato niente di simile. Si trovavano in alto su una strettoia, e da un lato un precipizio pauroso scompariva in una valle oscura. Si erano riparati lì per la notte, sotto una roccia sporgente, ed egli giaceva sotto una coperta e tremava dalla testa ai piedi. Quando fece capolino, alla luce dei lampi vide che dall'altra parte della valle i giganti di pietra erano usciti all'aperto e giocavano a scagliarsi l'un l'altro dei grossi macigni, afferrandoli e scaraventandoli nell'oscurità, dove si fracassavano tra gli alberi giù in basso, o si frantumavano in piccoli pezzi con un'esplosione. Poi vennero vento e pioggia, e il vento sbatté pioggia e grandine in ogni direzione, così che una roccia sporgente non riparava proprio per niente. Ben presto furono tutti fradici e i pony stavano colla testa abbassata e la coda fra le gambe, e alcuni nitrivano per la paura. Potevano udire i giganti che sghignazzavano e urlavano su tutti i fianchi delle montagne.

« Qui non va bene per niente! » disse Thorin. « Se il vento non ci porta via, la pioggia non ci sommerge o il lampo non ci fulmina, saremo presi da qualche gigante che ci tirerà per aria con un calcio come fossimo palloni ».

« Allora se conosci un posto migliore, portaci lì! » disse Gandalf, che era d'umore assai scontroso e ben lontano anche lui dal sentirsi tranquillo riguardo ai giganti.

La conclusione della loro disputa fu che mandarono Fili e Kili a cercare un rifugio migliore. Essi avevano una vista acutissima e poiché erano più giovani di circa cinquant'anni degli altri nani, di solito era a loro che veniva affidato questo tipo di incarico (dato che ognuno poteva vedere che era perfettamente inutile mandare Bilbo). Se volete trovare qualcosa, non c'è niente di meglio che cercare, così almeno disse Thorin ai due giovani nani. Certo, di solito qualcosa si trova, se si cerca, ma non sempre si tratta proprio della cosa che si voleva. Così accadde in quella circostanza.

Presto Fili e Kili tornarono indietro strisciando, afferrandosi alle rocce contro vento. « Abbiamo trovato una grotta asciutta » dissero « non lontano, girato l'angolo lì vicino: potrebbero entrarci i pony e tutto il resto ».

« L'avete esplorata coscienziosamente? » disse lo stregone, il quale sapeva che in alta montagna le grotte sono raramente disabitate.

« Sì, sì! » dissero sebbene ciascuno sapesse di non esserci rimasto molto a lungo; e infatti erano tornati troppo presto.

Questo, ovviamente, è il pericolo che si corre con le grotte; non si sa mai quanto siano profonde, a volte, o dove possa portare un passaggio interno, o che cosa vi aspetti là dentro. Ma in quel momento le notizie di Fili e Kili sembrarono abbastanza buone. Così si alzarono tutti e si prepararono a traslocare. Il vento fischiava e il temporale rumoreggiava ancora, ed ebbero il loro da fare a rimettersi in cammino coi loro pony. Tuttavia non era molto lontano, e in breve giunsero a una grossa roccia ben salda in mezzo al sentiero. Se si passava dietro di essa, si trovava un arco basso, aperto nel fianco della montagna. C'era appena posto per farci passare con un po' di fatica i pony, dopo aver tolto loro il carico e le selle. Mentre passavano sotto l'arco, era bello udire il vento e la pioggia al di fuori, invece che tutt'intorno a loro, e sentirsi al sicuro dai giganti e dalle loro rocce. Ma lo stregone non voleva correre rischi. Accese il suo bastone magico (come aveva fatto nella sala da pranzo di Bilbo quel giorno che ora sembrava tanto lontano, vi ricordate?) e alla sua luce esplorarono la grotta da un'estremità all'altra.

Sembrava abbastanza ampia, ma non troppo vasta e misteriosa. Aveva un suolo asciutto e alcuni comodi angolini. A un'estremità c'era posto per i pony ed essi si misero lì (molto contenti del cambiamento) sbuffando e masticando rumorosamente col muso nella sacca del foraggio. Oin e Gloin volevano accendere un fuoco sulla soglia per asciugare i vestiti, ma Gandalf non ne volle sapere. Così sparsero gli indumenti bagnati al suolo, e ne tirarono fuori di asciutti dai loro fardelli; poi si aggiustarono le coperte, tirarono fuori la pipa, e fecero degli anelli di fumo, che Gandalf tramutò in vari colori e spedì a ballare sul soffitto per divertirli. Parlarono e parlarono, e dimenticarono la bufera, e discussero di che cosa ciascuno avrebbe fatto con la sua parte del tesoro (quando l'avessero ottenuto, cosa che al momento non sembrava tanto impossibile); e così si addormentarono uno dopo l'altro. E quella fu l'ultima volta che si servirono dei loro pony, pacchi, bagagli, attrezzi ed effetti personali.

Dopo tutto, l'aver portato con loro il piccolo Bilbo si rivelò un'ottima cosa, quella notte. Infatti, per un motivo o per l'altro, per un bel po' egli non riuscì ad addormentarsi; e quando finalmente si addormentò, fece dei sogni bruttissimi. Sognò che una fenditura nella parete posteriore della grotta si ingrandiva sempre di più, ed egli aveva molta paura ma non riusciva a dare l'allarme o far altro che restare disteso a guardare. Poi sognò che il suolo della grotta si spalancava sotto di lui, e che egli cominciava a precipitare, a precipitare, chissà dove.

A questo punto si svegliò di soprassalto, e scoprì che una parte del sogno era vera. Sulla parete posteriore della caverna si era aperta una grossa crepa, tanto da costituire un passaggio abbastanza largo: fece appena in tempo a vedervi sparire dentro la coda dell'ultimo pony. Naturalmente emise un urlo fortissimo, un urlo forte quanto lo può emettere uno hobbit, il che è sorprendente considerate le loro dimensioni.

Ed ecco saltar fuori gli orchi, orchi grossi, orchi enormi e brutti, orchi a non finire, prima che si potesse dire *massi e sassi*. Ce n'erano almeno sei per ogni nano, e perfino due per Bilbo; e furono tutti agguantati e trascinati attraverso la fessura, prima che si potesse dire *miccia e acciarino*. Tutti tranne Gandalf, però. L'urlo di Bilbo era servito almeno a questo. Lo aveva completamente svegliato in una frazione di secondo, e quando gli orchi gli si avvicinarono per agguantarlo, nella grotta ci fu un bagliore terribile come un lampo, un odore come di polvere da sparo, e molti di essi caddero morti.

La crepa si chiuse con uno scatto, e Bilbo e i nani si trovarono dall'altra parte, quella sbagliata! Dove era Gandalf? Né loro né gli orchi ne avevano la più pallida idea, e gli orchi non persero tempo a scoprirlo. Acciuffarono Bilbo e i nani e li spinsero avanti in gran fretta. Il buio era fittissimo, tanto che solamente degli orchi che hanno preso l'abitudine di vivere nel cuore delle montagne potevano vederci. C'erano passaggi che si incrociavano e si intersecavano in tutte le direzioni, ma gli orchi conoscevano la strada, come voi conoscete quella verso il tabaccaio più vicino; e la strada continuava a scendere, ed era terribilmente soffocante. Gli orchi non sono certo persone molto tenere, e li pizzicavano senza pietà, sghignazzando e ridendo con le loro voci cavernose; e Bilbo si sentiva ancora più infelice di quando l'Uomo Nero lo aveva sollevato prendendolo per i piedi. Pensò con rinnovato e intenso desiderio alla sua bella e luminosa caverna hobbit. Non fu l'ultima volta!

Davanti a loro apparve ora un bagliore di luce rossa. Gli orchi si misero a cantare, o meglio, a gracidare, accompagnandosi col battito dei piedi sulla pietra e scuotendo ritmicamente i loro prigionieri.

> Afferra e spezza! Voragine nera!
> Acciuffa, sbatti! Poi spazza a bufera!
> E giù degli orchi nel tetro palazzo
> tu finirai, ragazzo!
>
> Cozza, sfonda, fracassa, batti, pesta!
> Martelli e mazze! Sonagliere a festa!
> Picchia, colpisci, giù giù sotto il suolo!
> Oh! mio figliolo!
>
> La frusta sibila, sferza, poi schiocca!
> Colpisce, e un gemito t'esca di bocca!
> Cammina alacre e non t'arresta;
> già gli orchi trincano e fanno festa
> ebbri essi danzano in giro pazzo
> sottoterra, ragazzo!

Una cosa spaventosa. Le pareti riecheggiarono l'*Afferra e spezza!* e il *batti, pesta!* e il sinistro sghignazzare del loro *sottoterra, ragazzo!* Il significato generale della canzone era fin troppo chiaro; infatti a un certo punto gli orchi tirarono fuori le fruste, e le schioccarono facendole *sibilare e sferzare*, e così costrinsero tutti quanti a correre a più non posso davanti a sé; e più di un nano già gemeva come un matto, quando entrarono barcollando in una grossa caverna.

Era illuminata da un gran fuoco rosso nel centro, e da torce appese alle pareti, e rigurgitava di orchi. Risero tutti e applaudirono freneticamente quando i nani (col povero piccolo Bilbo alle loro spalle e più vicino alle fruste) entrarono correndo, mentre dietro di loro gli orchi che li spingevano facevano schioccare e fischiare le fruste. I pony erano già stati pigiati in un angolo; e c'erano anche tutti i loro bagagli e fagotti che stavano a terra aperti, messi sottosopra dagli orchi, annusati dagli orchi, smaneggiati dagli orchi, e disputati accanitamente dagli orchi.

Temo che questa sia stata l'ultima immagine che ebbero di quegli eccellenti pony, incluso un piccoletto simpatico e robusto che Elrond aveva prestato a Gandalf, dal momento che il suo cavallo non andava bene per i sentieri montani. Il fatto è che gli orchi mangiano cavalli, pony e somari (e altre cose molto peggiori), e sono sempre affamati. Comunque, per il momento i prigionieri pensavano solo a se stessi. Gli orchi li incatenarono con le mani dietro la schiena e li legarono tutti insieme uno dopo l'altro, e poi li sospinsero all'estremità più lontana della caverna, col piccolo Bilbo che si trascinava, ultimo della fila.

Là nelle tenebre, su una pietra larga e piatta sedeva un orco orrendo dalla testa enorme, e intorno a lui stavano in piedi diversi orchi armati delle asce e delle sciabole che sono soliti usare. Il fatto è che gli orchi sono creature malvagie e crudeli. Non fanno cose belle, ma ne fanno molte di ingegnose. Possono scavare tunnel e miniere con bravura pari a quella dei nani più abili, quando lo vogliono, anche se di solito sono disordinati e sporchi. Fanno molto bene martelli, asce, spade, pugnali, tenaglie e anche strumenti di tortura, oppure li fanno fare su loro disegno ad altra gente, prigionieri e schiavi che devono lavorare fino a che non muoiono per mancanza di aria e di luce. Non è improbabile che abbiano inventato alcune delle macchine che da allora in poi hanno afflitto il mondo, specialmente gli ingegnosi congegni per uccidere grandi masse di gente tutta insieme, poiché ruote, motori ed esplosioni sono sempre piaciuti loro moltissimo, anche se hanno cercato di lavorare il meno possibile con le proprie mani; ma in quei giorni e in quelle contrade selvagge essi non avevano ancora fatto tanti progressi (come vengono chiamati). Non odiavano i nani in modo particolare, non più cioè di quanto odiassero tutti e tutto, e specialmente le persone pacifiche e prospere; anzi, in certi posti alcuni nani malvagi avevano perfino fatto alleanza con loro. Ma avevano un rancore particolare verso il popolo di Thorin, a causa della guerra di cui avete sentito parlare, ma di cui non si tratta in questa storia; e comunque agli orchi non importa chi catturano, purché riescano a farlo con furbizia e segretezza, e i prigionieri non siano capaci di difendersi.

« Chi sono questi miserabili? » chiese il Grande Orco.

« Nani, e questo! » disse uno di quelli che li avevano portati fin lì, dando uno strattone alla catena di Bilbo così che egli cadde in avanti sulle ginocchia. « Li abbiamo trovati che si riparavano nel nostro portico anteriore ».

« Che cosa significa ciò? » disse il Grande Orco rivolgendosi a Thorin. « Niente di buono, te lo assicuro! Spiavate gli affari privati del mio popolo, m'immagino! Non mi sorprenderei di scoprire che siete ladri! Assassini e amici degli elfi, molto probabilmente! Avanti! Che hai da dire? ».

« Thorin il nano al vostro servizio! » egli replicò (era semplicemente una maniera educata di rispondere « niente »). « Non abbiamo nessuna idea delle cose che sospettate e immaginate. Ci siamo riparati dalla bufera in quella che sembrava una grotta adatta e fuori uso; niente era più lontano dai nostri pensieri che disturbare in qualsivoglia modo gli orchi ». Il che era abbastanza vero!

« Uhm! » disse il Grande Orco. « Questo lo dici tu! Posso chiederti allora cosa facevate sulle montagne, e da dove venite e dove andate? In effetti vorrei sapere tutto di voi. Non che ti servirà a molto, Thorin Scudodiquercia, ne so già fin troppo della tua razza; ma di' la verità, o vi organizzerò qualcosa che non vi piacerà affatto! ».

« Eravamo in viaggio per andare a trovare i nostri parenti, i nostri nipoti e nipotine, i nostri cugini di primo, secondo e terzo grado, e gli altri discendenti dei nostri nonni, che vivono a est di queste montagne squisitamente ospitali » disse Thorin, non sapendo bene cosa dire in un momento in cui ovviamente l'esatta verità sarebbe stata completamente fuori luogo.

« È un bugiardo, o Tremendissimo! » disse uno degli orchi che avevano portato i prigionieri. « Molti dei nostri sono stati abbattuti dal fulmine nella grotta, quando abbiamo invitato questi esseri a venire giù; e sono morti come sassi! E poi non ha spiegato questa! ». Egli tese la spada che Thorin aveva cinto, la spada che veniva dal covo degli Uomini Neri.

Il Grande Orco lanciò uno spaventoso urlo di rabbia quando la guardò, e tutti i suoi soldati digrignarono i denti, scossero gli scudi e batterono i piedi. Avevano riconosciuto immediatamente la spada. Aveva ucciso centinaia d'orchi ai suoi tempi, quando i begli elfi di Gondolin davano loro la caccia sulle colline o li combattevano sotto le loro mura. L'avevano chiamata Orcrist, Fendiorchi, ma gli orchi la chiamavano semplicemente Coltello. La odiavano, e odiavano ancora di più chiunque la cingesse.

« Assassini e amici degli elfi » gridò il Grande Orco. « Squarciateli! Picchiateli! Morderteli! Sbranateli! Portateli via nelle caverne scure piene di serpenti e non fategli più vedere la luce! ». Era talmente arrabbiato che saltò su dal suo sedile e si precipitò lui stesso su Thorin colle fauci spalancate.

Proprio in quel momento tutte le luci della caverna si spensero, e il gran fuoco puff! esplose in una colonna di fumo bluastro e fosforescente che schizzò su fino al soffitto e sparse bianche scintille pungenti su tutti gli orchi.

Le grida e le urla inarticolate, il gracidare, l'uggiolare, il farfugliare; gli ululati, i ringhi e le imprecazioni; lo strillio e lo stridio che seguirono erano al di là di ogni possibile descrizione. Molte centinaia di gatti selvatici e di lupi che fossero arrostiti vivi tutti insieme a fuoco lento sarebbero niente, a paragone. Le scintille scavavano fori brucianti nella carne degli orchi, e il fumo che ora ricadeva dal tetto rendeva l'aria così spessa che perfino i loro occhi non riuscivano a vedervi attraverso. Presto caddero ammassati sul pavimento gli uni sugli altri, mordendo, picchiando e combattendo come se fossero tutti impazziti.

Improvvisamente una spada sfolgorò di luce propria. Bilbo la vide infilarsi diritta nel Grande Orco mentre questi stava in piedi fermo e stordito nel pieno della sua collera. Cadde morto e le sue guardie fuggirono via davanti alla spada, strillando nel buio.

La spada tornò nel fodero. « Presto, seguitemi! » disse una voce fiera e tranquilla; e prima che Bilbo capisse cos'era successo, trottava di nuovo in avanti, a più non posso, ultimo della fila, giù per passaggi scurissimi con le urla degli orchi che svanivano dietro di lui. Una pallida luce li guidava.

« Più svelti, più svelti! » disse la voce. « Non ci metteranno molto a riaccendere le torce! ».

« Mezzo minuto! » disse Dori, che si trovava indietro, vicino a Bilbo, e che era un buon diavolo. Si prese lo hobbit a cavalcioni sulle spalle aiutandosi meglio che poteva con le mani legate, e poi ripartirono tutti di corsa, con un clangore di catene, inciampando spesso, dato che non potevano servirsi delle mani per tenersi in equilibrio. Per un bel po' non si fermarono, e alla fine si trovarono proprio giù nel cuore della montagna.

Allora Gandalf accese il bastone magico. Perché, naturalmente era Gandalf; ma per il momento avevano ben altro a cui pensare per chiedergli come avesse fatto ad arrivare fin lì. Sfoderò ancora la spada, e nel buio essa sfolgorò di nuovo di luce propria.

Ardeva di una collera che la faceva scintillare, se in giro c'erano degli orchi; ora era vivida come una fiamma blu per la gioia provata nell'uccidere il potente signore della caverna. Non ebbe nessuna difficoltà a recidere rapidamente le catene degli orchi e a liberare tutti i prigionieri. Il nome della spada era Glamdring la Battinemici, ve ne ricordate? Gli orchi la chiamavano semplicemente Martello e, se possibile, la odiavano più di Coltello. Anche Orcrist era stata salvata; infatti Gandalf l'aveva portata con sé assieme all'altra spada, strappandola a una delle guardie terrorizzate. Gandalf pensava proprio a tutto; e anche se non poteva fare tutto, poteva fare molto per gli amici che si trovassero alle strette.

« Ci siamo tutti? » chiese, restituendo la spada a Thorin con un inchino. « Vediamo! uno: questo è Thorin; due, tre, quattro, cinque, sei, sette, otto, nove, dieci, undici; dove sono Fili e Kili? Eccoli qua! Dodici, tredici; ed ecco il signor Baggins: quattordici! Bene, bene! poteva andare peggio, anche se poteva andare molto meglio. Senza pony, senza cibo, senza sapere bene dove siamo, e con orde di orchi furiosi alle calcagna. Su, andiamo avanti! ».

Andarono avanti. Gandalf aveva pienamente ragione: in lontananza, lungo il passaggio che avevano percorso, cominciarono a udire rumori d'orchi e grida orribili. Questo li fece schizzare avanti più velocemente che mai, e siccome il povero Bilbo non ce la faceva a tenere un'andatura veloce neanche la metà della loro – infatti i nani possono mantenere un ritmo infernale nella loro corsa, se ce n'è bisogno, ve lo dico io – fecero a turno a portarselo in spalla.

Tuttavia gli orchi sono più veloci dei nani, e questi orchi conoscevano meglio la strada (avevano aperto i passaggi proprio loro), ed erano fuori di sé dalla rabbia; così per quanto facessero, i nani sentivano le grida e le urla farsi sempre più vicine. Ben presto furono in grado di udire perfino il battito sordo dei piedi degli orchi, tanti, tantissimi piedi che parevano provenire proprio da dietro all'ultima curva. Potevano vedere alle loro spalle, nel tunnel che stavano seguendo, il bagliore delle torce rosse; e cominciavano a sentirsi mortalmente stanchi.

« Ma chi, chi me l'ha fatto fare di lasciare la mia caverna! » disse il povero signor Baggins rimbalzando su e giù sulla schiena di Bombur.

« Ma chi, chi me l'ha fatto fare di portare questo disgraziato di un piccolo hobbit in una caccia al tesoro! » disse il povero Bombur, che era grasso, e procedeva traballando col sudore che gli colava sul naso per il caldo e il terrore.

A questo punto Gandalf passò alla retroguardia e Thorin con lui. Uscirono da una curva molto stretta. « Dietrofront! » gridò Gandalf. « Sguaina la spada, Thorin! ».

Non c'era nient'altro da fare; e agli orchi non piacque affatto. Superarono la curva di slancio urlando a pieni polmoni e trovarono Fendiorchi e Battinemici che brillavano fredde e vivide proprio nei loro occhi attoniti. Quelli davanti fecero cadere le torce, e lanciarono un grido prima d'essere uccisi. Quelli alle loro spalle gridarono ancora di più, e balzarono indietro cozzando contro quelli che stavano sopravvenendo. « Coltello e Martello! » strillarono; e presto furono tutti in preda alla confusione, e la maggior parte di essi si affrettò a tornare da dove era venuta.

Passò un bel po' di tempo prima che alcuni di loro osassero oltrepassare quella curva. Nel frattempo i nani avevano di nuovo percorso un lungo tratto di strada negli oscuri tunnel del reame degli orchi. Quando questi se ne accorsero, presero le torce, infilarono scarpe leggere, e scelsero i loro corridori più veloci, dotati della vista più acuta e dell'udito più fino. Questi corsero avanti, rapidi come donnole al buio, e poco più rumorosi dei pipistrelli.

Ecco perché né Bilbo, né i nani e neanche Gandalf li udirono arrivare. E neppure li videro. Gli orchi invece, che li inseguivano silenziosamente, videro loro, perché il bastone magico di Gandalf continuava a emettere una fievole luce per aiutare i nani nella loro avanzata.

Tutto a un tratto Dori, che adesso stava di nuovo alla retroguardia, venne agguantato nel buio, alle spalle. Gridò e cadde; e lo hobbit gli rotolò giù dalla schiena nella tenebra più oscura; batté la testa sulla dura roccia e perse conoscenza.

V

INDOVINELLI NELL'OSCURITÀ

Quando Bilbo aprì gli occhi, si chiese se li avesse veramente aperti; infatti il buio non era meno fitto di quando li teneva chiusi. Non c'era nessuno vicino a lui. Immaginate la sua paura! non poteva udire niente, vedere niente e sentire niente, tranne il suolo roccioso.

Molto lentamente si mise carponi e andò attorno barcollando, finché toccò la parete del tunnel; ma non poté scoprire niente né sopra né sotto: niente di niente, nessuna traccia degli orchi, nessuna traccia dei nani. La testa gli girava, ed era ben lontano dal sapere con un minimo di sicurezza in quale direzione stessero andando quando egli era caduto. Tirò a indovinare, e avanzò strisciando per un po', finché improvvisamente la mano andò a sfiorare per caso qualcosa che al tatto sembrava un sottile anello di metallo freddo, giacente sul fondo del tunnel. Bilbo era a un punto cruciale della sua carriera, ma non lo sapeva. Si mise in tasca l'anello quasi senza pensarci; in quel momento sembrava che non potesse servire a niente di particolare. Non andò molto avanti, ma si sedette sul pavimento freddo abbandonandosi alla più completa disperazione. Pensò al Bilbo che friggeva uova e pancetta nella sua bella cucina a casa, perché poteva sentire dentro di sé che era ampiamente ora di mangiare qualcosa; ma questo lo rese soltanto più infelice.

Non era in grado di pensare al da farsi; né tanto-meno era in grado di pensare a quanto era successo; o perché fosse stato abbandonato; o perché, se era stato abbandonato, gli orchi non l'avessero catturato; e nemmeno perché la testa gli facesse tanto male.

La verità è che era rimasto a lungo steso per terra immobile, in un angolo buio, invisibile e incosciente.

Dopo un po' di tempo cercò a tastoni la pipa. Non si era rotta, e questa era una bella cosa. Poi cercò la borsa del tabacco, e ce n'era ancora un po', e questa era una cosa ancora più bella. Poi cercò dei fiammiferi e non riuscì a trovarne neanche uno, e questo distrusse completamente le sue speranze. Tanto meglio per lui, ammise quando ebbe ripreso del tutto i sensi. Solo il cielo sapeva che cosa la fiammella dei fiammiferi e l'odore del tabacco gli avrebbero tirato addosso fuori dai buchi neri di cui quel postaccio era pieno. A tutta prima, comunque, si sentì distrutto. Ma nel buttare all'aria tutte le tasche e nel tastarsi tutto cercando i fiammiferi, la mano gli capitò sull'elsa della piccola spada, il pugnale che aveva preso agli Uomini Neri e di cui si era quasi dimenticato; per fortuna gli orchi non se ne erano accorti, perché la portava sotto le brache.

La sguainò. Riluceva pallida e offuscata davanti ai suoi occhi. « Dunque anche questa è una lama elfica, » pensò « e gli orchi non sono molto vicini, anche se non sono lontani abbastanza ».

Ma si era un po' rincuorato. Cingere una lama forgiata a Gondolin per le guerre contro gli orchi, di cui tante canzoni avevano cantato, era una cosa che dava prestigio; ed egli si era anche accorto che questo tipo di armi aveva fatto una grande impressione agli orchi che erano improvvisamente piombati su di loro.

« Tornare indietro? » pensò. « Neanche per sogno! Andare di lato? Impossibile! Andare avanti? È la sola cosa da fare! Dunque, in marcia! ». Così si alzò, e trotterellò via con la piccola spada sguainata davanti a sé, tastando la parete con una mano, e col cuore che era tutto un frenetico tic-tac.

Bilbo si trovava ora in quella che viene propriamente chiamata una strettoia. Dovete però ricordarvi che per lui non era proprio così stretta come lo sarebbe stata per me o per voi. Gli hobbit non sono esattamente simili alla gente normale; e dopo tutto, anche se le loro caverne sono dei bei posti allegri e ben arieggiati, molto diversi dai tunnel degli orchi, tuttavia essi sono molto più avvezzi di noi a scavare gallerie e non perdono facilmente il senso dell'orientamento sottoterra – non quando la loro testa si è rimessa dall'aver preso una botta. Essi si possono muovere molto silenziosamente, e rimettersi in modo fantastico da cadute e contusioni; inoltre, hanno una riserva di saggezza e di proverbi di cui gli uomini, per lo più, non hanno mai sentito parlare o di cui si sono dimenticati da molto tempo.

Ciò nondimeno, non mi sarebbe piaciuto trovarmi nei panni del signor Baggins. Pareva che il tunnel non avesse mai fine. Bilbo sapeva solo che continuava a scendere costantemente sempre nella stessa direzione, nonostante una curva o due. Ogni tanto sui fianchi della roccia si aprivano dei passaggi laterali, come capiva dal luccichio della spada, o poteva sentire toccando la parete. Non se ne curò affatto, se non per affrettarsi a superarli temendo che da essi sbucassero fuori gli orchi o altre cose oscure più o meno immaginarie. Continuò ad avanzare, a scendere sempre di più, e ancora non udiva nessun rumore eccetto il saltuario frullo di un pipistrello che gli passava vicino alle orecchie e all'inizio lo aveva sgomentato finché non divenne troppo frequente per preoccuparsene. Non so per quanto tempo andò avanti così, odiando di dover andare avanti a quel modo ma non osando fermarsi: avanti, avanti, finché non fu stanco da non poterne più. Sembrava che dovesse continuare così fino all'indomani e oltre, per tutti i giorni futuri.

Improvvisamente e senza il minimo preavviso, ciac! si trovò, trotterellando, coi piedi nell'acqua. Brr! Era gelata! Questo lo fece fermare di botto. Non capiva se era solo una pozza sul suo cammino o la sponda di un ruscello sotterraneo che intersecasse il passaggio, o la riva di un lago sotterraneo scuro e profondo. La spada non brillava quasi affatto. Egli rimase immobile e, aguzzando le orecchie, udì delle gocce che plink! plink! cadevano da un soffitto invisibile nell'acqua sottostante; nessun altro rumore era percepibile.

« Dunque è una pozza o un lago, e non un fiume sotterraneo » pensò. Ma non osò avventurarsi nel buio. Non sapeva nuotare; e gli vennero subito in mente quelle viscide cose repellenti dai grandi occhi sporgenti e ciechi, che si muovono torcendosi nell'acqua. Esseri strani abitano pozze e laghi nel cuore delle montagne; pesci i cui antenati nuotarono fin lì, solo il cielo sa quanti anni fa, e non ne uscirono più fuori, mentre i loro occhi diventavano sempre più grandi cercando di vedere in quel buio nero come la pece; e altri esseri ancora, più viscidi dei pesci. Perfino nei tunnel e nelle caverne che gli orchi si erano scavati per sé, si muovevano creature che vivevano lì a loro insaputa, strisciatevi di nascosto e appiattate nel buio. D'altronde, alcune di quelle grotte risalivano a epoche anteriori agli orchi, che si limitarono ad allargarle e a collegarle con numerosi passaggi, e gli antichi proprietari stanno ancora lì in angoli strani, aggirandosi intorno furtivi e curiosi.

Qui, nel profondo, presso l'acqua scura, viveva il vecchio Gollum, un essere piccolo e viscido. Non so da dove venisse, né chi o che cosa fosse. Era Gollum, scuro come l'oscurità stessa, eccezion fatta per due grandi occhi rotondi e pallidi nel viso scarno. Aveva una barchetta, e silenziosamente andava in giro sul lago; perché di un lago si trattava, profondo e mortalmente freddo. Come remi egli usava i suoi larghi piedi, che spenzolavano fuori dal bordo, ma non produceva mai un'increspatura. Lui no. Coi suoi pallidi occhi cercava pesci ciechi che ghermiva con dita lunghe, veloci come il pensiero. Gli piaceva pure la carne. Trovava di suo gusto anche gli orchi, quando poteva procurarsene; ma stava ben attento a che non lo scoprissero. Li strangolava assalendoli alle spalle, se mai scendevano da soli in qualche punto vicino alla riva del lago, quando egli era uscito in cerca di preda. Lo facevano molto raramente, però, perché avevano la sensazione che qualcosa di sgradevole si nascondesse strisciando là sotto, alle radici della montagna. Erano giunti fino al lago, molto tempo addietro, quando avevano scavato le loro gallerie e avevano scoperto che non potevano avanzare oltre, sicché le loro strade in quella direzione finivano lì, e non c'era nessun motivo per passare da quelle parti, a meno che non lo ordinasse il Grande Orco. Talvolta infatti gli veniva l'uzzolo di mangiare pesci di lago, e talvolta né gli orchi né i pesci ritornavano indietro.

Gollum viveva, per la precisione, sopra un isolotto roccioso e sdrucciolevole in mezzo al lago. Ora stava osservando Bilbo di lontano coi suoi pallidi occhi telescopici. Bilbo non poteva vederlo, ma lui era molto incuriosito da Bilbo, perché poteva facilmente constatare che non aveva niente a che fare con un orco.

Gollum salì in barca e sfrecciò via dall'isolotto, mentre Bilbo sedeva sulla riva, tutto abbattuto per essere giunto ormai alla fine del proprio cammino e delle proprie risorse. Improvvisamente ecco arrivare Gollum, sussurrando e sibilando:

« Benedicici e aspergici, tesssoro mio! Mi sssa che

quesssta è carne di prima scelta; finalmente un boc-
concino prelibato, gollum! ». E quando disse *gollum*
inghiottì, con un orribile rumore di gola. Era questa
la ragione del suo nome, sebbene egli chiamasse sempre se stesso « tesoro mio ».

Lo hobbit schizzò quasi fuori dalla pelle quando
il sibilo gli giunse alle orecchie, e improvvisamente
vide quegli occhi pallidi che sporgevano verso di lui.
« Chi sei? » disse, piantandogli la spada davanti.

« Che cosa sssarà, tesssoro mio? » sussurrò Gollum
(che si rivolgeva sempre a se stesso, non avendo mai
nessuno altro con cui parlare). Proprio per scoprire
questo era venuto, poiché al momento, in verità, non
aveva molta fame, solo curiosità; altrimenti avrebbe
prima ghermito e poi sussurrato.

« Sono il signor Bilbo Baggins. Ho perso i nani,
ho perso lo stregone e non so dove sono; né m'importa di saperlo, se solo riesco a uscire di qui ».

« Che cosss'ha in mano? » disse Gollum, guardando
la spada, che non gli piaceva affatto.

« Una spada, una lama che fu forgiata a Gondolin! ».

« Ssss! » disse Gollum, e si fece educatissimo. « Forse dovremmo sederci qui e chiacchierare un pochettino, tesssoro mio. Gli indovinelli gli piacciono, forse gli piacciono, non è vero? ». Era ansioso di mo-
strarsi amichevole, almeno per il momento e fin tanto
che non ne sapesse di più sulla spada e sullo hobbit:
se fosse veramente tutto solo, se fosse buono da mangiare, e se lui, Gollum, avesse veramente fame. Gli
indovinelli erano la sola cosa che gli fosse venuta in
mente. Porli, e talvolta risolverli, era stato l'unico gioco cui avesse mai giocato con altre buffe creature che
sedevano nelle loro caverne in un passato lontano lontano, prima di perdere tutti i suoi amici e di essere
scacciato via, solo, e di scendere furtivamente nelle
tenebre, sotto le montagne.

« Benissimo » disse Bilbo, che era ansioso di mo-
strarsi d'accordo, fin tanto che non ne sapesse di più

su quella creatura: se fosse tutto solo, se fosse aggressivo o affamato, e se fosse un amico degli orchi.

« Comincia tu » disse, perché non aveva avuto il tempo di pensare un indovinello.

Così Gollum sibilò:

> Radici invisibili ha,
> più in alto degli alberi sta,
> lassù fra le nuvole va
> e mai tuttavia crescerà.

« Facile! » disse Bilbo. « È la montagna, penso ».

« Indovina cosssì facilmente? Deve fare a gara con noi, tesssoro mio! Se il tesoro domanda e lui non risponde, lo mangiamo, tesssoro mio. Se lui domanda e noi non rispondiamo allora facciamo quello che vuole, eh? Sssì, gli faremo vedere la via d'uscita! ».

« D'accordo! » disse Bilbo, non osando contraddirlo e stillandosi disperatamente il cervello per farsi venire in mente qualche indovinello che potesse salvargli la vita.

> Trenta bianchi destrier
> su un colle rosso
> battono e mordono,
> ma nessun si è mosso.

Questo fu tutto quello che gli venne in mente di chiedere – non riusciva a pensare ad altro che a mangiare. Era per giunta un indovinello vecchio, e Gollum sapeva la risposta proprio come voi.

« Bazzecole, bazzecole » sibilò. « I denti! I denti! tesssoro mio! Ma noi ne abbiamo solo ssei! ». Poi pose il suo secondo indovinello:

> Non ha voce e grida fa,
> non ha ali e a volo va,
> non ha denti e morsi dà,
> non ha bocca e versi fa.

« Un attimo! » gridò Bilbo, che stava ancora pensando con angoscia al fatto di essere mangiato. Per fortuna una volta aveva già sentito qualcosa di abbastanza simile, e recuperando le proprie facoltà mentali gli venne in mente la risposta: « Il vento, il vento, naturalmente! » disse e fu così contento che ne coniò uno lì per lì. « Questo metterà in imbarazzo questa repellente creatura sotterranea » pensò.

> Un giorno un occhio in un azzurro viso
> vide un altr'occhio dentro un verde viso:
> « Quell'occhio è come me, però è laggiù,
> mentre il mio occhio se ne sta quassù ».

« Sss, sss, sss! » disse Gollum. Era stato sottoterra per tanto di quel tempo che ormai andava dimenticandosi questo tipo di cose. Ma proprio quando Bilbo cominciava a sperare che il miserabile non sapesse rispondere, Gollum riportò a galla ricordi di tempi lontani lontani, quando viveva con la nonna in una caverna sull'argine di un fiume. « Sssì, sssì, tesssoro mio » disse. « Vuol dire il sole sulle margherite, vuol dire! ».

Ma questo tipo di indovinelli che riguardavano le cose normali e comuni della vita terrena lo stancavano molto. Inoltre gli ricordavano giorni in cui era stato meno solo, spregevole e meschino, e questo gli fece perdere le staffe. Non solo: ma gli fece anche venire fame; così questa volta tentò qualcosa di un po' più difficile e più sgradevole:

> Vedere non si può e neanche sentire
> fiutare non si può e neppure udire.
> Sta sotto i colli, sta dietro le stelle
> ed empie tutti i vuoti, tutte le celle.
> Per primo viene, ultimo va,
> a vita e a riso termine dà.

Sfortunatamente per Gollum, Bilbo aveva già udito qualcosa di simile; e comunque la risposta si trovava tutt'attorno a lui. « Il buio! » disse senza neanche grattarsi la testa o lambiccarsi il cervello.

> Senza coperchio, chiave, né cerniera
> uno scrigno cela una dorata sfera.

Così disse, tanto per guadagnare tempo, finché non fosse riuscito a escogitarne uno veramente difficile. Questo pensava che fosse proprio roba da bambini, anche se non l'aveva posto nella solita forma. Ma si rivelò un brutto enigma per Gollum. Sibilò tra sé e sé, ma non rispose; borbottò e farfugliò.

Dopo un po' Bilbo si spazientì. « Be', allora? » disse. « La risposta non è una pentola che bolle, come sembra che tu pensi a giudicare dal rumore che fai ».

« Dacci un po' di tempo, che ci dia un po' di tempo, tesssoro mio, sss... sss... ».

« Be', » disse Bilbo, dopo avergli dato un bel po' di tempo « che ne diresti di rispondere? ».

Ma a un tratto Gollum si ricordò di quando predava i nidi molto tempo addietro e sedeva sotto l'argine del fiume insegnando a sua nonna come succhiare. « Sssì! Le uova! » sibilò. « Sssono le uova! ». Poi chiese:

> Vive senza respirare,
> freddo come morte pare,
> beve ma non è assetato,
> non tintinna corazzato.

A sua volta, egli pensava che questo fosse un indovinello facilissimo perché la risposta era costantemente al centro delle sue preoccupazioni. Ma sul momento non gli venne in mente niente di meglio, tanto l'aveva messo in agitazione la domanda sulle uova. Ciò nonostante era un enigma per il povero Bilbo, che non aveva mai avuto niente a che fare con l'acqua, fin tanto che aveva potuto farne a meno. Immagino che sappiate la risposta, naturalmente, o che possiate indovinarla in un batter d'occhio, dal momento che ve ne state comodamente seduti a casa e il rischio di venire mangiati non turba minimamente le vostre meditazioni. Bilbo si sedette e si schiarì la gola un paio di volte, ma non diede nessuna risposta.

Dopo un po' Gollum cominciò a sibilare tra sé e sé con gioia. « È buono, tesssoro mio? È sssugoso? È deliziosamente croccante? ». Nell'oscurità egli cominciò a scrutare Bilbo.

« Un attimo! » disse lo hobbit rabbrividendo. « Poco fa ti ho dato tutto il tempo che volevi per pensare! ».

« Si deve sbrigare, si deve sbrigare! » disse Gollum, accingendosi a scendere dalla barca per avvicinarsi a Bilbo. Ma quando mise in acqua il suo lungo piede palmato, un pesce ne saltò fuori spaventato e cadde sull'alluce di Bilbo.

« Brr! » egli disse. « È freddo e viscido! » e così indovinò. « Il pesce, il pesce! » gridò. « È il pesce! ».

Gollum fu terribilmente deluso; ma Bilbo gli pose subito un altro indovinello, cosicché Gollum dovette risalire sulla barca a pensare.

Senza-gambe sta su Una-gamba, Due-gambe vi siede accanto su Tre-gambe, Quattro-gambe ne prende un po'.

Non era il momento migliore per porre questo indovinello, ma Bilbo aveva fretta. Forse se gli fosse stato posto in un altro momento, Gollum si sarebbe trovato in difficoltà a risolverlo. Stando le cose come stavano, parlando cioè di pesci, « senza-gambe » non era proprio tanto difficile, e indovinato questo il resto era facile. « Un pesce su un tavolinetto, un uomo a tavola seduto su uno sgabello, il gatto mangia le lische », questa ovviamente è la soluzione e Gollum ci arrivò ben presto. Poi pensò che era arrivato il momento di chiedere qualcosa di difficile e orribile, e così disse:

Questa cosa ogni cosa divora,
ciò che ha vita, la fauna, la flora;
i re abbatte e così le città,
rode il ferro, la calce già dura;
e dei monti pianure farà.

Il povero Bilbo sedeva nel buio pensando a tutti
gli orribili nomi di tutti i giganti e orchi di cui avesse mai sentito parlare nelle fiabe, ma nessuno di essi
aveva fatto tutte queste cose. Cominciò a impaurirsi,
e questa è una gran brutta cosa se si deve pensare.
Gollum cominciò a uscire dalla barca. Si calò in acqua e sguazzò verso la riva; Bilbo poteva vedere i
suoi occhi farsi più vicini. La lingua sembrava es-
serglisi seccata in bocca; voleva urlare: « Dammi più
tempo! Dammi tempo! ». Ma tutto ciò che gli uscì
di bocca in uno strillo acuto fu: « Tempo! Tempo! ».
Bilbo si era salvato per mera fortuna. Proprio questa infatti era la risposta giusta.
Gollum fu deluso una volta di più; e ora cominciava ad arrabbiarsi veramente e a stancarsi del gioco, che gli aveva fatto venire una fame tremenda.
Si sedette al buio vicino a Bilbo. Ciò mise lo hobbit
terribilmente a disagio e mentalmente sottosopra.
« Deve farci una domanda, tesssoro mio, sì, sssì, sssì.
Ancora una sssola domanda a cui rispondere, sì, sssì »
disse Gollum.
Ma Bilbo non poteva assolutamente pensare nessuna domanda, con quel brutto coso freddo e umido
seduto accanto a lui, che lo toccava e palpava colle
sue zampacce. Si grattò la testa, si diede dei pizzichi: invano. Non gli veniva in mente proprio niente.
« Domanda! Domanda! » disse Gollum.
Bilbo si diede schiaffi e pizzichi; si afferrò alla sua
piccola spada; cercò perfino in tasca con l'altra mano
e vi trovò l'anello che aveva raccolto per terra nel
tunnel e di cui si era dimenticato.
« Che cos'ho in tasca? » disse ad alta voce. Parlava

tra sé e sé, ma Gollum credette che fosse un indovinello e ne fu tremendamente sconvolto.

« Non vale! Non vale! » sibilò. « Non vale, tesssoro mio, non vale chiederci cos'ha nelle sssue brutte tassscacce! ».

Rendendosi conto di quanto era successo e non avendo niente di meglio da chiedere, Bilbo insistette nella sua domanda: « Che cos'ho in tasca? » disse a voce più alta.

« Sss! » sibilò Gollum. « Deve farci dare tre risssposte, tesssoro mio, tre risssposte! ».

« Benissimo! Sotto con la prima! » disse Bilbo.

« Mani! » disse Gollum.

« Sbagliato! » disse Bilbo, che per fortuna aveva tolto la mano di tasca. « Prova di nuovo! ».

« Sss » disse Gollum più agitato che mai. Pensò a tutte le cose che lui stesso teneva in tasca: lische di pesce, denti di orchi, conchiglie umide, un pezzetto d'ala di pipistrello, una pietra affilata per affilarci le sue zanne e altre cose orribili. Si sforzò di pensare che cosa potesse tenere in tasca l'altra gente. « Coltello! » disse alla fine.

« Sbagliato! » disse Bilbo, che aveva perso il suo tempo addietro. « Ultima risposta! ».

Adesso Gollum era in uno stato tremendo, molto peggiore di quando Bilbo gli aveva fatto la domanda sulle uova. Sibilò e farfugliò, si dondolò avanti e indietro, batté i piedi a terra, si contorse e si dimenò; ma ancora non osava sprecare la sua ultima risposta.

« Forza! » disse Bilbo. « Sto aspettando ». Cercava di sembrare sicuro e baldanzoso, ma non stava affatto tranquillo su come sarebbe andato a finire il gioco, che Gollum indovinasse o meno.

« Il tempo è scaduto! » disse.

« Spago oppure niente! » strillò Gollum, che non era un giocatore molto corretto, dando due risposte insieme.

« Sbagliati tutti e due! » gridò Bilbo, assai sollevato; e subito balzò in piedi, appoggiò la schiena alla parete più vicina e protese la piccola spada. Naturalmente sapeva che il gioco degli indovinelli era sacro ed estremamente antico, e che perfino le creature più malvagie avevano timore di imbrogliare quando ci giocavano. Ma sentì che non poteva fidarsi della parola data da quel coso viscido, qualora esso si trovasse nelle peste. Qualsiasi scusa sarebbe stata buona per non mantenerla. E dopo tutto quell'ultima domanda non era stata un vero indovinello secondo le regole antiche.

Ma ad ogni modo Gollum non lo attaccò subito. Poteva vedere la spada in mano a Bilbo. Sedeva fermo, rabbrividendo e sussurrando. Alla fine Bilbo non poté aspettare oltre.

« Be'? » disse. « E la tua promessa? Voglio andarmene e tu devi mostrarmi la via ».

« Davvero, tesssoro? Abbiamo detto che avremmo mostrato la via d'uscita all'odiossso piccolo Baggins, sì, sì. Ma che cosss'ha in tasssca, eh? Niente spago, tesssoro, ma nemmeno niente. Oh, no! Gollum! ».

« Lascia perdere » disse Bilbo. « Ogni promessa è debito ».

« Seccato e impaziente, ecco quello che è, tesssoro » sibilò Gollum. « Ma deve aspettare, sì che deve aspettare. Non possiamo risalire i tunnel così in fretta. Prima dobbiamo andare a prendere certe cose, sì, certe cose di cui avremo bisogno ».

« Allora spicciati! » disse Bilbo, sollevato al pensiero che Gollum si allontanasse. Pensò che stesse solo cercando un pretesto e che non avesse intenzione di ritornare. Di che cosa stava parlando Gollum? Quali potevano essere le cose utili che teneva da parte sul lago oscuro? Ma si sbagliava. Gollum aveva tutte le intenzioni di ritornare. Era arrabbiato, ora, e aveva fame. Ed era un essere miserabile e malvagio, e aveva già un suo piano.

Non lontano di lì c'era il suo isolotto, di cui Bilbo non sapeva niente, e nel suo nascondiglio egli conservava insieme con alcuni spregevoli oggetti scompagnati una sola cosa molto bella, bellissima, meravigliosa. Aveva un anello, un anello d'oro, un anello prezioso, un tesoro.

« Il mio regalo di compleanno! » sussurrò tra sé e sé, come faceva spesso negli oscuri giorni senza fine. « Ecco che cosa ci serve adesso, sì: ci serve! ».

Gli serviva perché era un anello magico, e se uno se lo infilava al dito diventava invisibile; solo in pieno sole si poteva essere visti e d'altronde solo a causa della propria ombra, che sarebbe stata vaga e indistinta.

« Il mio regalo! Mi fu dato per il mio compleanno, il mio tesoro, tesoro mio ». Questo era quello che si era sempre detto. Ma chi sa in che modo Gollum era entrato in possesso di quel regalo, tanto tempo addietro, ai vecchi tempi in cui anelli come questo erano ancora diffusi nel mondo? Forse neanche il Signore che li dominava avrebbe potuto dirlo. All'inizio Gollum lo portava al dito, finché il dito non gli si stancò; poi lo conservò in un sacchetto a contatto della pelle, finché la pelle non gli si irritò; e ora di solito lo teneva nascosto in un buco della roccia sul suo isolotto, e tornava sempre indietro a guardarlo. A volte però se lo rimetteva al dito, quando non poteva sopportare di rimanerne separato più a lungo, o quando aveva tanta, tanta fame ed era stanco di mangiare pesce. Allora strisciava lungo passaggi oscuri in cerca di orchi isolati. Talora si avventurava perfino in posti dove le torce erano accese e gli facevano sbattere e dolere gli occhi: infatti non correva nessun rischio. Oh no, proprio nessuno. Nessuno lo vedeva, nessuno si accorgeva di lui finché non li strangolava. Aveva infilato l'anello solo qualche ora prima e aveva catturato un orchettino. Come strillava! Gli erano rimaste ancora un paio di ossa da rosicchiare, ma voleva qualcosa di più tenero.

« Nessun rischio, proprio così » sussurrò tra sé e sé. « Non ci vedrà, non è vero, tesoro mio? No. Non ci vedrà, e la sua odiosa piccola spada sarà inutile, sì, proprio ».

Queste erano le idee che passavano per la sua testolina malvagia, quando improvvisamente scivolò via dal fianco di Bilbo, e risalì sulla barca e se ne andò al buio. Bilbo pensò di averla fatta finita con lui. Tuttavia attese per un po', non avendo idea di come trovare da solo la via d'uscita.

Improvvisamente udì un grido acutissimo, che gli fece correre un brivido fin nel midollo delle ossa. Non molto lontano da dove era risuonato il grido, Gollum imprecava e gemeva nelle tenebre. Sul suo isolotto stava rovistando dappertutto, cercando e perlustrando invano.

« Dove sta? Dove sssta? » Bilbo lo udì che gridava. « Si è perso, il mio tesoro, perso, perso! Morte e dannazione a noi, il nostro tesoro si è perso! ».

« Che succede? » gli gridò Bilbo. « Cos'hai perso? ».

« Non deve farci domande » strillò Gollum. « Non sono affari suoi, no, gollum! Si è perssso, gollum, gollum, gollum ».

« Be' anch'io mi sono perso! » gridò Bilbo. « E voglio ritrovare la strada. Il gioco l'ho vinto io, e tu avevi promesso. Perciò muoviti! Muoviti e portami fuori di qui, e poi continua pure le tue ricerche! ». Per quanto Gollum sembrasse così disperato, in cuor suo Bilbo non poteva provare molta pietà, e aveva la sensazione che qualunque cosa fosse quella che Gollum voleva con tanta disperazione, difficilmente poteva essere qualcosa di buono. « Muoviti! » gridò.

« No, non ancora, tesoro! » rispose Gollum. « Dobbiamo cercarlo, si è perso, gollum ».

« Ma tu non hai mica risposto alla mia ultima domanda, e avevi promesso... » disse Bilbo.

« Mica risposto! » disse Gollum. Poi a un tratto dalle tenebre giunse un sibilo aspro. « Che cos'ha in tasssca? Deve dircelo. Prima ce lo deve dire ».

Per quanto ne sapesse Bilbo, non c'era nessun motivo particolare per cui non dovesse dirglielo. La mente di Gollum era arrivata alla conclusione giusta più velocemente della sua; per forza, perché Gollum aveva rimuginato su quella sola cosa per un'eternità, e aveva sempre paura che gliela rubassero. Ma Bilbo era seccato del ritardo. Dopo tutto, il gioco lo aveva vinto lui, abbastanza correttamente del resto, correndo un rischio orrendo. « Le risposte andavano indovinate, non date » disse.

« Ma non era una domanda leale » disse Gollum. « Non era un indovinello, tesoro, no! ».

« Oh, be', se parli di domande normali, » disse Bilbo « allora te ne ho fatto prima una io. Che cosa hai perso? Dimmi questo! ».

« Che cos'ha in tasssca? ». Il sibilo risuonò più forte e più aspro, e guardando in quella direzione Bilbo vide ora, con spavento e allarme, due punticini luminosi che lo scrutavano. Più il sospetto cresceva nella mente di Gollum, più i suoi occhi brillavano di una pallida fiamma.

« Che cosa hai perso? » insistette Bilbo.

Ma ora la luce negli occhi di Gollum era diventata un fuoco verde che si avvicinava velocemente. Gollum era di nuovo in barca, e stava remando selvaggiamente per tornare sulla riva scura, in preda a una tale collera per la perdita subìta e per il sospetto, che nessuna spada lo avrebbe più intimorito.

Bilbo non poteva indovinare che cosa avesse sconvolto quell'essere miserabile, ma vide che il gioco era finito e che Gollum aveva intenzione di ucciderlo a tutti i costi. Fece in tempo a girarsi, e a correre via ciecamente su per lo scuro passaggio per il quale era sceso, tenendosi vicino alla parete e toccandola con la mano sinistra.

« Che cos'ha in tasssca? ». Il sibilo risuonò forte dietro di lui, e udì anche il tonfo che Gollum fece calandosi dalla barca. « Vorrei proprio saperlo anch'io! » disse tra sé e sé, mentre avanzava ansimando e inciampando. Mise la mano sinistra in tasca. L'anello gli sembrò molto freddo mentre si infilava quietamente nell'indice che lo andava cercando.

Il sibilo, ora, era proprio dietro di lui. Si girò e

vide gli occhi di Gollum che salivano su per la china come piccole lampade verdi. Terrorizzato, cercò di correre più forte, ma improvvisamente urtò col piede contro una sporgenza nel terreno e cadde bocconi con la spada sotto di sé.

In un attimo Gollum gli fu sopra. Ma prima che Bilbo potesse fare qualcosa, riprendere fiato, tirarsi su, o brandire la spada, Gollum lo sorpassò, senza accorgersi affatto di lui, imprecando e sussurrando mentre correva.

Che voleva dire tutto ciò? Gollum poteva vederci al buio. Anche da dietro Bilbo poteva vedere la luce dei suoi occhi che scintillavano fiochi. Penosamente si rialzò, e rimise nel fodero la spada, che ora brillava di nuovo debolmente, poi si mise a seguire Gollum con molta prudenza. Non c'era altro da fare, a quel che pareva. Non aveva senso strisciare di nuovo laggiù, al lago di Gollum. Forse, se lo seguiva, costui avrebbe potuto portarlo, non volendo, a qualche via di salvezza.

« Maledetto! Maledetto! Maledetto! » sibilava Gollum. « Maledetto quel Baggins! È scomparso! Che cos'ha in tasssca? Oh sì che indoviniamo, tesoro mio. L'ha trovato, sì l'ha trovato per forza, il mio regalo di compleanno ».

Bilbo drizzò le orecchie. Finalmente cominciava a indovinare anche lui. Si affrettò un poco, avvicinandosi quanto più osò dietro a Gollum, che andava ancora di corsa, senza guardarsi indietro, ma volgendo la testa ora da un lato ora dall'altro, come Bilbo poteva vedere dal debole bagliore riflesso sulle pareti.

« Il mio regalo! Che sia maledetto! Come abbiamo fatto a perderlo, tesoro mio! Sì, è così. L'ultima volta che siamo passati per di qua, quando abbiamo tirato il collo a quel maialetto che strillava tanto. È così. Maledetto! Ci è scivolato, dopo tutti questi anni e anni! È scomparso, gollum ».

Improvvisamente Gollum si sedette e si mise a piangere, con un suono fischiante e gorgogliante orribile a sentirsi. Bilbo si fermò, schiacciandosi contro la parete del tunnel. Dopo un po' Gollum smise di piangere e cominciò a parlare. Sembrava che discutesse con se stesso.

« Non ha senso tornare indietro a cercarlo là. Non ci ricordiamo tutti i posti dove siamo passati. E non serve a niente. Il Baggins ce l'ha in tasssca; quell'odioso ficcanaso l'ha trovato, lo diciamo noi.

« Lo sssupponiamo, tesoro, lo sssupponiamo solamente. Non possiamo esserne sicuri finché non troviamo quella maledetta creatura e non la strozziamo. Ma lui non sa che cosa può fare il nostro regalo, non è vero? Lo terrà in tasca e basta. Non lo sa e non può andare lontano. Si è perso anche lui, quell'odioso ficcanaso. Non conosce la strada per uscire. L'ha detto lui.

« Sì, lo ha detto; ma è un imbroglione. Non dice quello che pensa. Non voleva dire che cos'aveva in tasssca. La conosce! Conosce la via per entrare e perciò deve conoscere anche quella per uscire, sì, certo. Se n'è andato verso l'uscita secondaria. L'uscita secondaria, proprio così.

« Allora lo cattureranno gli orchi. Non può uscire di lì, tesoro.

«Sss, sss, gollum! Gli orchi! Sssì, ma se ha il regalo, il nostro regalo, il nostro tesoro, allora se lo prenderanno gli orchi, gollum! Lo troveranno, e scopriranno il suo potere. Non saremo mai più al sicuro, mai più, gollum! Uno degli orchi ssse lo infilerà e poi nessuno lo vedrà. Ci sarà ma sarà invisibile. Nemmeno i nostri occhi acuti potranno scorgerlo; e verrà a catturarci quatto quatto, come un serpente, gollum, gollum!

« Quindi smettiamola di parlare, tesoro, e affrettiamoci. Se il Baggins se n'è andato per di qua, dobdiamo correre a vedere. Avanti! Non può essere lontano! Affrettiamoci! ».

Con un balzo Gollum si alzò e si mise in marcia a forte andatura. Bilbo si affrettò a seguirlo, ancora con prudenza, benché la sua paura maggiore fosse ora di inciampare in un'altra sporgenza e di cadere rumorosamente. La testa gli girava per la speranza e la meraviglia. Pareva che l'anello che aveva fosse magico: rendeva invisibili! Naturalmente aveva sentito parlare di queste cose, nelle antiche leggende; ma era difficile credere che ne avesse realmente trovato uno, così per caso. Eppure era proprio la verità: Gollum coi suoi occhi luminosi lo aveva oltrepassato, correndo a meno di un metro di distanza da lui.

Avanzavano, Gollum davanti dondolandosi come un'anatra, sibilando e imprecando; Bilbo dietro, silenzioso come solo uno hobbit può esserlo. In breve arrivarono a un tratto del tunnel dove, come Bilbo si era accorto scendendo, si aprivano dei passaggi laterali, alcuni da una parte e altri dall'altra. Gollum si mise subito a contarli.

« Il primo a sinistra, sì. Il primo a destra, sì. Il secondo a destra, sì, sì. Il secondo a sinistra, sì, sì ». E così via e così via.

Via via che il conto aumentava, egli rallentò il passo, e cominciò ad avanzare con incertezza e a piagnucolare, poiché si stava allontanando dal lago e cominciava ad avere paura. Potevano esserci in giro degli orchi, ed egli aveva perso il suo anello. Alla fine si fermò davanti a un'apertura bassa, a sinistra, salendo.

« Il settimo a destra, sì. Il sesto a sinistra, sì » sussurrò. « Eccola qua! Questa è la strada per l'uscita secondaria, sì. Ecco il passaggio! ».

Scrutò all'interno e si ritrasse. « Ma non possiamo azzardarci ad andare avanti, tesoro, no non possiamo proprio. Ci sssono gli orchi laggiù. Un sssacco di orchi. Li sentiamo dall'odore. Sss!

« Che dobbiamo fare? Morte e dannazione a loro! Bisogna aspettare qua, tesoro, aspettare un po' e vedere ».

Così arrivarono a un punto morto. Gollum aveva portato Bilbo fino alla via d'uscita, dopo tutto, ma

Bilbo non poteva imboccarla! C'era Gollum che sedeva tutto raggomitolato proprio all'inizio e gli occhi gli brillavano freddi sulla faccia, mentre la girava da una parte e dall'altra tra le ginocchia.

Bilbo si allontanò strisciando dalla parete, più silenzioso di un topo; ma Gollum si irrigidì immediatamente, fiutò l'aria e i suoi occhi divennero verdi. Sibilò piano ma minacciosamente. Non poteva vedere lo hobbit, ma adesso stava in guardia, e aveva altri sensi che il buio aveva affinato: l'udito e l'olfatto. Sembrava che si fosse acquattato, con le piatte mani schiacciate per terra e la testa protesa, il naso quasi sulla pietra. Sebbene fosse solo un'ombra nera al bagliore dei propri occhi, Bilbo poteva vedere o sentire che era teso come la corda di un violino, pronto a balzare.

Bilbo smise quasi di respirare e si irrigidì anche lui. Era disperato. Doveva andarsene da quell'oscurità orribile, mentre gli rimaneva ancora un po' di forza. Doveva combattere. Doveva pugnalare quel pazzo, cavargli gli occhi, ucciderlo. Voleva ucciderlo. No, non era un combattimento leale. Egli era invisibile adesso. Gollum non aveva una spada. Gollum non aveva ancora realmente minacciato di ucciderlo, o cercato di farlo. Ed era infelice, solo e perduto. Un'improvvisa comprensione, una pietà mista a orrore, sgorgò nel cuore di Bilbo: rapida come un baleno gli si levò davanti la visione di infiniti, identici giorni, senza una luce o una speranza di miglioramento: pietra dura, pesce freddo, strisciare e sussurrare. Tutti questi pensieri gli passarono davanti in una frazione di secondo. Egli tremò. E poi tutto a un tratto, ancora in una frazione di secondo, quasi ricaricato di nuova forza e risolutezza, saltò in avanti.

Non era un gran salto, per un uomo, ma era un salto nel buio. Balzò diritto sopra la testa di Gollum: un balzo alto un metro e lungo due; per fortuna non lo sapeva, ma c'era mancato un pelo che si sfasciasse il cranio contro la bassa volta del passaggio.

Gollum si voltò di scatto levandosi mentre lo hobbit volava sopra di lui, ma troppo tardi: i suoi artigli non afferrarono che aria, e Bilbo, ricadendo agilmente sui suoi solidi piedi, si precipitò di corsa giù per il nuovo tunnel! Non si girò a guardare cosa stesse facendo Gollum. Dapprima ci furono sibili e imprecazioni alle sue calcagna, poi silenzio. Tutto a un tratto risuonò un urlo da agghiacciare il sangue, pieno di odio e di disperazione. Gollum era stato sconfitto. Non osava avanzare oltre. Aveva perso, perso la sua preda e perso, soprattutto, l'unica cosa a cui avesse mai tenuto: il suo tesoro. Il grido gli fece balzare il cuore in gola, ma Bilbo non si fermò. Debole ora, quasi come un'eco, ma minacciosa, la voce lo raggiunse da dietro: « Ladro, ladro, ladro! Baggins! Lo odiamo, lo odiamo, lo odieremo per sempre! ».

Poi scese il silenzio. Ma anch'esso sembrò minaccioso a Bilbo. « Se gli orchi sono così vicini che lui li ha fiutati, » pensò « allora devono averlo sentito urlare e imprecare. Attenzione adesso, o questa strada ti porterà incontro al peggio ».

Il passaggio era basso e fatto alla bell'e meglio. Non era troppo difficile per lo hobbit, tranne quando i suoi poveri piedi urtarono di nuovo varie volte, benché facesse molta attenzione, contro le pietre appuntite che sporgevano dal terreno. « Un po' basso per degli orchi, per quelli grossi almeno » pensò Bilbo, non sapendo che perfino quelli grossi, gli orchi delle montagne, potevano avanzare a gran velocità curvi fin quasi a toccare terra con le mani.

Presto il passaggio che fino allora era andato verso il basso, cominciò a risalire di nuovo, e dopo un po' divenne veramente erto. Bilbo fu quindi costretto a rallentare. Finalmente la salita finì; il passaggio faceva una curva e improvvisamente riprendeva a scendere, e laggiù, alla fine del breve pendio, egli vide – sottile dietro un'altra curva – un filo di luce. Non una luce rossa, come quella di un fuoco o di una lanterna, ma una pallida luce come quella che c'è all'aperto. Allora Bilbo si mise a correre.

Arrancando alla massima velocità consentitagli dalle sue gambette superò l'ultima curva e arrivò in uno spazio aperto, dove la luce, dopo tutto quel tempo passato al buio, gli sembrò così vivida da abbagliare. In realtà si trattava soltanto di un raggio di sole che penetrava nell'ingresso, dove un grosso portone, un portone di pietra, era stato lasciato socchiuso.

Bilbo sbatté gli occhi, e improvvisamente vide gli orchi: orchi armati da capo a piedi colle spade sguainate che sedevano proprio sulla soglia, sorvegliando con gli occhi bene aperti la porta e il passaggio che portava ad essa. Stavano all'erta, in guardia, pronti a tutto.

Lo videro prima ancora che lui vedesse loro. Sì, lo videro. Fosse un caso, o l'ultimo tiro giocato dall'anello prima di cambiare padrone, fatto sta che non lo aveva al dito. Con urla di gioia gli orchi si precipitarono su di lui.

Uno spasimo di paura e un senso di perdita, come un'eco dell'infelicità di Gollum, colpirono Bilbo che, dimenticando perfino di sfoderare la spada, si ficcò la mano in tasca. L'anello c'era ancora, e gli si infilò al dito. Gli orchi si fermarono di botto. Non c'era più traccia di lui. Era svanito. Urlarono il doppio di prima, ma non con la stessa gioia.

« Dov'è? » gridarono.

« Risalite il passaggio! » strillarono alcuni.

« Di qui! » uno gridò. « Di là! » urlarono gli altri.

« Attenti alla porta! » latrò il capitano.

I fischietti fischiarono, le armature cozzarono, le spade risuonarono, gli orchi imprecarono e bestemmiarono, e corsero di qua e di là, cadendo l'uno sull'altro e infuriandosi più che mai. Ci fu un terribile clamore, scompiglio e tumulto.

Bilbo era spaventato da morire, ma ebbe il buon senso di capire cos'era successo e di strisciare dietro a una grossa botte, in modo da togliersi di mezzo ed evitare che lo urtassero, lo calpestassero a morte o lo catturassero al tatto.

« Devo arrivare alla porta, devo arrivare alla porta! » continuava a ripetersi, ma passò un bel po' di tempo prima che si azzardasse a tentare. Allora fu come un orribile gioco a mosca cieca. Il posto era pieno di orchi che correvano tutt'intorno, e il povero piccolo hobbit si scansò di qua e di là, venne colpito da un orco che non riuscì a capire contro che cosa avesse urtato, sgattaiolò a quattro zampe, scivolò appena in tempo tra le gambe del capitano, si rialzò e corse alla porta.

Un orco l'aveva quasi chiusa, ma un po' di spazio restava ancora. Bilbo si sforzò ma non riuscì a muoverla. Cercò di infilarsi attraverso la fessura. Pigiò, pigiò, e rimase incastrato! Era una cosa tremenda. I bottoni gli si erano impigliati tra lo spigolo e lo stipite della porta. Poteva guardare fuori all'aperto: c'erano pochi gradini che correvano giù in una stretta valle tra alte montagne; il sole uscì da dietro una nuvola e brillò luminoso sulla parte esterna della porta – ma egli non riusciva a passare.

A un tratto, all'interno, un orco gridò: « C'è un'ombra vicino alla porta! C'è qualcuno fuori! ».

A Bilbo balzò il cuore in gola. Dette uno strattone terribile: i bottoni schizzarono in tutte le direzioni. Era riuscito a passare. Strappando giacca e panciotto, balzò giù per i gradini come una capra, mentre gli orchi sconcertati raccoglievano sulla soglia i suoi bei bottoni d'ottone.

Naturalmente si affrettarono a corrergli dietro, urlando, aizzandosi, e dandogli la caccia attraverso gli alberi. Ma essi non amano il sole, che rende molli le gambe e fa girar loro la testa. Non riuscirono a trovare Bilbo, che coll'anello al dito sgusciava dentro e fuori l'ombra degli alberi, correndo veloce e silenzioso, evitando la luce diretta del sole; così, ben presto tornarono indietro a sorvegliare la porta brontolando e imprecando. Bilbo ce l'aveva fatta.

VI

DALLA PADELLA NELLA BRACE

Bilbo era sfuggito agli orchi, ma non sapeva dove si trovava. Aveva perso cappuccio, mantello, cibo, pony, bottoni e amici. Continuò a girovagare, finché il sole cominciò a tramontare a ovest – *dietro le montagne*. Queste proiettavano la loro ombra sul suo cammino, ed egli dapprima si guardò indietro, poi guardò avanti, e poté vedere di fronte a sé solamente giogaie e pendii che degradavano verso bassipiani e pianure intraviste qua e là tra gli alberi.

« Santo cielo! » esclamò. « Pare proprio che io sia arrivato dall'altra parte delle Montagne Nebbiose, al confine della Terra Remota. Vorrei solo sapere dove sono andati a finire Gandalf e i nani! Spero proprio che non siano ancora là dentro, in mezzo agli orchi ».

Girovagò ancora fuori dalla piccola valle elevata, l'oltrepassò e scese giù per la china, dall'altra parte; ma per tutto il tempo un pensiero molto sgradevole ingigantiva dentro di lui. Si chiedeva se, ora che aveva l'anello magico, non dovesse tornare indietro in quegli orribili tunnel a cercare i suoi amici. Aveva appena deciso che questo era il suo dovere, che doveva tornare indietro – e ciò lo rese assai infelice – quando udì alcune voci.

Si fermò ad ascoltare. Non sembravano voci di orchi; così avanzò strisciando con prudenza. Si trovava su un sentiero sassoso che scendeva a zig-zag con una parete rocciosa sulla sinistra; sulla destra il terreno andava degradando, e sotto al livello del sentiero si aprivano dei canaloni, sulle cui pareti crescevano arbusti e cespugli. In fondo a uno di questi canaloni, sotto i cespugli, c'era della gente che parlava.

Strisciò ancora più vicino, e improvvisamente, spiando tra due grossi massi, vide una testa con un cappuccio rosso: era Balin che faceva la sentinella. Avrebbe voluto battere le mani e gridare dalla gioia, ma non lo fece. Aveva ancora l'anello al dito, per paura di incontrare qualcosa di inaspettato e di spiacevole, e vide che Balin guardava proprio verso di lui senza accorgersi della sua presenza.

« Farò una sorpresa a tutti » pensò, mentre si calava lentamente tra i cespugli sull'orlo del canalone. Gandalf stava litigando coi nani. Stavano discutendo di tutto quello che era loro successo nei tunnel, e si chiedevano e dibattevano cosa dovessero fare ora. I nani brontolavano, e Gandalf diceva che non se ne parlava nemmeno di continuare il viaggio abbandonando il signor Baggins nelle mani degli orchi, senza cercare di scoprire se fosse vivo o morto e senza cercare di liberarlo.

« Dopo tutto è amico mio, » disse lo stregone « e come persona, non è niente male. Mi sento responsabile verso di lui. Ah, come vorrei che non lo aveste perso! ».

I nani volevano sapere perché mai lo si fosse portato con loro, perché, almeno, non avesse cercato di non farsi separare dai suoi amici, perché lo stregone non avesse scelto qualcuno con maggior buon senso. « Finora ci ha dato più fastidi che altro » disse uno. « Se adesso dobbiamo anche tornare indietro in quegli abominevoli tunnel per cercarlo, accidenti a lui, dico io! ».

Gandalf rispose con voce irata: « L'ho portato io, e io non porto cose che non sono utili. O mi aiutate a cercarlo, o me ne vado e vi pianto qui a sbrogliarvela da soli come meglio potete. Se riusciamo a trovarlo, me ne ringrazierete prima che tutto sia finito. Che ti è venuto in mente di lasciarlo cadere e di andartene, Dori? ».

« Anche tu l'avresti lasciato cadere, » disse Dori « se un orco ti avesse improvvisamente afferrato le gambe, da dietro, nel buio, ti avesse fatto lo sgambetto e preso a pugni nella schiena! ».

« Ma allora perché non l'hai ripreso? ».

« Santo cielo! E me lo domandi? Cogli orchi che combattevano e mordevano al buio, e tutti che cadevamo gli uni sugli altri e ci pigliavamo a pugni a vicenda! Tu mi hai quasi mozzato la testa con Glamdring, e Thorin tirava colpi da tutte le parti con Orcrist. Tutto a un tratto il tuo bastone ha emesso uno dei suoi lampi accecanti e abbiamo visto gli orchi che tornavano indietro di corsa uggiolando. Tu hai gridato: "Seguitemi tutti!", e tutti avrebbero dovuto seguirti. Pensavamo che tutti lo avessero fatto. Non ci fu tempo per contarci, lo sai benissimo, se non dopo che schizzammo attraverso le guardie al portone, fuori dell'uscita secondaria, e arrivammo qui in fretta e furia. Ed eccoci quaggiù, senza lo scassinatore, che il cielo lo strafulmini! ».

« Ed ecco lo scassinatore! » disse Bilbo scivolando giù in mezzo a loro e togliendosi l'anello.

Accidenti, che salto fecero! Poi gridarono dalla sorpresa e dalla gioia. Gandalf era stupefatto come ciascuno di loro, ma probabilmente più compiaciuto di tutti gli altri. Dette una voce a Balin, e gli disse quello che pensava di una sentinella che lasciava venire la gente, così proprio in mezzo a loro, senza avvertire. È un fatto che dopo di ciò la reputazione di Bilbo presso i nani crebbe considerevolmente. Se, nonostante le parole di Gandalf, avevano ancora dei dubbi che egli fosse uno scassinatore di prim'ordine, questi dubbi svanirono. Balin era il più sconcertato di tutti; ma tutti dissero che era stato proprio un bel lavoretto. E in verità Bilbo era così compiaciuto delle loro lodi che ridacchiò tra sé e sé e non disse un bel niente dell'anello; e quando gli chiesero come avesse fatto, disse: « Oh, sono strisciato fin qui, facendo molta attenzione e in silenzio, roba da niente ».

« Be', è la prima volta che perfino un topo mi è passato proprio sotto al naso facendo attenzione e in silenzio, senza che io l'abbia avvistato, » disse Balin « e ti faccio tanto di cappello ». E così fece.

« Balin al vostro servizio » disse.

« Baggins, servo vostro » disse Bilbo.

Poi vollero sapere tutto sulle avventure che aveva avuto dopo che l'avevano perso, ed egli si sedette e raccontò tutto, tranne il rinvenimento dell'anello (« Non è il momento » pensò). Si interessarono particolarmente alla gara di indovinelli, e rabbrividirono con il più lusinghiero raccapriccio alla sua descrizione di Gollum.

« E poi non mi venne in mente nessun'altra domanda, con lui che mi stava seduto vicino, » finì Bilbo « così dissi: "Che cos'ho in tasca?". E lui non fu capace di indovinare neanche dando tre risposte. Così gli dissi: "E la tua promessa? Mostrami la via d'uscita!". Ma lui venne verso di me per uccidermi, e io corsi via e caddi, e lui mi mancò al buio. Poi lo seguii, poiché lo sentii parlare tra sé e sé. Era proprio convinto che io conoscessi la via d'uscita e così vi si dirigeva. Poi si mise a sedere all'ingresso, e io non mi ci potevo avvicinare. Così saltai sopra di lui e scappai, correndo giù verso il portone ».

« E le guardie? » essi chiesero. « Non ce n'era di guardie? ».

« Oh, sì! Tantissime, ma io le ho schivate. Sono rimasto incastrato nella porta, che era appena appena socchiusa, e ho perso un sacco di bottoni » egli disse tristemente, guardando i suoi vestiti lacerati. « Ma ce l'ho fatta, ed eccomi qua ».

I nani lo guardarono con un certo qual nuovo rispetto, quando parlò di schivare le guardie, saltare sopra Gollum e passare dalla fessura, come se fossero cose non molto difficili o allarmanti.

« Che vi avevo detto? » disse Gandalf ridendo. « Il signor Baggins è più in gamba di quanto non si pensi ». Mentre diceva questo, lanciò a Bilbo una strana occhiata da sotto alle sue sopracciglia irsute, e lo hobbit si chiese se avesse indovinato la parte della storia che aveva tralasciato.

Poi fu il suo turno di far domande, poiché se Gandalf aveva ormai spiegato tutto ai nani, Bilbo non l'aveva udito. Voleva sapere come aveva fatto lo stregone a saltare fuori al momento giusto, e a che punto era la situazione.

A dire la verità, allo stregone non dispiaceva per niente parlare ancora della sua bravura, così disse a Bilbo che lui ed Elrond erano stati ben consci della presenza di orchi malvagi in quella parte delle montagne. Ma un tempo il loro ingresso principale si apriva su di un altro passo, più facile da valicare, così che spesso catturavano la gente sorpresa dalle tenebre in quei pressi. Evidentemente la gente aveva rinunciato a passare da quella parte, e gli orchi dovevano avere aperto il loro nuovo ingresso in cima al passo per cui erano passati i nani; abbastanza di recente, del resto, perché fino a quel momento era stato abbastanza sicuro.

« Devo vedere se posso trovare un gigante abbastanza per bene per bloccarlo di nuovo, » disse Gandalf « o tra poco le montagne non si potranno più attraversare affatto ».

Appena Gandalf aveva udito l'urlo di Bilbo, si era reso subito conto di quel che stava accadendo. Approfittando del lampo che uccise gli orchi che stavano per prenderlo era entrato di corsa nella fenditura, un istante prima che questa si richiudesse di scatto. Aveva seguito orchi e prigionieri fino al limite della sala grande; lì si era seduto e nelle tenebre aveva pensato e ripensato a quale incantesimo fare.

« Era proprio un affare scabroso! » disse. « Dare la stoccata e fuggire! ».

Naturalmente Gandalf aveva fatto uno studio speciale sugli incantesimi con fuochi e luci (nemmeno lo hobbit aveva dimenticato i magici fuochi d'artificio per la festa di Ferragosto del Vecchio Tuc, ve ne ricordate?). Il resto è noto a tutti, eccetto che Gandalf sapeva tutto sulla porta secondaria, come gli orchi chiamavano l'ingresso inferiore, dove Bilbo aveva perso i suoi bottoni. In realtà la cosa era nota a chiunque avesse una certa familiarità con quella parte delle montagne; ma ci voleva uno stregone per non perdere la testa nei tunnel e guidarli nella direzione giusta.

« Hanno fatto quella porta tanto tempo fa, » egli disse « in parte come uscita di sicurezza, se mai ne avessero bisogno, in parte come sbocco sulle terre che si trovano al di qua delle montagne, e dove essi scendono ancora al calar delle tenebre facendo gravi danni. La sorvegliano sempre e nessuno è mai riuscito a bloccarla. D'ora in poi la sorveglieranno il doppio! » egli rise.

Tutti gli altri risero con lui. In fondo, anche se avevano subìto delle perdite, avevano però ucciso il Grande Orco e moltissimi altri oltre lui, ed erano scampati tutti, sicché tutto sommato si poteva dire che fino allora tutto era andato per il meglio.

Ma lo stregone li richiamò alla realtà. « Dobbiamo rimetterci in cammino subito, adesso che ci siamo riposati un po' » disse. « Appena fa notte usciranno a centinaia per darci la caccia; e le ombre si stanno già allungando. Possono fiutare le nostre impronte ore e ore dopo che siamo passati. Dobbiamo essere a miglia di distanza prima del crepuscolo. Ci sarà un po' di luna, se il cielo rimane sereno, e questa è una fortuna. Non che a loro gliene importi molto della luna, ma noi almeno avremo un po' di luce per dirigere i nostri passi ».

« Ah, sì! » disse rispondendo ad altre domande dello hobbit. « Hai perso il senso del tempo dentro i tunnel degli orchi. Oggi è giovedì, ed era lunedì notte o martedì mattina quando siamo stati catturati. Abbiamo percorso miglia e miglia, e siamo scesi proprio attraverso il cuore delle montagne, e ora ci troviamo sull'altro versante, una bella scorciatoia. Ma ora non siamo dove ci avrebbe portato il nostro passo; siamo troppo a nord e strane contrade si stendono davanti a noi, e siamo ancora molto in alto. Su, andiamo avanti! ».

« Ho una fame spaventosa! » si lamentò Bilbo, che all'improvviso si rese conto di non aver mangiato niente dalla notte precedente la notte che precedeva la notte prima. Pensate un po' che cosa volesse dire per uno hobbit! Adesso che l'eccitazione era passata, si sentiva lo stomaco vuoto e floscio, e le gambe che facevano giacomo giacomo.

« Non posso farci niente, » disse Gandalf « a meno che tu non voglia tornare indietro a chiedere educatamente agli orchi di farti riavere il tuo pony e i tuoi bagagli ».

« No, grazie! » disse Bilbo.

« Benissimo, allora dobbiamo solo stringere la cinghia e trascinarci avanti, o saremo mangiati per cena, il che sarebbe molto peggio che rimanerne senza noi stessi ».

Mentre avanzavano, Bilbo guardava di qua e di là in cerca di qualcosa da mangiare; ma le more erano ancora in fiore, e non c'erano nocciole, naturalmente, e neanche una bacca qualsiasi. Mangiucchiò un po' di acetosella e bevve l'acqua di un torrentello che attraversava il sentiero, e sulla sponda trovò tre fragole selvatiche, ma non era certo un gran che.

Continuarono ad avanzare. Il sentiero accidentato disparve. I cespugli, e i lunghi fili d'erba tra i massi, le macchie di trifoglio brucato dai conigli, il timo, la salvia, la maggiorana, e le gialle rose di roccia, tutto svanì, e si trovarono in cima a un vasto, ripido pendio di pietre ammucchiate, residui di una frana. Quando cominciarono a scendere, terriccio e pietrame rotolarono in basso sotto i loro piedi; ben presto schegge di pietra più grosse cominciarono a precipitare a valle rumorosamente, facendo a loro volta cadere e rotolare le pietre sottostanti; poi fu la volta di grossi blocchi di roccia che, scalzati, andarono a infrangersi sul fondo sollevando polvere e fragore. Dopo non molto, tutto il pendio sopra e sotto di loro parve muoversi, ed essi sdrucciolarono via, stretti tutti insieme, in una confusione paurosa di lastroni e pietre che scivolavano, rimbalzavano, si infrangevano.

Furono gli alberi sul fondo che li salvarono. Essi slittarono oltre il margine di un bosco di pini cresciuti sulle pendici della montagna, risalendo dalle foreste più scure delle valli sottostanti. Alcuni si afferrarono ai tronchi e con un volteggio saltarono sui rami più bassi, altri (come il piccolo hobbit) si misero dietro un albero per ripararsi dall'assalto furioso delle pietre. Presto il pericolo passò, la frana finì, e si poterono udire gli ultimi deboli slittamenti, mentre le pietre più grosse andavano rimbalzando e rotolando lontano, tra le radici dei pini e le felci.

« Bene! Questo ci ha fatto fare un bel passo in avanti! » disse Gandalf « e perfino gli orchi sulle nostre tracce avranno il loro da fare a scendere qui senza fare chiasso ».

« Oso dire » brontolò Bombur « che non sarà difficile per loro far ruzzolare le pietre sulle nostre teste ». I nani (e Bilbo), ben lungi dall'essere felici, erano intenti a pulire le abrasioni e gli sgraffi dalle gambe e dai piedi malconci.

« Sciocchezze! Adesso gireremo per di qui, fuori tiro, lontano dalla frana. Dobbiamo fare in fretta! Guardate la luce! ».

Il sole era calato da un pezzo dietro le montagne. Le ombre si erano già infittite attorno a loro, sebbene in lontananza, attraverso gli alberi e sopra le cime nere di quelli che crescevano più in basso, essi potessero ancora vedere le luci della sera nelle pianure sottostanti. Avanzarono dunque zoppicando il più velocemente possibile giù per i lievi pendii di un bosco di pini fino a un sentiero in discesa che portava decisamente a sud. A tratti si aprivano la strada in un mare di felci dalle alte foglie, che si innalzavano diritte sopra la testa dello hobbit; a tratti marciavano silenziosamente, per quanto è possibile farlo su di un tappeto di aghi di pino; e per tutto quel tempo la tetraggine della foresta divenne più pesante e il silenzio più profondo. Quella sera non c'era vento a portare almeno un sospiro di mare tra i rami degli alberi.

« Dobbiamo andare ancora avanti? » chiese Bilbo, quando fu così buio che poteva vedere solo la barba di Thorin ondeggiare accanto a lui, e la quiete era tale che perfino il respiro dei nani gli pareva un forte rumore. « Ho i piedi storpiati e indolenziti, male alle gambe, e lo stomaco che mi balla come un sacco vuoto ».

« Un po' più avanti » disse Gandalf.

Dopo quella che sembrò un'eternità, arrivarono improvvisamente a uno spiazzo dove non cresceva nessun albero. La luna si era levata e brillava nella radura. Oscuramente, come per un presentimento, sentirono che quello non era per niente un bel posto, anche se a prima vista non c'era niente che non andava.

Infatti, tutto a un tratto, udirono un ululato, più in basso, sotto la collina, un ululato lungo e raccapricciante. Un altro gli rispose, alla loro destra e molto più vicino; poi un altro non lontano sulla sinistra. Erano lupi che ululavano alla luna, lupi che si riunivano tutti insieme!

Vicino alla caverna del signor Baggins, al suo paese, non viveva nessun lupo, ma egli conosceva quel rumore. Gli era stato descritto abbastanza spesso in vari racconti. Anzi, uno dei suoi cugini più anziani (del lato Tuc), che era stato un grande viaggiatore, era solito rifare quel verso per spaventarlo. Udirlo all'aperto, in mezzo alla foresta, sotto la luna, fu troppo per Bilbo. Nemmeno gli anelli magici servono a molto contro i lupi, specie contro quei branchi malvagi che vivevano all'ombra delle montagne infestate dagli orchi, sul Confine delle Terre Selvagge ai limiti dell'Ignoto. Lupi di tal fatta hanno un odorato più fino degli orchi, e non hanno bisogno di vedervi per prendervi!

« Che facciamo, che facciamo! » gridò. « Sfuggire agli orchi per essere presi dai lupi! » disse, e l'espressione divenne proverbiale, anche se ora si dice « dalla padella nella brace » quando ci si trova in una situazione spiacevole di questo tipo.

« Sugli alberi, presto! » gridò Gandalf; e corsero verso gli alberi sul limitare della radura, puntando a quelli che avevano rami abbastanza bassi, o che erano abbastanza slanciati per arrampicarvicisi sopra. Li trovarono il più in fretta possibile, come potete ben immaginare; e salirono quanto più in alto glielo consentiva la robustezza dei rami. Avreste riso (a distanza di sicurezza!), se aveste visto i nani che sedevano sugli alberi colle barbe penzoloni, come vecchi gentiluomini rimbambiti che fanno i ragazzini. Fili e Kili erano in cima a un larice alto come un enorme albero di Natale. Dori, Nori, Oin e Gloin stavano più comodi su un gran pino dai rami che sporgevano a intervalli regolari come i raggi di una ruota. Bifur, Bofur, Bombur e Thorin stavano sopra a un altro. Dwalin e Balin si erano appollaiati su di un abete alto ed esile con pochi rami e cercavano di trovare un posto a sedere nel verdeggiare delle fronde più alte. Gandalf, che era un bel po' più alto degli altri, aveva trovato un albero su cui essi non potevano arrampicarsi, un largo pino che stava proprio all'estremo limite della radura. Egli era ben nascosto tra le fronde, ma si potevano vedere i suoi occhi scintillare nel buio quando faceva capolino.

E Bilbo? Non poteva salire su nessun albero e

correva da un tronco all'altro, come un coniglio che ha smarrito la tana ed è inseguito da un cane.

« Ti sei di nuovo lasciato dietro lo scassinatore! » disse Nori a Dori guardando in giù.

« Non posso mica passare la vita a portarmi scassinatori in spalla » disse Dori « giù per i tunnel e su per gli alberi! Cosa credi che sia? Un facchino? ».

« Se lo mangeranno se non facciamo qualcosa » disse Thorin, poiché ormai gli ululati risuonavano tutt'intorno a loro, sempre più vicini. « Dori! » chiamò, poiché Dori stava più in basso sull'albero più accessibile « sbrigati, e da' una mano al signor Baggins! ».

Dori era proprio un buon diavolo nonostante tutto il suo brontolare. Il povero Bilbo non ce la faceva a raggiungere la sua mano neanche quando egli scese sul ramo più basso e tese la mano più giù che poté. Così Dori scese addirittura dall'albero e si fece salire Bilbo sulle spalle.

Proprio in quel momento i lupi arrivarono di corsa nella radura ululando. Tutto a un tratto ci furono centinaia di occhi intenti a fissarli. Pure, Dori non abbandonò Bilbo. Aspettò finché non si fu arrampicato sui rami, e poi saltò verso i rami lui stesso. Appena in tempo! I denti di un lupo scattarono verso il suo mantello mentre egli volteggiava su, e quasi lo presero. In un minuto c'era un intero branco attorno all'albero, che urlava e cercava di saltare su per il tronco, cogli occhi scintillanti e la lingua di fuori.

Ma nemmeno i Mannari Selvaggi (infatti così erano chiamati i lupi malvagi sul Confine delle Terre Selvagge) possono salire sugli alberi. Per un po' furono in salvo. Stare seduti a lungo sugli alberi non è mai molto comodo; ma al freddo e al vento, con tutt'intorno innumerevoli lupi che aspettano sotto di voi, può essere una sistemazione propriamente orribile.

Quella radura delimitata dagli alberi era evidentemente un luogo di raduno dei lupi. Continuarono ad arrivarne sempre di più. Lasciarono alcune guardie ai piedi dell'albero su cui stavano Dori e Bilbo, e poi andarono ad annusare attorno finché non trovarono tutti gli alberi su cui c'era qualcuno. Anche sotto a questi misero delle guardie, mentre tutti gli altri (parevano centinaia e centinaia) andarono a sedersi in un gran circolo nella radura; e in mezzo al circolo c'era un grosso lupo grigio. Parlava agli altri nella spaventosa lingua dei Mannari. Gandalf la capiva. Bilbo no, ma gli pareva terribile e pensava che tutto quello che veniva detto riguardasse cose crudeli e malvagie, come infatti era. Di tanto in tanto i Mannari rispondevano al loro capo tutti insieme, e il loro spaventoso clamore fece quasi cadere lo hobbit dal suo pino.

Vi dirò che cosa udì Gandalf, anche se Bilbo non lo capì. I Mannari e gli orchi si aiutavano spesso a vicenda nelle loro azioni malvagie. Di solito gli orchi non si avventurano molto lontano dalle loro montagne, a meno che non ne vengano snidati e cerchino nuove case, o vadano in guerra (cosa che, sono lieto di dire, non si è verificata per molto tempo). Ma in quei giorni ogni tanto facevano delle scorrerie, specialmente per procurarsi del cibo o schiavi che lavorassero per loro, e talvolta cavalcavano i Mannari come gli uomini fanno coi cavalli. A quel che sembrava, una grande scorreria di questo tipo era stata progettata proprio per quella notte. I Mannari erano venuti a incontrare gli orchi, e gli orchi erano in ritardo. I motivi erano senza dubbio la morte del Grande Orco e lo scompiglio causato dai nani, da Bilbo e dallo stregone, ai quali probabilmente stavano ancora dando la caccia.

Nonostante i pericoli di quelle terre remote, uomini arditi provenienti da sud si erano spinti fin là, abbattendo alberi e costruendosi dimore in cui vivere, in mezzo ai boschi più belli, nelle vallate e lungo le sponde del fiume. Ce n'erano molti, ed erano coraggiosi e ben armati, e nemmeno i Mannari osavano attaccarli se erano in molti, o in pieno giorno. Ma ora avevano progettato, con l'aiuto degli orchi, di calare nottetempo su qualcuno dei villaggi più vicini alle montagne. Se i loro piani si fossero svolti secondo il previsto, non ce ne sarebbe rimasto nessuno il giorno dopo; sarebbero stati tutti uccisi, tranne pochi che gli orchi avrebbero sottratto ai Mannari e portato via come prigionieri nelle loro caverne.

Terribile era ascoltare quello che dicevano, non solo pensando ai coraggiosi boscaioli, alle loro mogli e ai loro figli, ma anche per il pericolo che ora minacciava Gandalf e i suoi amici. I Mannari erano furiosi e perplessi per averli trovati lì, proprio nel loro luogo di raduni. Pensavano che fossero amici dei boscaioli, venuti a spiarli, e che avrebbero divulgato i loro piani giù nelle valli; gli orchi e i lupi avrebbero dovuto così sostenere una battaglia terribile invece di catturare prigionieri e divorare gente sorpresa nel sonno. I Mannari quindi non avevano alcuna intenzione di andarsene e di lasciar scappare quelli che stavano sugli alberi, non prima del mattino, in ogni modo. E prima di allora, dissero, gli orchi-soldati sarebbero scesi dalle montagne; e gli orchi sono ben capaci di salire sugli alberi o di abbatterli.

Potete ben capire perché Gandalf, ascoltando i loro ringhi e i loro ululati, cominciasse a spaventarsi terribilmente, anche se era uno stregone, avendo la netta sensazione di trovarsi in un posto che tutto era fuor che sicuro. Ma non aveva nemmeno l'intenzione di lasciare fare ai lupi il comodo loro, anche se non poteva far molto, bloccato com'era su un albero alto con i lupi tutt'intorno. Raccolse delle grosse pigne dai rami del suo albero, ne incendiò una con una vivida fiamma blu, e la scagliò giù sibilante in mezzo al circolo dei lupi. Ne colpì uno sulla schiena e immediatamente il suo ispido pelo prese fuoco, cosicché il lupo si mise a saltare di qua e di là ululando orribilmente. Poi ne tirò un'altra e un'altra ancora: una avvolta in una fiamma blu, un'altra rossa, un'altra verde. Scoppiavano al suolo in mezzo al circolo e ricadevano in scintille colorate e fumo. Una particolarmente grossa colpì sul naso il capo dei lupi, che fece un balzo di tre metri, e poi, in preda all'ira e al terrore, corse follemente attorno al circolo, mordendo e addentando perfino gli altri lupi.

I nani e Bilbo esplosero in grida d'incitamento. La collera dei lupi era terribile a vedersi e il tumulto che fecero risuonò per tutta la foresta. Da sempre i lupi hanno paura del fuoco, ma questo era un fuoco particolarmente orribile e soprannaturale: se una scintilla arrivava a colpirne la pelliccia, vi si attaccava e vi scavava una ferita bruciante, e a meno che i lupi non si rotolassero in fretta per terra erano presto divorati dalle fiamme. In brevissimo tempo per tutta la radura c'erano lupi che si rotolavano per scuotersi le scintille dalla schiena, mentre quelli che bruciavano correvano attorno ululando e incendiandone altri, finché i loro stessi compagni non li misero in fuga ed essi si dileguarono giù per la discesa gridando e urlando in cerca di acqua.

« Che cos'è tutto questo strepito nella foresta, stanotte? » disse il Signore delle Aquile, appollaiato, nero nel chiarore lunare, sulla vetta di un solitario pinnacolo di roccia al confine orientale delle montagne. « Sento voci di lupi! Gli orchi stanno facendo danni nei boschi? ».

Si alzò in aria maestoso e vigile, e immediatamente due delle sue guardie balzarono su dalle rocce vicine per seguirlo. Volteggiarono in cielo e guardarono giù verso il cerchio dei Mannari, una macchiolina lontana sotto di loro. Ma le aquile hanno occhi acuti e possono vedere cose piccole a grande distanza. Il Signore delle Aquile delle Montagne Nebbiose aveva occhi che potevano vedere un coniglio muoversi al suolo un miglio più sotto, perfino alla luce della luna. Così, benché non potesse vedere la gente sugli alberi, poté scorgere il tumulto tra i lupi e vedere i piccoli guizzi di fuoco, e udire gli ululati e le urla che salivano debolmente fino a lui. Poté anche scorgere i bagliori della luna sulle lance e gli elmi degli orchi, mentre questi esseri malvagi strisciavano fuori del loro portone giù per i pendii in lunghe file che si snodavano nel bosco.

Le aquile non sono uccelli gentili. Alcune sono codarde e crudeli. Ma la stirpe antica delle montagne settentrionali era la più nobile di tutti gli uccelli, fiera, forte e magnanima. Essi non amavano gli orchi, né li temevano. Le rare volte in cui abbassavano lo sguardo su di loro (cosa che accadeva di rado, poiché non mangiavano simili creature), piombavano loro addosso e li respingevano strillanti alle loro caverne, e interrompevano qualsiasi malvagità stessero commettendo. Gli orchi odiavano le aquile e le temevano, ma non potevano raggiungere le loro sedi eccelse né cacciarle dalle montagne.

Quella notte il Signore delle Aquile era veramente curioso di sapere che cosa stesse succedendo; così raccolse molte altre aquile attorno a sé e volarono via dalle montagne, e volteggiando lentamente in circolo scesero sempre più giù, verso il cerchio dei lupi e il luogo di raduno degli orchi.

Per fortuna! Laggiù stavano succedendo cose tremende. I lupi che avevano preso fuoco ed erano fuggiti nella foresta l'avevano incendiata in più punti. Era estate inoltrata, e sul versante orientale delle montagne aveva piovuto poco. Felci secche, rami caduti, grossi mucchi di aghi di pino, e qua e là alberi morti furono presto in fiamme. Tutt'attorno alla radura dei Mannari il fuoco divampava. Ma i lupi di guardia non lasciarono gli alberi. Furiosi e arrabbiati saltavano e ululavano attorno ai tronchi, maledicendo i nani nel loro orribile linguaggio, con le lingue di fuori e gli occhi che lucevano rossi e divoranti come le fiamme.

Poi d'un tratto sopravvennero gli orchi, urlando e

correndo. Credevano che si stesse svolgendo una battaglia coi boscaioli; ma presto vennero a sapere che cosa fosse realmente accaduto. Alcuni di essi si sedettero e si misero addirittura a ridere. Altri scuotevano le lance e battevano le aste contro gli scudi. Gli orchi non hanno paura del fuoco e presto fecero un piano che parve loro molto divertente.

Alcuni riunirono tutti i lupi in un branco. Altri ammucchiarono felci e sterpi attorno ai tronchi degli alberi. Altri corsero intorno pestando e battendo i piedi, battendo i piedi e pestando, finché quasi tutte le fiamme non furono spente, tranne quelle vicine agli alberi dove stavano i nani. Quel fuoco invece lo alimentarono con foglie, rami secchi e felci. Presto fecero un cerchio di fumo e di fiamme tutto intorno ai nani, un cerchio a cui non permisero di allargarsi, ma che fecero restringere a poco a poco, finché il fuoco non lambì il combustibile ammucchiato sotto gli alberi. Bilbo aveva gli occhi pieni di fumo, e sentiva già il calore delle fiamme; attraverso il fumo poteva vedere gli orchi danzare tutt'intorno in circolo come fa la gente attorno al falò la notte di Ferragosto. Fuori del cerchio dei guerrieri che danzavano con lance e aste, i lupi stavano fermi a rispettabile distanza, osservando e aspettando.

Egli poté udire gli orchi intonare un'orribile canzone:

Già quindici uccelli su abeti posati,
dal vento infocato son stati spennati!
Mancavan le ali a quegli uccellini!
Che cosa facciamo di questi cosini?
Mangiarli arrostiti, passati al tegame,
bolliti, conditi o stufati? Che fame!

Poi si interruppero e gridarono: « Volate via, uccellini! Volatevene via, se potete! Venite giù uccellini, o vi arrostiremo nei vostri nidi! Cantate, cantate uccellini! Perché non cantate? ».

« Andatevene, ragazzini! » gridò Gandalf in risposta. « Gli uccelli non fanno il nido in questa stagione. E poi i ragazzacci che giocano col fuoco vengono puniti! ». Lo disse per farli arrabbiare, e per far vedere che non aveva paura di loro, anche se naturalmente ce l'aveva, per quanto fosse uno stregone. Ma essi lo ignorarono completamente e continuarono a cantare.

> Incendia felci, incendia piante!
> Fanne una torcia ben sfolgorante
> che renda il cuor della notte festante,
> Ya hey!
>
> Cuocili e tostali da bravo cuoco
> finché le barbe prendano fuoco;
> gli occhi son vitrei, la pelle rotta,
> la chioma puzza, com'è ridotta!
> Il grasso è sciolto, scorre a dovere,
> persino l'ossa diventan nere,
> dalla padella van nella brace
> e nella cenere giacciono in pace!
> Così morendo ogni nanetto
> dà luce a notte e a noi diletto.
> Ya hey!
> Ya-harri-hey!
> Ya hoy!

E con quello *Ya hoy!* le fiamme raggiunsero l'albero di Gandalf. In un istante si propagarono agli altri alberi. La corteccia prese fuoco, i rami più bassi si spezzarono.

Allora Gandalf si arrampicò in cima all'albero. Un improvviso splendore si sprigionò come un fulmine dal suo magico bastone, mentre egli si preparava a saltar giù dall'alto, proprio in mezzo alle lance degli orchi. Questa sarebbe stata la fine per lui, anche se probabilmente ne avrebbe uccisi molti schiantandosi al suolo come una saetta. Ma non fece mai quel balzo.

Proprio in quell'attimo il Signore delle Aquile piombò giù dall'alto, lo afferrò coi suoi artigli e sparì.

Dagli orchi si levò un urlo di sorpresa e di rabbia. Forte gridò il Signore delle Aquile, con cui Gandalf aveva appena parlato. I grandi uccelli che erano con lui si precipitarono indietro, e scesero come grosse ombre nere. I lupi ulularono e digrignarono i denti; gli orchi urlarono e batterono i piedi per la collera, e invano scagliarono in aria le loro lance pesanti. Le aquile si avventarono su di loro; la scura bufera provocata dal battito delle ali li gettò a terra o li scagliò lontano, e i loro artigli li lacerarono in volto. Altri uccelli volarono verso le cime degli alberi per afferrare i nani, che ora si arrampicavano più in su di quanto non avessero mai osato salire.

Il povero piccolo Bilbo fu quasi lasciato indietro un'altra volta! Fece appena in tempo ad attaccarsi alle gambe di Dori, che fu portato via per ultimo; e insieme si innalzarono sopra il tumulto e l'incendio, Bilbo che ondeggiava in aria con le braccia che quasi gli si spezzavano.

Molto più in basso, gli orchi e i lupi si disperdevano in lungo e in largo. Qualche aquila ancora planava e volteggiava sul campo di battaglia. Le fiamme attorno agli alberi si levarono improvvise fin sopra i rami più alti e divamparono in un gigantesco falò. Ci fu un'improvvisa esplosione di fumo e faville: Bilbo era scappato appena in tempo!

Presto la luce dell'incendio sbiadì in lontananza, un bagliore rossastro sul suolo nero, mentre essi, nel cielo, si innalzavano continuamente in circoli maestosi e possenti. Bilbo non dimenticò mai quel volo, disperatamente aggrappato alle caviglie di Dori. Egli gemeva: « Le mie braccia, le mie braccia! », e Dori si lamentava: « Le mie povere gambe, le mie povere gambe! ».

Perfino nei momenti migliori l'altitudine dava le vertigini a Bilbo. Si sentiva sempre come stordito se si sporgeva a guardare sopra l'orlo di un dirupo di proporzioni ridotte; e non gli erano mai piaciute le scale, per non parlare degli alberi (non avendo mai dovuto in precedenza sfuggire ai lupi). Potete così immaginare che vertigini spaventose provasse ora, quando guardò in giù e vide le terre scure che si aprivano sotto di lui, chiazzate qua e là dalla luce della luna che batteva sui fianchi rocciosi delle colline o su un ruscello nelle pianure.

Le vette delle montagne si facevano più vicine, punte rocciose illuminate dalla luna, che sporgevano dalle tenebre. Estate o no, pareva che facesse molto freddo. Bilbo chiuse gli occhi e si chiese se avrebbe potuto resistere ancora. Poi immaginò cosa sarebbe accaduto se non ci fosse riuscito. Gli venne la nausea.

Il volo finì appena in tempo, per lui, proprio un istante prima che le braccia gli cedessero. Lasciò le gambe di Dori con un rantolo e cadde sulla piattaforma sassosa di un nido d'aquila. Lì giacque senza parlare, e i suoi pensieri erano un misto di sorpresa, per l'essere stato salvato dal fuoco, e di paura, paura di cadere nelle tenebre profonde che circondavano quel posto angusto. A quel punto si sentì veramente la testa tutta stordita, dopo le tremende avventure degli ultimi giorni, passati senza aver mangiato quasi niente, e si trovò a dire ad alta voce: « Adesso so come si sente un pezzo di pancetta quando viene improvvisamente tirato fuori dalla padella con una forchetta e rimesso in dispensa! ».

« Non sai proprio niente! » udì che gli rispondeva Dori « perché la pancetta sa che presto o tardi tornerà in padella; mentre è sperabile che così non succeda a noi. E poi le aquile non sono forchette! ».

« Oh no! non sono per niente delle ochette — forchette, voglio dire! » farfugliò Bilbo, rizzandosi a sedere e guardando ansiosamente l'aquila che stava posata lì accanto. Si chiese se avesse detto qualche altra sciocchezza, e se l'aquila si fosse offesa. Non è molto saggio offendere un'aquila, quando si ha solo la taglia di uno hobbit e ci si trova di notte nel suo nido!

L'aquila si limitò ad affilare il becco su una pietra e a lisciarsi le penne, ignorandolo.

Poco dopo arrivò volando un'altra aquila. « Il Signore delle Aquile ti prega di portare i tuoi prigionieri al Gran Ripiano! » gridò, e ripartì di nuovo. L'altra prese Dori tra gli artigli e volò via con lui, nella notte, lasciando Bilbo tutto solo. Estenuato com'era, Bilbo non poté fare a meno di chiedersi che cosa il messaggero avesse voluto dire con « prigionieri », cominciando a pensare che sarebbe stato dilaniato a cena come un coniglio, quando fosse venuto il suo turno.

L'aquila ritornò, lo afferrò piantandogli gli artigli sul dorso della giacca, e si alzò in volo. Questa volta volò solo per un breve tratto. Bilbo fu messo giù, tremante di paura, su di un largo ripiano di roccia sul fianco della montagna. Nessun modo di arrivarci da sopra, se non volando, nessun modo di andarsene se non saltando in un precipizio. Lì Bilbo trovò tutti gli altri che sedevano con le spalle rivolte alla parete della montagna. C'era anche il Signore delle Aquile e stava parlando con Gandalf.

Tutto sommato si poteva concludere che Bilbo non sarebbe stato mangiato. A quanto pareva, lo stregone e il Signore delle Aquile si conoscevano, per fortuna, ed erano anzi in buoni rapporti. In realtà Gandalf, che si recava spesso sulle montagne, aveva una volta reso un servizio alle aquile sanando una ferita inflitta da una freccia al loro signore. Così, in sostanza, « prigionieri » significava « prigionieri salvati dagli orchi », e non prigionieri delle aquile. Mentre Bilbo ascoltava le parole di Gandalf, si rese conto che finalmente sarebbero sfuggiti per davvero a quelle tremende montagne. Gandalf stava discutendo con la Grande Aquila un piano per trasportare lontano i nani, se stesso e Bilbo, e depositare tutti quanti un bel pezzo in là nel loro viaggio attraverso le pianure sottostanti.

Il Signore delle Aquile non voleva portarli in nessun posto vicino a luoghi abitati dagli uomini. « Ci tirerebbero contro coi loro grandi archi di tasso,» disse « pensando che diamo la caccia alle loro pecore. E, in un'altra occasione, avrebbero ragione. Noi siamo lieti di defraudare gli orchi del loro divertimento e lieti di sdebitarci con te, ma non rischieremo la nostra vita nelle pianure meridionali per dei nani ».

« Benissimo » disse Gandalf. « Portateci dove e quanto lontano volete! Vi dobbiamo già molto. Ma nel frattempo stiamo morendo di fame ».

« Io sono quasi morto » disse Bilbo con una vocetta debole che nessuno udì.

« A questo forse si può porre rimedio » disse il Signore delle Aquile.

Più tardi, sul ripiano roccioso avreste potuto vedere un fuoco vivace e attorno ad esso le sagome dei nani intenti a cuocere un buon arrosto, mentre un delizioso odorino si levava nell'aria. Le aquile avevano portato su rami secchi come combustibile e conigli, lepri, e una pecorella. I nani fecero tutti i preparativi. Bilbo era troppo debole per aiutarli, e comunque non era molto bravo a scuoiare conigli o a tagliare la carne, essendo abituato a vedersela consegnare a casa dal macellaio pronta per essere cucinata. Anche Gandalf se ne stava sdraiato dopo aver fatto la sua parte nell'accendere il fuoco, perché Oin e Gloin avevano perso l'acciarino (i nani non si sono mai serviti di fiammiferi fino a tutt'oggi).

Così finirono le avventure delle Montagne Nebbiose. Presto Bilbo ebbe lo stomaco pieno e di nuovo a posto, e sentì che avrebbe potuto dormire beatamente, anche se in realtà avrebbe preferito una bella fetta di pane imburrata a tutti quei pezzettini di carne allo spiedo. Raggomitolato sulla dura roccia dormì meglio di quanto non avesse mai fatto nel letto di piume della cameretta rotonda a casa sua. Ma per tutta la notte se la sognò, e nel sonno girò per tutte le varie stanze cercando qualcosa che non riusciva né a ritrovare né a ricordare come fosse.

VII

STRANI ALLOGGI

La mattina seguente Bilbo si alzò col primo sole negli occhi. Saltò su per vedere che ora fosse e per andare a metter sul fuoco il latte e il caffè – e scoprì di non essere affatto a casa sua. Così si mise a sedere col desiderio irrealizzabile di lavarsi e spazzolarsi ben bene. Non poté fare né l'una cosa né l'altra, e nemmeno avere caffellatte, panini e marmellata a colazione, solo pecora e coniglio freddo. E dopo di ciò dovette prepararsi a ricominciare tutto da capo.

Questa volta gli fu permesso di salire sul dorso di un'aquila e di tenersi ben stretto tra le ali. Sulla sua testa si formò una violenta corrente d'aria, ed egli chiuse gli occhi. I nani gridarono addii e promesse di sdebitarsi col Signore delle Aquile se mai ne avessero avuto la possibilità, mentre quindici grandi uccelli si levavano dal fianco della montagna. Il sole si teneva ancora vicino al limite orientale delle cose. Il mattino era freddo, e nelle valli e nelle conche c'era una nebbiolina che qua e là si avvolgeva attorno alle cime e ai pinnacoli delle alture. Bilbo aprì un occhio per dare una sbirciatina e vide che gli uccelli erano già molto in alto e che la terra era molto lontana, e le montagne, già distanti, si ritraevano sempre di più. Chiuse di nuovo gli occhi e si tenne più forte.

« Non darmi pizzicotti! » disse l'aquila. « Non hai bisogno di tremare come un coniglio, anche se gli somigli abbastanza. È una bella mattina con poco vento. Che cosa c'è di più bello che volare? ».

Bilbo avrebbe voluto dire: « Un bagno caldo e poi, più tardi, una bella colazione in giardino », ma ritenne che fosse meglio non dire niente del tutto, e allentare la sua presa appena un pochettino.

Dopo un bel po', le aquile dovevano avere avvistato, perfino da quella grande altezza, il punto verso il quale si dirigevano; infatti cominciarono a scendere volteggiando in una larga spirale. Fecero così a lungo, e alla fine lo hobbit aprì di nuovo gli occhi. La terra era molto più vicina, e sotto di loro c'erano alberi che sembravano querce e olmi, e larghe distese erbose, e un fiume che vi scorreva in mezzo. Ma proprio nel centro del corso della corrente che vi si avvolgeva attorno, emergeva dal suolo una grande roccia, quasi una collina di pietra, come un estremo avamposto delle montagne lontane o un enorme macigno scagliato nella pianura a miglia di distanza da qualche gigante tra i giganti.

Veloci le aquile si calarono ad una ad una sulla cima di questa roccia e vi deposero i loro passeggeri.

« Buon viaggio! » gridarono « dovunque andiate, finché i vostri nidi vi accolgano alla fine del viaggio! ». Questa è la cosa da dire tra aquile beneducate.

« Che il vento sotto le vostre ali vi sostenga fin dove il sole salpa e la luna cammina » replicò Gandalf, che sapeva la risposta giusta.

Così si separarono. E benché il Signore delle Aquile divenisse in seguito il Re di Tutti gli Uccelli e portasse una corona e i quindici collari d'oro che erano l'insegna del suo potere (fatti con l'oro datogli dai nani), Bilbo non le vide mai più – se non altissime e in lontananza nella battaglia dei Cinque Eserciti. Ma poiché questo succede alla fine della nostra storia, per il momento non ne diremo nulla di più.

C'era una spianata sulla cima della collina di pietra, e un sentiero ben tracciato, con molti gradini, che conducevano in basso fino al fiume, attraverso il quale un guado fatto di grosse pietre piatte portava ai pascoli al di là del corso d'acqua. C'era una piccola grotta (una di quelle salubri, con un pavimento di ghiaia) ai piedi dei gradini e vicino all'estremità del guado sassoso. Qui la compagnia si raggruppò per discutere il da farsi.

« La mia intenzione è sempre stata quella di vedervi tutti sani e salvi, se possibile, al di là delle montagne, » disse lo stregone « e un po' per abilità e un po' per fortuna ce l'ho fatta. E veramente ci troviamo assai più a est di quanto avessi mai avuto l'intenzione di accompagnarvi, perché in fondo questa non è una mia avventura. Probabilmente, verrò a dare un'occhiata prima che tutto sia finito, ma nel frattempo ho altri affari urgenti da sbrigare ».

I nani gemettero e apparvero sconfortati, e Bilbo pianse. Avevano cominciato a pensare che Gandalf li avrebbe accompagnati fino alla fine e sarebbe sempre stato lì a tirarli fuori dai guai. « Non è che io stia per sparire proprio in questo momento » disse. « Posso darvi ancora un paio di giorni. Probabilmente posso aiutarvi a tirarvi fuori dalla situazione in cui ora vi trovate, e anch'io ho bisogno di un po' d'aiuto. Non abbiamo né cibo, né bagagli, né pony da montare; e voi non sapete dove siete. Questo almeno ve lo posso dire. Siete alcune miglia più a nord del sentiero che avremmo dovuto seguire, se non avessimo lasciato il valico in fretta e furia. Pochissime persone vivono da queste parti, a meno che non vi siano arrivate dopo l'ultima volta che son venuto qui, il che è stato alcuni anni fa. Ma c'è *qualcuno* che conosco, che vive poco lontano. Questo Qualcuno fece i gradini nella grande roccia – credo che la chiami la Carroccia. Non ci viene troppo spesso, certamente non di giorno, ed è inutile star qui ad aspettarlo. Anzi, sarebbe molto pericoloso. Dobbiamo andare a trovarlo; e se tutto va bene nel corso del nostro incontro, penso che me ne andrò e vi augurerò, come le aquile, "buon viaggio dovunque andiate" ».

Lo pregarono di non lasciarli. Gli offrirono oro di drago; argento e gioielli, ma egli non volle mutare la sua decisione. « Vedremo, vedremo! » disse. « E comunque penso di essermi già guadagnato un bel po' del vostro oro di drago, quando ve ne sarete impadroniti! ».

Dopo di ciò smisero di supplicarlo. Poi si tolsero i vestiti e fecero il bagno nel fiume, che al guado era poco profondo, limpido e sassoso. Quando si furono asciugati al sole, che ora era forte e caldo, si sentirono rinfrancati, pur essendo ancora tristi e un po' affamati. Presto attraversarono il guado (portando in spalla lo hobbit), e poi cominciarono a marciare attraverso l'alta erba verde giù per le file delle larghe querce e degli alti olmi.

« E perché si chiama Carroccia? » chiese Bilbo che camminava a fianco dello stregone.

« L'ha chiamata Carroccia perché Carroccia è la parola che usa nella sua lingua. Cose come queste le chiama carrocce, e questa è *la* Carroccia perché è l'unica vicino a casa sua e la conosce bene ».

« Chi la chiama? Chi la conosce? ».

« Il Qualcuno di cui vi parlavo, una persona veramente eccezionale. Dovete essere tutti molto educati quando vi presenterò. Vi presenterò gradualmente, a due per volta, penso; e dovete *assolutamente* stare attenti a non seccarlo o il cielo sa che cosa succederebbe. Può essere spaventoso quando è in collera, sebbene sia molto gentile quando è di buon umore. Però vi avverto che va in collera facilmente».

I nani si affollarono tutti attorno a lui quando udirono lo stregone che parlava così con Bilbo. « È questa la persona da cui ci stai portando adesso? »

chiesero. « Non potevi trovare qualcuno con un carattere meno difficile? Non faresti meglio a spiegare tutto un po' più chiaramente? », e così via.

« Certo che lo è! No, non potevo! E stavo spiegando molto chiaramente » rispose irosamente lo stregone. « Se volete saperne di più, si chiama Beorn. È molto forte ed è un mutatore di pelle ».

« Cosa? un pellicciaio, un uomo che chiama i conigli "lapin", quando non spaccia le loro pelli per pelli di scoiattolo? » chiese Bilbo.

« Santissimo cielo, no, no, NO, NO! » disse Gandalf. « Non essere sciocco, signor Baggins, se ti riesce; e per carità non pronunciare di nuovo la parola pellicciaio a meno di cento miglia di distanza dalla sua casa, e neanche tappeto, cappa, stola, manicotto, o altre disgraziate parole dello stesso genere! È un mutatore di pelle. Muta la sua pelle: talvolta è un grosso orso nero, talvolta è un uomo forte dai capelli neri con due grosse braccia e una gran barba. Non posso dirvi di più, ma comunque questo dovrebbe bastare. Alcuni dicono che è un orso discendente dai grandi e antichi orsi delle montagne che vivevano lì prima che arrivassero i giganti. Altri dicono che è un discendente dei primi uomini che vivevano in questa parte del mondo, prima che vi arrivassero Smog e gli altri draghi, e prima che gli orchi arrivassero dal Nord sulle colline. Quale sia la verità non saprei dirlo, anche se personalmente mi pare più verosimile la seconda ipotesi. Non è il tipo di persona a cui far domande.

« Ad ogni modo, non è soggetto a nessun potere magico tranne che al suo. Vive in un querceto e ha una grande casa di legno; e come uomo alleva bestiame e cavalli che sono meravigliosi quasi quanto lui. Essi lavorano per lui e parlano con lui. Egli non li mangia; né dà la caccia ad animali selvatici né li mangia. Tiene arnie e arnie di api grandi e fiere, e per lo più vive di panna e miele. Come orso vaga in lungo e in largo. Una volta l'ho visto seduto tutto

135

solo di notte in cima alla Carroccia intento a guardare la luna che calava verso le Montagne Nebbiose, e l'ho udito brontolare nella lingua gutturale degli orsi: "Verrà il giorno in cui essi periranno e io tornerò!". Questa è la ragione per cui credo che egli stesso sia originario delle montagne ».

Bilbo e i nani avevano ora più che abbastanza su cui meditare, e non fecero altre domande. Davanti a loro c'era ancora molta strada da percorrere, ed essi avanzarono lentamente su per i pendii e giù per le valli. Faceva sempre più caldo, e talvolta si riposarono sotto gli alberi; allora Bilbo si sentiva una fame tale che avrebbe mangiato le ghiande, se già ce ne fosse stata qualcuna abbastanza matura per cadere al suolo.

Il pomeriggio era per metà trascorso prima che si accorgessero che qua e là cominciavano a vedersi grandi macchie di fiori, in ognuna delle quali crescevano solo fiori dello stesso tipo, come se fossero stati piantati apposta. Erano per lo più garofani, macchie ondeggianti di garofani selvatici e garofani purpurei, e larghe strisce di piccoli garofani bianchi dal profumo di miele. Nell'aria c'era dappertutto un ronzio, un brusio, un fruscio. Le api si affaccendavano per ogni dove. E che api! Bilbo non aveva mai visto niente di simile.

« Se una dovesse pungermi, » pensò « mi gonfierei il doppio di quello che sono! ».

Erano più grosse dei calabroni. I maschi poi erano più grossi del vostro pollice, un bel po' più grossi, e le strisce gialle sui loro corpi nero cupo brillavano come oro fiammante.

« Ci stiamo avvicinando » disse Gandalf. « Siamo al confine dei pascoli per le sue api ».

Dopo un po' arrivarono a una fitta cintura di querce alte e molto antiche e, al di là di queste, a un'alta siepe spinosa attraverso la quale non potevano né vedere né passare.

« È meglio che voi aspettiate qui, » disse lo stregone ai nani « e cominciate a seguirmi quando vi chiamo, o a voce o con un fischio; passerete da dove sono passato io, ma solo a coppie, mi raccomando, a circa cinque minuti di intervallo fra coppia e coppia. Bombur è il più grosso e farà per due, sarà meglio che venga da solo e per ultimo. Andiamo, signor Baggins! Per di qua ci dovrebbe essere un cancello ». E così dicendo si mosse lungo la siepe portando con sé lo spaventato hobbit.

Arrivarono presto a un cancello di legno, alto e largo, oltre il quale potevano vedere dei giardini e un gruppo di basse costruzioni di legno, fatte di tronchi non sgrossati e ricoperte, alcune, da un tetto di paglia: granai, stalle, rimesse, e una casa lunga e bassa, anch'essa di legno. All'interno del lato meridionale della grande siepe c'erano file e file di arnie con il tetto di paglia fatto a forma di campana. Dappertutto risuonava il ronzio delle api giganti, che volavano per ogni dove e entravano e uscivano dalle arnie.

Lo stregone e lo hobbit spinsero il pesante cancello, che stridette, e scesero per un largo viottolo verso la casa. Alcuni cavalli, dal pelo lucidissimo e ben strigliato, vennero trottando attraverso il prato e li guardarono intensamente con un'espressione molto intelligente, poi partirono al galoppo verso le costruzioni.

« Sono andati a dirgli che sono arrivati degli stranieri » disse Gandalf.

Presto raggiunsero un cortile, tre lati del quale erano formati dalla casa di legno e dalle sue due lunghe ali. Nel mezzo giaceva un grande tronco di quercia, accanto al quale c'erano molti rami tagliati. Lì vicino, ritto in piedi, c'era un omone dalla fitta barba nera, capelli neri, grosse braccia e gambe nude dai muscoli nodosi. Indossava una tunica di lana che gli arrivava alle ginocchia, e si appoggiava a un'ascia enorme. I cavalli stavano vicino a lui con il naso sulle sue spalle.

« Ah! eccoli! » egli disse ai cavalli. « Non hanno un aspetto pericoloso. Potete andarvene! ». Fece una risata tonante, mise giù l'ascia e si fece avanti.

« Chi siete e che cosa volete? » chiese rudemente, stando di fronte a loro e torreggiando alto sopra Gandalf. Per quanto riguarda Bilbo, avrebbe potuto trotterellargli facilmente tra le gambe senza neanche dover abbassare la testa per evitare la frangia della sua tunica marrone.

« Io sono Gandalf » disse lo stregone.

« Mai sentito nominare » ringhiò l'uomo. « E questo piccoletto chi è? » disse abbassando gli occhi per guardare in cagnesco lo hobbit di sotto alle irsute sopracciglia nere.

« Questo è il signor Baggins, uno hobbit di buona famiglia e dalla reputazione impeccabile » disse Gandalf. Bilbo si inchinò. Non aveva nessun cappello da togliersi, ed era penosamente conscio dei molti bottoni che gli mancavano. « Io sono uno stregone, » continuò Gandalf « e ho sentito nominare te, se tu non hai mai sentito nominare me; forse però hai sentito nominare il mio buon cugino Radagast, che vive presso i confini meridionali di Bosco Atro... ».

« Sì, non è malaccio, per uno stregone, mi pare. Lo vedevo di tanto in tanto » disse Beorn. « Be', adesso so chi siete, o chi dite di essere. Che cosa volete? ».

« A dire la verità, abbiamo perso i nostri bagagli e ci siamo quasi persi noi stessi. Direi che ce la siamo vista brutta cogli orchi sulle montagne ».

« Orchi? » disse l'omone meno rudemente. « Ah! così avete avuto dei guai con loro, eh? Che ci siete andati a fare, così vicino? ».

« Non ne avevamo alcuna intenzione. Ci hanno colto di sorpresa nottetempo su un passo che dovevamo attraversare; venivamo dalle Terre Occidentali verso questi paesi... è una lunga storia ».

« Allora faresti meglio a entrare e a raccontarmene un pezzo, se non durerà tutto il giorno » disse l'uomo, facendo strada per una porta scura che dal cortile conduceva dentro casa.

Seguendolo, si trovarono in una grande sala con un camino al centro. Benché fosse estate, c'era un fuoco di legna che ardeva e il fumo saliva verso le travi annerite per poi uscire attraverso un'apertura nel tetto. Oltrepassarono questa sala in penombra, illuminata soltanto dal fuoco e dal buco sopra di esso, e per una porta più piccola arrivarono in una specie di veranda sorretta da pilastri di legno fatti di tronchi singoli. Era esposta a sud ed era ancora calda, inondata dalla luce del sole che volgeva a occidente e vi penetrava obliquamente, ricadendo dorata sul giardino pieno di fiori che arrivava fin sotto ai gradini.

Qui si sedettero su panche di legno: Gandalf cominciò la sua storia mentre Bilbo dondolava le gambe penzoloni guardando i fiori nel giardino, chiedendosi quali potessero essere i loro nomi, perché la maggior parte di essi gli erano del tutto sconosciuti.

« Stavo per passare le montagne con un paio d'amici... » disse lo stregone.

« Un paio? Io riesco a vederne uno solo, e piccolo per giunta » disse Beorn.

« Be', a dire la verità non volevo disturbarti con molti di noi, finché non avessi saputo se eri occupato. Gli darò una voce, se me lo permetti ».

« Avanti, chiama! ».

Gandalf fece un fischio lungo e penetrante, ed ecco che subito Thorin e Dori girarono attorno alla casa, sul sentiero del giardino, e giunti davanti a loro si inchinarono profondamente.

« Un paio o un terzetto volevi dire, eh? » disse Beorn. « Ma questi non sono hobbit, sono nani ».

« Thorin Scudodiquercia, al vostro servizio! Dori al vostro servizio! » dissero i due nani con un altro inchino.

« Non ho bisogno dei vostri servizi, grazie! » disse

Beorn. « Ma ho l'impressione che voi abbiate bisogno dei miei. I nani non mi piacciono troppo; ma se è vero che sei Thorin, figlio di Thrain, figlio di Thror, mi pare, e che il tuo compagno è un nano per bene, e che siete nemici degli orchi e che non avete l'intenzione di combinare malanni nelle mie terre... anzi, a proposito che avete intenzione di fare? ».

« Sono in cammino per visitare la terra dei loro padri, lontano, a oriente, al di là del Bosco Atro, » interloquì Gandalf « e siamo capitati nelle tue terre per mero caso. Stavamo per passare per il Valico Alto, che avrebbe dovuto portarci sulla strada che sta a sud del tuo territorio, quando fummo attaccati dagli orchi malvagi, come stavo proprio per raccontarti ».

« Continua a raccontare, allora! » disse Beorn, che non era mai molto educato.

« Ci fu una tempesta terribile; i giganti di pietra erano usciti a scagliar rocce, e in cima al passo ci rifugiammo in una grotta, lo hobbit, io e parecchi altri compagni... ».

« Parecchi? Due li chiami parecchi? ».

« Be', no. Difatti ce n'erano più di due ».

« Dove sono! Uccisi, mangiati, tornati a casa? ».

« Be', no. Pare che non siano venuti tutti quando ho fischiato. Per timidezza, ritengo. Vedi, abbiamo proprio paura di essere in troppi ad abusare della tua ospitalità ».

« Avanti, fischia di nuovo! A quanto pare non ho scampo: mi tocca prendere parte a una riunione, e uno o due in più non fa molta differenza » ringhiò Beorn.

Gandalf fischiò di nuovo; ma Nori e Ori erano lì quasi prima che avesse finito, perché, come ricorderete, Gandalf aveva detto loro di arrivare a coppie ogni cinque minuti.

« Salve! » disse Beorn. « Non ci avete certo messo molto a venire! dove stavate nascosti? Venite avanti, saltamartini! ».

Sala di Beorn

« Nori al vostro servizio, Ori al... » cominciarono, ma Beorn li interruppe.

« Grazie! Quando vorrò il vostro aiuto ve lo chiederò. Adesso sedetevi, e andiamo avanti con questa storia, o sarà ora di cena prima che sia finita ».

« Appena ci addormentammo, » continuò Gandalf « si aprì una spaccatura sul fondo della grotta, ne uscirono gli orchi e ghermirono lo hobbit, i nani, e tutto il nostro squadrone di pony... ».

« Squadrone di pony? Ma che eravate, un circo ambulante? O portavate una montagna di merci? Oppure sei li chiami sempre uno squadrone? ».

« Oh, no! In realtà c'erano più di sei pony, poiché eravamo più di sei noi stessi, e... be', eccone altri due! ».

Proprio in quel momento apparvero Balin e Dwalin e si inchinarono tanto profondamente che la loro barba spazzò il pavimento di pietra. L'omone a tutta prima si era accigliato, ma essi fecero del loro meglio per essere terribilmente educati, e non smisero di curvare il capo, fare riverenze, inchinarsi e agitare il cappuccio davanti alle ginocchia (al modo che più si conviene ai nani), finché egli spianò il cipiglio e scoppiò in una risatina chioccia, e difatti erano proprio comici.

« Squadrone era la parola giusta » egli disse. « Un bello squadrone comico. Venite avanti, mattacchioni, e quali sono i *vostri* nomi? Non voglio i vostri servizi per il momento, solo i vostri nomi; e poi sedetevi e smettetela di agitarvi! ».

« Balin e Dwalin » essi dissero non osando offendersi, e si afflosciarono sul pavimento con un'espressione abbastanza attonita.

« Adesso continua di nuovo! » disse Beorn allo stregone.

« Dov'ero? Oh sì!... io però non fui acchiappato. Uccisi un paio di orchi con un lampo... ».

« Bene! » ringhiò Beorn. « Allora serve a qualcosa essere uno stregone ».

« ...e m'infilai nella fenditura prima che si chiu-
desse. Li seguii giù nella sala centrale, che era stipa-
ta di orchi. C'era il Grande Orco con trenta o qua-
ranta guardie armate. Pensai tra me e me: anche se
non fossero incatenati tutti assieme, che può fare una
dozzina contro tutti questi nemici? ».

« Una dozzina! Questa è la prima volta che sento
chiamare otto una dozzina. Oppure hai altri saltamartini che non sono ancora schizzati fuori? ».

« Be', sì, sembra che ce ne sia un paio di più adesso, Fili e Kili, mi pare » disse Gandalf alla comparsa
di questi due che rimasero a sorridere e a inchinarsi.
« Basta così! » disse Beorn. « Sedetevi e state zitti!
Adesso continua, Gandalf! ».

Così Gandalf andò avanti col suo racconto, finché
arrivò alla lotta nel buio, alla scoperta dell'uscita inferiore, e al loro orrore quando si accorsero che il
signor Baggins era andato perso. « Ci contammo e
scoprimmo che non c'era nessuno hobbit. Eravamo
rimasti solo in quattordici! ».

« Quattordici! Questa è la prima volta che ho sentito dire che dieci meno uno fa quattordici! Volevi
dire nove, o altrimenti non mi hai ancora detto tutti
i nomi della tua brigata ».

« Be', certo non hai ancora visto Oin e Gloin. E,
che il cielo mi fulmini! eccoli qua. Spero che li per-
donerai per il disturbo che ti arrecano ».

« Ah, ma falli venire tutti! Forza, sbrigatevi a venire, voi due, e mettetevi a sedere! Ma senti un po',
Gandalf, anche adesso siamo arrivati solo a te, dieci
nani e lo hobbit che si era perso. Fate solo undici
(più uno smarrito) e non quattordici, a meno che gli
stregoni non contino in modo diverso dagli altri. Ma
adesso per piacere va' avanti con la tua storia ». Beorn
cercava di non darlo a vedere, ma in realtà il suo
interesse era andato aumentando. Vedète, ai vecchi
tempi egli aveva conosciuto proprio quella parte della montagna che Gandalf stava descrivendo. Annuì
e ringhiò, quando udì della ricomparsa dello hobbit

e della loro discesa rovinosa per il ghiaione e della radura dei lupi nei boschi.

Quando Gandalf arrivò al punto in cui si erano arrampicati sugli alberi con tutti i lupi di sotto, balzò su, camminò a grandi passi e borbottò: « Come vorrei esserci stato anch'io! Altro che fuochi d'artificio gli avrei dato! ».

« Bene! » disse Gandalf molto contento di vedere che il suo racconto stava facendo una buona impressione « io feci del mio meglio. Stavamo là coi lupi pazzi furiosi sotto di noi e la foresta che cominciava a fiammeggiare qui e là, quando gli orchi calarono giù dalla collina e ci scoprirono. Urlarono di gioia e cantarono anche delle canzoni, divertendosi alle nostre spalle. *Già quindici uccelli su abeti posati...* ».

« Santo cielo! » ringhiò Beorn. « Non vorrai farmi credere che gli orchi non sanno contare. Sanno contare e come: dodici non è quindici e loro lo sanno bene ».

« Lo so anch'io. C'erano anche Bifur e Bofur. Non mi sono azzardato a presentarteli prima, ma eccoli qua ».

Vennero Bifur e Bofur. « E io! » boccheggiò Bombur ansimando dietro di loro. Era grasso, e per giunta arrabbiato per essere stato lasciato indietro fino alla fine. Si rifiutò di attendere altri cinque minuti e venne subito dopo gli altri due.

« Be', adesso siete davvero quindici; e visto che gli orchi sanno contare, suppongo che questo sia tutto ciò che c'era sugli alberi. Ora forse possiamo finire questa storia senza altre interruzioni ». Il signor Baggins vide allora quanto abile era stato Gandalf: erano state le interruzioni ad accrescere l'interesse di Beorn per il racconto, e il racconto lo aveva trattenuto dal mandare subito via i nani come mendicanti sospetti. Non invitava mai gente a casa, se poteva farne a meno. Aveva pochissimi amici e vivevano molto lontano; e non ne invitava mai più di due per volta a casa sua. E adesso aveva quindici stranieri seduti nella veranda!

Quando lo stregone ebbe finito la sua storia, ed ebbe raccontato del salvataggio delle aquile e di come erano stati portati tutti sulla Carroccia, il sole era tramontato dietro le vette delle Montagne Nebbiose e le ombre erano lunghe nel giardino di Beorn.

« Che storia magnifica! » egli disse. « È molto tempo che non ne ho sentita una migliore. Se tutti i mendicanti ne sapessero raccontare una così bella, forse mi troverebbero più ben disposto. Naturalmente potreste esservela inventata tutta, ma vi meritate lo stesso una cena per la vostra storia. Andiamo a mangiare qualcosa! ».

« Sì, grazie! » dissero tutti insieme. « Con vero piacere! ».

All'interno della grande sala ora faceva proprio buio. Beorn batté le mani ed ecco che entrarono trottando quattro bei pony bianchi, e parecchi cani grigi, forti e slanciati. Beorn disse loro qualcosa in uno strano linguaggio, che pareva fatto di suoni animaleschi usati come parole. Essi uscirono di nuovo e presto tornarono portando in bocca alcune torce, che accesero sul fuoco e fissarono a certi sostegni bassi sui pilastri, al centro della sala. Quando volevano, i cani potevano rizzarsi sulle zampe posteriori e portare qualsiasi cosa con quelle anteriori. Sistemarono rapidamente accanto al fuoco assi e cavalletti, che erano appoggiati alle pareti laterali.

Poi si udì un béee-béee-béee, ed entrarono alcune pecore bianche come la neve guidate da un grosso montone, nero come il carbone. Una reggeva una tovaglia bianca con figure d'animali ricamate sul bordo; altre reggevano sulla larga schiena dei vassoi con fondine, piatti da portata, coltelli e cucchiai di legno, che i cani presero e disposero velocemente sulle tavole rustiche. Queste erano molto basse, tanto basse che perfino Bilbo poteva sedervisi comodamente.

Sui lati, un pony spinse due sgabelletti con un largo fondo di vimini e piccole gambe tozze per Gandalf e Thorin, mentre a capotavola mise la grossa sedia nera di Beorn, fatta allo stesso modo (su cui egli sedeva colle gambone allungate sotto un bel tratto di tavola). Queste erano tutte le sedie che aveva a casa, e probabilmente erano così basse per la comodità degli straordinari animali che lo servivano. Su che cosa si sedettero gli altri? Non furono dimenticati. Gli altri pony entrarono facendo rotolare dei tronchetti, piallati e lucidati, e bassi abbastanza perfino per Bilbo; così presto furono tutti seduti attorno alla tavola di Beorn, e la sala non aveva visto una brigata come quella da molti anni.

Lì cenarono, o meglio banchettarono, come non avevano più fatto dopo aver lasciato l'Ultima Casa Accogliente a oriente e aver detto addio a Elrond. La luce delle torce e del fuoco tremolava attorno a loro, e sulla tavola c'erano due candele alte e rosse fatte colla cera delle api. Per tutto il tempo in cui mangiarono, Beorn colla sua voce profonda e tonante raccontò storie delle Terre Selvagge che si estendevano ai piedi di quel versante delle montagne, e specialmente del bosco scuro e pericoloso che si stendeva continuo da nord a sud a un giorno di galoppo davanti a loro, sbarrando la strada verso est, la terribile foresta di Bosco Atro.

I nani ascoltavano e scuotevano la barba, poiché sapevano che presto avrebbero dovuto avventurarsi in quella foresta e che dopo la Montagna questo era il pericolo peggiore che avrebbero dovuto affrontare prima di arrivare alla roccaforte del drago. Quando la cena finì, cominciarono a loro volta a raccontare storie, ma sembrava che Beorn diventasse sempre più assonnato e prestasse loro poca attenzione. Per lo più parlavano d'oro, d'argento e di gioielli, e di quali cose poteva creare l'arte dei fabbri, e non pareva che Beorn fosse interessato a queste cose: non c'era niente d'oro o d'argento nel suo salone, e a parte i coltelli c'era ben poco che fosse fatto di un metallo qualsiasi.

Sedevano tutt'intorno alla tavola con i loro boccali di legno pieni di idromele. Fuori calavano le tenebre della notte. Il fuoco in mezzo alla sala venne riattizzato con nuovi ciocchi e le torce vennero spente, ed essi continuarono a star seduti alla luce delle fiamme che danzavano, coi pilastri della casa che incombevano su di loro alti e scuri come alberi della foresta. Che si trattasse o no di magia, a Bilbo parve di udire un suono simile allo stormire del vento tra i rami che proveniva dalle travi, e il verso del gufo. Presto la testa cominciò a ciondolargli per il sonno e le voci sembrarono farsi più lontane, finché si svegliò con un sobbalzo.

La grande porta aveva cigolato e si era chiusa con fracasso. Beorn se n'era andato. I nani stavano seduti a gambe incrociate sul pavimento intorno al fuoco, e proprio allora cominciarono a cantare. Alcuni versi erano pressappoco simili a questi, ma ce n'erano molti di più e il loro canto andò avanti a lungo:

> Spazzava il vento l'arida brughiera,
> ma non di foglie un fremito nel bosco:
> notte e giorno la luce mai non v'era,
> cose oscure movean per l'aere fosco.

> Dai monti il vento gelido scendeva
> qual mar di onde in tempestosa guerra,
> dei rami al crepitar tutto gemeva
> e solo foglie ricoprian la terra.

> Infuriò il vento da occidente a oriente,
> nel bosco allor cessò segno di vita:
> sulla palude, ululo fremente,
> la sua stridula voce s'era udita.

> Cadean, fra l'erbe sibilanti, steli;
> le canne si agitavano col vento
> che sugli stagni, sotto freddi cieli,
> mise nubi veloci in sfacimento.

Passò sulla Montagna solitaria
e turbinò del drago nella tana,
mentre un fumo levavasi nell'aria
là dove l'aspra roccia era sovrana.

Dalla terra fuggì nell'aura bruna
verso il mare sull'acque sconfinate.
Tese vele alla raffica la luna
e il vento rese le stelle più argentate.

La testa di Bilbo ricominciò a ciondolare. Improvvisamente Gandalf si alzò.

« È ora di andare a dormire, » disse « noi però, non Beorn, direi. In questa sala possiamo dormire tranquilli e sicuri, ma vi avverto di non dimenticare quello che ha detto Beorn prima di lasciarci: non dovete allontanarvi di qui prima che il sole si sia levato, a vostro rischio e pericolo ».

Bilbo vide che i letti erano già stati preparati in fondo alla sala, su una specie di piattaforma rialzata tra i pilastri e l'alta parete. Per lui c'era un materassino di paglia e qualche coperta di lana. Ci si accoccolò tutto felice, per quanto fosse estate. Il fuoco era basso ed egli si addormentò. Tuttavia si svegliò durante la notte: il fuoco si era ridotto a poche braci, i nani e Gandalf dormivano tutti, a giudicare dal loro respiro; sul pavimento c'era una pozza di bianca luce lunare, che filtrava attraverso il buco per il fumo nel soffitto.

Ci fu un suono gutturale di fuori, e un rumore che pareva prodotto da qualche grosso animale che stropicciasse i piedi vicino alla porta. Bilbo si chiese che cose fosse e se potesse essere Beorn trasformato per magia, e se sarebbe entrato in forma di orso e li avrebbe uccisi. Si ficcò sotto le coperte e nascose la testa, e finalmente si riaddormentò nonostante tutte le sue paure.

Era mattina inoltrata quando si svegliò. Uno dei nani era caduto sopra di lui nel buio in cui giaceva, ed era rotolato con un colpo sordo giù dalla piatta-forma, sul pavimento. Era Bofur, e se ne stava lamen-tando, quando Bilbo aprì gli occhi.

« Alzati, pigrone, » disse « o non troverai più nien-te a colazione ».

Bilbo saltò su. « Colazione! » gridò. « Dov'è la co-lazione? ».

« Per lo più nelle nostre pance, » risposero gli altri nani che si muovevano per la sala « ma quello che rimane sta fuori sulla veranda. Abbiamo cercato Beorn da quando è sorto il sole; ma di lui non c'è traccia, in nessun posto, anche se abbiamo trovato la cola-zione pronta appena siamo usciti ».

« Dov'è Gandalf? » chiese Bilbo, andando a man-giare qualcosa a tutta velocità.

« Oh! In giro da qualche parte! » gli risposero. Ma non ci fu segno di Gandalf per tutto il giorno, fino a sera. Proprio prima del tramonto egli entrò nella sala dove lo hobbit e i nani stavano cenando, una volta di più serviti dai favolosi animali di Beorn. Di Beorn non avevano più avuto notizie dirette o indi-rette fin dalla notte prima, e la cosa li stava mettendo in imbarazzo.

« Dov'è il nostro anfitrione, e tu dove sei stato tutto il giorno? » gridarono tutti.

« Una domanda per volta, e nessuna prima di cena! Non ho mangiato neanche un boccone da quando ho fatto colazione ».

Finalmente Gandalf spinse via piatto e boccale – aveva mangiato due enormi filoni di pane (con una montagna di burro, miele e mascarpone) e bevuto al-meno un litro di idromele – e tirò fuori la pipa. « Risponderò prima alla seconda domanda, » disse « ma che bellezza! questo sì che è un posto splendido per fare anelli di fumo ». Effettivamente per un bel po' non riuscirono a cavargli fuori nient'altro, tanto era occupato a spedire gli anelli di fumo ad attorci-gliarsi attorno ai pilastri della sala, trasformandoli in tutta una varietà di forme e colori, e facendoli poi fluttuare uno dietro l'altro, verde, blu, rosso, grigio argento, giallo, bianco; grossi, piccoli, che si avvolgevano attraverso quelli grossi formando degli otto, e svanivano come uno stormo di uccelli in lontananza.

« Sono stato sulle tracce di orsi » disse alla fine. « La notte scorsa ci deve essere stata, qui fuori, una delle riunioni periodiche degli orsi. Non ci ho messo molto a capire che Beorn non poteva avere fatto da solo tutte quelle orme: ce n'erano di gran lunga troppe, e inoltre erano di varie dimensioni. Direi che c'erano orsetti, orsacchiotti, orsi e orsoni giganteschi a danzare lì fuori dal calare delle tenebre quasi fino all'alba. Venivano da quasi tutte le direzioni, eccetto che da occidente, al di là del fiume, dalle montagne. In quella direzione c'era solo una serie di impronte, ma nessuna che ne provenisse, solo quelle che si allontanavano da qui. Le seguii fino alla Carroccia. A quel punto sparivano nel fiume, ma l'acqua dietro alla roccia era troppo profonda e la corrente troppo forte perché io potessi attraversare. Come vi ricorderete, è abbastanza facile arrivare alla Carroccia da questo lato passando per il guado, ma dall'altra parte c'è un dirupo che si erge sopra un'ansa turbinosa. Dovetti camminare per varie miglia prima di trovare un posto dove il fiume fosse abbastanza largo e basso perché potessi attraversarlo a nuoto, e poi tornare di nuovo indietro per altrettante miglia prima di ritrovare le tracce. A quel punto era troppo tardi per poterle seguire a lungo. Puntavano direttamente in direzione del bosco sul lato orientale delle Montagne Nebbiose, dove abbiamo fatto la nostra bella festicciola coi Mannari due notti fa. E ora credo di aver risposto anche alla vostra prima domanda » finì Gandalf, e rimase seduto a lungo in silenzio.

Bilbo credette di capire che cosa voleva dire lo stregone. « Che dobbiamo fare, » gridò « se porta quaggiù tutti i Mannari e tutti gli orchi? Saremo catturati e uccisi tutti quanti! Credevo che avessi detto che non era loro amico ».

« Infatti. Non fare lo stupido! È meglio che te ne torni a letto, sei proprio addormentato! ».

Lo hobbit si sentì completamente schiacciato, e poiché pareva che non ci fosse altro da fare, andò a letto; e mentre i nani stavano ancora cantando si addormentò, rompendosi ancora il capino a proposito di Beorn, finché fece un sogno in cui centinaia di orsi neri danzavano danze lente e pesanti tutt'intorno al cortile, al chiaro di luna. Poi si svegliò quando tutti gli altri dormivano e sentì ancora una volta lo stesso grattare, respirare rumorosamente e ringhiare della notte prima.

La mattina dopo furono svegliati tutti quanti da Beorn in persona. « Così, eccovi ancora qua! » egli disse. Tirò su lo hobbit e rise: « Senza essere stati ancora mangiati dai Mannari o dagli orchi o da orsi malvagi, mi pare » e dette un colpetto sul panciotto del signor Baggins con pochissimo rispetto. « Il coniglietto sta ridiventando bello grasso a forza di pane e miele! » ridacchiò. « Venite a mangiarne un altro po' ».

Così andarono tutti a far colazione con lui. Beorn era veramente gaio, una volta tanto; anzi, era proprio di ottimo umore e li fece ridere tutti con le sue storielle buffe; e non ebbero da aspettare troppo chiedendosi dove mai fosse stato o perché fosse così gentile con loro, perché glielo disse lui stesso. Era andato oltre il fiume e poi direttamente sulle montagne, dal che potete immaginare a quale velocità potesse viaggiare, se non altro in forma di orso. Vedendo la radura dei lupi tutta bruciata aveva presto appurato che quella parte della loro storia era vera; ma aveva appurato anche qualcosa di più: infatti, aveva catturato un Mannaro e un orco che girovagavano nei boschi. Da essi aveva avuto notizie: le pattuglie degli orchi stavano ancora dando la caccia ai nani, assieme ai Mannari, fieramente irati a causa del naso bruciato del capo dei lupi, e per la morte di molti dei suoi principali servitori dovuta al fuoco dello stregone. Questo era quanto gli dissero quando egli ve li costrinse, ma aveva anche intuito che qualcosa di più malvagio bolliva in pentola, e che presto nelle terre all'ombra delle montagne ci sarebbe stata una grande incursione dell'intero esercito degli orchi coi loro alleati lupi, per trovare i nani oppure per vendicarsi sugli uomini e sulle creature che vivevano lì e che essi pensavano li stessero proteggendo.

« Era proprio una bella storia, la vostra, » disse Beorn « ma mi piace ancora di più adesso che sono sicuro che è vera. Dovete perdonarmi se non ho creduto alla vostra parola. Se viveste vicino al limitare di Bosco Atro, non credereste alla parola di nessuno che non conosceste bene quanto vostro fratello, se non meglio. Sta di fatto che posso solo dire di essere tornato a casa di corsa, il più velocemente possibile, per accertarmi che foste al sicuro e per offrirvi di aiutarvi come posso. In futuro avrò un'opinione migliore dei nani. Ucciso il Grande Orco, ucciso il Grande Orco! » ridacchiò fieramente tra sé e sé.

« Che cosa hai fatto dell'orco e del Mannaro? » chiese Bilbo improvvisamente.

« Vieni a vedere! » disse Beorn, ed essi lo seguirono attorno alla casa. La testa di un orco era infilata su un palo fuori del cancello, e dietro di esso una pelle di lupo era inchiodata a un albero. Beorn era un nemico feroce, ma ora era loro amico, e Gandalf ritenne saggio raccontargli l'intera storia e la ragione del loro viaggio, così da potersi avvantaggiare di tutto l'aiuto che egli era in grado di offrire.

Questo fu quanto Beorn promise di fare: per il loro viaggio verso la foresta avrebbe dato un pony a ciascuno, e un cavallo a Gandalf, e li avrebbe caricati tutti di cibo sufficiente per molte settimane, se amministrato con cura, e imballato così da poter essere trasportato il più facilmente possibile – noci, farina, vasi di frutta secca, pentole rosse di coccio piene di miele, e gallette che sarebbero durate a lungo, piccole quantità delle quali sarebbero bastate a sostenerli per lunghi tratti di strada. La ricetta di queste gallette era uno dei suoi segreti; ma c'era dentro del miele – come nella maggior parte del suo cibo – ed erano buone da mangiare, anche se facevano venire sete. Non avrebbero avuto bisogno di trasportare acqua, egli disse, da questa parte della foresta, poiché c'erano rivi e sorgenti lungo il cammino. « Ma la vostra strada attraverso Bosco Atro è scura, pericolosa e difficile » egli disse. « Non è facile trovarvi né acqua né cibo. Non è ancora la stagione delle noci – anche se in verità potrà essere arrivata e passata prima che arriviate dall'altra parte del bosco – e le noci sono più o meno le sole cose buone da mangiare che crescono là dentro: tutto il resto è selvaggio, oscuro, strano, feroce. Vi fornirò di otri per portare l'acqua, e vi darò archi e frecce. Ma dubito molto che qualsiasi cosa troviate dentro Bosco Atro sia tanto salubre da essere potabile o commestibile. So che c'è un corso d'acqua lì, nero e turbinoso, che attraversa il sentiero. Non dovete né berci né bagnarvici; ho sentito dire, infatti, che le sue acque sono magiche e dànno sonnolenza e oblio. E nell'ombra indistinta di quel posto non credo che possiate colpire niente, salubre o non salubre, senza allontanarvi dal sentiero. E questo NON DOVETE FARLO, per nessun motivo.

« Questi sono tutti i consigli che posso darvi. Oltre il limitare della foresta non posso aiutarvi molto, dovrete contare sulla vostra fortuna, sul vostro coraggio e sul cibo che vi do. Alle soglie della foresta debbo chiedervi di rimandarmi il cavallo e i pony. Ma vi auguro ogni bene, e la mia casa è sempre aperta per voi, se mai ripassate da queste parti ».

Naturalmente lo ringraziarono con molti inchini e sventolamenti di cappuccio, e con molti « al vostro servizio, o Signore delle vaste sale di legno! ». Ma il loro morale era molto meno alto dopo le sue gravi parole, ed essi sentirono tutti che l'impresa era di gran lunga più pericolosa di quanto avessero pensato, col drago che li aspettava alla fine del viaggio, anche ammesso che superassero i pericoli lungo la strada.

Tutta quella mattina furono indaffarati nei preparativi. Poco dopo mezzogiorno mangiarono con Beorn per l'ultima volta, e dopo pranzo montarono sulle cavalcature che egli aveva loro prestato e salutandolo con molti addii uscirono dal cancello a buona andatura.

Appena lasciarono le alte siepi a est delle sue terre cintate, volsero a nord e poi piegarono a nord-est. Seguendo i suoi consigli non si diressero più verso la strada principale che portava alla foresta passando a sud del suo territorio. Se avessero passato il valico prescelto in origine, il sentiero li avrebbe condotti a un rivolo che scendeva dalle montagne per affluire nel Grande Fiume diverse miglia a sud della Carroccia. In quel punto c'era un guado profondo che avrebbero potuto passare se avessero avuto ancora i pony, e sull'altra riva una pista portava ai margini del bosco e all'inizio della vecchia strada della foresta. Ma Beorn li aveva avvertiti che ora quella via veniva spesso usata dagli orchi, e del resto la strada, come aveva sentito dire, era ricoperta di erbacce e caduta in disuso all'estremità orientale, e portava a luoghi invalicabili dove da lungo tempo si erano persi i sentieri. Lo sbocco orientale, comunque, era sempre stato molto a sud rispetto alla Montagna Solitaria, cosicché quando fossero arrivati dall'altra parte della foresta avrebbero dovuto percorrere un lungo e difficile cammino verso nord. Da questa parte della foresta, invece, a nord della Carroccia, il margine di Bosco Atro si avvicinava alle sponde del Grande Fiume, e benché anche le Montagne non fossero da quella parte molto distanti, Beorn li consigliò di dirigersi lì; infatti, a un certo punto, raggiungibile a cavallo in pochi giorni, si apriva un sentiero poco conosciuto che attraverso Bosco Atro portava quasi direttamente ai piedi della Montagna Solitaria.

« Gli orchi » aveva detto Beorn « non oseranno né attraversare il Grande Fiume per un centinaio di miglia a nord della Carroccia, né avvicinarsi a casa mia: è ben protetta di notte! Ma è meglio che cavalchiate in fretta; se infatti faranno la loro incursione, attraverseranno il fiume a sud e perlustreranno tutto il margine della foresta così da tagliarvi fuori, e i Mannari corrono più rapidamente dei pony. In ogni caso siete più al sicuro andando a nord, anche se sembra che ritorniate più vicino alla loro roccaforte; questo infatti è ciò che meno si aspettano, e saranno loro a dover cavalcare più a lungo per prendervi. Via, adesso, più in fretta che potete! ».

Questa è la ragione per cui cavalcarono in silenzio, galoppando dovunque il terreno fosse erboso e soffice, con le montagne scure alla loro sinistra, e in lontananza la linea del fiume coi suoi alberi che si avvicinava sempre di più. Il sole si era appena volto a occidente, quando erano partiti, e fino a sera indugiò dorato sulla campagna attorno a loro. Era difficile pensare agli orchi che li inseguivano alle spalle, e quando ebbero messo molte miglia tra sé e la casa di Beorn cominciarono a parlare e a cantare di nuovo, e a dimenticare lo scuro sentiero della foresta che si estendeva davanti a loro. Ma a sera, quando scese il crepuscolo e le vette delle montagne fiammeggiarono torve e minacciose nella luce del tramonto, si accamparono e misero delle sentinelle e la maggior parte di loro dormì male facendo sogni in cui risuonavano gli ululati dei lupi che davano loro la caccia e le grida degli orchi.

Al mattino seguente l'alba fu di nuovo vivida e bella. Intorno a loro si era alzata una nebbiolina quasi autunnale e l'aria era fresca e pungente; presto però il sole si levò rosso, a oriente, e le nebbie svanirono, e mentre le ombre erano ancora lunghe, essi ripresero il cammino. Cavalcarono così per altri due giorni, e per tutto il tempo non videro nulla tranne erba, fiori, uccelli, alberi sparsi qua e là, e di tanto in tanto branchi di cervi rossicci che brucavano o, a mezzogiorno, sedevano all'ombra. Qualche volta Bilbo vedeva le corna dei maschi spuntare fuori dall'erba alta, e a tutta prima pensava che fossero rami secchi.

Quella terza sera erano così ansiosi di mettercela tutta (infatti Beorn aveva detto che avrebbero dovuto raggiungere il sentiero della foresta il quarto giorno di buon'ora) che continuarono a cavalcare anche dopo il crepuscolo e nella notte sotto la luna. Mentre la luce svaniva, Bilbo credette di vedere in lontananza a volte sulla destra e a volte sulla sinistra, la sagoma indistinta di un grosso orso che avanzava furtivamente nella stessa direzione. Ma se osava accennarne a Gandalf, lo stregone diceva soltanto: « Ssst! Non badarci! ».

Il giorno seguente partirono prima dell'alba, anche se la loro notte era stata breve. Appena fece luce poterono vedere la foresta farsi più vicina, quasi stesse per venire loro incontro o li aspettasse come un muro nero e minaccioso dinanzi a loro. Il terreno cominciò a salire e allo hobbit parve che su di loro cominciasse a calare il silenzio. Gli uccelli cantavano di meno, e non si vedeva più nessun cervo; erano spariti perfino i conigli selvatici. Verso il pomeriggio avevano raggiunto le prime propaggini di Bosco Atro, e si riposarono quasi sotto i grossi rami sporgenti degli alberi più esterni. Avevano tronchi grossi e nodosi, rami contorti, foglie scure e lunghe. L'edera cresceva su di essi e strisciava al suolo.

« Ebbene, questo è Bosco Atro! » disse Gandalf. « La foresta più grande del mondo settentrionale. Spero che il suo aspetto vi piaccia. Ora dovete rimandare indietro questi eccellenti pony che avete preso in prestito ».

I nani cominciarono a brontolare che non volevano farlo, ma lo stregone disse loro che erano pazzi. « Beorn non è così lontano come vi piacerebbe credere, e comunque è meglio per voi che manteniate le vostre promesse, perché è un nemico spietato. Gli occhi del signor Baggins sono più acuti dei vostri, se non avete visto ogni notte, dopo che faceva buio, un grosso orso avanzare con noi o sedere in lontananza al chiaro di luna sorvegliando il nostro accampamento. E non era solo per farvi la guardia e per guidarvi, ma anche per tenere d'occhio i pony. Beorn può esservi amico finché volete, ma ama i suoi animali come figli. Non potete neanche immaginare di quale gentilezza si sia mostrato capace lasciandoli montare da nani, così lontano e così velocemente, né riuscireste a immaginare che cosa vi succederebbe, se cercaste di portarli nella foresta ».

« E il cavallo, allora? » disse Thorin. « Quello non hai accennato di rimandarlo indietro ».

« Certo che no, visto che non ce lo rimando ».

« E la tua promessa, allora? ».

« A questo ci penso io. Non rimando indietro il cavallo, glielo riporto! ».

Allora capirono che Gandalf stava per lasciarli proprio sul limitare di Bosco Atro, e si disperarono. Qualsiasi cosa dicessero, però, non valse a farlo ritornare sulla sua decisione.

« Andiamo, andiamo, tutta questa storia l'abbiamo già affrontata quando siamo arrivati alla Carroccia » egli disse. « Discutere non serve a niente. Come vi ho detto, ho degli affari pressanti lontano, a sud; e sono già in ritardo per avere perso tempo con voi. È probabile che ci incontreremo ancora prima che tutto sia finito, è però probabile anche il contrario. Questo dipende dalla vostra fortuna, dal vostro coraggio e dal vostro buon senso; e mando con voi il signor Baggins. Vi ho già detto che è più in gamba di quanto immaginiate, e ve ne accorgerete da soli tra non molto. Perciò coraggio, Bilbo, e non fare quella faccia triste. Coraggio, Thorin e Compagnia! In fondo, questa è la vostra spedizione. Pensate al tesoro che vi aspetta alla fine e dimenticatevi della foresta e del drago, almeno fino a domani mattina! ».

E quando l'indomani mattina arrivò egli ripeté le stesse cose. Così ora non c'era rimasto altro da fare che riempire gli otri a una limpida sorgente che trovarono vicino all'entrata della foresta, e scaricare i pony. Distribuirono i pacchi il più equamente possibile, benché a Bilbo paresse che il suo fardello fosse pesante e gravoso, e non gli piacesse affatto l'idea di avanzare faticosamente per miglia e miglia con tutta quella roba sulla schiena.

« Non ti preoccupare! » disse Thorin. « Diventerà sempre più leggero, e fin troppo presto. Prevedo che tra non molto, quando il cibo comincerà a scarseggiare, desidereremo tutti avere dei pacchi più pesanti ».

Finalmente salutarono i pony e girarono le loro teste verso casa. Essi trottarono via gaiamente, con l'aria di essere molto contenti di voltare le code all'ombra di Bosco Atro. Mentre se ne andavano, Bilbo avrebbe potuto giurare che qualcosa di simile a un orso si staccasse dall'ombra degli alberi e dondolasse via veloce dietro di loro.

Ora anche Gandalf disse addio. Bilbo sedeva per terra sentendosi molto infelice, e desiderando con tutto il cuore di essere accanto allo stregone sul suo alto cavallo. Appena fatta colazione (una ben misera colazione!) egli si era addentrato nella foresta, e gli era parso che lì dentro tutto fosse buio, e misterioso, di mattina non meno che di notte: « Una sensazione come di vigilanza e di attesa » disse tra sé e sé.

« Addio! » disse Gandalf a Thorin. « E addio a voi tutti, addio! Adesso la vostra strada va diritta attraverso la foresta. Non allontanatevi dalla pista! Se lo fate, c'è una possibilità su mille che la ritroviate di nuovo e usciate da Bosco Atro; e allora non credo che io, o nessun altro, possa mai rivedervi ».

« Ma dobbiamo proprio attraversarlo? » si lagnò lo hobbit.

« Certo che sì! » disse lo stregone « se volete arrivare dall'altra parte. O lo attraversate o abbandonate la vostra ricerca. E non ti permetterò di fare marcia indietro proprio adesso, signor Baggins. Mi vergogno di te se lo pensi. Devi badare a tutti questi nani in vece mia! » egli rise.

« Ma no, ma no! » disse Bilbo. « Non volevo dire questo. Volevo dire, non c'è una strada che passi intorno al bosco? ».

« C'è, se vi va di fare circa duecento miglia in più andando a nord, e il doppio andando a sud. Ma non troverete un sentiero sicuro nemmeno in questo caso. Ricordatevi che ora siete al Confine delle Terre Selvagge, e che dovunque andiate vi aspettano sorprese di ogni genere. Prima che poteste aggirare Bosco Atro da nord vi trovereste in mezzo alle voragini delle Montagne Grigie, che sono semplicemente rigurgitanti di orchi, orconi e orcacci della peggior specie. Prima che poteste aggirarlo a sud, vi trovereste sulle terre del Negromante; e nemmeno tu, Bilbo, hai bisogno che ti racconti le storie che corrono su quel nero stregone. Non vi consiglio di andare in nessun posto vicino ai luoghi sorvegliati dalle sue torri scure! Rimanete sulla pista nella foresta, tenete alto il morale, e con un'enorme dose di fortuna, forse, un giorno, potrete uscire e vedere le Lunghe Paludi stendersi sotto di voi, e al di là di esse, alta a oriente, la Montagna Solitaria dove vive il buon vecchio Smog, sebbene mi auguri che non vi stia aspettando ».

« Certo che ci stai proprio tranquillizzando » brontolò Thorin. « Addio! Se non vuoi venire con noi, è meglio che te ne vada senza perdere altro tempo in chiacchiere! ».

« Arrivederci, allora, e arrivederci sul serio! » disse Gandalf, e girato il cavallo si allontanò al galoppo verso occidente. Ma non poté resistere alla tentazione di avere l'ultima parola. Poco prima di essere troppo lontano, si girò e facendosi portavoce colle mani li chiamò. Essi udirono le sue parole arrivare a loro fioche: « Arrivederci! Fate i bravi, abbiatevi cura, e NON LASCIATE IL SENTIERO! ».

Poi spronò il cavallo e presto svanì dalla vista. « Arrivederci e vattene! » grugnirono i nani, tanto più arrabbiati in quanto veramente pieni di sgomento all'idea di averlo perso. Cominciava ora la parte più pericolosa di tutto il viaggio. Ciascuno si mise in spalla il suo pesante fardello e l'otre con la propria razione d'acqua, volsero tutti la schiena alla luce che inondava le terre a occidente, e si tuffarono nella foresta.

VIII

MOSCHE E RAGNI

Camminavano in fila indiana. L'inizio del sentiero era indicato da una specie di arcata che portava in un tunnel tetro fatto di due grandi alberi che si intrecciavano, troppo vecchi ormai e strangolati dall'edera e coperti di musco, per poter reggere più di poche foglie annerite. Il sentiero era stretto e serpeggiava in mezzo ai tronchi. Ben presto la luce all'ingresso fu come un piccolo foro luminoso molto lontano, e il silenzio era così profondo che pareva che i loro passi risuonassero sordi sul terreno, mentre tutti gli alberi si piegavano sopra di loro per ascoltare.

Quando gli occhi si furono assuefatti alla penombra, poterono vedere per un certo tratto ai due lati del sentiero attraverso una specie di chiarore verde scuro. Di tanto in tanto un esile raggio di sole, che aveva la fortuna di infiltrarsi dove le foglie erano più rade, su in alto, e la fortuna ancora più grande di non venire imprigionato dai grossi rami aggrovigliati e dai virgulti opachi al di sotto, stilettava giù sottile e vivido davanti a loro. Ma questo accadeva di rado, e presto cessò del tutto.

C'erano degli scoiattoli neri nel bosco. Appena gli occhi acuti e penetranti di Bilbo si abituarono a vedere le cose, egli riuscì a cogliere le loro velocissime apparizioni mentre frullavano via dal sentiero e correvano a nascondersi dietro i tronchi degli alberi. C'erano anche degli strani rumori, grugniti, calpestii, tramestii frettolosi nel sottobosco e tra le foglie che senza fine giacevano ammucchiate e fitte sul suolo della foresta; ma da che cosa fossero prodotti quei rumori, Bilbo non riusciva a vederlo. Le cose più brutte che videro furono le ragnatele: ragnatele scure e spesse, dai fili straordinariamente robusti, spesso tese da un albero all'altro, o aggrovigliate sui rami più bassi ai lati del sentiero. Nessuna era tesa proprio attraverso il sentiero, ma era impossibile dire se esso fosse sgombro per magia o per qualche altra ragione.

Non ci volle molto perché cominciassero a odiare la foresta con tutto il cuore, così come avevano odiato i tunnel degli orchi, tanto più che questa non sembrava offrire maggiori speranze di una qualche fine. Ma dovevano continuare ad andare avanti, anche dopo che si sentirono male per il desiderio di vedere il sole e il cielo, e anelarono alla carezza del vento sul viso. Sotto il tetto della foresta non un fremito nell'aria, che era eternamente immobile, scura e afosa. Lo sentivano perfino i nani, che pure erano abituati a vivere nei tunnel, e talvolta restavano molto a lungo senza la luce del sole; ma lo hobbit, a cui le caverne piacevano come case e non come posti per passarci le giornate estive, sentiva che stava lentamente soffocando.

Peggiori erano però le notti. Calava allora un buio nero come la pece, ma proprio come la pece; così nero che non si poteva vedere niente di niente. Bilbo provò ad agitare la mano davanti al proprio naso, ma non poté vederla affatto. Forse però non è esatto dire che non potevano vedere niente: potevano vedere degli occhi. Dormivano tutti insieme, stretti l'uno all'altro, e facevano la guardia a turno; e Bilbo, quando era il suo turno, vedeva nell'oscurità attorno a loro dei luccichii, e talvolta un paio d'occhi gialli, o rossi o verdi che lo fissavano a breve distanza, poi lentamente svanivano, e lentamente tornavano a scintillare in qualche altro posto. E talvolta brillavano, rivolti in giù, proprio dai rami che lo sovrastavano; e questa era la cosa più terribile. Ma gli occhi che gli piacevano di meno erano un tipo di occhi orribili dal bulbo pallido. « Occhi di insetto, » pensò « non occhi di animali, solo che sono di gran lunga troppo grandi ».

Benché non facesse ancora freddo, cercarono di tenere accesi dei fuochi di guardia la notte, ma presto ci rinunciarono. Sembrava che attirassero centinaia e centinaia di occhi tutto intorno a loro, sebbene gli esseri, qualsiasi cosa fossero, badassero a non esporre i loro corpi alla luce tremolante delle fiamme. Ma quel che era peggio, attiravano migliaia di falene grigio-scure e nere, alcune grandi quasi come una mano, che sbattevano le ali e frullavano attorno alle loro orecchie. Essi non riuscivano a sopportarle, e nemmeno i grossi pipistrelli, neri come un cappello a cilindro; così rinunciarono ai fuochi, e la notte dormicchiavano seduti nell'oscurità soprannaturale ed enorme.

Tutto questo andò avanti per un periodo che allo hobbit pareva non finisse mai; e aveva sempre fame, perché erano molto cauti con le provviste. Anche così, col passare dei giorni, e la foresta che pareva sempre identica, cominciarono a stare in ansia. Il cibo non sarebbe durato per sempre, ed era anzi già paurosamente diminuito. Cercarono di tirare agli scoiattoli, e persero molte frecce prima di riuscire a portarne uno giù sul sentiero. Ma quando lo arrostirono, risultò orrendo al palato, e smisero di cacciarli.

Avevano anche sete, perché nessuno aveva troppa acqua, e per tutto quel tempo non avevano visto né una fonte né un ruscello. Si trovavano in questo stato quando un giorno trovarono il loro sentiero interrotto da un corso d'acqua. Scorreva veloce e turbinoso, ma non era molto largo; era nero, o tale appariva nella penombra. Fu una buona cosa che Beorn li avesse messi in guardia contro di esso, altrimenti ne avrebbero bevuto l'acqua qualunque fosse il suo colore, e avrebbero riempito dalla riva qualche otre ormai vuoto. Stando così le cose, pensarono solo a come attraversarlo senza bagnarsi. Un tempo c'era stato un ponte di legno, ma ora, marcito, era caduto lasciando solo i puntelli rotti vicino alle sponde.

Bilbo inginocchiato sulla riva e scrutando avanti gridò: « C'è una barca attraccata all'altra riva! Ma perché non poteva stare da questa parte! ».

« Quanto credi che sia lontana? » chiese Thorin, poiché ormai sapevano che tra di loro Bilbo era quello che aveva gli occhi più acuti.

« Non è lontana per niente. Direi non più di dieci metri ».

« Dieci metri! Avrei pensato che fossero almeno trenta, ma i miei occhi non vedono più bene come un centinaio di anni fa. Tuttavia dieci metri sono come un miglio. Non possiamo attraversare con un salto, né possiamo osare di passare a guado o a nuoto ».

« Qualcuno di voi sa lanciare una corda? ».

« E a che serve? La barca sarà senz'altro legata, anche se riusciamo ad agganciarla, cosa di cui dubito ».

« Non credo che sia legata, » disse Bilbo « anche se ovviamente non posso esserne sicuro, con questa luce; ma mi pare che sia solo tirata a riva, che proprio lì, dove il sentiero scende in acqua, è bassa ».

« Dori è il più forte, ma Fili è il più giovane e ha ancora la vista buona » disse Thorin. « Vieni qui, Fili, e guarda se riesci a vedere la barca di cui parla il signor Baggins ».

A Fili pareva di sì; così quando l'ebbe fissata a lungo per farsi un'idea della direzione, gli altri gli portarono una corda. Ne avevano molte con loro, e all'estremità di quella più lunga assicurarono uno dei grossi uncini di ferro che avevano usato per fissare i pacchi alle cinghie girate attorno alle loro spalle. Fili la prese, la bilanciò per un momento, poi la lanciò attraverso il ruscello.

E cadde in acqua tra mille spruzzi! « Troppo corto! » disse Bilbo che scrutava davanti a sé. « Un altro mezzo metro e l'avresti calata sulla barca. Prova ancora. Non credo che l'incantesimo sia tanto forte da farti del male, se ti limiti a toccare un pezzetto di corda bagnata ».

Fili prese in mano l'uncino dopo averlo ritirato a sé, non senza una certa esitazione. Questa volta lo lanciò con maggior forza.

« Piano! » disse Bilbo. « Adesso l'hai lanciata diritta nel bosco. Tirala indietro piano piano ». Fili tirò indietro la corda lentamente, e dopo un po' Bilbo disse: « Attento! Sta proprio sopra la barca; speriamo che l'uncino faccia presa ».

Così fu. La corda si tese, e Fili tirò invano. Kili venne in suo aiuto, e poi Oin e Gloin. Continuarono a dare strattoni, e improvvisamente ricaddero tutti sulla schiena. Bilbo stava in guardia, però; afferrò la corda e con un pezzo di bastone respinse la barchetta nera che arrivava velocissima attraverso il rivo. « Aiuto! » gridò, e Balin fece appena in tempo a fermare la barca prima che se ne andasse via con la corrente.

« A quanto pare era legata » disse, guardando gli ormeggi spezzati che ne penzolavano ancora. « Avete tirato proprio bene, ragazzi; e meno male che la nostra corda era la più robusta ».

« Chi attraversa per primo? » chiese Bilbo.

« Io, » disse Thorin « e tu verrai con me, insieme a Fili e Balin. La barca non ne regge più di tanti per volta. Dopo di noi, Kili, Oin, Gloin e Dori; poi Ori e Nori, Bifur e Bofur; e per ultimi Dwalin e Bombur ».

« Sono sempre ultimo, e non mi piace per niente » disse Bombur. « Oggi tocca a qualcun altro ».

« Non dovresti essere così grasso. Visto che lo sei, farai parte dell'ultimo carico, che è anche il più leggero. Non cominciare a brontolare contro gli ordini, o ti capiterà qualcosa di brutto ».

« Non ci sono remi. Come farete a riportare la barca all'altra riva? » chiese lo hobbit.

« Datemi un altro tratto di corda, e un altro uncino » disse Fili, e quando tutto fu pronto, lo lanciò avanti nel buio più in alto che poté. Poiché non ricadde, doveva essersi impigliato tra i rami. « Montate, adesso, » disse Fili « e uno di voi tiri questa corda che ora è assicurata a un albero dall'altra parte. Uno degli altri deve prendere con sé l'uncino che abbiamo usato la prima volta, e quando saremo al sicuro sull'altra sponda lo può fissare alla barca e voialtri a terra la potete tirare indietro ».

In questo modo furono presto tutti al sicuro sull'altra riva del fiume incantato. Dwalin aveva appena messo piede a terra con la corda arrotolata intorno al braccio, e Bombur (ancora borbottando) si apprestava a seguirlo, quand'ecco che capitò qualcosa di brutto. Ci fu un sordo rumore di zoccoli nell'aria, sopra il sentiero davanti a loro. Dalla penombra uscì improvvisamente la sagoma volante di un cervo. Caricò i nani facendoli rotolare per terra poi si raccolse per saltare. Saltò molto in alto, e con quell'unico balzo possente superò il fiume. Ma non raggiunse incolume l'altra riva: Thorin era stato l'unico a mantenere l'equilibrio e la prontezza di spirito. Appena era sbarcato aveva teso il suo arco e aveva incoccato una freccia nel caso che qualche guardiano della barca uscisse dal suo nascondiglio. Mentre la bestia saltava, la colpì con un tiro veloce e sicuro. Arrivando sulla riva opposta essa inciampò. Le tenebre la inghiottirono, ma essi udirono il rumore degli zoccoli frangersi velocemente e poi tacere.

Prima che potessero esprimere la loro ammirazione per il tiro, però, un tremendo grido di allarme di Bilbo scacciò dalla loro mente qualsiasi pensiero di caccia al cervo. « Bombur è caduto in acqua! Bombur sta affogando! ». Era fin troppo vero. Bombur aveva solo un piede a terra quando il cervo era piombato su di lui per poi passare al di là nel suo gran balzo. Era inciampato, spingendo via la barca dalla riva, e poi era ruzzolato nell'acqua scura, con le mani che si erano aggrappate invano alle radici fangose della sponda, mentre la barca lentamente si staccava e spariva.

Potevano ancora vedere il suo cappuccio a fior d'acqua quando corsero verso di lui. Gli gettarono velocemente una corda con un uncino. La sua mano l'afferrò, e lo tirarono a riva. Era fradicio dalla testa ai piedi, ovviamente, ma questo era il meno. Quando lo distesero al suolo era già profondamente addormentato, e una mano stringeva la corda con tanta forza che non riuscirono a strappargliela via; e profondamente addormentato rimase qualsiasi cosa essi facessero.

Stavano ancora tutti sopra di lui, maledicendo la loro sfortuna e la sua goffaggine, e lamentandosi della perdita della barca che rendeva loro impossibile tornare indietro a cercare il cervo, quando si accorsero di un fioco soffiare di corni nel bosco e di un rumore come di cani che abbaiassero in lontananza. Fecero tutti silenzio; e mentre stavano seduti pareva loro di udire il rumore di una grande caccia che si svolgeva a nord del sentiero, anche se non ne videro alcun segno.

Sedettero lì a lungo, senza osare di fare un singolo movimento. Bombur continuava a dormire con un sorriso beato sulla faccia grassa, come se non si curasse più di tutti i guai che li travagliavano. Improvvisamente, sul sentiero di fronte a loro apparvero dei cervi bianchi, una cerva e dei cerbiatti dal mantello tanto candido quanto quello del cervo era stato scuro. Essi brillavano nelle tenebre. Prima che Thorin potesse lanciare un grido tre nani erano balzati in piedi e avevano scoccato le frecce del loro arco. Nessuna sembrò colpire nel segno. I cervi si voltarono indietro e svanirono tra gli alberi, silenziosi come erano venuti, e i nani scoccarono invano le loro frecce dietro di essi.

« Fermi! Fermi! » urlò Thorin; ma era troppo tardi, i nani in preda all'eccitazione avevano sprecato le loro ultime frecce e ora gli archi che Beorn aveva dato loro erano inutili.

Ben triste fu la brigata quella notte, e la tristezza di tutti si fece più profonda durante i giorni seguenti. Avevano attraversato il rivo incantato; ma, al di là, il sentiero pareva girovagare esattamente come prima, e non riuscivano a notare alcun cambiamento nella foresta. Eppure se ne avessero saputo di più, e si fossero soffermati a considerare il significato della caccia e di quei cervi bianchi che erano apparsi sul loro cammino, avrebbero capito che finalmente si stavano avvicinando al confine orientale del bosco, e, se non si fossero scoraggiati, sarebbero presto arrivati in zone dove gli alberi crescevano più radi, e dove la luce del sole tornava a brillare.

Ma non lo sapevano, ed erano gravati dal corpo pesante di Bombur, che dovevano portare con loro come meglio potevano, affrontando il pesante dovere a turni di quattro mentre gli altri si dividevano i loro fardelli. Se questi non fossero tutti diventati fin troppo leggeri negli ultimi giorni, non ce l'avrebbero mai fatta; ma un Bombur beatamente addormentato e sorridente era una misera alternativa a bisacce piene di cibo, anche se pesanti. In pochi giorni arrivarono al punto di non avere praticamente più nulla da mangiare o da bere. Non riuscivano a vedere niente di commestibile che crescesse nel bosco, solo funghi velenosi ed erbe dalle foglie anemiche e dall'odore sgradevole.

Dopo circa quattro giorni di marcia dal rivo incantato arrivarono in un posto dove gli alberi erano per lo più faggi. All'inizio furono propensi a rallegrarsi del cambiamento, poiché qui non c'era sottobosco e l'ombra non era tanto fonda. Ai lati del sentiero filtrava una tenue luce verdastra. Ma la luce mostrava loro soltanto infinite linee di tronchi grigi e diritti come le colonne di qualche vasta sala al crepuscolo. C'era un alito d'aria e un rumore di vento, ma aveva un suono triste; poche foglie vennero giù frusciando a ricordare che fuori stava arrivando l'autunno. I loro passi calpestavano le foglie morte di altri innumerevoli autunni che il vento aveva accumulato sui bordi del sentiero strappandole al tappeto rosso cupo della foresta.

Bombur dormiva sempre, ed essi diventavano sempre più stanchi. A tratti udivano risuonare risate inquietanti. A volte sentivano anche dei canti, in lontananza. Il riso era un riso di voci gentili, molto diverse da quelle degli orchi, e i canti erano belli, ma sembravano soprannaturali e strani, ed essi non ne erano confortati, ma piuttosto incalzati a lasciare quei luoghi con tutta la forza che ancora possedevano.

« Ma non finisce mai questa maledetta foresta? » disse Thorin. « Qualcuno deve arrampicarsi su un albero per vedere se riesce a sporgere la testa fuori dal tetto per dare un'occhiata attorno. L'unico modo è scegliere l'albero più alto che sovrasta il sentiero ».

Naturalmente « qualcuno » voleva dire Bilbo. Lo scelsero perché l'arrampicatore doveva sporgere la testa al di sopra delle foglie più alte, e pertanto doveva essere tanto leggero che i rami più alti e sottili potessero reggerlo. Il povero signor Baggins non aveva mai fatto molta pratica nell'arrampicarsi sugli alberi ma essi lo issarono sui rami più bassi di un'enorme quercia che si ergeva proprio in mezzo al sentiero e dovette salire alla bell'e meglio. Si fece strada attraverso l'intrico dei rami ricevendo diversi colpi negli occhi; fu insudiciato e sporcato di verde dalla vecchia scorza dei rami più grossi; più di una volta scivolò e si afferrò appena in tempo; e finalmente, dopo una aspra lotta in un punto difficile dove pareva che non ci fossero affatto dei rami adatti allo scopo, arrivò quasi in cima. Per tutto il tempo non smise di chiedersi se ci fossero dei ragni sull'albero, e come avrebbe fatto a ridiscendere se non cadendo.

Alla fine la sua testa sbucò fuori dal tetto di foglie e a quel punto sì che trovò i ragni. Ma erano solo dei ragnetti di dimensioni normali, e davano la caccia alle farfalle. Gli occhi di Bilbo furono quasi accecati dalla luce. Udì i nani gridargli qualcosa da molto più in giù, ma non poteva rispondere, solo trattenere il fiato e sbattere gli occhi. Il sole brillava radioso e passò parecchio tempo prima che Bilbo potesse sopportarne la luce. Quando poté, vide tutt'intorno a sé un mare di verde cupo, increspato qua e là dalla brezza; e dappertutto c'erano centinaia di farfalle. Ritengo che fossero del tipo « imperatrice purpurea », una farfalla che ama le cime dei querceti, ma queste non erano purpuree per niente, erano di un nero vellutato scuro scuro, senza nessun segno visibile.

Egli guardò le « imperatrici nigre » per un bel po', e godette la sensazione della brezza sui capelli e sul viso; ma a lungo andare le grida dei nani, che ora battevano impazientemente i piedi più sotto, gli rammentarono la vera natura del suo compito. Andava male. Per quanto aguzzasse gli occhi, non riusciva a vedere in nessuna direzione la fine degli alberi e delle foglie. Il suo cuore, che si era allargato alla vista del sole e alla carezza del vento, si strinse di nuovo: non c'era più cibo a cui ritornare, là sotto.

In realtà, come vi ho detto, non erano molto lontani dal limitare della foresta; e se Bilbo avesse avuto il buon senso di accorgersene, l'albero su cui si era arrampicato, per quanto alto in sé, era quasi al fondo di un ampio avvallamento così che dalla sua cima pareva che tutt'intorno gli alberi si rigonfiassero come ai bordi di una grossa zuppiera, ed egli non poteva certo aspettarsi di vedere da lì per quanto ancora si estendesse la foresta. Eppure non se ne accorse, e scese giù al colmo della disperazione. Giunto finalmente a terra, graffiato, accaldato e infelice, non era più capace di vedere niente nella penombra sottostante. Ben presto il suo resoconto rese gli altri infelici quanto lui.

« La foresta va avanti e avanti e avanti in tutte le direzioni! Che cosa faremo? E a che serve mandare uno hobbit? » essi gridarono, come se fosse colpa sua. Non gliene importava un fico delle farfalle e quando egli raccontò loro della bella brezza che essi non avevano potuto godere, essendo troppo pesanti per arrampicarsi a respirarla, si arrabbiarono ancora di più.

Quella notte mangiarono gli ultimissimi avanzi di cibo; e la mattina dopo, quando si svegliarono, la prima cosa di cui si resero conto fu di avere ancora una fame da lupi, e la seconda cosa fu che pioveva e che qua e là la pioggia cadeva pesantemente sul fondo della foresta. Questo servì solo a ricordare loro che erano anche riarsi dalla sete, senza minimamente alleviarla: non si può calmare una sete terribile stando sotto querce giganti ad aspettare che una goccia vi caschi per caso sulla lingua. L'unico barlume di conforto venne inaspettatamente da Bombur.

Egli si svegliò improvvisamente e si mise a sedere grattandosi la testa. Non riusciva a capire né dov'era né tanto meno perché si sentisse tanto affamato; infatti aveva dimenticato tutto quello che era successo da quando avevano cominciato il loro viaggio quel mattino di maggio, tanto tempo fa. L'ultima cosa che ricordava era la riunione a casa dello hobbit, e gli altri ebbero grandi difficoltà a fargli credere al racconto di tutte le varie avventure che avevano avuto a partire da allora.

Quando udì che non c'era niente da mangiare, ricadde a sedere e pianse, poiché si sentiva molto debole e malfermo sulle gambe. « Ma perché mi sono svegliato! » gridò. « Stavo facendo un sogno così bello! Sognavo di camminare in una foresta abbastanza simile a questa, solo illuminata da torce sugli alberi, da lampade che pendevano dai rami e da fuochi che bruciavano sul terreno; e c'era una grande festa che continuava all'infinito. C'era un re dei boschi con una corona di foglie, e tutti cantavano allegramente, e non potrei elencare né descrivere le cose che c'erano da mangiare e da bere ».

« Non provarci nemmeno » disse Thorin. « Anzi se non sai parlare d'altro fai meglio a stare zitto. Ne abbiamo già abbastanza di te. Se non ti fossi svegliato, ti avremmo lasciato al tuo stupido sogno nella foresta; non è uno scherzo trasportarti, dopo tutte queste settimane di pasti razionati ».

Non rimaneva altro da fare, ormai, che stringere la cinghia attorno allo stomaco vuoto, e issarsi in spalla bisacce e sacchi vuoti, e trascinarsi faticosamente lungo il sentiero senza grandi speranze di arrivare mai alla fine prima di cadere a terra e morire d'inedia. Fu quello che fecero per tutto il giorno, avanzando lentamente e penosamente, mentre Bombur continuava a lagnarsi che le gambe non lo reggevano e che voleva mettersi giù a dormire.

« Neanche per idea! » dissero. « Anche le tue gambe debbono fare la loro parte, noi ti abbiamo trasportato abbastanza! ».

Ciò nonostante a un tratto egli rifiutò di avanzare di un passo e si gettò al suolo. « Andate avanti, se proprio dovete » disse. « Io non voglio far altro che giacere qui, dormire e sognare roba da mangiare, se non posso ottenerla in nessun altro modo. Spero di non svegliarmi mai più ».

Proprio in quel momento Balin, che si trovava un po' più avanti lanciò un grido: « Che cos'era? Mi è parso di vedere un bagliore di luce nella foresta ».

Guardarono tutti, e abbastanza lontano, così pareva, videro un bagliore rosso nel buio; poi un altro e un altro ancora palpitarono vicini al primo. Perfino Bombur si alzò, e si misero a correre, infischiandosene se fossero orchi o Uomini Neri. La luce stava di fronte a loro e a sinistra del sentiero, e quando alla fine arrivarono alla sua altezza, parve evidente che sotto gli alberi brillavano torce e fuochi, ma a una bella distanza dalla pista.

« Sembra che il mio sogno si stia avverando » boccheggiò Bombur ansimando dietro a tutti. Voleva precipitarsi diritto dentro al bosco, verso le luci. Ma gli altri ricordavano fin troppo bene gli avvertimenti dello stregone e di Beorn.

« Un banchetto non servirebbe a niente, se non ne ritornassimo mai vivi » disse Thorin.

« Ma senza un banchetto non rimarremmo in vita lo stesso molto a lungo » disse Bombur, e Bilbo approvò le sue parole con tutto il cuore. Incerti sul da farsi, ne discussero a lungo, finché di comune accordo decisero di mandare un paio di spie, che con grande cautela si avvicinassero alle luci per saperne qualcosa di più. Non riuscirono però a mettersi d'accordo su chi dovessero mandare: nessuno sembrava ansioso di correre il rischio di perdersi e di non ritrovare più gli amici. Alla fine, nonostante tutti gli avvertimenti, la fame li fece decidere, anche perché Bombur continuava a descrivere tutte le buone cose che si mangiavano — secondo il suo sogno — nel banchetto silvano; così abbandonarono tutti il sentiero e si tuffarono insieme nella foresta.

Dopo aver strisciato furtivamente per un bel po', scrutarono attentamente da dietro i tronchi e videro uno spiazzo dove alcuni alberi erano stati abbattuti e il suolo livellato. C'erano molte persone lì, elfi, si sarebbero detti dall'aspetto, tutte vestite di verde e marrone, sedute in un gran circolo su sedili ricavati dai tronchi segati. C'era un fuoco nel mezzo, e delle torce erano assicurate agli alberi tutt'intorno; ma la cosa più bella da vedere era che mangiavano, bevevano e ridevano allegramente.

Il profumino degli arrosti era così incantatore che, senza aspettare di consultarsi con gli altri, ciascuno di essi balzò in avanti verso il cerchio, con l'unico e solo proposito di elemosinare un po' di cibo. Non appena però misero piede nello spiazzo, tutte le luci si spensero come per magia. Qualcuno calpestò il fuoco, che si levò in uno scoppiettio di faville scintillanti e poi si spense. Improvvisamente sperduti in un'oscurità totale, per un certo tempo non riuscirono nemmeno a trovarsi l'un l'altro. Dopo avere inciampato freneticamente nel buio, essere caduti sopra i ciocchi, avere urtato con gran fracasso contro gli alberi, avere urlato ed essersi chiamati finché non ebbero svegliato qualsiasi cosa si trovasse nella foresta per miglia e miglia all'intorno, alla fine riuscirono a riunirsi in gruppo e a contarsi toccandosi. Ovviamente, a questo punto avevano completamente dimenticato in quale direzione si trovasse il sentiero, e si erano tutti persi senza speranza, almeno fino al mattino seguente.

Non c'era quindi altro da fare che accamparsi per passare la notte lì dove stavano; non osarono nemmeno cercare qualche avanzo di cibo sul terreno, per paura di separarsi di nuovo. Ma non erano rimasti a giacere a lungo, e Bilbo stava cominciando ad appisolarsi, quando Dori, a cui toccava il primo turno di guardia, disse in un forte bisbiglio:

« Le luci stanno apparendo di nuovo laggiù, e sono più numerose che mai ».

Saltarono su tutti. Non c'era dubbio: poco lontano da lì era riemerso il palpitante bagliore di molte luci ed essi udirono molto distintamente le voci e le risa. Strisciarono lentamente verso di esse, in fila indiana, ciascuno toccando la schiena di chi gli stava davanti. Quando si furono avvicinati abbastanza, Thorin disse: « Stavolta nessuno si precipiti avanti! Nessuno esca allo scoperto finché non lo dico io! Manderemo avanti il signor Baggins da solo a parlare con loro. Non avranno paura di lui ("E io di loro?" pensò Bilbo), e comunque spero che non gli faranno alcun male ».

Quando arrivarono al margine del circolo di luci,

da dietro le spalle dettero a Bilbo una spinta improvvisa e prima di avere il tempo di infilarsi l'anello, questi capitombolò avanti nel pieno chiarore del fuoco e delle torce. Tutto inutile. Le luci si spensero di nuovo e ricadde il buio più assoluto.

Se prima era stato difficile radunarsi, questa volta fu anche peggio. E non riuscirono in nessun modo a trovare lo hobbit. Ogni volta che si contavano, faceva solo tredici. Urlarono e chiamarono: « Bilbo Baggins! Hobbit! Hobbit della malora! Ehi! Hobbit, che il cielo ti strafulmini, dove sei? », e altre cose di questo tipo, ma senza avere risposta.

Stavano proprio per abbandonare ogni speranza, quando Dori inciampò su di lui per pura fortuna. Nel buio cadde sopra quello che credette fosse un ciocco, e che invece era lo hobbit tutto raggomitolato e immerso in un sonno profondo. Ci vollero un bel po' di scosse per svegliarlo, e quando fu sveglio non ne fu affatto contento.

« Stavo facendo un sogno così bello, » brontolò « sognavo di fare una cena assolutamente favolosa! ».

« Santo cielo! Adesso fa come Bombur! » dissero i nani. « Non starci a raccontare i tuoi sogni, per carità. Le cene di sogno non servono a niente se noi non possiamo prendervi parte ».

« Sono le migliori che possa procurarmi in questo postaccio » egli borbottò, stando disteso accanto ai nani e cercando di riaddormentarsi per ritrovare il suo sogno.

Quelle però non furono le ultime luci che apparvero nella foresta. Più tardi, quando la notte era ormai inoltrata, Kili, che stava facendo il suo turno di guardia, venne a svegliarli tutti di nuovo, dicendo:

« Molte luci hanno ricominciato a brillare regolarmente non lontano da qui: centinaia di torce e molti fuochi devono essersi accesi d'un tratto e per magia. E sentite che canti e che arpe! ».

Dopo essere rimasti distesi ad ascoltare per un po',

scoprirono che non potevano resistere al desiderio di avvicinarsi e cercare una volta di più di ottenere aiuto. Si rialzarono, e questa volta il risultato fu disastroso. Il banchetto che videro ora era più sontuoso e magnifico di prima; e a un'estremità di una lunga fila di commensali sedeva un re dei boschi con una corona di foglie sui capelli d'oro, molto simile alla figura del sogno che Bombur aveva descritto. Tutti quegli elfi si passavano reciprocamente delle scodelle sopra i fuochi, e alcuni suonavano l'arpa mentre molti altri cantavano. La loro chioma lucente era intrecciata di fiori; gemme verdi e bianche splendevano sui loro collari e sulle loro cinture; e la gioia emanava dai loro volti e dai loro canti. Sonori, nitidi e belli erano i canti degli elfi, e Thorin avanzò in mezzo a loro.

Le parole si interruppero in un silenzio mortale. Tutte le luci si spensero. I fuochi si dileguarono in volute di fumo nero. Ceneri e braci schizzarono in faccia ai nani, e il bosco fu di nuovo pieno del loro clamore e delle loro grida.

Bilbo si trovò a correre in tondo (o così credeva) come un pazzo, senza smettere di gridare: « Dori, Nori, Ori, Oin, Gloin, Fili, Kili, Bombur, Bifur, Bofur, Dwalin, Balin, Thorin Scudodiquercia », mentre altra gente che egli non riusciva né a vedere né a toccare faceva lo stesso tutt'intorno a lui (con un « Bilbo! » inserito di tanto in tanto). Ma le grida degli altri si fecero progressivamente più lontane e più deboli, e sebbene dopo un po' gli paresse che si fossero mutate in urla e grida imploranti aiuto a grande distanza, alla fine tutto il rumore cessò di botto, ed egli rimase solo nel silenzio e nel buio più completi.

Questo fu uno dei momenti più orribili. Ben presto però egli giunse alla conclusione che non serviva a niente cercare di far qualcosa finché il giorno non venisse a portare un po' di luce, e che era completamente inutile andare in giro alla cieca stancandosi a morte senza nessuna speranza di fare una buona colazione che lo ritemprasse. Così si sedette colla schiena contro un albero, e non per l'ultima volta i suoi pensieri tornarono alla sua caverna hobbit lontana lontana, con le sue belle dispense. Era profondamente immerso in pensieri che riguardavano pane, burro, marmellata e caffellatte, quando avvertì qualcosa che lo stava toccando. Qualcosa che pareva un fibra lunga e robusta poggiava contro la sua mano sinistra, e quando cercò di muoversi, scoprì che le gambe erano già avvolte nella stessa roba, così che quando si alzò, ricadde a terra.

Allora il gran ragno, che era stato occupatissimo a legarlo ben bene mentre egli sonnecchiava, avanzò da dietro di lui e contro di lui. Bilbo poteva vederne solo gli occhi, mentre quella cosa orribile cercava di avvolgere i suoi fili abominevoli tutto intorno a lui. Era stata una bella fortuna che si fosse risvegliato in tempo: presto non sarebbe più stato in grado di muoversi affatto. Stando così le cose, dovette sostenere una battaglia tremenda prima di potersi liberare. Colpì quell'essere con le mani – il ragno stava cercando di avvelenarlo per tenerlo quieto, come fanno i ragni più piccoli con le mosche – finché non si ricordò della spada e la sguainò. Allora il ragno fece un salto indietro, ed egli fece in tempo a tagliare i legami intorno alle gambe. Dopo di che fu il suo turno di attaccare. Evidentemente, il ragno non era abituato a cose che portavano al fianco pungiglioni come quello, o si sarebbe affrettato ad andarsene. Ma Bilbo lo attaccò prima che potesse sparire, e gli immerse la spada negli occhi. Come impazzito il ragno fece un balzo e agitò freneticamente le gambe in orribili contrazioni, finché Bilbo non lo uccise con un altro colpo; poi lo hobbit cadde a terra e per un bel po' fu senza conoscenza.

Quando riprese i sensi, intorno a lui c'era la solita luce fioca del giorno nella foresta. Il ragno giaceva morto accanto a lui, e la lama della spada era macchiata di nero. L'avere ucciso il ragno gigante, tutto da solo, al buio, senza l'aiuto né dello stregone né di nessun altro, fu molto importante per il signor Baggins. Si sentì una persona diversa, molto più fiera e audace nonostante lo stomaco vuoto, mentre puliva la spada sull'erba e la riponeva nel fodero.

« Voglio darti un nome » le disse. « Ti chiamerò Pungiglione ».

Dopo di che, si accinse a partire in esplorazione. La foresta era torva e silenziosa, e la prima cosa che doveva fare era ovviamente cercare i suoi amici, che non dovevano trovarsi molto lontano, a meno che non fossero stati fatti prigionieri dagli elfi (o da esseri peggiori). Bilbo aveva la sensazione che non fosse affatto il caso di gridare, e rimase fermo a lungo chiedendosi in quale direzione si trovasse il sentiero e in quale direzione dovesse intanto avviarsi per andare in cerca dei nani.

« Oh perché non abbiamo seguito gli avvertimenti di Beorn e di Gandalf! » si lamentò. « In che razza di guaio ci siamo messi! Ci siamo... Vorrei proprio poter dire ancora *ci* siamo! È terribile essere tutto solo! ».

Non gli restava che tirare a indovinare la direzione da cui erano provenute le grida d'aiuto durante la notte – e per pura fortuna (era proprio nato con la camicia) la indovinò, più o meno, come vedrete. Avendo preso la sua decisione, strisciò via il più furtivamente possibile. Come vi ho già detto, gli hobbit sono molto bravi a non far rumore, specialmente nei boschi: inoltre, prima di mettersi in moto, Bilbo si era infilato l'anello. Per questo i ragni non lo videro, né lo udirono arrivare.

Era infatti avanzato per un po' con somma cautela, quando la sua attenzione fu attratta da una chiazza di ombra fitta e nera davanti a lui, nera perfino per quella foresta, simile a una macchia di mezzanotte che non fosse mai stata tolta. Mentre si avvicinava, vide che essa era prodotta da ragnatele che si sovrapponevano e si intersecavano per ogni dove, e vide dei ragni enormi e orribili accoccolati sui rami sopra di lui, e anello o non anello egli tremò per la paura che lo potessero scoprire. Stando dietro a un albero ne osservò un gruppo per un po', poi nel silenzio e nella quiete del bosco si rese conto che quelle creature ripugnanti stavano parlando fra loro con voci che erano una specie di esile stridio sibilante, e che egli poteva capire molte delle parole che dicevano. Parlavano dei nani!

« È stata una dura battaglia, ma ne è valsa la pena » disse uno. « Però che razza di pellaccia dura hanno per proteggersi! ma scommetto che all'interno c'è del buon succo ».

« Eccome! Saranno dei bocconcini da re, dopo essere stati appesi per un po' » disse un altro.

« Non tenerli appesi troppo a lungo » disse un terzo. « Non sono grassi come dovrebbero. Mi sa che non hanno avuto troppo da mangiare negli ultimi tempi ».

« Ammazzali, dico io, » sibilò un quarto « ammazzali adesso e poi lasciali appesi morti per un po' ».

« Sono già morti, te lo garantisco io » disse il primo.

« Non sono morti per niente. Ne ho visto uno muoversi proprio adesso. Stava tornando in sé, direi, dopo un bee-ellissimo sonno. Adesso vi faccio vedere io ».

Così dicendo uno dei ragni corse su per un filo finché arrivò a una dozzina di fagotti che pendevano in fila appesi in alto a un ramo. Bilbo fu pietrificato dall'orrore, scorgendoli ora per la prima volta, che si dondolavano nelle tenebre, con un piede di nano che sporgeva dal fondo o – qua e là – la punta di un naso, o un pezzo di barba o di cappuccio.

Il ragno si diresse verso il più grasso di questi fagotti (« Scommetto che è il povero vecchio Bombur! » pensò Bilbo), e dette un pizzicotto tremendo al naso che ne sporgeva fuori. Ci fu un gridolino soffocato all'interno e un piede esplose fuori per colpire il ragno con forza e precisione. C'era ancora vita in Bombur.

Si udì un rumore sordo, come di un calcio su un pallone sgonfio, e il ragno incollerito cadde giù dal ramo, sostenendosi appena in tempo al proprio filo.

Gli altri risero. « Avevi proprio ragione, » dissero « la carne è viva e scalciante! ».

« Adesso lo faccio smettere io! » sibilò il ragno infuriato risalendo sul ramo.

Bilbo vide che era arrivato il momento di agire. Lui certo non poteva arrivare lassù dov'erano quelle bestiacce, e non aveva niente da tirargli contro; ma guardandosi attorno vide che in quel posto c'erano molte pietre, sparse in quello che sembrava il greto asciutto di un piccolo corso d'acqua. Bilbo era un asso nel lanciare i sassi, e non ci mise molto a trovarne uno bello levigato a forma di uovo, che si adattava perfettamente alla sua mano. Da ragazzo aveva l'abitudine di esercitarsi a lanciare pietre contro le cose, finché conigli e scoiattoli, e perfino uccelli, si allontanavano come fulmini dalla sua strada se lo vedevano chinarsi; e anche da grande aveva continuato a passare un bel po' di tempo giocando a lanciare anelli su un palo, a scagliare frecce, a esercitarsi al tiro a segno e facendo altri giochi riposanti in cui ci fosse da gareggiare tirando qualcosa. In realtà era abile in molte cose, oltre a saper fare anelli di fumo, porre indovinelli e cucinare, cose di cui non ho avuto il tempo di parlarvi. E il tempo non c'è neanche adesso. Mentre raccoglieva la pietra, il ragno aveva raggiunto di nuovo Bombur che presto sarebbe morto. In quell'istante Bilbo tirò. Il sasso colpì il ragno in testa, ed esso precipitò giù dall'albero privo di sensi, afflosciandosi al suolo con tutte le zampe raggomitolate.

La pietra successiva passò fischiando attraverso una grossa ragnatela, spezzandone i fili, e togliendo di mezzo il ragno che vi stava seduto al centro, abbattuto, morto. Dopo di ciò ci fu una notevole agitazione nella colonia dei ragni, e per un po' si dimenticarono dei nani, ve lo dico io! Non potevano vedere Bilbo, ma potevano indovinare con una certa esattezza da quale direzione provenivano le pietre. Veloci come fulmini si precipitarono correndo e dondolando verso lo hobbit, lanciando fili in tutte le direzioni, finché l'aria parve piena di lacci ondeggianti.

Bilbo, comunque, scivolò via presto in un posto diverso. Gli venne l'idea di condurre i ragni furibondi sempre più lontani dai nani, se poteva; e di incuriosirli, turbarli e farli arrabbiare tutto in una volta. Quando una cinquantina ebbero lasciato il posto dove stavano prima, egli tirò altri sassi contro di loro e contro certi altri che si erano fermati più indietro; poi danzando attorno agli alberi cominciò a cantare una canzone per farli infuriare e tirarseli tutti dietro, e inoltre per far udire la sua voce ai nani.

Questo fu il suo canto:

> Vecchio ragno grasso e tondo,
> che sull'albero provvedi
> fili a tesser, mi nascondo
> e così tu non mi vedi!
> Sputaveleno! Sputaveleno!
> Al lavoro metti freno
> e non tessere perché
> mai potrai prendere me.

> Vecchio grasso rimbambito,
> vecchio sciocco corpacciuto,
> il tuo scopo è già fallito
> perché ancor non m'hai veduto.
> Sputaveleno! Sputaveleno!
> Salta giù qui sul terreno!
> Se sull'albero starai
> prender me tu non potrai!

Forse non era niente di eccezionale, ma non dovete dimenticare che aveva dovuto comporla da solo, sotto il pungolo di un momento veramente drammatico. Comunque ottenne più di quanto si era proposto. Mentre cantava lanciò qualche altra pietra e batté i piedi. Praticamente tutti i ragni del circondario gli corsero dietro: alcuni si lasciarono cadere al suolo, altri passarono rapidamente di ramo in ramo, volteggiando da un albero all'altro, oppure scagliarono nuove corde attraverso le tenebre. Si diressero tutti verso il suono della sua voce assai più rapidamente di quanto egli si fosse aspettato. Erano spaventosamente arrabbiati. Anche lasciando perdere le pietre, a nessun ragno è mai piaciuto sentirsi chiamare Sputaveleno e, d'altra parte, « rimbambito » è un insulto per chiunque.

Bilbo si spostò di nuovo, ma molti dei ragni erano ora corsi in vari punti della radura in cui vivevano e si davano da fare a tessere tele fra un tronco e l'altro, e in brevissimo tempo lo hobbit sarebbe stato imprigionato in un fitto recinto di ragnatele tese tutt'intorno a lui, almeno questa era l'intenzione dei ragni. Stando ora in mezzo agli insetti che gli davano la caccia e che tessevano, Bilbo prese il coraggio a due mani e intonò una nuova canzone:

> Pigro Rozzo e Ragno Matto
> tesson fili per legarmi.
> Che boccon sono, che piatto!
> Ma non possono trovarmi.
>
> Io sto qui, moschin briccone,
> voi, dal corpo grasso e sfatto,
> mai farete me prigione
> con quel vostro filo matto!

Detto questo si girò e scoprì che l'ultima via di scampo tra due alberi alti stava per essere chiusa con una ragnatela, non una ragnatela vera e propria, per fortuna, solo qualche grosso filo extra-spesso teso in fretta e furia tra un tronco e l'altro. Bilbò sguainò la piccola spada e facendo a pezzi i fili uscì cantando.

I ragni videro la spada, anche se non credo sapessero che cosa fosse, e immediatamente si precipitarono in massa dietro lo hobbit correndo per terra e sui rami, zampe pelose ondeggianti, pinze e chele scattanti, occhi roteanti, bocche sbavanti di collera. Lo seguirono nella foresta finché Bilbo arrivò a un punto oltre il quale non osò allontanarsi. Allora, più silenzioso di un topo, tornò indietro alla chetichella.

Aveva pochissimo tempo a disposizione, lo sapeva bene, prima che i ragni si stufassero e tornassero sui loro alberi dove i nani stavano ancora appesi, e in questo breve spazio di tempo egli doveva salvare i suoi compagni. La parte peggiore della faccenda era salire sui lunghi rami da cui penzolavano i fagotti. Non ce l'avrebbe fatta, credo, se fortunatamente un ragno non avesse lasciato pendere giù una corda; con l'aiuto di questa, benché gli si attaccasse alle mani e gli facesse male, si issò su per imbattersi in un vecchio ragnaccio dal corpo grasso che era rimasto lì a fare la guardia ai prigionieri, e che era stato molto indaffarato a punzecchiarli per vedere quale fosse il più tenero da mangiare. Aveva pensato di iniziare il banchetto mentre gli altri erano ancora lontani, ma il signor Baggins aveva fretta e prima che il ragno si rendesse conto di quello che stava succedendo, aveva ricevuto un bel colpo di spada ed era rotolato giù dal ramo, morto.

Il prossimo compito di Bilbo fu quello di liberare un nano. Ma come? Se tagliava la corda a cui era appeso, il disgraziato sarebbe precipitato a terra come un sasso da un'altezza considerevole. Strisciando sul ramo (cosa che fece danzare e dondolare tutti quei poveri nani come frutti maturi) egli raggiunse il primo fagotto.

« Fili o Kili » pensò vedendo la punta di un cappuccio blu che spuntava fuori in cima. « Più probabilmente Fili » decise scorgendo fuori dalle corde che lo avvolgevano anche la punta di un lungo naso. Sporgendosi dal ramo riuscì a tagliare la maggior parte di quei fili robusti e vischiosi e, come aveva previsto, scalciando e divincolandosi Fili emerse quasi per intero. E Bilbo, mi dispiace dirlo, non poté frenare il riso, vedendo il nano contrarre le braccia e le gambe irrigidite ondeggiando sul filo della ragnatela che gli passava sotto le ascelle, proprio come uno di quei buffi pupazzi che ballano su uno spago.

In un modo o nell'altro Fili fu tirato sopra il ramo, e fece del suo meglio per aiutare lo hobbit, sebbene avesse la nausea e si sentisse male per il veleno dei ragni e per essere stato appeso quasi tutta la notte e il giorno seguente, legato come un salame, con solo la punta del naso che sporgeva fuori e gli consentiva di respirare. Gli ci volle un bel po' di tempo per togliersi quella robaccia dagli occhi e dalle sopracciglia, e per quanto riguarda la barba, dovette tagliarne la maggior parte. Tra tutti e due cominciarono a tirar su un nano dopo l'altro, tagliando i loro legami. Nessuno era in condizioni migliori di Fili, e alcuni stavano peggio di lui. Certi poi avevano potuto a malapena respirare (dove si dimostra che a volte un naso lungo è assai utile), mentre altri avevano ricevuto maggiori dosi di veleno.

In questo modo salvarono Kili, Bifur, Bofur, Dori e Nori. Il povero vecchio Bombur era così esausto — essendo il più grasso lo avevano continuamente pizzicato e palpeggiato — che cadde semplicemente giù dal ramo e si afflosciò al suolo, per fortuna su un mucchio di foglie, e rimase lì a giacere. Ma c'erano ancora cinque nani appesi all'estremità del ramo quando i ragni cominciarono a ritornare, più incolleriti che mai.

Bilbo si spostò immediatamente all'estremità del ramo più vicina al tronco dell'albero e trattenne quelli che si arrampicavano su. Si era tolto l'anello quando aveva liberato Fili e aveva dimenticato di rinfilarselo, così ora cominciarono tutti a sbavare e a fischiare:

« Adesso ti vediamo, brutto rospaccio! Ti mangeremo e lasceremo la tua pelle e le tue ossa appese a un albero. Ugh! È un pungiglione quello che ha? Be', lo cattureremo lo stesso e poi lo appenderemo a testa in giù per un giorno o due ».

Mentre si svolgeva questa scena, gli altri nani si davano da fare a liberare il resto dei prigionieri, e a tagliare i fili coi loro coltelli. Presto furono tutti liberi, anche se non era chiaro che cosa sarebbe successo in seguito. I ragni li avevano catturati senza nessuna difficoltà la notte prima, ma assalendoli di sorpresa e al buio. Questa volta si preparava una battaglia all'ultimo sangue.

Improvvisamente Bilbo si accorse che alcuni ragni si erano raggruppati al suolo attorno al buon Bombur, e lo avevano legato di nuovo e lo stavano portando via. Lanciò un grido e colpì i ragni che aveva di fronte. Questi si affrettarono a sgomberare, ed egli ruzzolò e cadde giù dall'albero proprio in mezzo a quelli che stavano per terra. La sua piccola spada era per loro una novità in fatto di pungiglioni: come guizzava avanti e indietro! Splendeva di gioia quando affondava in uno dei ragni. Una mezza dozzina fu uccisa prima che gli altri scappassero e lasciassero Bombur a Bilbo.

« Venite giù! Venite giù! » egli gridò ai nani sul ramo. « Non state lì a farvi intrappolare! ». Infatti aveva visto che i ragni si stavano arrampicando sugli alberi vicini, e strisciavano lungo i rami sopra la testa dei nani.

I nani scivolarono, saltarono o cascarono di sotto, undici tutti in un mucchio, la maggior parte di loro deboli e malfermi sulle gambe. Alla fine erano dodici, contando il povero vecchio Bombur, che veniva sostenuto da entrambi i lati dal cugino Bifur e da suo fratello Bofur; e Bilbo danzava intorno a loro, agitando il Pungiglione; e centinaia di ragni furiosi stralunavano gli occhi di sopra, di lato e tutt'intorno a loro. Era proprio una situazione disperata.

Poi la battaglia incominciò. Alcuni nani avevano dei coltelli, altri dei bastoni, e tutti quanti potevano ricorrere alle pietre; e Bilbo aveva il suo pugnale elfico. I ragni furono respinti più volte, e molti furono uccisi. Ma non poteva continuare a lungo. Bilbo era quasi morto di fatica; solo quattro nani potevano reggersi bene sulle gambe, e presto sarebbero stati tutti

sopraffatti come mosche esauste. I ragni ricomincia-
vano già a tessere la tela tutt'intorno a loro, da un
albero all'altro.

Alla fine Bilbo non riuscì a escogitare altro piano
che quello di mettere i nani a parte del segreto del-
l'anello. Gli dispiaceva molto, ma non poteva farne a
meno.

« Tra un minuto scomparirò » disse. « Cercherò di
tirarmi dietro i ragni, se ci riesco; e voi dovete rimanere insieme e dirigervi dalla parte opposta, lì a sinistra, quella è più o meno la via per il posto dove
abbiamo visto per l'ultima volta i fuochi degli elfi ».

Gli fu difficile farsi capire dai nani intontiti dalle
vertigini, dalle urla, dal battito dei bastoni e dal lan-
cio delle pietre; ma alla fine Bilbo ritenne di non
poter rimandare oltre: inesorabili, i ragni stavano
stringendo l'accerchiamento. Improvvisamente si infilò
l'anello, e con grande stupore dei nani sparì.

Ben presto si udì risuonare « Ragno Matto » e « Sputaveleno » in mezzo agli alberi, lontano, a destra. I
ragni ne furono terribilmente sconvolti. Smisero di
avanzare, e alcuni corsero in direzione della voce.
« Sputaveleno » li rese così furiosi che persero il lu-
me degli occhi. Allora Balin, che aveva afferrato il
piano di Bilbo meglio degli altri, partì all'attacco. I
nani si serrarono tutti insieme: scagliando una pioggia di sassi si precipitarono contro i ragni alla loro
sinistra e riuscirono a infrangere l'accerchiamento.
Molto lontano, ormai, le grida e il canto cessarono di
botto.

Nella disperata speranza che Bilbo non fosse stato
preso, i nani corsero via. Non abbastanza in fretta,
però. Erano deboli e avevano la nausea, e non potevano fare molto di più che zoppicare e traballare,
sebbene numerosi ragni li inseguissero molto da vicino. Di quando in quando dovevano girarsi e combattere quelli che stavano per sorpassarli; e qualche
ragno stava già sugli alberi sopra di loro, lasciando
cadere giù lunghi fili viscosi.

Le cose si erano messe di nuovo molto male, quando Bilbo riapparve improvvisamente, e inaspettatamente attaccò di lato i ragni stupefatti.

« Avanti! Avanti! » egli urlò. « Ci penso io a pungerli! ».

E così fu. La sua spada guizzò avanti e indietro, colpendo i fili tesi dai ragni, mutilando loro le zampe e ferendo i loro corpacci, se si avvicinavano troppo. I ragni ribollivano dalla rabbia, sputacchiavano e schiumavano, e sibilavano orribili imprecazioni; ma erano mortalmente terrorizzati da Pungiglione e non osavano farsi molto vicini, ora che era tornato. Così, per quanto imprecassero, la loro preda si allontanava lentamente ma sicuramente. Fu un'impresa terribile, e parve che ci volessero ore e ore. Ma alla fine, proprio quando Bilbo non ce l'avrebbe più fatta ad alzare il braccio neanche per vibrare un ultimo colpo, i ragni improvvisamente si arresero e non li inseguirono più, ma tornarono delusi alle loro oscure dimore.

I nani si accorsero allora che erano arrivati al limite di un cerchio dove c'erano stati dei fuochi elfici. Che si trattasse di uno di quelli che avevano visto la notte precedente, non avrebbero saputo dirlo, ma pareva che in posti come quello aleggiasse una certa magia buona, non molto gradita ai ragni. A ogni modo lì la luce era più verde e i rami meno fitti e intricati; essi ebbero così la possibilità di riposarsi e tirare il fiato.

Rimasero distesi per un po', ansimando e sbuffando. Ben presto però cominciarono a far domande: bisognò che gli si spiegasse ben bene tutta la faccenda della sparizione, e il ritrovamento dell'anello li interessò talmente, che per un po' dimenticarono i loro guai personali. In particolare Balin insistette per farsi raccontare da capo la storia completa di Gollum, degli indovinelli e tutto il resto, con l'anello al suo posto giusto. Col passare del tempo però la luce cominciò a svanire, e dov'era il sentiero e dov'era il cibo e che cosa avrebbero fatto adesso? Continuarono a fare e rifare queste domande, e pareva che si aspettassero le risposte dal piccolo Bilbo. Dal che potete vedere che avevano cambiato radicalmente opinione sul signor Baggins, e cominciavano a provare grande rispetto per lui (come aveva predetto Gandalf). Ora si aspettavano veramente che lui escogitasse qualche piano meraviglioso per aiutarli, e non stavano semplicemente brontolando. Sapevano fin troppo bene che, non fosse stato per lo hobbit, sarebbero tutti morti adesso, e lo ringraziarono a più riprese. Anzi, alcuni si alzarono perfino, e si inchinarono fino a terra davanti a lui, sebbene cadessero per lo sforzo e per un po' di tempo non riuscissero a rimettersi in piedi. Conoscere la verità sulla sparizione di Bilbo non sminuì affatto l'opinione che avevano di lui; poiché videro che aveva una certa prontezza di spirito, oltre a una buona dose di fortuna e un anello magico – e tutt'e tre sono cose utili da possedere. In effetti lo lodarono tanto che Bilbo stesso cominciò a pensare di essere in fondo una specie di ardito avventuriero, anche se si sarebbe sentito molto più ardito se ci fosse stato qualcosa da mangiare.

Ma non c'era niente, niente del tutto; e nessuno di loro era abbastanza in forze per andare a cercare qualcosa, o per tentare di ritrovare il sentiero perduto. Il sentiero perduto! Bilbo non riusciva a pensare ad altro, nella sua testolina affaticata. Sedeva immobile fissando gli alberi che si stendevano senza fine davanti a lui; e dopo un po' tacquero tutti di nuovo. Tutti tranne Balin. Molto tempo dopo che gli altri avevano smesso di parlare e avevano chiuso gli occhi, egli continuò a borbottare e a ridacchiare tra sé e sé:

« Gollum! Che il cielo mi fulmini! Ecco come ha fatto a strisciarmi sotto il naso, eh? Adesso sì che capisco! Sei sgattaiolato zitto, zitto, eh, signor Baggins? Bottoni sparsi su tutti i gradini! Vecchio Bilbo... Bilbo... Bilbo...bo...bo...bo ». E si addormentò, e per un bel po' ci fu completo silenzio.

Tutto a un tratto Dwalin aprì un occhio, e dette un'occhiata in giro. « Dov'è Thorin? » chiese.

Fu uno shock spaventoso. Erano proprio soltanto in tredici, dodici nani e uno hobbit. Proprio così, e allora, dov'era Thorin? Si chiesero quale crudele destino gli fosse toccato, se fosse caduto in preda a un incantesimo o a qualche mostro oscuro; e rabbrividirono, sperduti com'erano nella foresta. Poi caddero uno dopo l'altro in un sonno agitato, pieno di sogni spaventosi, mentre la sera si trasformava in notte fonda; e qui per ora dobbiamo lasciarli, troppo malconci e deboli per mettere delle sentinelle o per assegnarsi dei turni di guardia.

Thorin era stato catturato molto più in fretta di loro. Vi ricordate che Bilbo si era addormentato come un sasso, quando era avanzato nel cerchio di luce? La volta dopo era stato Thorin a farsi avanti, e quando le luci si spensero cadde giù come un masso, in preda a un incantesimo. Il rumore fatto dai nani persi nella notte, le loro grida quando i ragni li avevano catturati e legati, e il clamore della battaglia del giorno dopo, tutto era passato sopra di lui senza che egli sentisse nulla. Poi gli Elfi Silvani erano venuti a prenderlo, legarlo, e portarlo via.

Perché i commensali del banchetto erano Elfi Silvani, naturalmente. Non sono malvagi. Se hanno un difetto, è quello di diffidare degli stranieri, e sebbene, a quei tempi, grande fosse il loro potere magico, tuttavia stavano molto attenti. Erano diversi dagli Elfi Alti dell'Ovest, ed erano più pericolosi e meno saggi. Infatti la maggior parte di loro (assieme a quei loro parenti che vivevano sparsi qua e là sulle colline e sulle montagne) discendeva da antiche tribù che non andarono mai nel Paese Incantato, a Occidente. Gli Elfi Luminosi, gli Elfi Sotterranei e gli Elfi Marini invece ci andarono e ci vissero a lungo, e divennero sempre più belli, più saggi, più colti e perfezionarono le loro arti magiche e la loro abilità manuale nel fare cose belle e mirabili, prima che alcuni ritornassero nel Vasto Mondo. Nel Vasto Mondo gli Elfi Silvani indugiavano ai raggi più miti del nostro Sole e della nostra Luna, anche se preferivano le stelle; ed erravano per le grandi foreste che si ergevano alte in terre che ora sono andate perdute. Per lo più dimoravano ai margini dei boschi, da cui talvolta potevano uscire per cacciare, correre o cavalcare sulle terre aperte alla luce della luna o delle stelle; e dopo l'arrivo degli Uomini si assuefecero sempre di più al crepuscolo e alla penombra. Tuttavia elfi erano e rimanevano, vale a dire Gente Buona.

In una grande caverna a qualche miglio dal limitare di Bosco Atro, sul lato orientale, viveva allora il più grande dei loro re. Davanti ai suoi grandi portali di pietra scorreva un fiume che sgorgava dalle alture della foresta e serpeggiava sulle terre di confine ai piedi degli altopiani boscosi. Questa grande caverna, sulle cui pareti se ne aprivano innumerevoli altre più piccole, si inoltrava profondamente sottoterra e aveva molti passaggi e vaste sale; ma era più luminosa e più salubre delle dimore degli orchi, e non era tanto profonda né tanto pericolosa. In realtà i sudditi del re vivevano e cacciavano per lo più nei boschi aperti, e avevano case o capanne sul suolo o sui rami. I faggi erano i loro alberi preferiti. La caverna del re faceva da casa a lui, da forziere al suo tesoro, e da fortezza contro i nemici a tutto il suo popolo.

Essa serviva anche da prigione per i suoi prigionieri. Così vi trascinarono Thorin, non troppo gentilmente, temo, poiché non amavano molto i nani e lo credevano un nemico. In tempi passati erano stati in guerra contro alcuni nani, che essi accusavano di avere rubato il loro tesoro. Per correttezza bisogna dire che i nani davano un'altra versione, e dicevano che avevano preso solo quanto era loro dovuto, poiché il re degli Elfi aveva stipulato un contratto con loro per fondere l'oro e l'argento grezzo che aveva, e poi si era rifiutato di pagarli. Infatti, se il re elfico aveva una debolezza era per i tesori, specialmente per l'argento e le gemme bianche; e benché la sua riserva fosse abbondante, era sempre avido di arricchirla, perché il suo tesoro non era così grande come quello di altri signori elfici del passato. Il suo popolo non estraeva dalle miniere né lavorava metalli o gemme, e non perdeva tempo a commerciare o a coltivare la terra. Tutto ciò era ben noto a ogni nano, anche se la famiglia di Thorin non aveva avuto niente a che fare con la vecchia lite di cui sopra. Di conseguenza Thorin era furioso per il modo in cui lo trattarono quando tolsero l'incantesimo che avevano gettato su di lui ed egli ritornò in sé; inoltre decise che non gli avrebbero cavato fuori neanche una parola sull'oro o sui gioielli.

Il re guardò severamente Thorin, quando gli fu portato davanti, e gli fece molte domande. Ma tutto ciò che Thorin disse fu che moriva di fame.

« Perché tu e i tuoi avete cercato per tre volte di attaccare il mio popolo durante i loro festeggiamenti? » chiese il re.

« Non li abbiamo attaccati » rispose Thorin. « Venivamo a chiedere l'elemosina, perché morivamo di fame ».

« Dove sono i tuoi amici, allora, e che cosa stanno facendo? ».

« Non lo so, ma immagino che siano rimasti nella foresta a morire di fame ».

« Che cosa facevate nella foresta? ».

« Cercavamo da mangiare e da bere, perché stavamo morendo di fame ».

« Ma che ci siete venuti a fare nella foresta? » chiese il re tutto arrabbiato.

A questo punto Thorin serrò la bocca e non disse più una parola.

« Benissimo! » disse il re. « Portatelo via e tenetelo al sicuro, finché non si sente più propenso a dirci la verità, dovesse metterci mille anni ».

Allora gli elfi lo legarono con delle cinghie di

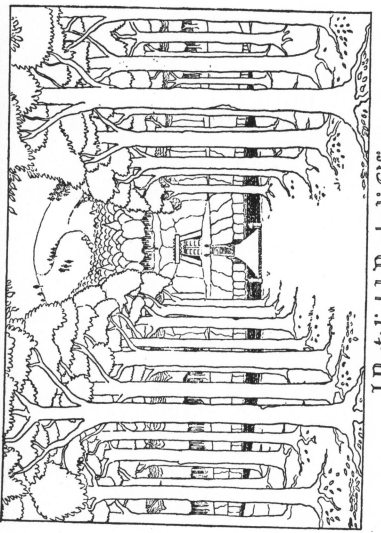

I Portali del Re degli Elfi

cuoio, e lo chiusero in una delle loro caverne più recondite, chiusa da robuste porte di legno, e lì lo lasciarono. Gli dettero da mangiare e da bere in abbondanza, anche se non erano cose di prima qualità; infatti gli Elfi Silvani erano ben diversi dagli orchi e si comportavano con discreta correttezza anche verso i loro peggiori nemici, quando li facevano prigionieri. I ragni giganti erano i soli esseri viventi di cui non avessero pietà.

Lì nelle celle del re giaceva il povero Thorin; e dopo che ebbe superato un breve periodo di gratitudine per il pane, la carne e l'acqua, cominciò a chiedersi che cosa fosse successo ai suoi sfortunati amici. Non ci volle molto perché lo scoprisse; ma di ciò si tratterà nel prossimo capitolo, in cui è descritto l'inizio di una nuova avventura nella quale lo hobbit si dimostrò di nuovo molto utile.

LA BOTTE PIENA, LA GUARDIA UBRIACA

Il giorno dopo la battaglia coi ragni, Bilbo e i nani fecero un ultimo sforzo disperato per trovare una via d'uscita prima di morire di fame e di sete. Si alzarono e avanzarono barcollando seguendo la direzione in cui – secondo almeno otto di loro – doveva trovarsi il sentiero; ma non riuscirono a sapere se la loro decisione era stata giusta o no. Infatti, quella specie di giorno che c'era nella foresta stava ancora una volta sbiadendo nelle tenebre della notte, quando improvvisamente tutt'intorno a loro si accesero le luci di molte torce, come centinaia di stelle rosse. Ed ecco che guardinghi avanzarono allo scoperto gli Elfi Silvani, armati di archi e frecce, e intimarono ai nani di fermarsi.

Non c'era neanche da pensare a dar battaglia. Anche se i nani non fossero stati in uno stato tale da essere addirittura felici di venire catturati, i loro piccoli coltelli, le sole armi che avessero, sarebbero stati perfettamente inutili contro le frecce degli elfi, che potevano colpire un uccello al buio. Così non fecero altro che sedersi rigidi come mummie ad aspettare – tutti tranne Bilbo, che si mise l'anello e scivolò via lestamente da una parte. Per questo, quando gli elfi legarono i nani in una lunga fila, uno dietro l'altro, e li contarono, non trovarono né contarono lo hobbit.

E nemmeno lo udirono o si accorsero di lui mentre trotterellava proprio dietro di loro alla luce delle torce, quando portarono via i prigionieri attraverso la foresta. Ogni nano aveva una benda sugli occhi, ma questo non faceva molta differenza, perché neanche Bilbo, che dei propri occhi poteva far uso, riusciva a vedere dove stessero andando, e comunque né lui né gli altri sapevano da dove erano partiti. Bilbo dovette mettercela tutta per tenere dietro alle torce, poiché gli elfi facevano camminare i nani quanto più velocemente potevano, esausti e malconci com'erano. Il re aveva dato ordine di sbrigarsi. Improvvisamente le torce si spensero, e lo hobbit ebbe appena il tempo di raggiungerli prima che cominciassero a passare il ponte. Si trattava del ponte che, dopo avere attraversato il fiume, conduceva ai portali del re. Al di sotto, l'acqua scorreva scura, veloce e violenta; e all'estremità opposta c'erano dei portoni davanti all'imboccatura di una grossa caverna che si apriva nel fianco di un erto pendio coperto di alberi. I grandi faggi scendevano giù fino a immergere le radici nell'acqua.

Passato il ponte, gli elfi tolsero la benda ai prigionieri, ma Bilbo indugiò esitante alle loro spalle. L'imboccatura della caverna non gli piaceva per niente, e decise di non abbandonare i suoi amici solo all'ultimo momento, sgattaiolando alle calcagna degli ultimi elfi appena in tempo prima che i grandi portali del re si chiudessero dietro di loro con un secco clangore.

All'interno i cunicoli erano illuminati dalla luce rossa delle torce, e le guardie elfiche cantavano mentre avanzavano marciando in quei tunnel che giravano, si incrociavano, ed echeggiavano. Non erano come quelli delle città degli orchi; erano più piccoli, non si inoltravano troppo sottoterra, ed erano ben aerati. In una grande sala dai pilastri scolpiti nella viva roccia il re degli Elfi sedeva su un trono di legno intagliato. Sulla testa aveva una corona di bacche e di foglie rosse, poiché l'autunno era di nuovo alle porte. In primavera portava una corona di fiori di bosco. In mano aveva uno scettro di quercia intagliata.

I prigionieri furono portati dinanzi a lui; e benché egli li guardasse con occhi severi, disse ai suoi uomini di slegarli, visto che erano laceri ed esausti. « Inoltre qui non c'è bisogno di corde » disse. « Non c'è modo di fuggire attraverso le mie porte magiche, una volta che si è stati portati dentro ».

A lungo e minuziosamente egli interrogò i nani su quello che avevano fatto e dove erano diretti, e da dove provenivano; ma riuscì a cavarne fuori solo poco più di quanto aveva già saputo da Thorin. Erano scontrosi, furibondi e non facevano neanche finta di essere educati.

« Ma che cosa abbiamo fatto, o re? » disse Balin, che adesso era il più anziano. « È forse un crimine perdersi nella foresta, avere fame e sete, essere intrappolati dai ragni? I ragni sono dunque i vostri animali domestici o vostri cari amici, che ucciderli vi fa infuriare? ».

Fu proprio questa domanda, invece, che fece infuriare più che mai il re, ed egli rispose: « È un crimine vagabondare per il mio reame senza permesso. Dimentichi forse che eravate nel mio regno, e che vi servivate della strada fatta dal mio popolo? Non avete forse cercato per ben tre volte di attaccare e disturbare il mio popolo nella foresta? e non avete forse eccitato i ragni col vostro chiasso e il vostro clamore? Dopo tutti i fastidi che avete dato ho ben il diritto di sapere perché siete venuti qui, e se non me lo volete dire adesso, vi terrò in prigione finché non avrete imparato un po' di buona educazione e di buon senso! ».

Così ordinò che ogni nano fosse messo in cella da solo, che gli fosse dato da bere e da mangiare, ma che non gli fosse permesso di oltrepassare la porta della sua piccola prigione, finché almeno uno di loro non si fosse mostrato disposto a dirgli tutto quello che voleva sapere. Non disse però che anche Thorin era suo prigioniero. Fu Bilbo a scoprirlo.

Povero signor Baggins! Lungo e logorante fu il tempo che visse in quel posto, sempre solo, sempre nascosto, senza mai ardire di togliersi l'anello, a malapena osando dormire, perfino, rannicchiato negli angoli più scuri e più remoti che potesse trovare. Tanto per fare qualcosa si mise a girovagare per il palazzo del re degli Elfi. Porte magiche chiudevano gli ingressi, ma ogni tanto, se era svelto, riusciva a oltrepassarle. Gruppi di Elfi Silvani, talvolta insieme col re, andavano di quando in quando a cavalcare o a caccia o a fare qualche altra cosa nei boschi e nelle terre a oriente. Allora, se Bilbo era molto lesto, poteva scivolare fuori proprio dietro di loro, sebbene fosse pericoloso farlo: più di una volta rimase quasi incastrato in mezzo alle porte, quando queste si chiudevano di botto dopo aver fatto passare l'ultimo elfo; e tuttavia non osava camminare in mezzo a loro a causa della propria ombra (per quanto esile e vacillante questa fosse alla luce delle torce) o per paura che lo urtassero e lo scoprissero. E quando poi usciva, il che del resto non accadeva molto spesso, non gli riusciva di combinar niente. Non voleva abbandonare i nani, e comunque non avrebbe saputo dove diamine andare senza di loro. Non poteva tener dietro agli elfi che andavano a caccia per tutto il tempo che stavano fuori, quindi non scoprì mai le strade che portavano fuori del bosco; così non poteva far altro che errare infelicemente nella foresta, terrorizzato dall'idea di perdersi, finché non gli si offriva la possibilità di tornare. Inoltre, all'esterno aveva sempre fame, perché non era un cacciatore, mentre all'interno della caverna poteva in un modo o nell'altro trovare di che vivere, rubando il cibo dalla dispensa o dalla tavola, quando non c'era nessuno vicino.

« Sono come uno scassinatore che, entrato in una casa, non può più andarsene, ed è quindi costretto a scassinare miseramente la stessa casa un giorno dopo l'altro » egli pensava. « Questa è la parte più triste e squallida di tutta questa maledetta, estenuante, scomodissima storia! Vorrei proprio essere di nuovo nella mia caverna accanto al mio bel fuoco caldo, colla lampada che splende! ». Spesso desiderava pure di poter inviare una richiesta d'aiuto allo stregone, ma ovviamente questo era del tutto impossibile; e presto si rese conto che se c'era qualcosa da fare, bisognava che fosse il signor Baggins a farlo, da solo e senza l'aiuto di nessuno.

Finalmente, dopo una settimana o due di questa vita strisciante, passata a osservare e a seguire le guardie, e ad approfittare di tutte le occasioni che gli si presentavano, riuscì a scoprire dov'era tenuto ogni nano. Trovò tutte e dodici le loro celle in diversi punti del palazzo, e dopo un po' aveva imparato molto bene a destreggiarsi nei vari cunicoli. Quale non fu la sua sorpresa, un giorno, nell'udire per caso da alcune guardie che stavano parlando tra loro che c'era un altro nano in prigione, in un posto particolarmente scuro e profondo. Naturalmente indovinò subito che si trattava di Thorin; e dopo un po' ebbe modo di appurare che aveva indovinato giusto. Alla fine dopo molte difficoltà riuscì a trovare il posto quando non c'era nessuno in giro, e a parlare col capo dei nani.

Thorin era troppo infelice per essere ancora furioso per le proprie disgrazie, e si era addirittura quasi deciso a dire tutto al re riguardo al tesoro e alla sua spedizione (il che dimostra quanto fosse depresso), quando udì la vocina di Bilbo attraverso il buco della serratura. Quasi non credeva alle sue orecchie. Ma non ci mise molto a capire che non poteva essersi sbagliato, e avvicinatosi alla porta, ebbe una lunga conversazione a voce bassissima con lo hobbit dall'altra parte.

Fu così che Bilbo poté portare in gran segreto un messaggio di Thorin a ciascuno dei nani imprigionati, dicendo loro che anche Thorin, il loro capo, stava in prigione lì a due passi, e che nessuno doveva rivelare al re la loro missione, non ancora, non prima che Thorin ne desse l'autorizzazione. Infatti Thorin aveva ripreso animo sentendo come lo hobbit aveva salvato i suoi compagni dai ragni, ed era determinato una volta di più a non pagare il proprio riscatto promettendo al re una parte del tesoro, almeno finché non fosse svanita ogni speranza di fuggire in qualche altro modo, cioè finché – per dirla chiaramente – non si dimostrasse che il notevole signor Invisibile Baggins (di cui cominciava ad avere un'opinione altissima) era veramente incapace di escogitare qualcosa di molto astuto.

Quando ebbero udito il messaggio, gli altri nani si dissero perfettamente d'accordo con lui. Tutti quanti pensavano che la propria parte del tesoro (che essi consideravano di loro esclusiva proprietà, nonostante la situazione in cui si trovavano e il drago tuttora imbattuto) avrebbe seriamente sofferto se gli Elfi Silvani ne avessero reclamato una percentuale, e avevano tutti piena fiducia in Bilbo. Proprio come aveva predetto Gandalf, vedete. Forse anzi questa era stata una delle ragioni per cui se ne era andato e li aveva lasciati.

Bilbo, comunque, non era così ottimista come loro. Non gli piaceva affatto di essere considerato il sostegno di tutti e di ciascuno, e avrebbe voluto avere lo stregone vicino a sé. Ma era un desiderio irrealizzabile; probabilmente, fra loro, c'era tutta la tenebrosa estensione di Bosco Atro. Egli se ne stava perciò seduto a pensare, pensare, fino a farsi scoppiare la testa, ma di idee brillanti non gliene veniva nessuna. Un anello invisibile era una gran bella cosa, certo, ma non serviva a molto per quattordici persone. Eppure, come avrete indovinato, alla fine egli riuscì a salvare i suoi amici, ed ecco come andò.

Un giorno, ficcanasando e girellando qua e là, Bilbo scoprì una cosa molto interessante: i grandi portali *non* costituivano l'unico ingresso alla caverna. Sotto una parte dei sotterranei del palazzo scorreva un fiume che andava a gettarsi nel Fiume Selva un po' più a est, oltre l'erto pendio in cui si apriva l'imboccatura principale della caverna. Dove questo corso d'acqua sotterraneo veniva alla luce, sul fianco della collina, c'era una chiusa. Il tetto di roccia si inclinava fin quasi a sfiorare la superficie del rivo, e da esso si poteva calare giù una saracinesca fino a toccare il letto del fiume, per impedire a chiunque di entrare o uscire per quella via. Ma la saracinesca era spesso aperta, perché vicino a questa chiusa c'era un traffico notevole in entrambe le direzioni. Se qualcuno fosse entrato da quella parte, si sarebbe trovato in uno scuro tunnel naturale che portava giù giù nel cuore della collina; e nel punto in cui passava sotto le caverne degli elfi nel soffitto era stato aperto un largo foro che veniva coperto da una grossa botola di quercia. Questa si apriva all'insù nelle cantine del re, dove c'erano barili, barili, e barili a non finire; infatti gli Elfi Silvani, e specialmente il loro re, amavano moltissimo il vino, anche se da quelle parti non cresceva la vite. Il vino, e altre merci, li compravano molto lontano, dai loro consanguinei del Sud o dalle vigne degli uomini in terre remote.

Nascosto dietro uno dei barili più larghi, Bilbo scoprì la botola e il suo uso, e spiando attorno, ascoltando quello che dicevano i servi del re, apprese che il vino e le altre merci venivano trasportati risalendo i fiumi, o per via terra, fino a Lago Lungo. Pareva che una città degli uomini vi prosperasse ancora costruita su palafitte all'interno del lago per meglio difendersi dai nemici di ogni tipo, ma specialmente dal drago della Montagna. Da Pontelagolungo i barili venivano fatti risalire per il Fiume Selva. Spesso venivano semplicemente legati insieme a formare degli zatteroni, che venivano poi spinti controcorrente con pertiche o con remi; altre volte venivano invece caricati su barche piatte.

Quando i barili erano vuoti gli elfi li buttavano attraverso la botola, aprivano la chiusa e i barili galleggiavano ballonzolando sull'acqua, e la corrente li trascinava fino al punto del fiume dove la riva formava una specie di promontorio, vicino all'estremo confine orientale di Bosco Atro. Lì venivano raccolti, legati insieme e spinti di nuovo verso Pontelagolungo, vicinissimo al punto dove il Fiume Selva si gettava nel lago.

Per un po' Bilbo rimase seduto a riflettere su questa chiusa, e a chiedersi se non si potesse usarla per far fuggire i suoi amici, e alla fine cominciò a concepire un piano disperato.

I prigionieri avevano ricevuto il pasto serale e le guardie si erano allontanate marciando giù per i corridoi portandosi via le torce e lasciando tutto al buio. Poi Bilbo udì il maggiordomo del re che dava la buonanotte al capo delle guardie.

« Prima però » egli disse « vieni con me ad assaggiare il vino nuovo che è appena arrivato. Stanotte avrò il mio bel da fare a sbarazzare le cantine di tutti i barili vuoti, perciò facciamoci prima una bevuta per alleviare la fatica ».

« Benissimo! » rise il capo delle guardie. « Lo assaggerò con te, e vedrò se va bene per la tavola del re. C'è una festa stasera e non sarebbe saggio mandar su della robetta da poco! ».

Quando Bilbo udì questo, si sentì tutto rimescolare, perché vide che la fortuna era dalla sua e la possibilità di tentare il suo piano disperato gli si offriva all'istante. Seguì i due elfi, finché non entrarono in una celletta e si sedettero a una tavola dov'erano posati due grossi fiaschi. Presto cominciarono a bere e a ridere allegramente. Una fortuna straordinaria sembrava assistere Bilbo; infatti doveva essere un vino ben forte per ubriacare un elfo silvano; ma questo vino pregiato, a quanto pareva, proveniva dall'inebriante riserva dei grandi giardini di Dorwinion, destinato unicamente ai banchetti del re e non ai suoi soldati o ai suoi servi; e lo si doveva bere in coppe più piccole, non nei larghi boccali del maggiordomo.

Non ci volle molto perché al capoguardia cominciasse a ciondolare la testa, che poi egli appoggiò sulla tavola cadendo in un sonno profondo. Il maggiordomo continuò a ciarlare e a ridere da solo per un po', come se non si fosse accorto di niente, ma presto anche la sua testa prese a ciondolare, e si addormentò come un ghiro, russando accanto al suo amico. Allora lo hobbit scivolò nella stanza. Un istante dopo il capoguardia non aveva più le chiavi, mentre Bilbo trottava via alla massima velocità attraverso i passaggi che portavano alle celle. Il grosso mazzo gli sembrava molto pesante da reggere, e gli venne spesso il cuore in gola, nonostante l'anello, perché non poteva impedire alle chiavi di sbattere ogni tanto con un forte tintinnio, che lo faceva tremare tutto.

Per prima cosa aprì la porta di Balin, badando bene a richiuderla appena il nano fu uscito. Balin era al colmo della sorpresa, come potete ben immaginare; e pur essendo felicissimo di uscire dalla sua tediosa cameretta di pietra, voleva fermarsi a fare domande per sapere cosa Bilbo avesse intenzione di fare e così via e così via.

« Non c'è tempo! » disse lo hobbit. « Seguimi e basta! Dobbiamo rimanere tutti insieme senza correre il rischio di venir separati. Dobbiamo fuggire tutti o nessuno, e questa è la nostra ultima possibilità. Se siamo scoperti, solo il cielo sa dove vi metterebbe il re, incatenati mani e piedi, per giunta, m'immagino. Non discutere, fidati di me! ».

E così andò di porta in porta, finché i suoi seguaci non diventarono dodici, nessuno dei quali particolarmente agile, un po' per il buio e un po' per la lunga prigionia. A Bilbo balzava il cuore in petto

ogni volta che uno di loro ne urtava un altro, o bor-
bottava o bisbigliava al buio. « Accidenti a tutto questo chiasso nanesco! » disse tra sé e sé. Ma tutto andò
bene, e non incontrarono nessuna guardia. Il fatto è
che quella notte c'era una grande festa autunnale nei
boschi e nelle sale superiori. Quasi tutto il popolo del
re si stava dando ai festeggiamenti.

Alla fine, dopo essere andati avanti a lungo alla
cieca, arrivarono alla segreta di Thorin, che si trovava nei sotterranei più profondi e per fortuna non
lontana dalle cantine.

« Parola d'onore! » disse Thorin, quando Bilbo gli
sussurrò di uscire e di unirsi ai suoi amici « Gandalf
ha detto la verità, come al solito! Sembra proprio
che tu sia uno scassinatore di tre cotte, quand'è il
momento. È più che certo che saremo per sempre
tuoi debitori, qualsiasi cosa debba succedere. Ma ora
che si fa? ».

Bilbo vide che era venuto il momento di esporre
la propria idea, come meglio poteva; ma non era
proprio sicuro che i nani l'avrebbero gradita. E i
suoi timori si rivelarono pienamente giustificati; infatti non la gradirono per niente, anzi, si misero a
brontolare ad alta voce, nonostante il pericolo che li
minacciava.

« Ci ridurremo come salsicce, a forza di urti e
ammaccature, e poi annegheremo di sicuro! » si la-
gnarono. « Credevamo che ti fosse venuta un'idea sen-
sata quando ti sei impadronito· delle chiavi. Questa
è una pazzia! ».

« Benissimo! » disse Bilbo, molto abbattuto e anche abbastanza seccato. « Tornatevene alle vostre belle celle, così vi ci richiuderò dentro, e potrete starci
comodamente seduti a escogitare un piano migliore.
Non credo però che riuscirò a impadronirmi delle
chiavi una seconda volta, anche se mi sentissi propenso a provarci ».

Questo fu troppo per loro, e si calmarono. Alla fine, naturalmente, dovettero fare esattamente come

diceva Bilbo, perché era chiaramente impossibile cercare di non smarrirsi nelle sale superiori, oppure aprirsi una via d'uscita attraverso porte che si chiudevano per magia; ed era stupido starsene lì a lagnarsi in quei cunicoli per essere poi catturati un'altra volta. Così, seguendo lo hobbit, strisciarono fin nelle cantine più basse. Passarono davanti a una porta attraverso la quale poterono vedere il capoguardia e il maggiordomo tuttora beatamente intenti a russare con un bel sorriso dipinto sul volto. Il vino di Dorwinion fa dormire e sognare cose belle. Il giorno dopo ci sarebbe stata un'espressione diversa sul volto del capoguardia, anche se Bilbo, con gran buon cuore, prima di andare avanti entrò furtivamente e gli rimise le chiavi alla cintura.

« Questo gli risparmierà una parte dei guai che lo aspettano » disse tra sé e sé il signor Baggins. « In fondo era un buon diavolo, e non si comportava troppo male coi prigionieri. E poi li metterà tutti in imbarazzo. Penseranno che abbiamo dei poteri magici eccezionali per poter passare attraverso tutte queste porte chiuse e poi sparire. Sparire! Bisogna che ci diamo da fare in gran fretta, se vogliamo riuscirci! ».

A Balin fu ordinato di sorvegliare la guardia e il maggiordomo, e di dare l'allarme se si muovevano. Gli altri entrarono nella cantina attigua, quella con la botola. Non c'era tempo da perdere. Tra non molto, come Bilbo ben sapeva, qualche elfo avrebbe avuto l'ordine di scendere per aiutare il maggiordomo a gettare i barili vuoti nel fiume attraverso la botola. Effettivamente i barili erano già allineati sul pavimento, in attesa di venire spinti fuori. Alcuni di essi erano barili di vino, e questi non servivano a molto, poiché non si potevano scoperchiare facilmente senza far rumore, né si poteva poi richiuderli. Ma in mezzo ce n'erano vari altri che erano stati usati per portare al palazzo del re altra roba, burro, mele e via dicendo.

Presto ne trovarono tredici abbastanza grandi da

contenere un nano ciascuno. Alcuni anzi erano troppo larghi, e mentre vi si arrampicavano dentro i nani pensarono ansiosamente alle scosse e agli urtoni che avrebbero ricevuto lì dentro, anche se Bilbo fece del suo meglio per trovare della paglia e altra roba per imballarli con la massima cura consentita dal tempo che stringeva. Alla fine, dodici nani furono sistemati. Thorin aveva dato un sacco di fastidio, e si era girato e contorto nel suo tino, e aveva ringhiato come un grosso cane in un piccolo canile; mentre Balin, che fu l'ultimo, fece un sacco di storie per i buchi d'aerazione, e disse che soffocava, anche prima che venisse fissato il coperchio. Bilbo aveva fatto quanto aveva potuto per tappare i buchi sui lati dei barili e per fissare tutti i coperchi con la massima accuratezza possibile, e adesso era rimasto di nuovo solo, correndo attorno, dando gli ultimi tocchi all'imballaggio, e sperando contro ogni ragione che il suo piano riuscisse.

Aveva finito appena in tempo. Un solo minuto o due dopo che il coperchio di Balin era stato fissato, ecco arrivare il suono di varie voci e il bagliore delle luci. Un certo numero di elfi entrò nelle cantine ridendo, chiacchierando e cantando dei ritornelli. Avevano lasciato un'allegra festa in una delle sale superiori ed erano propensi a tornarci appena possibile.

« Dov'è il vecchio Galion, il maggiordomo? » disse uno. « Non l'ho visto a nessuna tavola, stasera. Adesso dovrebbe esser qui a mostrarci cosa bisogna fare! ».

« Se quel vecchio posapiano ritarda gliene dirò di tutti i colori » disse un altro. « Non ho nessuna voglia di perdere tempo qui sotto mentre lassù si canta! ».

« Ah, ah! » risuonò un grido. « Eccolo qui, quel vecchio zotico, con la testa sul boccale! Ha fatto una festicciola tutta per sé e per il suo amico capitano ».

« Scuotilo! Sveglialo! » strillarono gli altri con impazienza.

Galion non fu affatto contento di essere scosso e

svegliato, e ancor meno di essere preso in giro. « Siete in ritardo » borbottò. « Sono tre ore che sto qui ad aspettarvi, mentre voialtri bevete, fate festa e dimenticate i vostri doveri. C'è poco da meravigliarsi se mi addormento dalla noia! ».

« C'è proprio poco da meravigliarsi, » dissero quelli « quando la spiegazione sta a portata di mano in un boccale! Suvvia, facci assaggiare il tuo sonnifero prima che ci addormentiamo anche noi! Non c'è bisogno di svegliare cotesto carceriere. A guardarlo si direbbe che abbia già avuto la sua parte ».

Fecero una bevuta in circolo e diventarono subito un po' alticci. Ma non persero tutto il loro buon senso. « Perdinci, Galion! » gridarono alcuni « hai cominciato presto il tuo festino e hai perso il senno! Hai ammucchiato dei barili pieni, qui, invece di quelli vuoti, a giudicare dal peso! ».

« Avanti col lavoro! » grugnì il maggiordomo. « Non potete giudicare un bel nulla, voi, con quelle vostre pigre braccia da sgocciaboccali! Sono quelli e basta! Fate come vi dico! ».

« Benissimo, benissimo! » dissero rotolando i barili verso l'apertura. « Che ricada sul tuo capo se i tini pieni del burro del re e del suo vino migliore vengono buttati nel fiume per far fare festa gratis agli Uomini del Lago! ».

Rotola, rotola, rotola, rò,
giù per il buco rotola, rò!
Issa! Spruzzi! Issa! Tonfi,
che laggiù l'acqua li gonfi!

Così cantavano mentre prima un barile poi un altro rotolavano con fracasso verso la buia apertura e venivano fatti cadere nell'acqua fredda, circa un metro più sotto. Alcuni barili erano realmente vuoti, altri erano tini bellamente imballati con un nano per uno; ma andarono giù tutti, uno dopo l'altro, con molti spruzzi e un tonfo, cadendo sopra quelli che

Bilbo arriva alle capanne degli Elfi barcaioli

stavano di sotto, precipitando in acqua con uno schiocco, sballottando contro le pareti del tunnel, urtandosi reciprocamente e sobbalzando via seguendo la corrente.

Fu proprio allora che Bilbo scoprì improvvisamente il punto debole del suo piano. Molto probabilmente voi lo avevate già scoperto da un pezzo e state ridendo di lui; ma dubito molto che al posto suo avreste dimostrato più di metà della sua bravura. Il fatto è che lui personalmente non era dentro un barile, e non c'era nessun altro a imballarlo, anche se ce ne fosse stata la possibilità! Questa volta avrebbe veramente perso i suoi amici (quasi tutti erano ormai scomparsi attraverso la botola), e sarebbe rimasto indietro, solo come un cane, costretto in eterno a strisciare come scassinatore fisso nelle caverne degli elfi. Infatti anche se fosse riuscito a scappare attraverso le porte superiori in quello stesso istante, aveva una possibilità veramente minima di poter mai più ritrovare i nani: infatti non sapeva in che modo si arrivasse, via terra, al luogo dove si raccoglievano i barili. Si chiedeva anche cosa mai sarebbe accaduto loro senza di lui, perché non aveva avuto il tempo di dire ai nani tutto quello che aveva appreso, o tutto quello che aveva pensato di fare, una volta che fossero usciti dal bosco.

Mentre tutti questi pensieri passavano per la sua mente, gli elfi, che erano allegrissimi, cominciarono a cantare una canzone attorno alla porta del fiume. Alcuni erano già andati a tirare le corde che comandavano la saracinesca della chiusa, così da fare uscire i barili appena fossero tutti in acqua.

> Sul rapido ruscello voi tornate
> alle terre che un dì conoscevate!
> Abbandonate le caverne ascose
> fra le montagne nordiche rocciose,
> dove l'immensa squallida foresta
> grigia declina e nel buio s'arresta!

Navigate degli alberi oltre il ciglio
dove la brezza muore in un bisbiglio,
oltre i giunchi, oltre il mondo lagunare
(trema l'erba del vento all'alitare),
oltre la bruma bianca come neve
che dai laghi e gli stagni s'alza lieve.

Seguite orsù le stelle che nel cielo
salgon per una via di freddo e gelo;
e quando l'alba (già la notte muore)
tutta la terra inonda di chiarore,
voltate verso il sud, al sud andate
e la luce del sole ricercate!

Ai pascoli tornate, ai verdi prati,
che mucche e buoi di erba hanno saziati,
ai giardini sui colli, in mezzo ai fiori,
ove le bacche si colman d'umori
alla luce del sole, in pieno giorno!
Correte al sud, al sud fate ritorno!

Sul rapido ruscello voi tornate
alle terre che un dì conoscevate.

A questo punto l'ultimissimo barile venne fatto
rotolare verso la botola! In preda alla disperazione
e non sapendo che altro fare, il povero piccolo Bilbo
ci si afferrò freneticamente e fu spinto fuori assieme
ad esso. Con un tonfo, cadde in acqua, nell'acqua fredda e scura col barile sopra di sé.

Tornò a galla sputando e aggrappandosi al barile
come un topo, ma nonostante tutti i suoi sforzi non
riuscì ad arrampicarcisi sopra. Ogni volta che ci provava, il barile rotolava su se stesso e lo respingeva di
sotto. Era proprio vuoto, e galleggiava colla leggerez-
za di un pezzo di sughero. Sebbene avesse le orecchie
piene d'acqua, Bilbo poteva sentire gli elfi che continuavano a cantare nella cantina sovrastante. Poi
improvvisamente la botola ricadde con un rimbombo
e le loro voci svanirono. Egli si trovava nel tunnel
scurissimo, galleggiando sull'acqua gelata, tutto solo.

visto che non si possono prendere in considerazione amici che siano stati imballati dentro barili.

Ben presto una macchia grigia gli apparve davanti, in tutto quel buio. Egli udì il cigolio della chiusa che veniva sollevata e si ritrovò in mezzo a una massa galleggiante e sobbalzante di botti e tini che si urtavano a vicenda per passare sotto l'arco e uscire fuori all'aperto. Fece del suo meglio per impedire di venire ammaccato e schiacciato; ma alla fine quella massa pigiante cominciò a diradarsi e a scivolare, un barile dopo l'altro, sotto l'arco di pietra e via nel fiume. Allora si rese conto che sarebbe stato inutile mettersi a cavalcioni del barile, anche se ci fosse riuscito, poiché neanche per uno hobbit c'era abbastanza posto tra la parte superiore di questo e l'improvviso spiovere del tetto lì dove c'era la chiusa.

Uscirono sotto i rami degli alberi che si chinavano sull'acqua dall'una e dall'altra riva. Bilbo si chiedeva come si sentissero i nani e se era entrata molta acqua nei loro tini. Alcuni di quelli che galleggiavano accanto a lui nella penombra sembravano affondare un bel po', ed egli immaginò che in questi ci fossero i nani.

« Spero proprio di aver fissato bene i coperchi! » pensò, ma non passò molto tempo che fu troppo preoccupato di se stesso per ricordarsi dei nani. Era riuscito a mantenere la testa fuori dell'acqua, ma rabbrividiva dal freddo e si chiedeva se ne sarebbe morto prima che la fortuna cambiasse, e per quanto tempo ancora sarebbe stato capace di resistere, e se doveva rischiare di mollare la presa e cercare di nuotare fino a riva.

Presto la fortuna girò per il verso giusto: la corrente turbinosa trasportò parecchi barili in uno stesso punto vicino a riva, e lì essi rimasero fermi per un po', trattenuti da qualche radice nascosta. Allora Bilbo colse l'occasione per arrampicarsi sopra il suo barile mentre veniva tenuto fermo dagli altri. Strisciò su come un topo sul punto di affogare, e giacque disteso in modo da distribuire il suo peso e mantenere l'equilibrio quanto meglio poteva. La brezza era fredda ma sempre meno dell'acqua ed egli sperò di non rotolare giù di nuovo una volta ripartiti.

Non ci volle molto perché i barili si liberassero di nuovo e girassero e rigirassero giù per il fiume, e poi al centro della corrente. Allora trovò abbastanza difficile tenersi in equilibrio, come aveva temuto; ma alla meno peggio ci riuscì, anche se stava tremendamente scomodo. Per fortuna c'era molta luce, e il barile era bello grosso e avendo varie crepe aveva ora imbarcato una certa quantità d'acqua. In tutti i modi era come cercare di cavalcare, senza briglie e senza staffe, un puledro panciuto il cui unico pensiero fosse quello di rotolarsi sull'erba.

Così finalmente il signor Baggins arrivò a un posto dove su entrambe le rive gli alberi erano più radi e poteva vedere il cielo più chiaro tra i rami. Il fiume nero si allargò improvvisamente alla confluenza col corso d'acqua più grosso, il Fiume Selva, che scorreva giù dai grandi portali del re. C'era uno specchio d'acqua tremolante che non era più coperto dall'ombra, e sulla sua fluida superficie nuvole e stelle si riflettevano componendosi e scomponendosi in una sorta di danza. Poi l'acqua turbinosa del Fiume Selva travolse tutti quanti i tini e i barili e li spinse sulla riva settentrionale, dove aveva scavato una vasta baia formata da una spiaggia coperta di ciottoli sotto gli argini incombenti; sulla parte orientale essa era protetta da un promontorio molto sporgente che formava un muro di roccia dura. La maggior parte dei barili si arenò sul bordo della spiaggia, però qualcuno fu spinto a urtare contro la banchina di pietra.

C'erano diverse persone in attesa sulle rive. Servendosi di pertiche tirarono in secca tutti i barili, e dopo averli contati li legarono insieme e li lasciarono lì fino al mattino seguente. Poveri nani! Bilbo adesso non stava proprio malaccio. Scivolò giù dal suo barile e sguazzò nel bagnasciuga; poi strisciò furtivamente verso qualche capanna che si poteva vedere non lontano dal fiume. Non ci avrebbe pensato due volte ora, a sgraffignare del cibo senza essere stato invitato, se gli fosse capitata l'occasione; era stato costretto a farlo a lungo, ormai, e sapeva anche troppo bene che cosa volesse dire avere veramente fame, e non semplicemente un educato interesse alle squisitezze di una dispensa ben fornita. Inoltre aveva intravisto il bagliore di un fuoco attraverso gli alberi, e questo lo attirava inesorabilmente visto che i vestiti sgocciolanti e stracciati gli stavano appiccicati addosso freddi e viscidi.

Non è il caso di sprecare molte parole per descrivere le sue avventure di quella notte, perché ormai siamo quasi vicini alla fine del suo viaggio verso oriente, in vista dell'ultima e più grande avventura; così dobbiamo sbrigarci. Naturalmente, con l'aiuto dell'anello magico, tutto gli andò molto bene all'inizio, presto però fu tradito dalle orme bagnate e dalle sgocciolature che lasciava dietro di sé dovunque andasse o si sedesse; inoltre cominciò a starnutire, e quando cercava di nascondersi, veniva sempre scoperto grazie alla tremenda esplosione dei suoi starnuti repressi. Ben presto ci fu una bella agitazione nel villaggio sulla riva del fiume; ma Bilbo scappò nei boschi portandosi una pagnotta, una borraccia di vino e una torta che non gli spettavano. Il resto della notte dovette passarlo bagnato com'era e lontano da qualsiasi fuoco, ma in questo fu aiutato dalla borraccia, ed egli riuscì addirittura a sonnecchiare un pochino su un letto di foglie secche, anche se, essendo ormai vicino l'inverno, l'aria era piuttosto freddina.

Si risvegliò con uno starnuto particolarmente violento. Il grigio mattino era ormai arrivato e c'era un allegro baccano giù vicino al fiume. Si stava facendo una zattera coi barili, e gli elfi barcaioli l'avrebbero presto spinta giù per il fiume fino a Pontelagolungo.

Bilbo starnutì di nuovo. I suoi abiti non sgocciolavano più, ma si sentiva addosso un freddo cane. Sgambettò giù alla massima velocità consentitagli dalle gambe irrigidite e riuscì per un pelo a infilarsi nella massa di tini senza farsi notare. Per fortuna a quell'ora non c'era il sole a proiettare un'ombra inopportuna, e per dono del cielo per un bel po' egli non starnutì più.

Ci fu un gran spingere con le pertiche, e gli elfi che stavano nell'acqua bassa si dettero da fare per scostare la zattera dalla riva. I barili, ora legati tutti insieme, scricchiolarono e ondeggiarono.

« Che razza di carico pesante! » brontolò qualcuno. « Affondano un po' troppo: qualcuno non è mai vuoto. Se ci fossero arrivati di giorno, avremmo potuto aprirli e darci un'occhiata » essi dissero.

« Non c'è tempo adesso! » gridò lo zatteriere. « Spingete! ».

E finalmente si mossero, dapprima lentamente, finché non ebbero passato il promontorio roccioso dove c'erano altri elfi pronti a respingerli con delle pertiche, e poi sempre più velocemente man mano che si inserivano nella corrente, diretti a sud verso il lago.

Erano evasi dalle segrete del re e avevano attraversato il bosco, ma se fossero vivi o morti restava ancora da vedere.

UN'ACCOGLIENZA CALOROSA

Il giorno diventava sempre più luminoso e più caldo man mano che la navigazione procedeva. Dopo un
po' il fiume girò attorno a un promontorio scosceso,
alla loro sinistra. Ai suoi piedi, rocciosi come quelli
di una scogliera, la corrente più profonda aveva fluito
ribollente e spumeggiante. Improvvisamente la scogliera scomparve e le sponde si abbassarono. Gli alberi finirono e una grande vista si aperse agli occhi
di Bilbo.

Le terre si stendevano vaste davanti a lui, venate
qua e là dalle acque del fiume che si diramava in
centinaia di rivi serpeggianti, o dilagava stagnando
in acquitrini e paludi punteggiate di isolotti; ciò
nondimeno, un robusto corso d'acqua continuava a
fluire costantemente al centro. E lontano lontano,
con la cima scura che si intravvedeva attraverso gli
squarci della nuvola che l'avvolgeva, ecco profilarsi
la Montagna! Era impossibile scorgere le altre montagne più vicine a nord-est e la terra sconvolta che la
collegava a esse. Tutta sola si ergeva, e spingeva il
suo sguardo sopra le paludi fino alla foresta. La Montagna Solitaria! Bilbo era arrivato da lontano e ave-

va superato molte traversie per vederla, ma ora il suo aspetto non gli piaceva per niente.

Mentre ascoltava gli zatterieri che parlavano e metteva insieme tutti i brandelli d'informazione che essi lasciavano cadere, si rese presto conto che era stato molto fortunato se era riuscito a vederla, anche se da quella distanza. Per quanto cupa fosse stata la sua prigionia e per quanto sgradevole fosse la sua situazione attuale (per tacere dei poveri nani sotto di lui!), tuttavia era stato più fortunato di quanto avesse immaginato. Il discorso verteva tutto sul commercio che si svolgeva nei due sensi sulle vie fluviali e sull'aumento del traffico sul fiume, man mano che le strade che da est portavano a Bosco Atro sparivano o cadevano in disuso; e sui litigi tra gli Uomini del Lago e gli Elfi Silvani a causa della manutenzione del Fiume Selva e della sorveglianza delle rive. Quelle terre erano molto cambiate dai giorni in cui i nani dimoravano nella Montagna, giorni di cui la maggior parte della gente serbava ora solo un ricordo molto sbiadito. C'erano stati dei cambiamenti perfino negli ultimi anni, dopo le ultime notizie che ne aveva avuto Gandalf. Grandi piogge avevano gonfiato le acque che scorrevano a est; e c'erano stati un paio di terremoti (alcuni propendevano ad attribuirne la causa al drago, e quando alludevano a lui lo facevano con un'imprecazione e un cenno di malaugurio in direzione della Montagna). Le paludi e i pantani si erano moltiplicati da tutte le parti. Erano spariti alcuni sentieri, e anche molti cavalieri e viaggiatori partiti alla ricerca delle strade che un tempo avevano attraversato quelle regioni. La strada elfica della foresta che i nani avevano seguito su consiglio di Beorn portava ora a un'uscita sospetta e poco usata sul bordo orientale della foresta; solo il fiume offriva ancora un percorso sicuro dai margini di Bosco Atro a nord fino alle pianure che si stendevano all'ombra della Montagna, e il fiume era sorvegliato dal re degli Elfi Silvani.

Come vedete, alla fine Bilbo era arrivato a destinazione seguendo la sola strada che servisse ancora al suo scopo. Sarebbe stato di qualche conforto per il signor Baggins, mentre rabbrividiva sui barili, sapere che tali notizie avevano raggiunto anche Gandalf, pur lontano com'era, e gli avevano causato una grande ansietà: ora anzi, affrettata la conclusione di quell'altro suo affare (che non ha alcun rapporto con la nostra storia), egli stava preparandosi a venire in cerca della compagnia di Thorin. Ma questo Bilbo non lo sapeva.

Sapeva solo di aver fame, e il fiume pareva non avesse mai fine; si era preso un brutto raffreddore, e non gli piaceva il cipiglio con cui la Montagna pareva squadrarlo e minacciarlo man mano che gli si faceva più vicina. Dopo un po', comunque, il fiume prese a scorrere più verso sud e la Montagna si allontanò di nuovo; sul finire del giorno, le spiagge si fecero nuovamente rocciose, il fiume raccolse tutte le sue diramazioni in un profondo e rapido flusso, e scivolarono via a gran velocità.

Il sole era ormai tramontato quando, voltando in un altro meandro verso oriente, il Fiume Selva si gettò nel Lago Lungo. In quel punto entrambe le rive erano alte come pareti rocciose, simili a scogliere, alla cui base si levavano grossi mucchi di ciottoli. Il Lago Lungo! Bilbo non aveva mai immaginato che una distesa d'acqua che non fosse il mare potesse sembrare così grande. Era così largo che le rive opposte parevano piccole e remote e così lungo che l'estremità settentrionale, in direzione della Montagna, non si poteva distinguere per niente. Solo ricordando la mappa Bilbo era in condizione di sapere che lassù, molto lontano, dove le stelle del Carro stavano già scintillando, il Fiume Fluente scendeva nel lago da Dale e assieme al Fiume Selva riempiva di acque profonde quella che un tempo era stata probabilmente una grande vallata rocciosa. All'estremità meridionale le loro acque riunite si riversavano a valle precipitando da alte cascate, e scorrevano rapide verso terre ignote. Nella quiete della sera si poteva udire il ru more delle cascate simile a un lontano ruggito.

Non lontano dalla foce del Fiume Selva c'era la strana città di cui egli aveva sentito parlare dagli elfi nelle cantine del re. Non era costruita sulla spiaggia. anche se lì c'erano alcune capanne e qualche edificio. ma proprio dentro il lago, protetta dai vortici dell'immissario da un promontorio roccioso che formava una quieta baia. Un grande ponte di legno si spingeva fin dove, su enormi palafitte ricavate dagli alberi della foresta, era costruita un'operosa città di legno, non una città di elfi ma di uomini, che ancora osavano dimorare all'ombra della montagna del drago. Essi prosperavano ancora col commercio che risaliva il grande fiume da sud e veniva convogliato alla loro città, una volta superate sui carri le cascate; ma nei gloriosi giorni del passato, quando Dale a nord era ricca e fiorente, essi erano stati ricchi e potenti, e c'erano state intere flottiglie di barche sull'acqua, e alcune erano cariche d'oro e altre di guerrieri che rivestivano armature, e c'erano state guerre e gesta che ora erano solo una leggenda. Si potevano ancora vedere sulle rive i pilastri putrefatti di una città più grande, quando l'acqua calava a causa della siccità.

Ma gli uomini ricordavano poco di tutto ciò, anche se alcuni cantavano ancora vecchie canzoni che parlavano dei re dei nani sotto la Montagna, Thror e Thrain della stirpe di Durin, e dell'arrivo del drago e della caduta dei signori di Dale. Alcuni cantavano anche che un giorno Thror e Thrain sarebbero ritornati e l'oro avrebbe ripreso a scorrere a flutti di sotto alla Montagna e le terre sarebbero risuonate per ogni dove di nuovi canti e di nuove risa. Ma questa piacevole leggenda non aveva una grande importanza nelle loro occupazioni giornaliere.

Appena fu avvistata la zattera fatta di barili, alcune barche si staccarono dai pilastri della città e

PONTELAGOLUNGO

molte voci chiamarono gli zatterieri. Poi furono lanciate delle corde e si mise mano ai remi; presto la zattera fu tratta fuori dalla corrente del Fiume Selva, e rimorchiata attorno al promontorio roccioso nella piccola baia di Pontelagolungo. Fu ormeggiata lì non lontano dall'estremità del ponte, dalla parte della spiaggia. Presto sarebbero venuti uomini dal sud a portar via una parte dei tini e a riempirne altri con merci che dovevano essere portate su per il fiume fino alle case degli Elfi Silvani. Nel frattempo i barili venivano lasciati a galleggiare mentre gli elfi della zattera e i barcaiuoli andavano a far bisboccia a Pontelagolungo.

Sarebbero stati di certo molto sorpresi, se avessero potuto vedere che cosa accadeva vicino alla spiaggia, dopo che essi se n'erano andati ed erano calate le tenebre della notte. Prima di tutto Bilbo tagliò la fune che legava un barile e dopo averlo liberato, lo spinse a riva e lo aprì. Da dentro provennero dei grugniti e un nano sommamente infelice uscì fuori tutto aggranchito. Fili di paglia umida gli ornavano la barba inzaccherata, ed era così indolenzito e irrigidito, così ammaccato e illividito che poteva a malapena stare ritto sulle proprie gambe o barcollare attraverso l'acqua bassa per andare a distendersi grugnendo sulla spiaggia. Aveva lo stesso aspetto affamato e selvaggio di un cane che fosse stato incatenato e dimenticato in un canile per settimane. Era Thorin, ma lo si poteva riconoscere solo dalla catena d'oro e dal colore del cappuccio azzurro cielo (ora sporco e sbrindellato, colla nappa d'argento tutta scurita). Ci volle un bel po' prima che si mostrasse quanto meno educato verso lo hobbit.

« Be', sei vivo o morto? » chiese Bilbo con una certa asprezza. Forse aveva dimenticato di aver fatto almeno un buon pasto in più dei nani, di avere avuto inoltre l'uso delle gambe e delle braccia, per non parlare della maggiore quantità d'aria di cui aveva goduto. « Sei ancora in prigione o sei libero? Se hai voglia di mangiare e se desideri ancora andare avanti con questa stupida avventura – che dopo tutto è la tua avventura, non la mia – farai meglio a sbattere le braccia e a massaggiarti le gambe e ad aiutarmi a tirare fuori gli altri finché c'è tempo! ».

Thorin naturalmente si rese subito conto che c'era del buon senso in queste parole, così dopo avere mugugnato un altro po' si alzò e aiutò lo hobbit come meglio poté. Al buio, sguazzando nell'acqua fredda, ebbero il loro bel da fare a capire quali fossero i barili giusti. Bussando al di fuori e chiamando scoprirono che solo una mezza dozzina di nani erano ancora in grado di rispondere. Questi vennero disimballati e aiutati a venire a riva, dove si sedettero o si distesero borbottando e brontolando; erano così fradici, ammaccati e ingranchiti che potevano a malapena apprezzare la loro liberazione ed esserne debitamente riconoscenti.

Dwalin e Balin erano tra i più infelici, e fu inutile chiedere il loro aiuto. Bifur e Bofur erano meno ammaccati e più asciutti, ma si stesero per terra e non vollero far niente. Per fortuna Fili e Kili, che erano giovani (per dei nani) e inoltre erano stati imballati con più cura in tini più piccoli ben riempiti di paglia, vennero fuori più o meno sorridenti, con solo un livido o due e una certa rigidezza che presto si dileguò.

« Spero di non sentire mai più odor di mele! » disse Fili. « Il mio tino ne era pieno. C'è da impazzire a sentire quell'eterno profumo di mele, quando ci si può a malapena muovere, si ha freddo, e si sta male per la fame. Potrei mangiare qualsiasi cosa nel vasto mondo, per ore e ore di seguito: ma una mela no! ».

Col volonteroso aiuto di Fili e Kili, Thorin e Bilbo finalmente scoprirono il resto della compagnia e li tirarono fuori. Il povero grasso Bombur dormiva o era svenuto; Dori, Nori, Ori, Oin e Gloin avevano imbarcato acqua a non finire e sembravano mezzi

morti; bisognò trasportare uno per uno quei disgra-
ziati e stenderli sulla spiaggia.

« Be'! Eccoci qua! » disse Thorin. « E suppongo
che dobbiamo ringraziare la nostra buona stella e il
signor Baggins. Sono sicuro che se lo aspetta a buon
diritto, anche se sarebbe stato desiderabile che avesse
potuto organizzare un viaggio un po' più comodo.
Comunque... siamo tutti i tuoi umilissimi servitori,
una volta di più, signor Baggins. Non c'è dubbio che
ci sentiremo debitamente riconoscenti, quando avremo
la pancia piena e ci saremo rimessi. Nel frattempo,
dove si va? ».

« A Pontelagolungo, direi » disse Bilbo. « E dove
altrimenti? ».

Naturalmente non era possibile suggerire alcun altro posto; pertanto, lasciando gli altri sul posto, Thorin, Fili, Kili e lo hobbit si avviarono lungo la spiaggia verso il gran ponte. C'erano delle guardie al suo
ingresso, ma non facevano una sorveglianza molto at-
tenta, perché era passato molto tempo da quando ce
n'era stato veramente bisogno. Tranne che per dei
saltuari bisticci a proposito dei pedaggi fluviali, essi
erano amici degli Elfi Silvani. Altre genti erano molto lontane; e alcuni dei più giovani abitanti della
città mettevano apertamente in dubbio l'esistenza di
un qualsiasi drago sulla Montagna, e si facevano beffe dei parrucconi e delle vecchie comari che dicevano
di averlo visto volare in cielo ai tempi della loro giovinezza. Stando così le cose, non c'è da sorprendersi
se le guardie stavano bevendo e ridendo accanto al
fuoco nella loro capanna, e non udirono il rumore
del disimballaggio dei nani o i passi dei quattro esplo-
ratori. Il loro sbalordimento fu quindi enorme quando Thorin Scudodiquercia varcò la soglia.

« Chi sei? Che vuoi? » urlarono, balzando in piedi
e cercando a tastoni le armi.

« Thorin, figlio di Thrain, figlio di Thror, Re sotto
la Montagna! » disse il nano a voce alta, pieno di mae-
stà nonostante i vestiti laceri e il cappuccio infanga-

to. L'oro gli brillava attorno al collo e alla cintura; i suoi occhi erano scuri e profondi. « Sono ritornato. Voglio vedere il Governatore della vostra città ».

Allora ci fu un'eccitazione incredibile. Alcuni dei più suggestionabili corsero fuori come se si aspettassero che la Montagna diventasse d'oro quella notte stessa e tutte le acque del lago si facessero gialle all'istante. Il capitano della guardia venne avanti.

« E questi chi sono? » chiese, indicando Fili, Kili e Bilbo.

« I figli della figlia di mio padre » rispose Thorin. « Fili e Kili, della stirpe di Durin, e il signor Baggins che ha viaggiato con noi dal lontano Occidente ».

« Se venite in pace deponete le armi! » disse il capitano.

« Non ne abbiamo » disse Thorin, ed era abbastanza vero: i coltelli gli erano stati tolti dagli Elfi Silvani, assieme alla nobile spada Orcrist. Bilbo aveva la sua spada corta, nascosta come al solito, ma non disse niente al riguardo. « Non abbiamo bisogno di armi, noi che finalmente torniamo ai nostri possessi secondo l'antica profezia. Né potremmo combattere soli contro tanti. Portaci dal tuo signore! ».

« Egli presiede al banchetto » disse il capitano.

« Ragione di più per portarci da lui » irruppe Fili, che considerava queste cerimonie con crescente impazienza. « Siamo sfiniti e affamati dopo tutta la strada che abbiamo percorso e abbiamo alcuni compagni che stanno male. Sbrigati, adesso, e smettila di cianciare, o il tuo signore avrà qualche parolina da dirti! ».

« Seguitemi, dunque » disse il capitano, e scortatili con sei uomini li condusse sopra il ponte, attraverso la porta e nella piazza principale della città. Questa era un largo specchio d'acqua quieta, circondato da alti pilastri, su cui erano costruite le case più grandi, e lunghe banchine di legno con molti gradini e scale che scendevano fino alla superficie del lago. In una delle grandi sale splendevano molte luci e risuonavano molte voci. Essi ne oltrepassarono le porte e rimasero fuori sbattendo gli occhi per la luce, guardando le lunghe tavole stipate di gente.

« Io sono Thorin, figlio di Thrain, figlio di Thror, Re sotto la Montagna! Io ritorno! » gridò Thorin con voce squillante dalla soglia, prima che il capitano potesse dire alcunché.

Tutti balzarono in piedi. Il Governatore della città si alzò dal suo scanno. Ma nessuno fu più sorpreso degli zatterieri elfici che sedevano all'estremità più bassa della sala. Facendosi largo a spintoni fin davanti alla tavola del Governatore gridarono:

« Questi sono prigionieri del nostro re che sono evasi, nani girovaghi e vagabondi che non hanno saputo giustificare in modo plausibile la loro presenza nei boschi, spioni e molestatori della nostra gente! ».

« È vero? » chiese il Governatore. In realtà egli riteneva questa versione molto più credibile che non il ritorno del Re sotto la Montagna, se una persona del genere era mai esistita.

« È vero che siamo stati subdolamente attratti in un'imboscata dagli elfi e imprigionati senza ragione mentre eravamo in viaggio per ritornare alla nostra terra » rispose Thorin. « Ma né serratura né sbarre possono fermare coloro che tornano a casa secondo le antiche profezie. Né questa città fa parte del reame degli Elfi Silvani. Io parlo col Governatore della città degli Uomini del Lago, non coi barcaiuoli del re ».

Allora il Governatore esitò e rivolse lo sguardo dall'uno agli altri. Il re degli Elfi era molto potente da quelle parti, e il Governatore non desiderava che ci fosse ostilità tra loro, né faceva gran conto delle vecchie canzoni, perché tutta la sua attenzione era rivolta al commercio e ai pedaggi, ai carichi e all'oro, e proprio a questo doveva la sua posizione. Altri tuttavia erano di diverso parere e la questione si risolse rapidamente senza di lui: la novità si era diffusa come il fuoco dalle porte della sala per tutta la città. La gente gridava dentro e fuori, e le banchine si riempirono in un baleno. Alcuni cominciarono a

cantare ritornelli di vecchie canzoni che parlavano del
ritorno del Re sotto la Montagna; che fosse ritornato
il nipote di Thror e non Thror in persona non li
preoccupava minimamente. Altri si unirono al coro
e il canto risuonò alto e chiaro sopra il lago.

Il re degli antri che stan sotto il monte
e delle rocce aride scavate,
che fu signore delle argentee fonti,
queste cose riavrà, già a lui strappate!

Sul capo il suo diadema poserà,
dell'arpa ancora sentirà il bel canto
ed in sale dorate echeggerà
di melodie passate il dolce incanto.

Sui monti le foreste ondeggeranno,
ondeggeranno al sole l'erbe lucenti,
le ricchezze a cascate scenderanno
ed i fiumi saranno ori fulgenti.

I ruscelli felici scorreranno,
i laghi brilleran nella campagna
e dolori e tristezza svaniranno
al ritorno del Re della Montagna.

Questo cantarono, o qualcosa di simile a questo,
solo che andarono avanti molto più a lungo, e c'era
un gran frastuono che si mischiava alla musica delle
arpe e dei violini. In effetti neanche il vecchio più
vecchio della città poteva ricordare che ci fosse mai
stata una tale eccitazione. Gli stessi Elfi Silvani cominciarono a provare un'enorme meraviglia e perfino
ad avere paura. Naturalmente non sapevano in che
modo Thorin fosse riuscito a evadere, e cominciarono a pensare che il loro Signore potesse avere fatto
un grosso sbaglio. Per quanto riguarda il Governatore, egli vide che non c'era altro da fare che arren-
dersi al clamore generale, almeno per il momento, e
far mostra di credere che Thorin fosse chi diceva
di essere. Così gli cedette il proprio scanno e collocò

Fili e Kili accanto a lui ai posti d'onore. Perfino a Bilbo fu dato un posto alla tavola principale, e nel brusio generale non si chiese nessuna spiegazione di che cosa c'entrasse lui, visto che nessuna canzone aveva mai alluso a lui nemmeno nel più oscuro dei modi.

Poco dopo gli altri nani furono portati in città in mezzo a scene di entusiasmo incredibile. Furono tutti curati, nutriti, ospitati e coccolati nel migliore e più soddisfacente dei modi. Una grande casa fu ceduta a Thorin e alla sua Compagnia; barche e rematori furono messi al loro servizio; e una folla enorme stava seduta all'aperto a cantare tutto il giorno, o dava in acclamazioni se un qualche nano metteva fuori anche solo la punta del naso.

Alcune delle canzoni erano antiche; ma altre erano abbastanza recenti e parlavano fiduciosamente dell'improvvisa morte del drago e dei carghi pieni di ricchi doni che sarebbero scesi giù per il fiume a Pontelagolungo. Queste erano largamente ispirate dal Governatore e non furono particolarmente gradite ai nani, che nel frattempo però erano accuditi nel migliore dei modi e in breve ridiventarono grassi e forti. Veramente entro una settimana si erano rimessi del tutto, equipaggiati con bei vestiti del colore giusto, con la barba pettinata e lisciata, e una fiera andatura. Thorin aveva un'aria e un incedere tale da far credere che avesse già riguadagnato il suo regno e avesse tritato Smog a pezzetti.

E come egli aveva detto, l'affetto dei nani per il piccolo hobbit si fece più saldo di giorno in giorno. Non c'erano più brontolii o borbottii. Bevevano alla sua salute, gli davano pacche sulla schiena, e cantavano le sue lodi da mattina a sera; ed era proprio quello che ci voleva, perché egli non si sentiva particolarmente su di morale. Non aveva dimenticato l'aspetto della Montagna, né la paura del drago, e per di più aveva un raffreddore pazzesco. Per tre giorni starnutì e tossì, e non poté uscire, e perfino in seguito i suoi discorsi ai banchetti si limitarono a un « Grazie dande a duddi ».

Nel frattempo gli Elfi Silvani avevano risalito il Fiume Selva con il loro carico, e c'era grande agitazione nel palazzo reale. Non sono mai venuto a sapere che cosa accadde al capo delle guardie e al maggiordomo. Ovviamente, mentre i nani erano a Pontelagolungo non una parola fu mai detta a proposito di chiavi o di barili, e Bilbo stette attento a non diventare mai invisibile. Tuttavia, oserei dire, si indovinò più di quanto non si sapesse, anche se il signor Baggins rimase senza dubbio un mistero per tutti. In ogni caso il re era adesso a conoscenza della missione dei nani, o pensava di esserlo, e disse tra sé e sé:

« Benissimo! La vedremo! Nessun tesoro attraverserà Bosco Atro senza che io abbia qualcosa da ridirci. Ma immagino che faranno tutti una brutta fine, proprio quella che si meritano! ». Egli non credeva che i nani fossero in grado di combattere e uccidere draghi come Smog, e aveva il forte sospetto che avrebbero piuttosto cercato di depredarlo o qualcosa di simile, e questo dimostra che era un elfo saggio, più saggio degli uomini della città, sebbene non avesse affatto ragione, come si vedrà alla fine. Disseminò le sue spie lungo le rive del lago e il più a nord possibile, verso la Montagna, e rimase in attesa.

Dopo una quindicina di giorni Thorin cominciò a pensare alla partenza. Il momento giusto per chiedere aiuto era quando la città era ancora al colmo dell'entusiasmo. Sarebbe stato uno sbaglio farlo raffreddare indugiando. Così egli parlò col Governatore e coi suoi consiglieri e disse che presto lui e la sua compagnia sarebbero dovuti partire per la Montagna.

Allora per la prima volta il Governatore fu sorpreso e un po' spaventato; e si chiese se in fondo Thorin non fosse per davvero un discendente degli antichi re. Non aveva mai pensato che i nani avrebbero osato sul serio avvicinarsi a Smog, convinto com'era che essi fossero impostori che prima o poi sarebbero stati scoperti e smascherati. Aveva torto. Thorin, beninteso, era veramente il nipote del Re sotto la Montagna ed è impossibile prevedere che cosa osi fare un nano per vendicarsi o per riconquistare quello che gli appartiene.

Ma al Governatore non dispiaceva affatto lasciarli andare. Mantenerli costava caro, e il loro arrivo aveva creato un'atmosfera da lunga vacanza in cui gli affari ristagnavano. « Vadano pure a disturbare Smog e vedano un po' come li riceve! » pensò. « Certamente, o Thorin figlio di Thrain figlio di Thror! » fu quello che disse. « Devi reclamare ciò che ti appartiene. L'ora è vicina, o re che aspettavamo. Tutto l'aiuto che possiamo offrire sarà tuo e ci affidiamo alla tua riconoscenza quando avrai riconquistato il tuo regno ».

Così, un giorno, sebbene fosse ormai autunno inoltrato, e il vento fosse freddo e le foglie cadessero rapidamente, tre grosse barche partirono da Pontelagolungo, cariche di rematori, nani, il signor Baggins e provviste in abbondanza. Cavalli e pony erano stati inviati per il sentiero che aggirava il lago a incontrarli al punto d'approdo previsto. Il Governatore e i suoi consiglieri dissero loro addio dagli ampi gradini del municipio che scendevano fino al lago, e la gente cantò raccolta sulle banchine o affacciata alle finestre. I bianchi remi si immersero sollevando alti spruzzi, ed essi risalirono il lago verso nord, per l'ultima tappa del loro lungo viaggio. La sola persona profondamente infelice era Bilbo.

XI

SULLA SOGLIA

Nei due giorni successivi risalirono il Lago Lungo e si immisero nel Fiume Fluente, e poterono così vedere tutti quanti la Montagna Solitaria, che troneggiava truce e alta davanti a loro. La corrente era forte ed essi procedevano lentamente. Sul finire del terzo giorno, dopo avere risalito il fiume per qualche miglio, accostarono a sinistra, sulla riva occidentale, e sbarcarono. Qui furono raggiunti dai cavalli con le altre provviste e dai pony destinati al loro uso personale. Caricarono quello che poterono sui pony, e il resto fu immagazzinato sotto una tenda; ma nessuno degli uomini della città volle rimanere con loro, neanche per una sola notte, così vicino all'ombra della Montagna.

« Almeno finché le canzoni non si sono avverate! » dissero. In quei luoghi selvaggi era più facile credere nel drago che in Thorin. In realtà le loro riserve alimentari non avevano bisogno di sorveglianza, visto che tutto il territorio era lì desolato e deserto. Così la loro scorta li lasciò, avviandosi rapidamente giù per il fiume e per i sentieri lungo la riva, sebbene la notte stesse già scendendo.

Passarono una notte fredda e solitaria, e il loro morale si abbassò di colpo. Il giorno dopo ripartirono. Balin e Bilbo cavalcavano alla retroguardia, ognuno tirandosi dietro un altro pony stracarico; gli altri erano un po' più avanti, aprendosi il cammino con grande lentezza perché non c'erano sentieri. Si diressero a nord-est, dalla parte opposta al Fiume Fluente, avvicinandosi sempre di più a un grande sperone della Montagna che si protendeva a sud verso di loro.

Era un viaggio molto faticoso, silenzioso e furtivo. Non c'erano risa o canzoni o suoni d'arpe, e la fierezza e la speranza suscitate nei loro cuori dal canto delle antiche canzoni sul lago si spensero in una stanca malinconia. Sapevano che stavano per arrivare alla fine del loro viaggio, e che poteva essere una fine veramente orrenda. Il paesaggio attorno a loro diventava sempre più cupo e sterile, sebbene un tempo, come disse loro Thorin, fosse stato verde e bello. C'era poca erba, e dopo un po' non ci furono più né alberi né arbusti, ma solo alcuni ceppi spezzati e anneriti evocavano quelli spariti da lungo, lungo tempo. Erano arrivati nella Desolazione del Drago, ed erano arrivati che l'anno declinava.

Tuttavia raggiunsero le falde della Montagna senza imbattersi in nessun pericolo o in nessuna traccia del drago, a parte il deserto da lui creato attorno alla propria tana. La Montagna si ergeva scura e silenziosa davanti a loro, sempre più alta sulle loro teste. Stabilirono il primo accampamento sul lato occidentale del grande sperone meridionale, che finiva in un'altura chiamata Collecorvo. Un tempo c'era stato un posto di guardia, lì sopra; ma non osarono ancora arrampicarvisi, perché era troppo esposto.

Prima di mettersi in marcia per esplorare i contrafforti occidentali della Montagna in cerca di quella porta segreta sulla quale si fondavano tutte le loro speranze, Thorin inviò un gruppo in avanscoperta a perlustrare la zona a sud dov'era la Porta Principale.

Scelse all'uopo Balin, Fili e Kili, e Bilbo andò con loro. Marciarono sotto le rupi grigie e silenziose fino ai piedi di Collecorvo; lì il fiume, dopo avere disegnato una larga ansa sopra la valle di Dale, dirigeva il suo corso dalla Montagna verso il lago, scorrendo rapido e rumoroso. Le sue rive erano spoglie e rocciose, alte e scoscese sopra la corrente; e sporgendosi a guardare sopra il suo stretto letto pieno d'acqua che spumeggiava e schizzava tra i numerosi macigni, poterono vedere nella vasta vallata all'ombra dei contrafforti della Montagna le grigie rovine di antiche case, torri e mura.

« Ecco tutto quello che rimane di Dale » disse Balin. « I fianchi della Montagna verdeggiavano di boschi, e la vallata tranquilla era ricca e ridente ai tempi in cui le campane suonavano in quella città ». Mentre diceva queste cose, il suo volto era triste e torvo: egli era stato uno dei compagni di Thorin il giorno in cui era arrivato il drago.

Non osarono seguire il fiume molto più in là verso la Porta; ma si spinsero oltre l'estremità dello sperone meridionale, finché stando nascosti pancia a terra dietro una roccia poterono scorgere la scura apertura di una caverna in una grande parete rocciosa proprio in mezzo ai contrafforti della Montagna. Ne sgorgavano le acque del Fiume Fluente; ma ne uscivano anche vapori e fumo nero. Nulla si muoveva in quel deserto, tranne il vapore e l'acqua, e di tanto in tanto un corvo nero e malaugurante. L'unico suono era quello dell'acqua sui sassi, e il rauco gracchiare di un uccello. Balin rabbrividì.

« Torniamo indietro! » disse. « È inutile restare qui! E quegli uccellacci neri non mi piacciono, sembrano spie del male ».

« Dunque il drago è ancora vivo e sta nelle sale sotto la Montagna, almeno a giudicare dal fumo » disse lo hobbit.

« Questo non è una prova, » disse Balin « sebbene io non dubiti che tu abbia ragione. Ma può esser-

La Porta Principale

sene andato per un po', o può starsene disteso sul fianco della Montagna a fare la guardia, senza che fumo e vapore cessino di venire fuori dalla porta: tutte le sale lì intorno debbono essere ricolme del suo puzzo fetido ».

Con questi tetri pensieri, sempre seguiti dai corvi gracchianti sopra di loro, ritornarono faticosamente all'accampamento. Solo qualche mese prima, a giugno, erano stati ospiti della bella casa di Elrond e, benché l'autunno stesse ormai per lasciare il passo all'inverno, quei bei momenti sembravano ora appartenere ad anni e anni prima. Erano soli in un deserto pieno di pericoli senza nessuna speranza di aiuto; erano giunti alla fine del loro viaggio, ma pareva che fossero più lontani che mai dalla fine della loro ricerca. Nessuno di loro aveva in serbo molto entusiasmo.

Strano a dirsi il signor Baggins ne aveva ora più degli altri. Prendeva spesso la mappa di Thorin e la fissava, meditando sulle rune e sul messaggio scritto in lettere lunari che Elrond aveva letto. Fu lui che spinse i nani a cominciare la pericolosa esplorazione dei pendii occidentali in cerca della porta segreta. Allora spostarono il loro accampamento in una lunga valle, più stretta della grande vallata a sud dove si ergeva la Porta Principale, e le cui pareti erano formate dai contrafforti più bassi della Montagna. Due di questi si protendevano dal massiccio centrale verso occidente, in lunghe creste dai fianchi scoscesi che degradavano verso la pianura. Su questo lato occidentale le tracce delle imprese predatrici del drago erano meno evidenti e c'era un po' d'erba per i pony. Dal loro accampamento ombreggiato tutto il giorno dalla parete montana e dalle rupi finché il sole non cominciava a calare verso la foresta, giorno dopo giorno essi arrancarono divisi in gruppetti alla ricerca di sentieri che risalissero il fianco della Montagna. Se la mappa diceva il vero, la porta segreta doveva trovarsi da qualche parte in alto sopra la rupe posta all'inizio della valle. Ma, giorno dopo giorno, essi ritornavano all'accampamento senza successo.

Alla fine, inaspettatamente, trovarono quello che andavano cercando. Fili e Kili e lo hobbit un giorno ritornarono giù nella valle e si arrampicarono in mezzo alle rocce scoscese della parte meridionale. Verso mezzogiorno, strisciando dietro una grossa pietra che si innalzava solitaria come una colonna, Bilbo si imbatté in quelli che sembravano dei rozzi gradini che salivano in su. Seguendoli tutti eccitati trovarono tracce di una stretta pista, spesso cancellate, spesso ben marcate, che salivano a zig-zag fino in cima alla cresta meridionale, e finalmente li portarono a una cornice sempre più stretta, che girava verso nord proprio in faccia alla Montagna. Guardando in giù videro che si trovavano in cima alla rupe all'inizio della valle e che il loro sguardo cadeva sull'accampamento sottostante. Silenziosamente, afferrandosi alla parete rocciosa alla loro destra, avanzarono in fila indiana su quella cornice, finché la parete si aprì ed essi svoltarono in uno spiazzo circondato da pareti scoscese, dal suolo coperto d'erba, silenzioso e quieto. Il suo ingresso, che essi avevano trovato così, per caso, non si poteva vedere né da sotto a causa della rupe che vi sporgeva da sopra, né da lontano perché era così piccolo che sembrava una fessura nera e nulla più. Non era una caverna, anzi il cielo si apriva libero sopra di loro, e all'estremità più interna si alzava una parete di pietra che alla base, vicino al suolo, era liscia e diritta come se fosse stata fatta da uno scalpellino, senza però che fosse possibile scorgere una qualche giuntura o fessura. Non c'era nessun segno di sbarra o spranga o serratura; tuttavia, neanche per un istante essi misero in dubbio di avere finalmente trovato la porta.

Vi picchiarono sopra, la spinsero, la presero a spallate, la supplicarono di muoversi, pronunciarono frammenti di formule magiche incomplete per farla aprire: niente si mosse. Alla fine esausti si riposarono sull'erba ai suoi piedi e a sera cominciarono la loro lunga discesa.

Quella notte ci fu grande eccitazione all'accampamento. Al mattino si prepararono a spostarsi ancora una volta. Solo Bofur e Bombur furono lasciati indietro a fare la guardia ai pony e alle provviste che avevano portato con loro dal fiume. Gli altri scesero giù nella valle e salirono su per il sentiero appena scoperto, e poi sulla stretta cornice. Lungo quest'ultima non potevano trasportare né fagotti né pacchi, tanto era stretta e mozzafiato, avendo sul lato sinistro un precipizio di cinquanta metri che terminava sulle aguzze rocce sottostanti; ma ciascuno di loro prese un robusto rotolo di corda strettamente arrotolato attorno alla vita, e così raggiunsero finalmente senza incidenti il piccolo spiazzo erboso.

Lì stabilirono il loro terzo accampamento, issando con le corde ciò di cui avevano bisogno. Allo stesso modo potevano, quando se ne presentava la necessità, calare giù uno dei nani più agili, come Kili, per scambiarsi le novità o fare un turno di guardia lì sotto, mentre Bofur veniva issato su all'accampamento più alto. Bombur non venne mai su né per mezzo della corda né seguendo il sentiero.

« Sono troppo grasso per queste passeggiate da mosca » disse. « Mi verrebbero le vertigini o inciamperei nella barba, e allora sareste di nuovo in tredici. E le corde annodate sono troppo sottili per il mio peso ». Fortunatamente per lui questo non era vero, come vedrete.

Nel frattempo alcuni di essi esplorarono il crinale al di là dell'apertura e trovarono un sentiero che portava sempre più in alto sulla Montagna; ma non osarono avventurarsi tanto in là, e d'altra parte non sarebbe servito a molto. Lassù regnava un silenzio che nessun uccello o suono incrinava, tranne il sibilo del vento nelle fenditure della roccia. Essi parlavano a bassa voce e non si chiamavano mai né cantavano, perché il pericolo era in agguato dietro ogni sporgenza. Gli altri che erano occupati col segreto della porta non ebbero maggior successo. Erano troppo ansiosi di trovarlo per preoccuparsi delle rune o delle lettere lunari, e cercavano senza requie di scoprire esattamente in quale punto della liscia parete di roccia si nascondesse la porta. Avevano portato picconi e attrezzi di ogni sorta da Pontelagolungo, e all'inizio tentarono di usarli. Ma quando colpirono la pietra i manici si spezzarono ed essi ebbero un doloroso contraccolpo sulle braccia, le punte d'acciaio si ruppero o si piegarono come piombo. La loro abilità di minatori, lo vedevano bene, non serviva a niente contro l'incantesimo che teneva chiusa la porta, e in più furono atterriti dal rumore dell'eco.

Bilbo scoperse così che sedere sulla soglia poteva essere malinconico e stancante. Non era una soglia vera e propria, naturalmente, ma per scherzo essi avevano dato questo nome al piccolo spiazzo erboso tra la parete e l'apertura, ricordando le parole di Bilbo tanto tempo addietro quando si erano incontrati nella sua caverna, e lui aveva detto che potevano sedere sulla soglia finché non venisse loro in mente qualcosa. E star seduti a pensare era proprio quello che facevano, oppure andare qua e là senza scopo diventando sempre più depressi.

Il loro morale, che si era un poco rialzato alla scoperta del sentiero, ora calò di nuovo a terra; eppure non si dettero per vinti e non se ne andarono. Lo hobbit non era molto più vivace dei nani: non faceva nulla tranne che star seduto anche lui con la schiena contro la liscia parete rocciosa a fissare lontano verso ovest, oltre l'apertura sopra la rupe, le vaste terre che si stendevano fino alla nera muraglia di Bosco Atro e gli spazi al di là di essa, in cui talvolta credeva di poter cogliere brevemente l'immagine delle Montagne Nebbiose piccole e lontane. Se i nani gli chiedevano cosa stesse facendo rispondeva: « Dicevate che il mio compito sarebbe stato quello di sedere sulla soglia a pensare, per non dire di entrare, dunque sto seduto e penso ». Temo però che non pensasse molto al suo compito, bensì a quello che c'era in lontananza, oltre quella distanza azzurra, la quieta Terra Occidentale, la Collina e la sua caverna hobbit sotto di essa.

Una larga pietra grigia giaceva al centro del prato ed egli la fissava torvo, osservando le grosse chiocciole che ci si arrampicavano sopra. Pareva che amassero quel piccolo spiazzo segreto, con le sue mura di fredda roccia, e ce n'erano molte di grosse dimensioni che strisciavano lente e vischiose sulle sue pareti.

« Domani inizia l'ultima settimana d'autunno » disse un giorno Thorin.

« E dopo l'autunno viene l'inverno » disse Bifur.

« E l'anno nuovo dopo quello vecchio, » disse Dwalin « e la barba ci crescerà fino a spenzolare da qui, in cima alla rupe, fin giù nella valle prima che succeda qualcosa. Che cosa sta facendo per noi il nostro scassinatore? Giacché possiede un anello invisibile, e ormai dovrebbe sapersene servire egregiamente, comincio a pensare che potrebbe anche passare per la Porta Principale e vedere un po' che cosa succede! ».

Bilbo lo udì – i nani erano sulle rocce proprio sopra lo spiazzo dov'egli stava seduto – e « Santa pace! » pensò « è questo che si sono messi a pensare, eh? Tocca sempre a me poveretto togliermi dai guai, almeno da quando se n'è andato lo stregone. Che cosa posso fare? Avrei dovuto capire che alla fine sarebbe successo qualcosa di orribile. Non credo che potrei sopportare di rivedere l'infelice vallata di Dale; non parliamo poi della porta con tutti quei vapori! ».

Quella notte si sentì molto infelice e non dormì quasi per niente. Il giorno dopo i nani se ne andarono tutti in giro in varie direzioni; alcuni facevano fare del moto ai pony giù in basso, altri erravano sul fianco della Montagna. Bilbo rimase a sedere tutto il giorno nello spiazzo erboso fissando la porta, o l'Occidente attraverso la stretta apertura. Aveva la strana sensazione di essere in attesa di qualcosa. « Forse lo stregone tornerà all'improvviso » pensò.

Se sollevava la testa poteva scorgere vagamente la foresta remota. Quando il sole declinò a occidente ci fu un bagliore giallo sopra il verde tetto lontano, come se la luce sfiorasse le estreme pallide foglie. Presto egli vide la palla arancione del sole calare al livello dei suoi occhi. Andò verso l'apertura e lì, appena sopra l'orizzonte, c'era un sottile quarto di luna pallido e vago.

Proprio in quel momento sentì, netto dietro di sé, il rumore di qualcosa che veniva schiacciato. Sulla pietra grigia in mezzo all'erba c'era un tordo enorme, nero quasi come il carbone, col petto giallo chiaro picchiettato di macchioline nere. Crac! Aveva preso una chiocciola e la stava sbattendo sulla pietra. Crac! Crac!

Improvvisamente Bilbo capì. Dimenticando ogni pericolo balzò sulla cornice e chiamò i nani a gran voce, urlando e agitando le braccia. Quelli che stavano più vicini arrivarono di corsa ruzzolando sulle rocce, precipitandosi verso di lui sul crinale il più velocemente possibile, chiedendosi che cosa mai fosse successo; gli altri urlarono che li issassero colle corde (eccetto Bombur, naturalmente, che dormiva).

Bilbo spiegò in poche parole la sua idea. Tutti fecero silenzio: lo hobbit ritto accanto alla pietra grigia, e i nani colla barba ondeggiante che osservavano impazienti. Il sole calò sempre più in basso, e con esso calarono le loro speranze. I nani gemettero, ma Bilbo rimase ritto quasi perfettamente immobile. La piccola luna si abbassò anch'essa sull'orizzonte. La sera era imminente. Poi, improvvisamente, quando ogni speranza stava proprio per svanire, un rosso raggio di sole scappò come un dito attraverso uno squarcio nelle nubi. Un barbaglio di luce entrò diritto nello spiazzo attraverso l'apertura e cadde sulla liscia parete rocciosa. Il vecchio tordo, che era rimasto appollaiato in alto a guardare cogli occhietti lucenti e col capo da una parte, diede un trillo improvviso. Ci fu un forte scricchiolio. Una scheggia di roccia si staccò dalla parete e cadde. Un buco apparve improvvisamente a circa un metro dal suolo.

Velocemente, tremando per la paura che quell'estrema possibilità dovesse svanire, i nani si precipitarono verso la roccia e la spinsero: invano.

« La chiave! La chiave! » gridò Bilbo. « Dov'è Thorin? ».

Thorin si precipitò avanti.

« La chiave! » urlò Bilbo. « La chiave che stava colla mappa! Sbrigati a provarla finché c'è ancora tempo! ».

Allora Thorin si drizzò e si tolse dal collo la catena a cui era attaccata la chiave. La infilò nel buco. Entrò benissimo e girò! Tac! Il bagliore si spense, il sole tramontò, la luna sparì, e la sera balzò su nel cielo.

Ora spinsero tutti insieme, e lentamente una parte della parete rocciosa cedette. Apparvero lunghe fessure diritte che si allargarono progressivamente. Si delineò una porta alta un metro e mezzo e larga uno, e lentamente – senza un rumore – si aprì verso l'interno. Sembrò che il buio uscisse fuori come un vapore dall'apertura sul fianco della Montagna: un'oscurità profonda in cui non si poteva vedere nulla si parò davanti ai loro occhi, una bocca sbadigliante che conduceva all'interno e in profondità.

XII

NOTIZIE DALL'INTERNO

I nani rimasero a lungo nell'oscurità davanti alla porta a discutere, finché alla fine Thorin parlò.

« Ora è arrivato il momento per il nostro egregio signor Baggins, che si è dimostrato un buon compagno lungo tutto il nostro cammino, e uno hobbit pieno di coraggio e di risorse di gran lunga superiori alla sua taglia, e, se posso dirlo, dotato di una fortuna di gran lunga superiore a quella normale, ora è arrivato il momento per lui di adempiere il compito in grazia del quale egli è stato incluso nella nostra Compagnia; ora è arrivato il momento di guadagnarsi la sua Ricompensa ».

Vi sarete certo abituati allo stile di Thorin nelle occasioni importanti, così vi risparmierò il resto, anche se egli andò avanti ancora un bel pezzo. Quella era sicuramente un'occasione importante, ma Bilbo si spazientì. Ormai era abbastanza in confidenza con Thorin, e sapeva a che cosa stesse mirando.

« Se vuoi dire che pensi che il mio compito consista nell'entrare per primo nel passaggio segreto, o Thorin Scudodiquercia, figlio di Thrain, che la tua barba possa allungarsi sempre di più, » egli disse irosamente « dillo subito e facciamola finita! Potrei anche rifiutare. Vi ho già tirato fuori dai pasticci per ben due volte, cosa che non credo proprio fosse compresa nel patto iniziale, sicché mi sono già guadagnato una certa ricompensa, mi pare. Ma "la terza volta è quella buona" come diceva mio padre, e per un motivo o per l'altro non credo che rifiuterò. Forse ho cominciato ad avere fiducia nella mia fortuna più di quanto non facessi ai vecchi tempi,» egli intendeva prima di partire da casa la scorsa primavera, ma sembrava secoli fa « comunque penso che andrò a dare un'occhiatina subito per togliermi questo pensiero. Dunque, chi viene con me? ».

Egli non si aspettava un coro di volontari, così non rimase deluso. Fili e Kili assunsero un'espressione imbarazzata e si dondolarono su una gamba sola, ma gli altri non fecero neanche finta di offrirsi, tutti tranne il vecchio Balin, la sentinella, che aveva molta simpatia per lo hobbit. Disse che sarebbe almeno entrato, e forse l'avrebbe addirittura accompagnato un poco più in là, pronto a chiamare aiuto in caso di bisogno.

Il massimo che si possa dire in favore dei nani è questo: essi intendevano veramente ripagare Bilbo in modo splendido per i suoi servigi; lo avevano assoldato per compiere un lavoro pericoloso per conto loro e non gliene importava niente del povero piccoletto che lo faceva purché lo facesse; ma avrebbero tutti fatto del loro meglio per toglierlo dai guai, se ci fosse capitato in mezzo, come era avvenuto nel caso degli Uomini Neri all'inizio delle loro avventure, quando ancora non avevano nessun motivo particolare per essergli riconoscenti. Questo è il punto: i nani non sono eroi, bensì una razza calcolatrice con un gran concetto del valore del denaro; alcuni sono una massa infida, scaltra, e pessima da cui tenersi alla larga; altri non lo sono, anzi sono tipi abbastanza per bene come Thorin e Compagnia, sempre però che non vi aspettiate troppo da loro.

Le stelle cominciavano ad apparire in un cielo pallido striato di nero, quando lo hobbit strisciò attraverso la porta incantata e si introdusse furtivamente nella Montagna. Era un cammino molto più facile di quanto si aspettasse. Questo non era un ingresso da orchi, o una rozza caverna da Elfi Silvani. Era un cunicolo fatto dai nani, al culmine della loro opulenza e abilità: era diritto come un righello, lisce le pareti, ben spianato il suolo; con una leggera e regolare inclinazione esso portava verso qualche oscura meta lontana, nelle tenebre sottostanti.

Dopo un po' Balin augurò a Bilbo « Buona fortuna! », e si fermò dove poteva ancora vedere la fioca sagoma della porta e dove, grazie a un particolare gioco di echi del tunnel, poteva udire il sussurro delle voci degli altri che bisbigliavano tra loro sullo spiazzo. Allora lo hobbit si infilò l'anello, e avvertito appunto dall'eco di stare più che hobbiticamente attento a non far rumore, si inoltrò silenzioso sempre più in giù, nelle tenebre. Tremava di paura, ma il suo faccino era risoluto e minaccioso. Era già uno hobbit molto diverso da quello che era corso via da casa Baggins senza fazzoletto, molto tempo fa. Erano secoli che non aveva più un fazzoletto. Allentò il pugnale nella custodia, si strinse la cintura e avanzò.

« Adesso ci sei proprio dentro, Bilbo Baggins » egli disse tra sé e sé. « Ci sei andato a cascare in mezzo, quella notte della riunione, e ora ti tocca uscirne fuori e scontarla! Povero me, che pazzo sono stato e sono! » disse la parte meno Tucchica di lui. « Non so assolutamente che cosa farmene di tesori sorvegliati da draghi, e tutto il mucchio potrebbe star lì per sempre, se solo potessi svegliarmi e scoprire che questo tunnel della malora è l'ingresso di casa mia! ».

Non si svegliò, naturalmente, ma continuò ad avanzare, finché ogni traccia della porta dietro di lui non svanì del tutto. Era completamente solo. Presto gli sembrò che cominciasse a far caldo. « Non è una specie di bagliore quello che mi pare provenga di laggiù? » disse fra sé.

Lo era. E a mano a mano che avanzava diventava sempre più forte, finché non ebbe più dubbi. Era una luce rossa che diventava sempre più rossa. Inoltre, adesso faceva indubbiamente caldo nel tunnel: sbuffi di vapori fluttuavano intorno a lui e sopra la sua testa, ed egli cominciò a sudare. Ed ecco che un rumore cominciò a rimbombargli nelle orecchie, una specie di brontolio, come il ribollire di un pentolone che andasse a tutto vapore sul fuoco, misto alle fusa di un gattone gigantesco. Questo crebbe fino a diventare l'inequivocabile rumore gorgogliante di un qualche enorme animale che nel sonno russava laggiù, oltre il rosso bagliore di fronte a lui.

A questo punto Bilbo si fermò. E andare oltre fu la cosa più coraggiosa che avesse mai fatto. Le cose tremende che accaddero in seguito furono niente al confronto: egli combatté la vera battaglia da solo in quel tunnel, prima ancora di vedere l'enorme pericolo che giaceva in attesa. In ogni modo dopo una breve sosta riprese ad avanzare; e potete immaginarvelo che arriva alla fine del tunnel, cioè a un'apertura più o meno delle stesse dimensioni e forma della porta da cui il tunnel partiva. Attraverso di essa fa capolino la testolina dello hobbit. Davanti a lui si stende la grande e profondissima cantina o cella sotterranea degli antichi nani, scavata proprio alle radici della Montagna. Fa quasi buio, così che la sua vastità può essere intuita solo vagamente, ma dalla parte più vicina del pavimento roccioso si irradia un grande bagliore. Il bagliore di Smog!

Un drago enorme color oro rosso lì giaceva profondamente addormentato, e dalle sue fauci e dalle froge provenivano un rumore sordo e sbuffi di fumo, perché, nel sonno, basse erano le fiamme. Sotto di lui, sotto tutte le membra e la grossa coda avvolta in spire, e intorno a lui, da ogni parte sul pavimento invisibile, giacevano mucchi innumerevoli di cose preziose, oro lavorato e non lavorato, gemme e gioielli, e argento macchiato di rosso nella luce vermiglia.

Le ali raccolte come un incommensurabile pipistrello, Smog giaceva girato parzialmente su un fianco, e lo hobbit poteva così vederne la parte inferiore del corpo, e il lungo, pallido ventre incrostato di gemme e di frammenti d'oro per il suo lungo giacere su quel letto sontuoso. Dietro di lui, dove le pareti erano più vicine, si potevano vagamente vedere appese cotte di maglia, elmi e asce, spade e lance; e c'erano file di grossi orci e vasi riempiti di ricchezze inimmaginabili.

Dire che a Bilbo si mozzò il fiato non rende affatto l'idea. Non ci sono parole per esprimere il suo turbamento, da quando gli uomini cambiarono il linguaggio che avevano imparato dagli elfi, al tempo in cui tutto il mondo era bello. Bilbo aveva già sentito parlare e cantare delle ricchezze ammassate dai draghi, ma ignoti erano per lui lo splendore, la brama, la bellezza di un tesoro come quello. Il suo cuore fu riempito e trafitto dall'incanto e dal desiderio dei nani; ed egli rimase immobile a fissare l'oro invalutabile e incommensurabile, quasi dimentico dello spaventoso guardiano.

Rimase a fissarlo per quello che sembrò un secolo prima di strisciare, attratto quasi contro il proprio volere, fuori dall'ombra della porta del cunicolo, attraverso il pavimento fino al bordo più vicino dei mucchi del tesoro. Sopra di esso giaceva il drago addormentato, atrocemente minaccioso perfino nel sonno. Egli afferrò una grande coppa a due manici, la più pesante che potesse portare, e lanciò un'occhiata timorosa verso l'alto. Smog scosse un'ala, aprì una zampa, il rombo del suo russare cambiò di tono.

Bilbo se la diede a gambe. E il drago non si svegliò – non ancora – ma scivolò in altri sogni di avidità e di violenza, adagiato nella sua sala usurpata, mentre il piccolo hobbit si affannava a risalire il lungo tunnel. Il cuore gli batteva e le gambe erano agitate da un tremito più febbrile di quello che le aveva scosse quando era disceso, ma teneva ancora ben stretta la coppa e il suo pensiero principale era: « Ce l'ho fatta! Adesso gliela farò vedere io. Più un bottegaio che uno scassinatore, ma guarda un po'! Be', adesso la smetteranno di dire queste cose ».

Infatti fu così. Balin fu felicissimo di rivedere lo hobbit, e sorpreso quanto contento. Prese Bilbo e lo portò fuori, all'aria aperta. Era mezzanotte e le nuvole avevano nascosto le stelle, ma Bilbo giaceva cogli occhi chiusi, ansimando e godendo di sentire nuovamente l'aria fresca, e accorgendosi a malapena dell'eccitazione dei nani, e di come lo lodavano e gli davano pacche sulla schiena, e mettevano se stessi e tutte le loro famiglie per tutte le generazioni future al suo servizio.

I nani si stavano ancora passando la coppa di mano in mano, parlando tutti contenti della riconquista del loro tesoro, quando improvvisamente un rombo enorme eruppe dalla parte inferiore della montagna, come un vecchio vulcano che avesse deciso di ricominciare le sue eruzioni. La porta alle loro spalle quasi si chiuse – solo una pietra le impedì di bloccarsi – e su per il lungo tunnel, dalle più profonde viscere della terra, giunse l'eco di un mugghiare e un pestare che facevano tremare il suolo tutt'intorno.

Allora i nani dimenticarono la loro gioia e le loro fiduciose vanterie di un momento prima, e si acquattarono a terra pieni di paura. C'era ancora da fare i conti con Smog. Non è molto saggio escludere un drago vivo e vegeto dai vostri piani, se vivete vicino a lui. È probabile che i draghi non si servano veramente di tutta la loro ricchezza, ma di regola la conoscono fino all'ultimo grammo, specialmente dopo averla posseduta a lungo; e Smog non faceva eccezione. Era passato da un sogno agitato (in cui un guerriero, tutto sommato di statura insignificante ma dotato di una spada tagliente e di grande coraggio, aveva una parte molto sgradevole) al dormiveglia, e dal dormiveglia al risveglio completo. Nella caverna c'era uno strano soffio d'aria. Forse uno spiffero che usciva da quel buchetto? Non si era mai sentito molto tranquillo al riguardo, anche se era così piccolo, e ora lo guardò con occhio torvo e sospettoso, e si chiese perché non l'avesse mai bloccato. Recentemente gli era parso di avvertire il fioco echeggiare di un suono martellante su molto in alto che, attraverso quel buco, scendeva giù nella sua tana. Si mosse e allungò il collo per annusare. Fu allora che si accorse che mancava la coppa!

Ladri! Fuoco! Assassinio! Una cosa del genere non era mai successa da quando era venuto per la prima volta sulla Montagna! Non ci sono parole che possano descrivere la sua collera, il tipo di collera che si può vedere solo quando un ricco, che ha più di quanto non possa godere, perde improvvisamente qualcosa che ha posseduto a lungo ma che non ha mai usato o voluto prima. Il drago eruttò fiamme, riempì la sala di fumo, scosse le radici della montagna. Cercò invano di ficcare la testa nel buchetto, e poi raggomitolatosi per tutta la sua lunghezza, rombando sottoterra come un tuono, si precipitò fuori dalla tana profonda attraverso la grande porta, uscendo per i larghi passaggi del palazzo della montagna, in alto, verso la Porta Principale.

Il suo unico pensiero era di dar la caccia al ladro per tutta la montagna finché non lo avesse preso, dilaniato e pestato. Uscì dalla porta, le acque si alzarono in un fiero vapore sibilante; si levò in volo fiammeggiando, e si posò sulla cima della montagna in una vampa di fiamme verdi e scarlatte. I nani udirono il rombo tremendo del suo volo, e si rannicchiarono contro le pareti dello spiazzo erboso, acquattandosi ai piedi dei massi, sperando di sfuggire in qualche modo agli occhi spaventosi del drago che li cercava.

Sarebbero stati uccisi tutti, se – una volta di più – non fosse intervenuto Bilbo. « Presto! Presto! » egli ansimò. « La porta! Il tunnel! Via di qui! ».

Scossi da queste parole stavano per strisciare dentro il tunnel quando Bifur lanciò un grido: « I miei cugini! Bombur e Bofur, li abbiamo dimenticati, sono giù nella valle! ».

« Saranno ammazzati, e anche tutti i nostri pony, e perderemo tutte le nostre provviste! » gemettero gli altri. « Non possiamo far niente! ».

« Sciocchezze! » disse Thorin, ritrovando la sua dignità. « Non possiamo abbandonarli. Andate dentro, signor Baggins e Balin, e voi due Fili e Kili, il drago non ci avrà tutti. Adesso voialtri, dove sono le corde? Sbrigatevi! ».

Quelli furono forse i momenti peggiori che avessero passato fino allora. Gli orribili suoni dell'ira di Smog echeggiavano nelle conche rocciose su in alto; il drago poteva scendere fiammeggiando a ogni momento o volare roteando sopra di loro e scoprirli mentre erano intenti a tirar su le corde come pazzi sull'orlo periglioso della rupe. Bofur arrivò su, e tutto andava ancora bene. Arrivò Bombur, ansimando e sbuffando mentre le corde si sfilacciavano, e tutto andava ancora bene. Arrivarono su alcuni attrezzi e diversi pacchi di provviste, poi il pericolo piombò su di loro.

Si udì un suono rombante. Una luce rossa toccò le cime delle alte rocce, e venne il drago.

Ebbero appena il tempo di correre a gambe levate nel tunnel, trascinando con sé i loro fardelli, quando Smog arrivò rimbombando da nord, lambendo di fiamme i fianchi della montagna, sbattendo le grandi ali con un rumore simile al ruggito del vento. Il suo fiato ardente bruciò l'erba davanti alla porta, e penetrò attraverso la fessura che essi avevano lasciato aperta e li bruciacchiò nel loro nascondiglio. Si alzarono fiamme guizzanti alla cui luce danzarono le ombre nere delle rocce. Poi il buio ricadde, mentre il drago passava. I pony nitrirono per il terrore, spezzarono le corde che li legavano e galopparono via selvaggiamente. Il drago si abbassò, fece una mezza curva per inseguirli, e sparì.

« Questa sarà la fine delle nostre povere bestie! » disse Thorin. « Non c'è cosa che possa sfuggire a Smog una volta che egli l'abbia vista. Noi qui siamo e qui ci toccherà stare, a meno che qualcuno non abbia voglia di farsi a piedi tutte quelle miglia, allo scoperto, per tornare al fiume, con Smog di guardia! ».

Non era certo un pensiero piacevole. Essi strisciarono più in giù nel tunnel, e rimasero lì rabbrividendo benché facesse un caldo afoso, finché l'alba non filtrò pallida attraverso la fessura della porta. Di tanto in tanto per tutta la notte poterono udire il rombo del drago che volava farsi più forte e poi passare e svanire, mentre continuava la sua caccia tutt'intorno ai fianchi della montagna.

Dai pony, e dalle tracce degli accampamenti che aveva scoperto arguì che alcuni uomini erano risaliti su dal fiume e dal lago, e che avevano scalato il fianco della montagna dalla parte della valle dove erano rimasti i pony; ma la porta sfuggì al suo occhio inquisitore e il piccolo spiazzo, protetto dalle sue alte pareti, aveva eluso le sue fiamme più violente. A lungo e invano cacciò il drago finché l'alba non raffreddò il suo furore ed egli tornò sul suo aureo giaciglio a dormire e a ritemprare le forze. Non avrebbe dimenticato o perdonato il furto nemmeno se, passati mille anni, si fosse tramutato in una pietra rovente sotto la cenere; ma ora poteva permettersi di aspettare. Lento e silenzioso strisciò di nuovo nella sua tana e socchiuse gli occhi.

Quando venne il mattino il terrore dei nani diminuì un po'. Si resero conto che pericoli di questo genere erano inevitabili avendo a che fare con un guardiano di tal fatta, e che non era ancora il caso di rinunciare alla loro ricerca. E non potevano

andarsene proprio allora, sottolineò Thorin. I loro
pony erano dispersi o uccisi, e avrebbero dovuto
aspettare un bel po' prima che Smog allentasse la
sua sorveglianza tanto che essi potessero osare di percorrere a piedi la lunga strada. Per fortuna avevano
salvato provviste bastanti per diversi giorni.

Discussero a lungo su ciò che bisognava fare, ma
non riuscirono a trovare nessun sistema per sbaraz-
zarsi di Smog, e proprio questo era sempre stato un
punto debole dei loro piani, come Bilbo si sentiva
propenso a far notare. Poi, come è naturale in gente
profondamente perplessa, cominciarono a lagnarsi dello hobbit, biasimandolo per quello di cui si erano
dapprima tanto compiaciuti: per avere portato via
una coppa e avere suscitato così presto il furore di
Smog.

« Che altro dovrebbe fare uno scassinatore, secondo voi? » chiese Bilbo irosamente. « Non sono stato
assunto per uccidere draghi, questo è un lavoro da
guerrieri, ma per rubare un tesoro. Ho iniziato come
meglio potevo. Vi aspettavate che tornassi trotterellando con tutto il gruzzolo di Thror sul groppone?
Se c'è da fare delle lamentele, penso di avere anch'io
qualcosa da dire. Avreste dovuto portare cinquecento
scassinatori, non uno. Torna certamente a tutto onore di tuo nonno, aver ammassato una ricchezza così
enorme, ma non puoi pretendere di avermene mai
dato un'idea precisa. Avrei bisogno di varie centinaia
d'anni per portarla tutta qui sopra, anche se fossi cinquanta volte più grosso e se Smog fosse docile come
un coniglio ».

Dopo di ciò naturalmente i nani gli chiesero scusa. « Dunque che cosa ci suggerisci di fare, signor
Baggins? » chiese educatamente Thorin.

« Al momento non ne ho idea, se vi riferite alla
rimozione del tesoro. Ovviamente questo dipende
interamente da qualche nuovo colpo di fortuna e
dall'esserci sbarazzati di Smog. Sbarazzarmi di draghi
non è per niente il mio genere, ma farò del mio me-

glio per pensarci sopra. Personalmente non ho nessuna speranza, e vorrei essere sano e salvo a casa mia ».

« Lascia perdere, per il momento! Che cosa dobbiamo fare, oggi? ».

« Be', se proprio volete il mio consiglio, direi che non possiamo fare altro che stare dove siamo. Senza dubbio di giorno possiamo strisciare fuori abbastanza tranquillamente per prendere aria. Forse tra non molto si potrebbe scegliere uno o due di noi per raggiungere il nostro deposito sul fiume e rimpinguare le nostre provviste. Ma nel frattempo ognuno dovrebbe starsene dentro il tunnel, di notte.

« Ora vi farò una proposta. Io ho il mio anello e a mezzogiorno striscerò giù – questo dovrebbe essere il momento in cui Smog schiaccia un sonnellino, se mai lo fa – e cercherò di scoprire quali siano le sue intenzioni. Forse ne verrà fuori qualcosa. "Ogni drago ha il suo punto debole", come diceva mio padre, anche se non lo diceva di certo per esperienza personale ».

I nani accettarono questa proposta con entusiasmo. Erano già arrivati a rispettare il piccolo Bilbo, ma ora egli era diventato il vero capo della loro avventura. Aveva cominciato a prendere iniziative personali, e quando arrivò mezzogiorno si preparò a un altro viaggio giù nella Montagna. Non che gli facesse piacere, beninteso, ma non era più tanto orribile ora che sapeva, più o meno, che cosa lo aspettava. Se ne avesse saputo di più sui draghi e sulle loro astuzie, sarebbe forse stato più spaventato e meno speranzoso di sorprendere questo mentre sonnecchiava.

Il sole brillava quand'egli si mise in viaggio, ma dentro al tunnel era buio come di notte. La luce proveniente dalla porta, quasi chiusa, svanì presto via via che scendeva. I suoi passi erano così silenziosi che del fumo ondeggiante a un mite venticello non avrebbe potuto esserlo di più, ed egli si sentiva abbastanza fiero di se stesso man mano che si avvicinava alla porta inferiore, dove si poteva intravedere solo un bagliore molto tenue.

« Il vecchio Smog è stanco e addormentato » egli pensò. « Non può vedermi e non mi sentirà. Su con la vita, Bilbo! ». Si era dimenticato, o non ne aveva mai sentito parlare, del senso dell'olfatto dei draghi. Un altro fatto imbarazzante, poi, è che essi possono tenere un occhio mezzo aperto per fare la guardia mentre dormono, se sono insospettiti.

E Smog sembrava infatti profondamente addormentato, immobile e scuro come morto, con poco più di uno sbuffo di vapore appena percettibile mentre russava, quando Bilbo fece di nuovo capolino dall'ingresso. Stava per scendere l'ultimo gradino quando sorprese un improvviso raggio di luce rossa, sottile e penetrante, da sotto la palpebra abbassata dell'occhio sinistro di Smog. Stava soltanto facendo finta di dormire! Bilbo indietreggiò immediatamente e benedisse la fortuna di avere l'anello. E allora Smog parlò.

« Be', ladro! Ti fiuto e ti riconosco all'odore. Odo il tuo respiro. Vieni avanti! Serviti ancora, ce n'è in abbondanza e d'avanzo! ».

Ma Bilbo non era proprio ignorante fino a questo punto in scienza draghesca, e se Smog sperava di farlo avvicinare così facilmente rimase deluso. « No, grazie, o Smog il Terribile! » replicò. « Non sono venuto per ricevere regali. Volevo solamente darti un'occhiata e vedere se eri veramente così grande come dice la tua fama. Non ci credevo ».

« E adesso? » disse il drago vagamente lusingato, anche se non credeva neanche a una parola.

« In verità canti e leggende sono assolutamente inferiori alla realtà, o Smog, Principale e Massima Calamità » replicò Bilbo.

« Hai dei modi garbati per essere un ladro e un bugiardo » disse il drago. « Sembra che tu conosca bene il mio nome, ma non mi sembra di ricordare di averti mai fiutato prima d'ora. Chi sei e da dove vieni, se non sono indiscreto? ».

« Niente affatto! Io vengo da sotto il colle, e giù per i colli e su per i colli porta la mia strada. E attraverso l'aria. Io sono colui che cammina senza esser visto ».

« Non stento a crederlo » disse Smog « ma mi sembra difficile che questo sia il tuo vero nome ».

« Io sono colui che scioglie gli indovinelli, colui che strappa le ragnatele, la mosca che punge. Io fui scelto per il numero fortunato ».

« Vezzosissimi appellativi! » sghignazzò il drago. « Ma non sempre i numeri fortunati sono tali ».

« Io sono colui che seppellisce vivi i suoi amici e li affoga e li ritira vivi fuori dall'acqua. Venni dal fondo di un vicolo cieco, senza esserci mai caduto.

« Io sono l'amico degli orsi e l'ospite delle aquile. Io sono il Vincitore dell'Anello e il Fortunato; e sono il Cavaliere del Barile » continuò Bilbo che cominciava a compiacersi dei suoi enigmi.

« Così va meglio! » disse Smog. « Ma non farti portare troppo in là dall'immaginazione! ».

Beninteso, è appunto questo il modo di parlare coi draghi, se uno non vuole rivelare il proprio nome (il che è cosa saggia) e non vuole farli infuriare con un netto rifiuto (e anche questa è una cosa molto saggia). Nessun drago può resistere al fascino di una conversazione enigmatica e di passare un po' di tempo cercando di comprenderla. Qui c'erano un sacco di cose che Smog non capiva per niente (sebbene io ritenga che voi le capiate, visto che sapete tutto sulle avventure di Bilbo a cui egli si riferiva), ma credette di averne capito abbastanza, e ridacchiò nel suo cuore malvagio.

« È proprio come pensavo la notte scorsa » egli sorrise tra sé e sé. « Uomini del Lago, qualche sporco intrigo di quei miserabili uomini commercianti di botti del lago, o io sono una lucertola. Non sono sceso da quelle parti per troppo tempo; ma presto questo cambierà! ».

« Benissimo, o Cavaliere del Barile! » egli disse ad alta voce. « Forse Barile era il nome del tuo pony; e forse no, anche se era grasso abbastanza. Potrai camminare senza essere visto, ma non hai ancora percorso tutta la strada. Permettimi di dirti che la notte scorsa ho mangiato sei pony, e tra non molto catturerò e mangerò tutti gli altri. Per sdebitarmi dell'ottimo pasto ti darò un consiglio per il tuo bene: non avere niente a che fare con i nani, se puoi farne a meno! ».

« Nani! » disse Bilbo con finta sorpresa.

« Zitto, zitto! » disse Smog. « Conosco bene l'odore (e il sapore) dei nani: è quello che conosco meglio. Non venirmi a raccontare che posso mangiare un pony montato da un nano e non accorgermene! Farai una brutta fine, se vai in giro con questi begli amici, o Ladro Cavaliere del Barile. Non me ne importa niente se ritorni a dirglielo da parte mia ». Ma non disse a Bilbo che c'era un odore che non riusciva a identificare, l'odore di hobbit; era completamente al di fuori della sua esperienza e ciò lo metteva in grande imbarazzo.

« Immagino che avrai ricavato un bel guadagno con quella coppa la notte scorsa... » egli continuò. « Su, su di', la verità! Come? proprio niente? Be', questo è proprio tipico di loro. E immagino che ora se ne stiano rimpiattati là fuori, e tocca a te fare il lavoro più pericoloso, e arraffare per conto loro tutto quello che puoi mentre io non guardo! E poi ti daranno una bella parte? Non crederci! Se ne esci fuori vivo, sarai fortunato ».

Adesso Bilbo cominciava a sentirsi veramente a disagio. Ogni qual volta l'occhio rovente di Smog, cercandolo nell'ombra, dardeggiava su di lui, egli tremava e veniva preso da un desiderio inesplicabile di precipitarsi fuori, palesarsi e raccontare a Smog tutta la verità. Effettivamente stava correndo l'atroce rischio di cadere sotto l'influsso magico del drago. Ma riprendendo coraggio parlò di nuovo.

« Ma tu non sai tutto, o Smog il Possente » disse. « Non è soltanto per l'oro che noi siamo venuti fin qui ».

« Ah! Ah! Dunque ammetti il "noi" » rise Smog. « Perché non dici "noi quattordici" e la fai finita, signor Numero Fortunato? Mi fa piacere sentire che avevi altre cose di cui occuparti da queste parti, oltre al mio oro. In tal caso potrai forse anche non perdere il tuo tempo.

« Non so se ti è mai venuto in mente che, se anche potessi rubarmi l'oro a poco a poco – questione di un centinaio d'anni, più o meno – non potresti portarlo molto lontano... Inutile tenerlo lì fuori, sul fianco della Montagna... Inutile portarlo nella foresta... Che il cielo mi fulmini! Hai mai pensato al trucco? Un quattordicesimo del tesoro, immagino, o qualcosa di simile, questi erano i patti, eh? Ma come risolvere il problema della consegna? O quello del trasporto? O quello delle guardie armate o del pedaggio? ». E Smog rise forte. Aveva un animo malvagio e scaltro, e sapeva che le sue supposizioni non erano molto lontane dal vero, anche se sospettava che dietro questi piani ci fossero gli Uomini del Lago e che fosse inteso che la maggior parte del bottino doveva rimanere lì, nella città presso la riva che ai tempi della sua giovinezza si chiamava Esgaroth.

Stenterete a crederlo, ma il povero Bilbo fu proprio còlto di sorpresa. Fino a quel momento tutti i suoi pensieri e le sue energie erano stati concentrati sul come arrivare alla Montagna e trovare l'ingresso. Non si era mai dato la pena di chiedersi in che modo potesse venir trasportato il tesoro, e meno che mai come la sua parte potesse raggiungere Casa Baggins, Vicolo Cieco, Sottocolle.

Un odioso sospetto cominciò ora a farsi strada nella sua mente: anche i nani si erano dimenticati di

Conversazione con Smog

questo punto basilare o per tutto il tempo avevano riso di lui sotto i baffi? Questo è l'effetto che le parole dei draghi hanno sugli inesperti. Naturalmente Bilbo sarebbe dovuto stare in guardia: ma Smog aveva una personalità a dir poco fortissima.

« Ti dico » egli disse, sforzandosi di rimanere leale verso i suoi amici e di rimandare la propria fine « che l'oro era solo una preoccupazione secondaria per noi. Per *Vendetta* abbiamo percorso salite e discese, siamo venuti sulle onde e sul vento. Ti renderai certo conto, o Smog dall'incommensurabile ricchezza, che il tuo successo ti ha creato dei nemici mortali... ».

Allora Smog rise proprio di cuore – un suono devastante che scagliò Bilbo al suolo, mentre lontano, su nel tunnel, i nani si strinsero l'uno all'altro, e immaginarono che lo hobbit avesse improvvisamente fatto una brutta fine.

« Vendetta! » sbuffò, e lo sfolgorio dei suoi occhi illuminò la sala dal pavimento al soffitto di una luce scarlatta. « Vendetta! Il Re sotto la Montagna è morto e dove sono i suoi congiunti che osano cercare vendetta? Girion, Signore di Dale, è morto, e io ho mangiato la sua gente come un lupo le pecore, e dove sono i figli dei suoi figli che osano avvicinarmisi? Uccido dove voglio e nessuno osa fare resistenza. Ho umiliato i guerrieri del passato e al giorno d'oggi al mondo non c'è più il loro eguale. Allora non ero che giovane e molle. Ora sono vecchio e forte, forte, forte, Ladro nelle Tenebre! » egli esultò. « Le scaglie della mia corazza sono come scudi dieci volte più possenti, i miei denti sono spade, i miei artigli lance, lo sferzare della mia coda una saetta, le mie ali un uragano e il mio alito morte! ».

« Ho sempre saputo » disse Bilbo con uno squittio terrorizzato « che i draghi erano più molli nella parte inferiore, specialmente nella zona del loro... ehm... petto; ma indubbiamente uno così fortificato come te ci avrà pensato... ».

Il drago interruppe per un attimo le sue vanterie. « Le tue informazioni sono antiquate » scattò. « Io sono corazzato di sopra e di sotto con scaglie di ferro e gemme dure. Nessuna lama può trafiggermi! ».

« Avrei dovuto indovinarlo » disse Bilbo. « In verità, in nessun luogo si può trovare l'eguale del Nobile Smog, l'Impenetrabile. Che magnificenza possedere un panciotto di diamanti purissimi! ».

« Sì, è veramente raro e stupendo » disse Smog assurdamente compiaciuto. Non sapeva che lo hobbit aveva già dato un'occhiata al bizzarro rivestimento del suo ventre durante la visita precedente, e che non vedeva l'ora di guardarlo più da vicino per ragioni personali. Il drago si rotolò pancia all'aria. « Guarda! » disse. « Che ne dici? ».

« Abbagliante! Meraviglioso! Perfetto! Integro! Impressionante! » esclamò Bilbo ad alta voce, ma quello che pensò dentro di sé fu: « Vecchio pazzo! Guarda che razza di macchia c'è nell'incavo della parte sinistra del petto, nudo come una lumaca fuori dal guscio! ».

Dopo aver visto quel che l'interessava, l'unica idea del signor Baggins fu quella di andarsene. « Be', non devo disturbare oltre Vostra Magnificenza » disse « o trattenerti dal riposo di cui hai certo bisogno. Penso che dar la caccia ai pony sia un po' faticoso, quando si ricomincia a farlo dopo tanto tempo. E lo stesso è con gli scassinatori! » egli aggiunse come frecciata finale, schizzando via e dandosela a gambe levate su per il tunnel.

Fu un'osservazione infelice: infatti il drago sputò fiamme spaventose dietro di lui, e per quanto risalisse di corsa il pendio, Bilbo non si era ancora allontanato abbastanza per trovarsi al sicuro quando la testa orrenda di Smog premette contro l'apertura dietro di lui. Per fortuna tutta la testa e gli artigli non potevano infilarcisi dentro, ma le narici lanciarono fiamme e vapore infuocato al suo inseguimento, ed egli ne fu quasi sopraffatto, e continuò ad avanzare barcollando, in preda a gran dolore e paura. Si era sentito abbastanza compiaciuto dell'abilità mostrata nella sua conversazione con Smog, ma lo sbaglio finale lo riportò bruscamente a un maggior buon senso.

« Non farti mai beffe di un drago vivo, pazzo di un Bilbo! » disse tra sé e sé, e questa divenne una delle sue frasi preferite più tardi, e diventò proverbiale. « Non sei ancora arrivato alla fine di quest'avventura » aggiunse, ed anche questo era verissimo.

Il pomeriggio stava volgendo alla sera quando egli arrivò alla fine del tunnel e inciampò e cadde svenuto sulla 'soglia'. I nani lo rianimarono e medicarono le sue bruciature come meglio poterono; ma dovette passare molto tempo prima che i capelli sulla parte posteriore della testa e i peli sui talloni gli tornassero a crescere normalmente: erano stati tutti bruciacchiati e abbrustoliti fino al bulbo sotto la pelle. Nel frattempo i suoi amici fecero del loro meglio per tirarlo su; erano avidi di sentire la sua storia, desiderando specialmente sapere perché il drago avesse fatto un rumore così terribile, e come Bilbo fosse riuscito a fuggire.

Ma lo hobbit era preoccupato e a disagio, e trovarono difficile cavargli fuori qualcosa. Ripensando a come erano andate le cose, ora egli rimpiangeva di aver detto certe cose al drago e non era tanto ansioso di ripeterle. Il vecchio tordo stava appollaiato su una roccia lì accanto colla testa inclinata da una parte, ascoltando tutto quello che veniva detto. E a prova di quanto Bilbo fosse di cattivo umore basti dire che egli raccolse una pietra e la scagliò contro il tordo, che si limitò a svolazzare da un lato e tornò indietro.

« Uccellaccio della malora! » disse Bilbo irosamente. « Credo che stia ascoltando, e non mi piace il suo aspetto ».

« Lascialo in pace! » disse Thorin. « I tordi sono

buoni e amichevoli; questo è un uccello vecchissimo, forse l'ultimo superstite dell'antica stirpe che viveva da queste parti, docili alle carezze di mio padre e mio nonno. Erano una razza longeva e dotata di poteri magici, e questo potrebbe essere uno di quelli che vivevano allora, un paio di centinaia d'anni fa o forse più. Gli Uomini di Dale possedevano la chiave per capire il loro linguaggio, e li usavano come messaggeri presso gli Uomini del Lago o altrove ».

« Be', avrà proprio delle belle notizie da portare a Pontelagolungo, se è questo che vuole, » disse Bilbo « benché non creda che ci siano rimaste delle persone che perdano il loro tempo col linguaggio dei tordi ».

« Ma che diamine è successo? » gridarono i nani. « Forza, va' avanti col tuo racconto! ».

Così Bilbo raccontò tutto quello di cui poteva ricordarsi, e confessò di avere avuto la sgradevole sensazione che il drago avesse indovinato troppe cose grazie ai suoi enigmi, senza considerare poi gli accampamenti e i pony. « Sono sicuro che sa che veniamo da Pontelagolungo e che lì siamo stati aiutati; e ho l'orribile sensazione che la sua prossima mossa sia volta in quella direzione. Volesse il cielo che non avessi mai detto niente riguardo al "Cavaliere del Barile"; da queste parti farebbe venire in mente gli Uomini del Lago anche a un coniglio cieco! ».

« Su, su! Ormai è fatta, ed è difficile non fare passi falsi parlando con un drago, almeno così ho sempre sentito dire » disse Balin, ansioso di confortarlo. « Io credo che tu ti sia comportato molto bene, se vuoi sapere il mio parere: se non altro hai scoperto una cosa utilissima, e sei tornato indietro vivo, e questo è più di quanto possa dire la maggior parte di coloro che hanno detto il fatto loro ai simili di Smog. Essere a conoscenza della macchia sguarnita sul panciotto di diamanti del vecchio Mostro può sempre essere una grazia e una benedizione ».

Questo dette un nuovo indirizzo alla conversazione,

e si misero tutti a discorrere di uccisioni di draghi, storiche, mitiche e leggendarie, e dei vari tipi di pugnalate, stilettate e colpi dal basso, e delle diverse tecniche, trucchi e stratagemmi grazie ai quali erano state realizzate. L'opinione generale era che sorprendere un drago nel sonno non era facile come pareva, e che il tentativo di colpirne o pugnalarne uno addormentato aveva più probabilità di risolversi in un disastro che non un ardito attacco frontale. Durante tutto il tempo in cui essi parlarono il tordo ascoltò, finché alla fine, quando le stelle cominciarono ad affacciarsi in cielo, spiegò silenziosamente le ali e volò via. E durante tutto il tempo in cui essi parlarono e le ombre si allungavano, Bilbo divenne sempre più infelice e il suo cattivo presentimento ingigantì.

Alla fine li interruppe. « Sono sicuro che siamo in gran pericolo, » egli disse « e non vedo il motivo di restarcene qui seduti. Il drago ha fatto inaridire tutto quel bel verde, e comunque è scesa la notte e fa freddo. Ma me lo sento nelle ossa che questo posto verrà attaccato di nuovo. Adesso Smog sa come ho fatto a scendere nella sua tana e saprà certo indovinare dov'è l'altra estremità del tunnel, potete contarci. Farà a pezzetti tutto questo fianco della Montagna, se necessario, per bloccare la nostra entrata, e se farà a pezzi pure noi sarà ancora più soddisfatto ».

« Sei molto tetro, signor Baggins! » disse Thorin. « Perché Smog non ha bloccato l'estremità inferiore, allora, se ha tanta voglia di tenerci fuori? Non lo ha fatto, o avremmo dovuto udirlo ».

« Non lo so, non lo so − forse perché all'inizio voleva provare ad adescarmi di nuovo, e ora forse perché sta aspettando fino a dopo la caccia di stanotte o perché non vuole danneggiare la sua camera da letto se può farne a meno: ma vorrei proprio che non stessimo qui a discutere. Ormai Smog può uscire da un momento all'altro, e la nostra sola speranza è di andarcene dentro al tunnel e chiudere la porta ».

Era così serio che alla fine i nani fecero come diceva, anche se rimandarono a più tardi la chiusura della porta – sembrava infatti un piano disperato, perché nessuno sapeva se o come avrebbero potuto riaprirla dal di dentro, e la prospettiva di rimanere rinchiusi in un posto la cui unica via d'uscita portava alla tana del drago non era di loro gradimento. Inoltre, tutto sembrava abbastanza tranquillo sia fuori sia in fondo al tunnel. Così, per un bel po' rimasero seduti non molto lontano dalla porta mezzo aperta e continuarono a parlare.

La conversazione si rivolse alle malvagie parole del drago riguardo ai nani. Bilbo desiderava di non averle mai udite, o almeno di potersi sentire completamente sicuro che i nani fossero assolutamente sinceri adesso che dichiaravano di non avere pensato per niente a che cosa sarebbe successo dopo avere conquistato il tesoro. « Sapevamo che sarebbe stata un'impresa disperata, » disse Thorin « e lo sappiamo ancora; e ritengo ancora che quando lo avremo recuperato ci sarà tempo abbastanza per pensare al da farsi. Per quanto riguarda la tua parte, signor Baggins, ti assicuro che ti siamo più che riconoscenti e sceglierai il tuo quattordicesimo appena avremo qualcosa da dividere. Mi dispiace che tu sia preoccupato per quanto riguarda il trasporto, e ammetto che le difficoltà sono grandi – le contrade non sono diventate meno selvagge col passare del tempo, semmai il contrario – ma noi faremo tutto quello che possiamo per te, e ci assumeremo la nostra parte delle spese, quando verrà il momento. Credimi o no, come ti pare! ».

Da ciò la conversazione passò allo sterminato mucchio di ricchezze, e alle cose che Thorin e Balin ricordavano. In particolare si chiedevano se si trovassero ancora lì sane e salve nella sala sottostante queste cose: le lance che erano state fatte per gli eserciti del gran Re Bladorthin (morto da lungo tempo), avevano ciascuna una punta triplicemente forgiata e la loro asta era abilmente intarsiata d'oro, ma non furono mai consegnate o acquistate; gli scudi fatti per guerrieri morti da lungo tempo; la grande coppa aurea di Thror, con due manici, cesellata e intagliata con uccelli e fiori i cui occhi e petali erano fatti di pietre preziose; cotte di maglia dorate, argentate e impenetrabili; la collana di Girion, Signore di Dale, fatta di cinquecento smeraldi verdi come l'erba, che egli dette ai nani perché fosse incastonata nell'armatura del figlio maggiore, una cotta di anelli saldati dai nani di cui in precedenza non era mai stato fatto l'eguale; infatti era stata fatta di argento puro lavorato fino a divenire tre volte più potente e robusto dell'acciaio. Ma più bella di tutto era la grande gemma bianca, che i nani avevano trovato sotto le radici della Montagna, il Cuore della Montagna, l'Archepietra di Thrain.

« L'Archepietra! L'Archepietra! » mormorò Thorin al buio, mezzo sognante col mento poggiato sulle ginocchia. « Era come un globo dalle mille facce; splendeva come argento alla luce del fuoco, come l'acqua al sole, come la neve sotto le stelle, e come la pioggia sopra la Luna! ».

Ma il desiderio malioso del tesoro era caduto dal cuore di Bilbo. Durante tutta la loro conversazione egli ascoltava solo per metà. Sedeva vicinissimo alla porta con un orecchio teso verso qualsiasi suono che cominciasse a farsi sentire all'esterno, e con l'altro all'erta per cogliere, dietro al mormorio dei nani, un'eco o un qualsiasi fruscio che annunciasse un movimento proveniente dal basso.

Il buio si fece sempre più fitto ed egli divenne sempre più inquieto. « Chiudete la porta! » li implorò « ho il terrore di quel drago fin nel midollo delle ossa. Questo silenzio mi piace molto meno del rombo dell'altra notte. Chiudete la porta prima che sia troppo tardi! ».

Qualcosa nella sua voce provocò nei nani una sensazione di disagio. Lentamente Thorin si riscosse dai suoi sogni e, alzatosi, fece ruzzolare via la pietra che faceva da fermaporta. Poi spinsero la porta tutti insieme, ed essa si chiuse con uno scatto secco e quasi metallico. All'interno non rimaneva nessun segno del buco della serratura. Erano chiusi nella Montagna!

E non un attimo troppo presto. Avevano a malapena percorso pochi metri giù per il tunnel quando un urto immenso investì il fianco della Montagna, come lo schianto di mazze fatte di querce secolari e brandite da giganti. La roccia rimbombò, le pareti si creparono, e dal soffitto caddero loro in testa schegge di pietra. È meglio non pensare a che cosa sarebbe successo se la porta fosse stata ancora aperta. Essi si precipitarono giù nel tunnel a gambe levate, lieti d'essere ancora vivi, mentre all'esterno, alle loro spalle, udivano il ruggito e il rombo della furia di Smog. Stava facendo a pezzi le rocce, abbattendo pareti e rupi colle sferzate della sua coda poderosa, finché il loro piccolo spiazzo, l'erba bruciacchiata, le pareti con le chiocciole, la stretta cornice, tutto scomparve in un guazzabuglio di frantumi e in una valanga di pietre scheggiate che cadde sopra la rupe nella valle sottostante.

Smog aveva lasciato la sua tana di soppiatto e in silenzio; nel buio, si era quietamente levato in volo, e poi era volato via, pesante e lento come un corvo mostruoso, trasportato dal vento verso la parte occidentale della Montagna, nella speranza di cogliervi di sorpresa qualcuno o qualcosa, e di spiare l'uscita del passaggio di cui il ladro si era servito. E quando non poté trovare nessuno né vedere niente, nemmeno là dove aveva pensato che dovesse esserci l'apertura, il suo furore esplose.

Dopo che ebbe sfogato la sua collera in questo modo, si sentì meglio e pensò in cuor suo che non avrebbe più avuto noie da quella parte. Nel frattempo aveva un'altra vendetta da compiere. « Cavaliere del Barile! » sbuffò. « Le tue impronte venivano dal fiume, senza dubbio, su per il fiume tu sei venuto.

Non conosco il tuo odore, ma se non sei uno di questi Uomini del Lago, hai avuto il loro aiuto. Ora mi vedranno e si ricorderanno chi è il vero Re sotto la Montagna! ».

Si levò in una nube di fuoco e volò via, a sud, verso il Fiume Fluente.

XIII

ERA QUESTA LA NOSTRA CASA?

Nel frattempo i nani sedevano nelle tenebre, e un silenzio di tomba cadde intorno a loro. Mangiarono poco e parlarono poco. Non potevano calcolare il trascorrere del tempo; e raramente osavano muoversi, poiché persino i loro bisbigli echeggiavano amplificati nel tunnel. Se sonnecchiavano, buio e silenzio li accoglievano al loro risveglio. Alla fine, dopo quelli che parvero giorni e giorni di attesa, quando cominciavano ormai a sentirsi tutti insonnoliti e quasi soffocati per la mancanza d'aria, non ne poterono più. Avrebbero accolto quasi volentieri rumori che provenissero dal fondo del tunnel e annunziassero il ritorno del drago. Nel silenzio essi temevano una delle sue astute diavolerie, ma non potevano starsene lì seduti per sempre.

Thorin parlò: « Tentiamo con la porta! » egli disse. « Devo sentirmi al più presto il vento sulla faccia, se no muoio. Credo che preferirei essere fatto a pezzi da Smog all'aperto piuttosto che soffocare qui dentro! ». Così parecchi nani si alzarono e a tentoni tornarono dove c'era stata la porta. Ma si resero conto ben presto che l'estremità superiore del tunnel era stata distrutta e bloccata da frantumi di roccia. Né la chiave né la magia cui un tempo essa obbediva avrebbero potuto mai più riaprire quella porta.

« Siamo in trappola! » gemettero. « Questa è la fine. Moriremo qui ».

Ma oscuramente, proprio quando i nani erano al culmine della disperazione, Bilbo sentì il cuore farglisi stranamente più leggero, come se gli fosse stato tolto un grosso peso da sotto il panciotto.

« Su, su! » egli disse. « "Finché c'è vita c'è speranza", come diceva mio padre, e "la terza volta è quella buona". Io tornerò di nuovo *laggiù*, in fondo al tunnel. Ci sono già andato due volte, quando sapevo che c'era un drago, così rischierò una terza visita ora che non ne sono più sicuro. Comunque l'unica via d'uscita è laggiù. E credo che questa volta sia meglio che veniate tutti con me ».

Per la disperazione essi acconsentirono, e Thorin fu il primo a farsi avanti al fianco di Bilbo.

« Adesso, mi raccomando, state attenti! » sussurrò lo hobbit « e sforzatevi più che potete di non far rumore! Può darsi che non ci sia nessuno Smog, ma può anche darsi che ci sia. Non corriamo rischi inutili! ».

Scesero sempre più giù. I nani, naturalmente, non potevano gareggiare con lo hobbit nell'avanzare veramente di soppiatto, e fecero un sacco di sbuffi e stropiccii che l'eco ingrandiva in modo allarmante; ma anche se di tanto in tanto Bilbo si fermava pieno di paura ad ascoltare, non un suono si levò da sotto. Vicino al fondo, per quanto poteva giudicare, Bilbo si infilò l'anello e andò avanti. Ma non ne aveva bisogno: il buio era completo, ed erano tutti invisibili, anello o non anello. In realtà era così buio che lo hobbit arrivò all'apertura inaspettatamente, poggiò le mani sull'aria, inciampò in avanti e rotolò lungo disteso nella sala!

Lì giacque a pancia in giù sul pavimento e non osò alzarsi o, quasi, respirare. Ma niente si mosse.

Non c'era un filo di luce – tranne, come gli sembrò quando alla fine alzò la testa, un pallido barlume bianco, sopra di lui e lontano nell'oscurità. Ma esso non era affatto una scintilla di fuoco di drago, sebbene il tanfo del mostro fosse pesante in quel luogo, e Bilbo si sentisse in bocca il sapore dei fumi dragheschi.

Alle lunghe il signor Baggins non ne poté più. « Va' in malora, Smog, brutto mostro! » proruppe con voce stridula. « Piantala di giocare a nascondino! Fammi luce e poi mangiami, se riesci a prendermi! ».

Fiocamente l'eco si ripercosse attorno alla sala invisibile, ma non ci fu risposta.

Bilbo si alzò, e scoprì che non sapeva in quale direzione girarsi.

« Vorrei proprio sapere a che razza di gioco Smog sta giocando » egli disse. « Però direi senz'altro che è fuori casa, oggi (o stanotte, o quello che è). Se Oin e Gloin non hanno perso i loro acciarini, forse possiamo fare un po' di luce e dare un'occhiata in giro prima che la fortuna cambi. Luce! » gridò « chi può farmi luce! ».

I nani, ovviamente, furono allarmatissimi quando Bilbo cadde con un tonfo giù dal gradino dentro la sala, e rimasero seduti tutti rannicchiati dov'egli li aveva lasciati, alla fine del tunnel.

« Ssst! ssst! » essi sibilarono, quando udirono la sua voce; e sebbene questo aiutasse lo hobbit a scoprire dov'erano, ci volle un bel po' prima che egli ottenesse qualcosa da loro. Ma alla fine, quando Bilbo si mise addirittura a pestare i piedi sul pavimento e a gridare « luce! » a squarciagola, Thorin dette il permesso, e Oin e Gloin furono spediti indietro a prendere i loro fardelli all'inizio del tunnel.

Dopo un po' un bagliore tremolante indicò loro che stavano ritornando, Oin con in mano una torcetta di pino accesa, e Gloin con un pacco di altre torce sotto il braccio. Bilbo trottò velocemente verso la porta e prese la torcia; ma ancora non riuscì a persuadere i nani ad accendere le altre o a venire a raggiungerlo. Come Thorin spiegò con gran cura, il signor Baggins era ancora ufficialmente il loro esperto scassinatore e investigatore. Se voleva correre il rischio di accendere una luce, questo era affar suo. Loro avrebbero aspettato nel tunnel il suo rapporto. Così si sedettero accanto alla porta a osservare.

Videro la piccola sagoma scura dello hobbit muoversi sul pavimento tenendo levato il suo lumicino. Di tanto in tanto, mentre era ancora abbastanza vicino, essi coglievano un bagliore e un tintinnio quand'egli inciampava in qualche oggetto d'oro. La luce divenne più piccola a mano a mano che egli si allontanava errando per la vasta sala; poi cominciò ad alzarsi danzando nell'aria. Bilbo si stava arrampicando sul grande mucchio del tesoro. Presto raggiunse la cima e avanzò ancora. Poi lo videro fermarsi e abbassarsi per un attimo; ma non ne sapevano la ragione.

La ragione era l'Archepietra, il Cuore della Montagna. Così arguì Bilbo dalla descrizione di Thorin; e in verità non potevano esserci due gemme come quella, nemmeno in un tesoro così meraviglioso, nemmeno in tutto il mondo. Mentre si arrampicava, lo stesso bianco splendore aveva brillato davanti a lui e attirato i suoi passi in quella direzione. Lentamente era aumentato fino a diventare un piccolo globo di luce pallida. Ora che vi era vicino, Bilbo lo vedeva sfumare in superficie nei bagliori guizzanti di mille colori, riflessi e frantumati, della luce incerta della sua torcia. Alla fine egli abbassò lo sguardo per guardarla, e trattenne il fiato. La grossa gemma sfolgorava ai suoi piedi di luce propria e tuttavia, tagliata e polita dai nani, che l'avevano estratta dal cuore della montagna tanto tempo prima, assorbiva tutta la luce che vi cadeva sopra e la trasformava in migliaia di scintille di bianco fulgore screziato di riflessi iridescenti.

Improvvisamente il braccio di Bilbo si protese verso di essa attirato dal suo incanto. La sua piccola mano non riusciva a contenerla, perché era una gemma grossa e pesante; ma egli la raccolse, chiuse gli occhi e la mise nella più profonda delle sue tasche.

« Adesso sì che sono uno scassinatore! » pensò. « Ma suppongo che dovrò informarne i nani – una volta o l'altra. Dopo tutto hanno detto che potevo prendere e scegliere la mia parte; e penso che sceglierei questa, lasciandogli tutto il resto! ». Ciò nonostante aveva la sgradevole sensazione che il prendere e lo scegliere non avessero incluso questa meravigliosa gemma, e che in seguito ne sarebbero nati guai.

Ora riprese ad avanzare. Scese dall'altra parte del grosso mucchio, e il bagliore della sua torcia svanì dalla vista dei nani che lo guardavano. Presto però lo rividero lontano lontano. Bilbo stava attraversando la sala.

Avanzò finché non raggiunse le grandi porte all'estremità più lontana e lì un soffio d'aria lo rinfrescò, ma spense quasi la sua luce. Egli fece timidamente capolino dall'altra parte, ed ebbe la fuggevole visione di larghi passaggi e di scale grandiose che salivano su nelle tenebre. E nemmeno lì c'era segno o suono di Smog. Stava per girarsi e tornare indietro, quando una forma nera si avventò su di lui e gli sfiorò il viso. Egli proruppe in un grido stridulo e si mise a correre, inciampò all'indietro e cadde. La torcia cadde a testa in giù e si spense!

« Era solo un pipistrello, suppongo e spero! » disse Bilbo sconsolatamente. « Ma ora che devo fare? Dov'è l'est, il sud, il nord o l'ovest? ».

« Thorin! Balin! Oin! Gloin! Fili! Kili! » egli gridò più forte che poté – e la sua voce era solo un esile suono in quella tenebrosa vastità. « Si è spenta la luce! Che qualcuno venga qui ad aiutarmi! ». Per il momento il coraggio gli era completamente venuto a mancare.

I nani udirono appena le sue fievoli grida lontane,

anzi la sola parola che poterono afferrare fu: « aiuto! ».

« Adesso che diamine mai può esser successo? » disse Thorin. « Certo non si tratta del drago, altrimenti non continuerebbe a gridare ».

Aspettarono un momento o due, e ancora non c'erano rumori di drago, in effetti proprio nessun rumore tranne la voce lontana di Bilbo. « Su, su, uno di voi prenda un altro paio di torce! » ordinò Thorin. « A quanto pare ci tocca andare ad aiutare il nostro scassinatore ».

« Era quasi ora che fossimo noi ad aiutarlo, mi sembra, » disse Balin « ed io sono prontissimo ad andare. Comunque immagino che per il momento non ci sia pericolo ».

Gloin accese molte torce, e strisciarono tutti fuori, in fila indiana, e avanzarono lungo il muro il più in fretta possibile, e subito incontrarono Bilbo in persona che tornava verso di loro. Aveva presto ripreso padronanza delle sue facoltà mentali, appena aveva visto il bagliore delle loro luci.

« Solo un pipistrello e una brutta caduta, nient'altro! » egli disse rispondendo alle loro domande. Sebbene fossero molto sollevati, si mostrarono un po' seccati di essere stati spaventati per niente; ma non so che cosa avrebbero detto, se in quel momento avesse parlato loro dell'Archepietra. Una semplice occhiata lanciata di sfuggita al tesoro mentre avanzavano aveva riacceso tutta la brama dei loro cuori naneschi; e quando il cuore di un nano, anche il più rispettabile, è risvegliato da oro e gioielli, diventa improvvisamente ardito e può diventare feroce.

In realtà i nani non avevano più bisogno di alcun incitamento. Tutti erano ansiosi di esplorare la sala, ora che ne avevano l'opportunità, ed erano pronti a credere che, per il momento, Smog fosse fuori casa. Ognuno afferrò una torcia accesa; e mentre guardavano intensamente, prima da una parte e poi dall'altra, dimenticarono la paura e perfino la prudenza. Parlarono ad alta voce, si chiamarono l'un l'altro gridando, mentre sollevavano vecchi tesori dal mucchio o dalla parete e li protendevano alla luce, accarezzandoli e palpandoli.

Fili e Kili erano quasi di buon umore, e trovando che molte arpe d'oro dalle corde d'argento erano ancora appese lì, le presero e le sfiorarono: ed essendo magiche (e inoltre non essendo mai state toccate dal drago, che aveva poco interesse per la musica) erano ancora accordate. La sala oscura si riempì di una melodia che aveva taciuto a lungo. Ma la maggior parte dei nani erano più pratici: raccolsero gemme e se ne riempirono le tasche, facendosi scivolare tra le dita, con un singhiozzo, quello che non potevano trasportare. Thorin non era da meno degli altri; ma egli andava cercando da una parte e dall'altra qualcosa che non riusciva a trovare. Era l'Archepietra; ma ancora non ne parlò a nessuno.

Ora i nani tirarono giù dalle pareti vesti e armi e le indossarono. Thorin aveva un aspetto veramente regale, rivestito di una cotta di maglia dorata, con un'ascia dal manico d'argento infilata in una cintura incrostata di pietre scarlatte.

« Signor Baggins! » egli gridò. « Ecco un primo pagamento della tua ricompensa! Togliti quella vecchia cotta e mettiti questa! ».

Così dicendo mise addosso a Bilbo una piccola cotta, di maglia, forgiata per qualche giovane principe degli elfi tanto tempo addietro. Era di quell'argento duro come l'acciaio che gli elfi chiamano *mithril*, ed era accompagnata da una cintura di perle e cristalli. Un elmo leggero di cuoio decorato, rinforzato al di sotto da cerchi d'acciaio, e con l'orlo tutto trapunto di gemme bianche, fu posto sulla testa dello hobbit.

« Mi sento magnifico, » egli pensò « anche se devo avere un aspetto abbastanza assurdo, immagino. Chi sa come riderebbero di me, a casa, sulla Collina! Eppure vorrei che ci fosse uno specchio a portata di mano! ».

Nel complesso, però, il signor Baggins mantenne la testa a posto, e il suo animo non fu soggiogato dalla malia del tesoro come quello dei nani. Molto prima che costoro si stancassero di esaminare i tesori, egli se ne stufò e si sedette sul pavimento; cominciò a chiedersi nervosamente quale sarebbe stata la fine di tutto. « Darei un bel po' di questi calici preziosi » egli pensò « per un sorso ristoratore bevuto dai boccali di legno di Beorn! ».

« Thorin! » gridò forte. « E adesso che si fa? Ci siamo armati, ma in passato a che sono mai servite le armi contro Smog il Tremendo? Questo tesoro non è stato ancora riconquistato. Non siamo più in cerca di oro, ormai, ma di una via d'uscita; e abbiamo sfidato la fortuna abbastanza a lungo! ».

« Dici il vero! » rispose Thorin tornando in sé. « Andiamo! Vi farò da guida. Neanche tra mille anni potrei dimenticare le strade di questo palazzo ». Poi chiamò tutti gli altri e si raggrupparono; e tenendo le torce alte sopra la testa passarono attraverso le porte aperte, non senza voltarsi a lanciare molte occhiate di desiderio.

Coi loro vecchi mantelli avevano ricoperto le armature scintillanti, e gli elmi lucenti coi loro cappucci stropicciati, e camminavano in fila indiana dietro Thorin, una fila di piccole luci nel buio che si arrestavano spesso, per ascoltare se qualche rumore palesasse il ritorno del drago. Benché tutti gli antichi ornamenti fossero da lungo tempo andati in rovina o distrutti, e benché tutto fosse stato insudiciato e danneggiato dalle entrate e uscite del mostro, Thorin conosceva ogni passaggio e ogni curva. Salirono per lunghe scale, girarono e scesero per larghe vie riecheggianti, e girarono di nuovo e risalirono scale e scale. I gradini erano lisci, larghi e ben tagliati nella viva roccia; e sempre più su salirono, senza incontrare segno alcuno di esseri viventi, solo ombre furtive che si dileguavano all'appressarsi delle loro torce vacillanti per le correnti d'aria.

Tutti quei gradini però non erano stati fatti per gambe di hobbit, e Bilbo cominciava a sentirsi esausto da non farcela più, quando improvvisamente il tetto balzò in alto, molto più su della portata delle loro torce, e un bianco bagliore si vide filtrare attraverso una qualche apertura su in alto, e l'aria aveva un odore più dolce. Davanti a loro una luce soffusa penetrava attraverso le grandi porte, inclinate sui cardini e mezzo bruciate.

« Questa è la grande sala di Thror, » disse Thorin « la sala dei banchetti e del consiglio. Adesso la Porta Principale non è molto lontana ».

Attraversarono la sala in rovina. C'erano tavole putrefatte; sedie e panche giacevano rovesciate, bruciate e in sfacelo. Teschi e ossa erano sparsi sul pavimento in mezzo a caraffe, scodelle, corni per bere tutti spezzati, e polvere. Man mano che passavano attraverso un numero ancora maggiore di porte all'altra estremità, un rumore d'acqua percosse le loro orecchie e la luce grigia si fece improvvisamente più chiara.

« Ecco la sorgente del Fiume Fluente » disse Thorin. « Da qui esso corre verso la Porta. Seguiamolo! ».

Lì, da una scura apertura nel muro di roccia, usciva un rivo ribollente, che scorreva turbinoso in uno stretto canale, profondo e tagliato a picco dalla destrezza di antiche mani. Su uno dei suoi fianchi era stata aperta una strada pavimentata di pietra, abbastanza larga perché molti uomini vi potessero avanzare fianco a fianco. Su di essa corsero veloci, e al di là di una curva larga ed ampia – ecco! Davanti a loro c'era la chiara luce del giorno. Di fronte si ergeva un alto arco, che mostrava ancora i frammenti di antichi bassorilievi, sebbene fosse logoro, spezzato e annerito. Un vago sole inviava la sua pallida luce tra i contrafforti della Montagna, e raggi d'oro cadevano sul lastrico della soglia.

Un frullo di pipistrelli spaventati nel sonno dalle loro torce fumose passò turbinoso sopra di loro: mentre balzavano avanti i loro piedi scivolarono sulle pietre rese lisce e levigate dal passaggio del drago. Davanti a loro l'acqua cadeva rumorosamente al di fuori e spumeggiava verso la valle. Gettarono le loro pallide torce al suolo, e rimasero a guardare fuori cogli occhi sbarrati. Erano arrivati alla Porta Principale, e guardavano verso Dale.

« Bene! » disse Bilbo. « Non mi sarei mai aspettato di poter guardare *fuori* da questa porta. E non mi sarei mai aspettato di essere così contento di rivedere il sole, e di sentire il vento sul mio viso. Ma, oh! Che vento freddo! ».

Lo era proprio. Un'aspra brezza orientale soffiava minacciando il sopravvenire dell'inverno. Essa sibilava sopra e attorno ai contrafforti della Montagna dentro la valle, e gemeva in mezzo alle rocce. Dopo tutto il tempo passato nelle profondità delle caverne abitate dal drago, essi rabbrividirono al sole.

Improvvisamente Bilbo si rese conto che non era solo stanco, ma anche affamato come un lupo. « Sembra che sia mattina inoltrata, » egli disse « immagino quindi che sia più o meno ora di colazione – se c'è qualcosa da mangiare a colazione. Ma ho anche la sensazione che la soglia della porta di casa di Smog non sia il posto ideale per mangiare. Su, andiamo da qualche parte dove possiamo star seduti in pace per un po' ».

« Giustissimo! » disse Balin. « E io penso di sapere dove dovremmo andare: dovremmo dirigerci al vecchio posto di guardia all'angolo sud-ovest della Montagna ».

« Quanto dista? » chiese lo hobbit.

« Cinque ore di marcia, direi. Non sarà facile arrivarci. Sembra che la strada dalla Porta lungo la riva sinistra del fiume sia tutta in rovina. Ma guarda laggiù! Il fiume disegna improvvisamente un meandro attorno a Dale, a est, di fronte alle rovine della città. In quel punto una volta c'era un ponte, che si collegava a ripide scale che risalivano la riva destra; poi c'era una strada verso Collecorvo. Lì c'è (o c'era) un sentiero che lasciava la strada e risaliva fino al posto di guardia. Una salita dura, per di più, anche se i vecchi gradini sono ancora lì ».

« Povero me! » brontolò lo hobbit. « Non si finisce più di camminare e di arrampicarsi, e a pancia vuota per di più! Mi chiedo quante colazioni, o altri pasti, abbiamo saltato dentro a quel sordido buco senza orologi e senza tempo... ».

Per l'esattezza erano trascorsi due notti e il giorno in mezzo (e non completamente senza cibo) da quando il drago aveva abbattuto la porta magica, ma Bilbo aveva un po' perso il conto, e per quanto ne sapeva lui, poteva trattarsi di una notte o di una settimana.

« Su, su! » disse Thorin ridendo: stava riprendendo animo e si faceva suonare le pietre preziose nelle tasche. « Non chiamare "sordido buco" il mio palazzo! Aspetta finché sarà stato ripulito e riordinato! ».

« Questo accadrà solo quando Smog sarà morto » disse tetro Bilbo. « E intanto dov'è? Darei una buona colazione per saperlo. Spero che non sia in cima alla Montagna a guardare quaggiù! ».

L'idea disturbò moltissimo i nani, e rapidamente decisero che Bilbo e Balin avevano ragione.

« Dobbiamo allontanarci da qui » disse Dori. « Ho la sensazione che i suoi occhi siano incollati sulla mia nuca ».

« È un posto freddo e solitario » disse Bombur. « Forse c'è da bere, ma non vedo traccia di cibo. Un drago dovrebbe essere costantemente affamato in posti simili ».

« Vieni! Vieni! » gridarono gli altri. « Seguiamo il sentiero di Balin! ».

A destra, sotto la parete di pietra, non c'era nessun sentiero, così andarono faticosamente in mezzo alle pietre sulla sinistra del fiume, e il vuoto e la desolazione presto spensero l'entusiasmo di Thorin. Scoprirono che il ponte di cui Balin aveva parlato era caduto da molto tempo, e le sue pietre affioravano ora sul fiume basso e rumoroso; ma guadarono l'acqua senza grande difficoltà, trovarono gli antichi scalini, e risalirono l'alto argine. Dopo avere camminato per un po' si imbatterono nella vecchia strada, e dopo non molto arrivarono a una forra profondamente incassata tra le rocce; lì riposarono per un po' e fecero colazione mangiando quello che avevano, essenzialmente rimpinzimonio e acqua. (Se volete sapere cos'è il 'rimpinzimonio', posso solo dire che la ricetta non la so; ma sa un po' di biscotto, si conserva indefinitamente, e seppur sostanzioso, certamente non è allettante; in realtà è un cibo poco interessante, se non come esercizio masticatorio. Veniva infatti fatto dagli Uomini del Lago per i lunghi viaggi).

Dopo di che si rimisero in marcia; ora la strada piegava a ovest e lasciava il fiume, e la grande gobba dello sperone montano che puntava a sud si faceva sempre più vicina. Finalmente raggiunsero il sentiero della collina; si arrampicava in su con forte pendenza, ed essi arrancarono lentamente l'uno dopo l'altro, finché, nel tardo pomeriggio, arrivarono in cima alla cresta e videro il sole invernale tramontare verso occidente.

Qui trovarono un largo spiazzo privo di pareti su tre lati, ma che era riparato a nord da una parete rocciosa su cui c'era un'apertura che pareva una porta. Da quella porta si godeva un'ampia vista verso est, sud, e ovest.

« In passato » disse Balin « tenevamo qui delle sentinelle, e quella porta lì dietro conduce a una camera scavata nella roccia che fu costituita come guardiola. C'erano molti posti come questo attorno alla Montagna. Ma al tempo della nostra prosperità non pareva che ci fosse molto bisogno di fare la guardia, e forse le sentinelle se la prendevano comoda, altrimenti saremmo stati avvertiti prima dell'arrivo del drago, e le cose sarebbero potute essere diverse. Comunque ora possiamo stare nascosti e riparati per un po' e possiamo vedere molto senza essere visti ».

« Non è un gran che, se siamo stati visti mentre venivamo qui » disse Dori, che stava sempre guardando in su verso la vetta della Montagna, come se si aspettasse di vedere Smog appollaiato là sopra come un uccello su un campanile.

« Dobbiamo correre questo rischio » disse Thorin. « Non possiamo andare più avanti. per oggi ».

« Precisamente! » esclamò Bilbo e si gettò al suolo.

Nella stanza scavata nella roccia ci sarebbe stato posto per cento; e più avanti, più riparata dal freddo esterno, ce n'era una più piccola, del tutto deserta; pareva che neanche gli animali selvatici l'avessero usata durante tutto il tempo del dominio di Smog. Posarono lì i loro fagotti; e alcuni si buttarono immediatamente al suolo per dormire un po', ma gli altri si sedettero accanto alla porta più esterna a discutere i loro piani. E durante tutta la loro conversazione tornavano sempre su un punto: dov'era Smog? Guardarono a ovest, ma non videro niente, guardarono a sud, e neanche lì c'era segno del drago, bensì un enorme affollamento di uccelli. Lo fissarono chiedendosi che cosa volesse dire; ma non erano molto più vicini alla soluzione quando spuntarono le prime stelle fredde.

XIV

ACQUA E FUOCO

Se ora volete, come i nani, avere notizie di Smog, dovete ritornare indietro alla sera in cui egli distrusse la porta e volò via pieno di collera, due giorni prima.

Gli uomini di Pontelagolungo, un tempo chiamata Esgaroth, erano per lo più in casa, quella sera, perché il vento veniva dal nero oriente ed era freddo; alcuni di loro, però, passeggiavano sulle banchine, e osservavano, come amavano molto fare, le stelle che si riflettevano sulla superficie liscia del lago, mentre sbocciavano in cielo. Dalla loro città la Montagna Solitaria, seminascosta dalle basse colline all'estremità del lago, appariva attraverso una valle in fondo alla quale scendeva da nord il Fiume Fluente. Solo la sua alta vetta si poteva vedere quando il cielo era limpido, ed essi la guardavano raramente, perché era malaugurante e fosca perfino alla luce del mattino. Ora era sparita del tutto, inghiottita dal buio.

Improvvisamente riapparve per un attimo alla vista; un brevissimo bagliore la sfiorò e svanì.

« Guarda! » disse uno. « Di nuovo le luci! La notte scorsa le sentinelle le hanno viste apparire e sparire da mezzanotte fino all'alba. Lassù sta succedendo qualcosa ».

« Forse il Re sotto la Montagna sta forgiando dell'oro » disse un altro. « Da molto ormai è andato a nord, ed è tempo che le canzoni si dimostrino di nuovo vere ».

« Quale re? » disse un altro con una voce aspra. « È più probabile che sia il fuoco predatore del drago, l'unico re sotto la Montagna che abbiamo mai conosciuto ».

« Non fai altro che predire malanni! » dissero gli altri. « Qualsiasi cosa, dalle alluvioni all'avvelenamento del pesce. Pensa a qualcosa di allegro! ».

Ma improvvisamente apparve una grande luce in un punto basso delle colline, e l'estremità settentrionale del lago si fece tutta dorata. « Il Re sotto la Montagna! » urlarono. « La sua ricchezza è come il Sole, il suo argento come una fontana, i suoi fiumi d'oro saranno! Il fiume sta portando giù l'oro dalla Montagna! » gridarono, e dappertutto si spalancarono le finestre e ci si affrettò a correre.

Una volta di più ci furono un'eccitazione e un entusiasmo incredibili. Ma il tizio dalla voce aspra corse in fretta e furia dal Governatore. « Sta arrivando il drago o io sono pazzo! » egli gridò. « Tagliate i ponti! All'armi! All'armi! ».

Allora le trombe suonarono l'allarme, e riecheggiarono lungo le rive rocciose. L'allegria cessò e la gioia si mutò in terrore. Ma il drago non li trovò del tutto impreparati.

Dopo non molto, tanto forte era la sua velocità, poterono vederlo precipitarsi su di loro come una palla di fuoco, che diventò sempre più grande e sempre più vivida, e neanche il più pazzo mise in dubbio che le profezie erano state abbastanza inesatte. Tuttavia avevano ancora un po' di tempo. Ogni recipiente in città fu riempito d'acqua, ogni guerriero si armò, i dardi e le frecce furono preparati, e il ponte che li univa alla terraferma fu abbattuto e distrutto, prima che il ruggito terribile di Smog che si avvicinava diventasse più forte, e il lago si increspasse rosso come il fuoco, sotto il battito orrendo delle sue ali.

Tra le grida e le urla degli uomini discese su di loro, virò verso i ponti, e rimase di stucco! Il ponte era sparito, e i suoi nemici stavano su un'isola in mezzo all'acqua profonda – troppo profonda, fredda e scura per i suoi gusti. Se vi si fosse tuffato, ne sarebbe emerso abbastanza vapore e fumo da coprire di nebbia tutte le terre per giorni e giorni; ma il lago era più potente di lui, lo avrebbe soffocato prima che potesse passarci attraverso.

Ruggendo si volse verso la città. Una nuvola di frecce nere si levò in aria e tintinnò spuntandosi sulle sue scaglie e sui suoi gioielli, e i dardi ricaddero sul lago incendiati dal suo respiro bruciante e sibilante. Nessun fuoco d'artificio che abbiate mai immaginato avrebbe potuto eguagliare lo spettacolo di quella notte. Al sibilo delle frecce e allo squillo delle trombe, il furore del drago raggiunse il culmine, finché ne fu reso cieco e pazzo. Nessuno aveva mai osato muovergli battaglia da tanto tempo; né avrebbero osato adesso, se non fosse stato per l'uomo dalla voce aspra (Bard era il suo nome), che correva avanti e indietro rincuorando gli arcieri e incalzando il Governatore a ordinare loro di combattere fino all'ultima freccia.

Dalle fauci del drago schizzò fuori il fuoco. Per un po' egli volteggiò alto in aria sopra di loro, illuminando tutto il lago; gli alberi sulle sponde lucevano come rame e sangue, con le ombre che fluttuavano ai loro piedi. Poi piombò in basso, proprio attraverso la tempesta di frecce, reso imprudente dalla collera, senza prendere la precauzione di rivolgere le proprie parti scagliose verso i nemici, coll'unico intento di incendiare la loro città.

Il fuoco divampava dai tetti di paglia e dalle travi di legno, benché fossero stati tutti inzuppati d'acqua prima del suo arrivo, tutte le volte che Smog si scagliava giù con violenza passando e ripassando. Una volta di più centinaia di mani gettarono acqua dovunque apparisse una scintilla. Il drago turbinò indietro. Una sferzata della coda e il tetto del Municipio si sgretolò e fu raso al suolo. Fiamme inestinguibili divamparono alte nella notte. Un'altra picchiata, e un'altra ancora, e un'altra casa e poi un'altra divamparono incendiate e caddero; e ancora nessuna freccia aveva ostacolato o fatto del male a Smog più di una mosca delle paludi.

Da ogni parte ormai gli uomini balzavano in acqua. Donne e bambini venivano stipati in barche stracariche nella Piazza del Mercato. Le armi venivano scagliate a terra. Si levarono lamenti e pianti, là dove solo poco tempo prima si erano cantate per i nani le vecchie canzoni che parlavano della gioia a venire. Ora gli uomini maledicevano il loro nome. Il Governatore in persona si stava avviando verso la sua gran barca dorata, sperando di fuggire su di essa nella confusione e di salvarsi. Presto tutta la città sarebbe stata deserta e bruciata fin giù alla superficie del lago.

Questo era quanto sperava il drago. Per quello che gliene importava, potevano pure salire in barca tutti. Allora sì che si sarebbe divertito a dar loro la caccia, oppure potevano star fermi fino a morire di fame. Che cercassero di approdare e lui sarebbe stato pronto ad accoglierli. Presto avrebbe incendiato tutti i campi e i pascoli. Per ora si stava godendo il divertimento di tormentare la città, ed erano anni che non si era divertito tanto.

Ma c'era ancora una compagnia di arcieri che resisteva in mezzo alle case in fiamme. Il loro capitano era Bard, dalla voce aspra e dal viso severo, l'uomo che i suoi amici avevano accusato di profetizzare alluvioni e pesci avvelenati, sebbene conoscessero il suo valore e il suo coraggio. Era un lontano discendente di Girion, Signore di Dale: la moglie e i figli, tanto tempo addietro, erano sfuggiti alla rovina lungo il Fiume Fluente. Egli scagliava le frecce col suo grande arco di tasso, e le aveva ormai sprecate tutte tranne una. Le fiamme gli erano vicine. I compagni lo abbandonavano. Egli piegò l'arco per l'ultima volta.

Improvvisamente qualcosa frullò fuori dal buio sulla sua spalla. Bard sobbalzò, ma era solo un vecchio tordo che, senza paura, gli si appollaiò vicino all'orecchio e gli portò notizie. Meravigliato, Bard scoprì che poteva capire il suo linguaggio, poiché apparteneva alla stirpe di Dale.

« Aspetta! Aspetta! » gli disse il tordo. « Si sta levando la luna. Punta alla macchia scoperta sulla parte sinistra del petto, ora che si alza in volo e si dirige verso di te! ». E mentre Bard esitava stupefatto gli riferì le notizie dalla Montagna e tutto quello che aveva udito.

Allora Bard tese l'arco al massimo. Il drago tornava volteggiando, volando basso, e mentre si avvicinava la luna si levò sopra la riva orientale e inargentò le sue grandi ali.

« Freccia! » disse l'arciere. « Freccia nera! Ti ho conservata per ultima. Non mi hai mai tradito e io ti ho sempre recuperata. Ti ho avuta da mio padre ed egli ti ebbe dai suoi antenati. Se veramente provieni dalla fornace del vero Re sotto la Montagna, va' ora diritta al bersaglio, e buona fortuna! ».

Il drago piombò ancora una volta più in basso che mai e, mentre virava e si tuffava giù, il suo ventre brillò bianco per la luce scintillante delle gemme sotto la luna, tranne che in un punto. Il grande arco vibrò. La freccia nera schizzò via dalla corda, puntando diritta alla zona scoperta sulla sinistra del petto, dove la zampa anteriore si scostava di molto dal corpo. Lì si conficcò e sparì, punta, asta e piuma, tanto fiero era stato il suo volo. Con un grido stridente che assordò gli uomini, abbatté gli alberi e spaccò le pietre, Smog sobbalzò schiumando nell'aria, si capovolse e si schiantò rovinando al suolo.

Tutt'intero cadde sulla città. I suoi ultimi spasimi la distrussero completamente in uno scoppio di scintille e schegge volanti. Il lago vi precipitò sopra ruggendo. Un'enorme massa d'acqua si sollevò, bianca sotto la luna nel buio improvviso. Ci fu un sibilo, un vortice ribollente, e poi silenzio. E questa fu la fine di Smog e di Esgaroth, ma non di Bard.

La luna cerea si levò sempre più alta e il vento si fece più freddo e più violento; sollevò la bianca nebbia in colonne inclinate e in nuvole frettolose e la trascinò via verso ovest a diffondersi in brandelli sopra le paludi davanti a Bosco Atro. Allora si videro le molte barche punteggiare scure la superficie del lago, e il vento portò le voci del popolo di Esgaroth che piangeva la perdita della città. dei beni e delle case. In realtà, avrebbero avuto molte ragioni di essere grati, se avessero ben riflettuto, anche se questo era proprio l'ultima cosa che ci si potesse aspettare da loro in quel momento: infatti, tre quarti della popolazione della città aveva almeno salvato la propria vita; i boschi, i campi, i pascoli, il bestiame non erano stati danneggiati; e il drago era morto. E che cosa ciò volesse dire per loro, non se ne erano ancora resi conto.

Si affollarono gemendo sulle sponde occidentali, rabbrividendo al vento freddo, e le prime lagnanze furono dirette contro il Governatore, che aveva lasciato la città troppo presto, quando alcuni erano ancora pronti a difenderla.

« Avrà anche un certo talento per gli affari, specialmente quelli suoi, » mormorarono alcuni « ma non è di alcuna utilità quando succede qualcosa di serio! ». E lodarono il coraggio di Bard e il suo ultimo tiro possente. « Se solo egli non fosse stato ucciso, » dissero tutti « lo faremmo re. Bard, l'Uccisore del Drago, della stirpe di Girion! Ahimè, lo abbiamo perduto! ».

E proprio in mezzo al loro discorso, dall'ombra si avanzò un'alta figura. Era inzuppato d'acqua, i capelli neri gli spiovevano bagnati sulla faccia e sulle spalle, e una luce fiera gli brillava negli occhi.

« Bard non è perduto! » egli gridò. « Egli si lanciò in acqua da Esgaroth quando il nemico fu abbattuto. Sono io Bard, della stirpe di Girion; io sono l'uccisore del drago! ».

« Bard re! Bard re! » urlarono; ma il Governatore strinse i denti che gli battevano.

« Girion era Signore di Dale, non re di Esgaroth » egli disse. « A Pontelagolungo abbiamo sempre eletto i Governatori in mezzo ai vecchi o ai saggi, e non abbiamo tollerato l'autorità di uomini capaci solo di combattere. Che "Re Bard" torni al suo regno. Dale ormai è libera grazie al suo valore, e niente gli impedisce di ritornarci. E chiunque voglia può andare con lui, se preferisce le fredde pietre nell'ombra della Montagna alle verdi sponde del lago. I saggi rimarranno qui nella speranza di ricostruire la nostra città, e di godere ancora, tra non molto, la sua pace e le sue ricchezze ».

« Vogliamo Bard come nostro re! » gridò per tutta risposta la gente più vicina a lui. « Ne abbiamo abbastanza di vecchi e conta-soldi! ». E la gente più lontana riprese quel grido: « Viva l'Arciere, abbasso Sacco di Denaro! », finché il clamore riecheggiò lungo tutta la sponda.

« Non sarò certo io a sottovalutare Bard l'Arciere » disse prudentemente il Governatore (infatti ora Bard stava proprio accanto a lui). « Questa notte si è guadagnato un posto eminente nell'elenco dei benefattori della nostra città; ed è degno di molte canzoni imperiture. Ma perché, o Popolo? » e qui il Governatore si alzò in piedi e parlò con voce molto alta e chiara « perché tutto il biasimo tocca a me? Per quale colpa debbo essere deposto dalla mia carica? Chi ha risvegliato il drago dal suo sonno, ditemelo un po'? Chi ha ottenuto da noi ricchi doni e ampio aiuto, e ci ha portato a credere che le antiche canzoni potessero avverarsi? Chi si è fatto gioco del nostro buon cuore e delle nostre belle illusioni? Che tipo di oro hanno mandato giù per il fiume per compensarci? Fuoco di drago e rovina! Da chi dobbiamo ora reclamare il rimborso dei nostri danni, e l'aiuto per le nostre vedove e per gli orfani? ».

Come vedete, non per niente il Governatore aveva raggiunto la posizione che aveva. Il risultato delle sue parole fu che per il momento il popolo dimenticò completamente l'idea di avere un nuovo re, e rivolse la propria ira contro Thorin e la sua Compagnia. Parole aspre e selvagge furono gridate da molte parti; e alcuni di quelli che prima avevano cantato le antiche canzoni più forte di tutti, furono ora uditi gridare a voce altrettanto alta che i nani avevano deliberatamente aizzato il drago contro di loro!

« Pazzi! » disse Bard. « Perché sprecare parole e furore per quegli infelici? Senza dubbio sono stati i primi a perire nel fuoco, prima che Smog venisse da noi ». Allora, proprio mentre stava parlando, nel suo cuore si affacciò il pensiero che il favoloso tesoro della Montagna giaceva senza guardiano o padrone, ed egli tacque. Pensò alle parole del Governatore, e a Dale ricostruita, e alle campane d'oro, se solo avesse potuto trovare gli uomini.

Poi, riprese a parlare: « Questo non è il momento per parole irate, Governatore, o per prendere in considerazione importanti progetti di cambiamento. C'è del lavoro da fare. Sono ancora al tuo servizio, sebbene tra un po' è possibile che ripensi alle tue parole e vada a nord, con chiunque voglia seguirmi ».

Ciò detto, si avviò a grandi passi per aiutare a organizzare gli accampamenti e a prendersi cura dei malati e dei feriti. Ma il Governatore gli lanciò un'occhiata torva alle spalle, mentre se ne andava, e rimase seduto a terra. Pensò molto ma parlò poco, se non per chiamare a gran voce i suoi uomini perché gli portassero fuoco e cibo.

E dovunque Bard andasse trovava che tra la gente divampavano come il fuoco discorsi riguardanti l'enorme tesoro che adesso era incustodito. Gli uomini parlavano della ricompensa per tutto il male subìto che presto ne sarebbe derivata, della ricchezza sovrabbondante e superflua con cui comprare ricche cose dal Sud; e questo fu di grande conforto nella loro situazione. Era proprio quello che ci voleva, perché la notte fu aspra e penosa. Solo per pochi fu possibile trovare un riparo (al Governatore ne toccò uno) e c'era poco cibo (perfino il Governatore dovette stringere la cinghia). Molti che erano sfuggiti illesi alla rovina della città, quella notte si ammalarono per il freddo, l'umidità e il dolore, e alcuni morirono; e nei giorni seguenti ci furono molte malattie e grande fame.

Nel frattempo Bard assunse il comando, e ordinò quello che voleva, benché sempre in nome del Governatore, ed ebbe il difficile compito di governare il popolo e dirigere i preparativi per proteggerli e per dar loro una casa. Probabilmente la maggior parte di essi sarebbe morta nell'inverno che si stava avvicinando a grandi passi, se da qualche parte non fossero giunti gli aiuti. E gli aiuti arrivarono rapidamente, perché Bard aveva subito spedito veloci messaggeri su per il fiume, che si recassero nella foresta a chiedere soccorso al re degli Elfi Silvani, e questi messaggeri lo avevano trovato già sul piede di partenza, benché quello fosse solo il terzo giorno dopo la caduta di Smog.

Il re degli Elfi aveva ricevuto notizia dai suoi messaggeri personali e dagli uccelli che amavano la sua gente, e sapeva già molto di quanto era successo. Veramente enorme era l'emozione tra tutte le creature alate che dimoravano sull'orlo della Desolazione del Drago. L'aria era piena di stormi volteggianti, e i loro messaggeri più veloci volavano di qua e di là per i cieli. Ai margini della foresta si bisbigliava, gridava, cinguettava. Anche molto al di là di Bosco Atro si diffuse la notizia: « Smog è morto! ». Le foglie fremettero e orecchie stupefatte si rizzarono. Perfino prima che il re degli Elfi si fosse messo in cammino, la notizia era arrivata a occidente fino ai boschi di pini delle Montagne Nebbiose; Beorn l'aveva udita nella sua casa di legno, e gli orchi erano a concilio nelle loro caverne.

« Questa sarà l'ultima volta che sentiamo parlare di Thorin Scudodiquercia, temo » disse il re. « Avrebbe fatto meglio a rimanere mio ospite. È una brutta cosa, però, » egli aggiunse « che non porta bene a nessuno ». Infatti neanche lui aveva dimenticato la leggenda della ricchezza di Thror. Fu così che i messaggeri di Bard lo trovarono intento a marciare con molti soldati e arcieri; e attorno a lui si raggruppavano fitte folle, pensando che stesse nuovamente per scoppiare una guerra quale da molto tempo non se ne era vista l'eguale.

Ma udita la preghiera di Bard, il re ebbe pietà, perché era il signore di un popolo buono e gentile; così cambiando direzione alla sua marcia, che all'inizio era diretta verso la Montagna, si affrettò ora giù per il fiume verso Lago Lungo. Non aveva abbastanza barche o zattere per le sue schiere, che furono quindi costrette a marciare, avanzando perciò più lentamente; ma egli mandò avanti a sé, lungo il fiume, provviste e beni in abbondanza. Tuttavia gli elfi hanno il piede leggero, e sebbene a quei tempi non fossero molto abituati alle paludi e alle terre insidiose tra la foresta e il lago, abbastanza rapido fu il loro cammino. Solo cinque giorni dopo la morte del drago arrivarono sopra le sponde a contemplare le rovine della città. Fu dato loro un benvenuto caloroso, come ci si può immaginare, e gli uomini e il loro Governatore erano pronti a stringere qualsiasi patto per il futuro in cambio del soccorso prestato dal re elfico.

I loro piani furono presto fatti. Assieme alle donne e ai bambini, ai vecchi e agli ammalati, il Governatore rimaneva indietro; e con lui rimanevano alcuni bravi artigiani e molti elfi ingegnosi; e furono occupatissimi ad abbattere alberi, e a riunire il legname inviato giù dalla foresta. Poi disposero di far sorgere molte capanne vicino alla sponda per difendersi dall'inverno imminente; inoltre, sotto la direzione del Governatore, cominciarono a progettare una nuova città, destinata a essere perfino più bella e più grande di prima, ma non nello stesso posto, però. Si spostarono a nord risalendo la sponda; sempre infatti, in seguito, ebbero terrore dell'acqua dove giaceva il drago. Non sarebbe mai più ritornato al suo letto d'oro, giaceva stecchito, freddo come la pietra, rigirato sul fondo delle acque. Per secoli, quando il tempo era bello si poté vedere il suo scheletro enorme in mezzo ai pilastri rovinati della vecchia città. Ma pochi osavano attraversare quel punto maledetto, e nessuno ardì mai di tuffarsi nell'acqua gelida per recuperare le pietre preziose che si erano staccate dalla sua carcassa putrefatta.

Tutti gli uomini d'arme che erano ancora vigorosi, e la maggior parte delle schiere del re degli Elfi, si prepararono a marciare a nord verso la Montagna. Fu così che undici giorni dopo la rovina della città, l'avanguardia delle loro schiere passò la strettoia delle rocce all'estremità del lago e giunse nelle Terre Desolate.

XV

LE NUVOLE SI ADDENSANO...

Ma torniamo a Bilbo e ai nani. Uno di loro aveva fatto la guardia per tutta la notte, ma quando venne il mattino, essi non avevano ancora udito o avvertito alcun segno di pericolo. Gli uccelli si raggruppavano sempre più fitti: a stormi arrivavano volando da sud; e i corvi che ancora vivevano attorno alla Montagna volteggiavano e gridavano senza posa su in alto.

« Sta accadendo qualcosa di strano » disse Thorin. « Il tempo delle migrazioni autunnali è finito e questi sono uccelli sedentari, non migratori, infatti ci sono stormi e stormi di passeri; e laggiù, lontano lontano ci sono molti avvoltoi come se fosse in corso una battaglia! ».

Improvvisamente Bilbo indicò qualcosa: « C'è di nuovo quel vecchio tordo! » esclamò. « Pare che sia scampato, quando Smog ha distrutto il fianco della Montagna, anche se non credo che le chiocciole abbiano avuto la stessa fortuna! ».

Proprio così: il vecchio tordo era là, e quando Bilbo lo indicò, volò verso di loro e si appollaiò su una pietra lì vicino. Poi agitò le ali e cantò; poi reclinò il capo da una parte, quasi per mettersi in ascolto; e poi cantò di nuovo, e di nuovo rimase in ascolto.

« Credo che stia cercando di dirci qualcosa, » disse Balin « ma non riesco a comprendere il linguaggio di questi uccelli; è molto difficile e veloce. Ci capisci qualcosa tu, Baggins? ».

« Non molto, » disse Bilbo (che, per la precisione, non capiva assolutamente niente) « ma quel bravo vecchietto sembra molto eccitato ».

« Come vorrei che fosse un corvo imperiale! » disse Balin.

« Credevo che non ti piacessero! Sembrava che ti infastidissero molto, la prima volta che siamo venuti da queste parti! ».

« Quelli erano solo corvi! E se è per questo erano pure tipi antipatici e molto sospetti, e per giunta maleducati. Devi avere sentito anche tu le parolacce che ci gridavano dietro. Ma i corvi imperiali sono diversi. C'era grande amicizia tra loro e il popolo di Thror; e spesso ci portavano notizie segrete, e venivano ricompensati con quegli oggetti luminosi che essi amano nascondere nelle loro dimore.

« Vivono molti anni, e la loro memoria affonda lontano nel passato, ed essi tramandano la loro saggezza ai loro figli. Conoscevo molti corvi imperiali delle rocce quando ero un nanetto. Proprio questa altura è chiamata Collecorvo, perché c'era una coppia, saggia e famosa, il vecchio Carc e sua moglie, che viveva qui, sopra la guardiola. Ma penso che ormai nessun esemplare di quell'antica razza abiti ancora qui ».

Non aveva neanche finito di parlare che il vecchio tordo emise un trillo acuto e volò via all'istante.

« Noi possiamo anche non capirlo, ma sono certo che quel vecchio uccello capisce noi » disse Balin. « Teniamo gli occhi aperti, adesso, e vediamo che succede ».

Dopo non molto ci fu un frullo d'ali, ed ecco che il tordo era ritornato; e con lui veniva un altro uccello, vecchio decrepito. Stava diventando cieco, e volava a stento, e la cima della sua testa era calva. Era un anziano corvo imperiale di grandi dimensioni. Si posò a terra davanti a loro, raccolse lentamente le ali, e saltellò verso Thorin.

« O Thorin, figlio di Thrain, e Balin figlio di Fundin » egli gracchiò (e Bilbo poté capire quello che diceva, poiché usava la lingua corrente e non il linguaggio degli uccelli). « Io sono Roac figlio di Carc. Carc, che un tempo voi conoscevate bene, è morto. Sono uscito dall'uovo cento e cinquantatré anni fa, ma non ho dimenticato quello che mi disse mio padre. Io sono ora il capo dei grandi corvi imperiali della Montagna. Siamo in pochi, ma ancora ci ricordiamo il re del tempo antico. La maggior parte del mio popolo è all'estero perché ci sono grandi novità a sud – alcune sono novità apportatrici di gioia per voi, e altre non vi parranno tanto buone.

« Ecco! Gli uccelli si affollano di nuovo verso la Montagna e verso Dale da sud, da est e da ovest, perché è stata passata parola che Smog è morto! ».

« Morto? Morto? » urlarono i nani. « Morto? Allora tutta la nostra paura era inutile – e il tesoro è nostro! ». Saltarono tutti in piedi e si misero a far capriole dalla gioia.

« Sì, morto » disse Roac. « Il tordo, che le sue penne non cadano mai! lo ha visto morire, e possiamo credere alle sue parole. Lo ha visto cadere durante la battaglia contro gli uomini di Esgaroth, tre notti fa allo spuntare della luna ».

Ci volle un bel po' di tempo perché Thorin potesse convincere i nani a stare zitti e ad ascoltare le notizie del corvo imperiale. Alla fine, dopo avere raccontato tutta la storia della battaglia, esso continuò:

« Questo per quanto riguarda la gioia, Thorin Scudodiquercia. Potete ritornare alle vostre sale in tutta sicurezza: il tesoro è vostro – per il momento. Ma molti stanno convenendo qui, a parte gli uccelli. La notizia della morte del guardiano si è già diffusa in lungo e in largo, e la leggenda della ricchezza di Thror non è certo diminuita con tutti i racconti che ne sono stati fatti in tanti anni; molti sono avidi di una fetta del bottino. Una schiera di elfi è già in cammino, e gli avvoltoi li seguono sperando che ci sarà battaglia e massacro. Sul lago, gli uomini mormorano che i loro dolori sono dovuti ai nani; infatti sono senza tetto e molti sono morti; e Smog ha distrutto la loro città. Anch'essi pensano di venire indennizzati con parte del vostro tesoro, che voi siate vivi o morti.

« Senza dubbio, spetta alla vostra saggezza decidere il da farsi; ma tredici è un piccolo avanzo del grande popolo di Durin che un tempo dimorava qui, e che ora è disperso lontano. Se darete retta al mio consiglio, non vi fiderete del Governatore degli Uomini del Lago, ma piuttosto di colui che uccise il drago col suo arco. Egli è Bard, della stirpe di Dale, discendente di Girion; è un uomo aspro ma veritiero. C'è la possibilità di rivedere la pace albergare tra nani, uomini ed elfi dopo la lunga desolazione; ma vi costerà molto cara in denaro. Ho parlato ».

Allora Thorin scoppiò dalla collera: « Ti ringraziamo, Roac figlio di Carc. Tu e il tuo popolo non sarete dimenticati. Ma finché siamo vivi, il nostro oro non ci verrà tolto né col furto né con la violenza. Se vuoi meritarti ancora di più i nostri ringraziamenti, portaci notizie di chiunque si avvicini. Inoltre ti pregherei, se alcuni di voi sono ancora giovani e hanno ali possenti, di mandare messaggeri ai nostri consanguinei nelle montagne settentrionali, sia a ovest sia ad est di qui, e di metterli al corrente della nostra situazione. Ma, soprattutto, andate da mio cugino Dain nei Colli Ferrosi, perché ha molti sudditi bene armati ed è quello che dimora più vicino a questo posto. Ordinagli di affrettarsi! ».

« Non dirò se questo parere è buono o cattivo, » gracchiò Roac « ma farò tutto il possibile ». E volò via lentamente.

« Ora torniamo sulla Montagna! » gridò Thorin. « Non c'è tempo da perdere! ».

« E poco cibo da rodere! » gridò Bilbo, sempre pratico per quanto riguardava queste cose. In ogni caso egli riteneva che la sua avventura, a rigor di termine, era finita colla morte del drago – sul che si sbagliava di grosso – e avrebbe dato quasi tutta la sua parte di guadagno per una composizione pacifica di queste controversie.

« Torniamo sulla Montagna! » gridarono i nani, come se non lo avessero udito; così gli toccò di tornare con loro.

Poiché siete già al corrente di parte dell'accaduto, vi è chiaro che i nani avevano ancora alcuni giorni davanti a sé. Esplorarono le caverne una volta di più e trovarono, come si aspettavano, che solo la Porta Principale era rimasta aperta; tutti gli altri ingressi (eccetto, naturalmente, la piccola porta segreta) erano stati distrutti e bloccati tanto tempo addietro da Smog, e non ne rimaneva nessuna traccia. Così, si misero a lavorare disperatamente per fortificare l'entrata principale e per costruire un nuovo sentiero che partisse da lì. Fu facile per loro reperire in grande abbondanza gli attrezzi che erano stati usati dai minatori, scavatori e costruttori del passato; e i nani erano ancora abilissimi a fare questo tipo di lavoro.

Mentre lavoravano, i corvi imperiali li tennero costantemente al corrente delle novità. In questo modo appresero che il re degli Elfi aveva cambiato strada, dirigendosi verso il lago, e che avevano ancora tempo per rifiatare. Meglio ancora, udirono che tre dei loro pony erano scampati ed erravano allo stato brado sulle rive inferiori del Fiume Fluente, non lontano da dove avevano lasciato il resto delle loro provviste. Così mentre gli altri procedevano col lavoro, Fili e Kili furono inviati, guidati da un corvo, a ritrovare i pony e a riportare indietro tutto quel che potevano.

Passarono quattro giorni, alla fine dei quali seppero che le schiere riunite degli Uomini del Lago e degli elfi si affrettavano verso la Montagna. Ma ora le loro speranze erano maggiori; infatti il cibo che avevano sarebbe bastato, con un po' di attenzione, per alcune settimane (per lo più rimpinzimonio naturalmente, e ne erano stufi; ma anche il rimpinzimonio è meglio che niente) e l'ingresso era ormai bloccato da un muro molto spesso e alto, formato da pietre squadrate e appoggiate semplicemente l'una sull'altra a sbarrare completamente l'apertura. Nel muro c'erano diversi buchi attraverso i quali essi potevano vedere (o tirare), ma nessun ingresso. Entravano o uscivano servendosi di scale a piuoli, e issavano su la roba con le corde. Per permettere al fiume di uscire, avevano lasciato un basso archetto sotto al nuovo muro; ma vicino all'ingresso avevano talmente alterato lo stretto letto del fiume che una pozza larga e profonda si estendeva dalla parete della Montagna fino all'inizio delle cascate, superate le quali il fiume si dirigeva verso Dale. Avvicinarsi alla Porta era ora possibile, se non si voleva nuotare, solo grazie a una stretta cornice rocciosa, a destra guardando in fuori verso la valle. Essi avevano portato i pony solo fino ai primi gradini sopra il vecchio ponte, e lì, dopo averli scaricati, gli avevano comandato di tornare ai loro padroni, e li avevano rimandati a sud senza cavalieri.

Venne poi una notte in cui, improvvisamente, lontano a sud, nella città di Dale di fronte a loro, apparvero molte luci, come di fuochi e torce.

« Sono arrivati! » gridò Balin. « E il loro accampamento è grandissimo. Devono essere arrivati nella valle risalendo le rive del fiume sotto la coltre del crepuscolo ».

Quella notte i nani dormirono poco. Il mattino era ancora pallido quando videro una compagnia che si avvicinava. Da dietro al loro muro li osservarono salire fino all'inizio della valle e iniziare lentamente la scalata. Dopo non molto poterono vedere che in mezzo a loro c'erano sia Uomini del Lago in assetto di guerra, sia arcieri elfici. Alla fine l'avanguardia degli elfi scalò le rocce e apparve in cima alle cascate; ed enorme fu la loro sorpresa nel vedere la pozza davanti a sé e la Porta bloccata da un muro di pietre squadrate di fresco.

Mentre rimanevano fermi indicando la Porta e parlando tra loro, Thorin li apostrofò: « Chi siete, » gridò a gran voce « voi che venite in assetto di guerra alle porte di Thorin figlio di Thrain, Re sotto la Montagna, e che cosa volete? ».

Ma essi non risposero per niente. Alcuni tornarono subito indietro, e gli altri, dopo avere fissato per un po' la Porta e le sue difese, presto li seguirono. Quel giorno l'accampamento fu spostato a est del fiume, proprio in mezzo ai bracci della Montagna. Le rocce echeggiavano delle voci e dei loro canti, come non avevano fatto per molto tempo. C'era anche il suono delle arpe elfiche e di dolci musiche; e quando l'eco lo portava in su verso di loro pareva che il freddo dell'aria si riscaldasse, ed essi colsero vagamente la fragranza dei fiori di bosco che sbocciano a primavera.

Allora Bilbo si sentì morire dal desiderio di fuggire dalla scura fortezza e di scendere a unirsi all'allegria e ai festeggiamenti attorno ai fuochi. Anche il cuore di alcuni dei nani più giovani ne era toccato, ed essi brontolarono che avrebbero voluto che le cose fossero andate diversamente e che avessero potuto accogliere quella gente da amici. Ma Thorin li sgridò.

Allora anche i nani tirarono fuori le arpe e gli strumenti recuperati dal tesoro, e si misero a far musica per addolcire il suo umore; ma il loro canto non era un canto elfico, ed era molto simile alla canzone che avevano cantato tanto tempo prima nella piccola caverna di Bilbo.

Giù, sotto il monte altissimo abbuiato,
il Re nella sua sala è ritornato,
il Verme del Terrore, il suo nemico,
è morto e gli altri avran lo stesso fato.

La lunga lancia ed una 'spada accorta,
la freccia ratta e la robusta porta,
l'ardito cuore di chi all'oro bada
saran dei nani l'invincibil scorta.

Faceano i nani un dì magiche gesta,
battendo mazze qual campane a festa
dove dorme laggiù tetro un mistero
negli antri sotto la rocciosa cresta.

Trapuntavan di stelle le collane,
i serti con baglior di drago immane
e da un ritorto fil traean dall'arpe
di melodiche note voci arcane.

Del monte il trono ora libero abbiamo!
Odi, disperso popolo, il richiamo!
Attraverso le lande qui accorrete!
Amici vuole il Re: non lo lasciamo.

Vadan di là dai monti i nostri appelli:
« Ritornate nei vostri antichi ostelli! ».
Sulle soglie c'è il Re ch'ora vi aspetta
con mani colme d'oro e di gioielli!

Il Re nella sua sala è ritornato,
giù sotto il monte altissimo abbuiato,
il Verme del Terrore è stato ucciso
gli altri nemici avran lo stesso fato.

Questa canzone sembrò piacere a Thorin, ed egli
ritornò a sorridere e divenne allegro; e si mise a
calcolare la distanza che li separava dai Colli Ferrosi
e quanto tempo ci sarebbe voluto perché Dain potesse raggiungere la Montagna Solitaria, se fosse partito appena il messaggio lo avesse raggiunto. Ma Bilbo

si sentì gelare il sangue nelle vene, ascoltanto la canzone, e più ancora le parole successive: sapevano troppo di guerra.

Il mattino seguente, di buon'ora, una compagnia di soldati armati di lancia fu vista attraversare il fiume e marciare su per la valle. Portavano con loro il grande stendardo del re degli Elfi e l'azzurro stendardo del lago, e avanzarono finché non si fermarono proprio davanti al muro della Porta.

Di nuovo Thorin li apostrofò a gran voce: « Chi siete voi che venite armati per far guerra alle porte di Thorin figlio di Thrain, Re sotto la Montagna? ». Questa volta gli fu risposto.

Un uomo alto si fece avanti, scuro di capelli e in volto, e gridò: « Salute a te, Thorin! Perché ti barrichi come un ladro nel suo covo? Ancora non siamo nemici, e ci rallegriamo che siate vivi, al di là di ogni nostra speranza. Siamo venuti credendo di non trovare nessuno qui; tuttavia, ora che ci siamo incontrati, abbiamo alcune questioni su cui parlamentare e metterci d'accordo ».

« Chi sei tu, e di che vorresti parlamentare? ».

« Io sono Bard, e per mano mia il drago fu ucciso e il vostro tesoro salvato. Non è questa forse una questione che ti riguarda? Inoltre io sono per diritto ereditario il successore di Girion di Dale, e in mezzo al tuo tesoro c'è gran parte delle ricchezze della sua città e del suo palazzo, che Smog rubò in passato. Non è questa forse una questione di cui potremmo parlare? Inoltre, nella sua ultima battaglia Smog distrusse le dimore degli uomini di Esgaroth, e io sono ancora al servizio del loro Governatore. Vorrei parlare in vece sua e chiedere se non sei sfiorato dal pensiero del dolore e della miseria del suo popolo. Ti soccorsero quando eri in pericolo, e per tutta ricompensa finora ci hai portato solo rovina, anche se indubbiamente non l'hai fatto apposta ».

Ora queste parole erano leali e veritiere, anche se pronunciate con fiera asprezza; e Bilbo pensò che

Thorin avrebbe immediatamente riconosciuto la giustizia in esse contenuta. Beninteso, egli non si aspettava che qualcuno si ricordasse che era stato lui a scoprire tutto da solo il punto debole del drago; e fece molto bene a non aspettarselo, perché infatti nessuno se ne ricordò mai. Ma egli non faceva i conti né col potere che esercita l'oro lungamente covato da un drago, né col cuore dei nani. Nei giorni precedenti Thorin aveva passato lunghe ore nella stanza del tesoro, e la bramosia di possederlo gravava su di lui. Sebbene egli avesse mirato essenzialmente all'Archepietra, tuttavia aveva messo gli occhi sopra molte altre cose stupende che stavano lì, sulle quali aleggiavano antichi ricordi delle fatiche e dei dolori della sua stirpe.

« Presenti la parte peggiore della tua causa per ultima, e nella posizione di maggior rilievo » rispose Thorin. « Sul tesoro del mio popolo nessun uomo può vantare dei diritti, per il fatto che Smog, il quale lo rubò a noi, ha privato anche lui della vita o della casa. Il tesoro non era di Smog, e le sue azioni malvagie non debbono quindi essere indennizzate con una parte del tesoro stesso. Il prezzo delle merci e dell'assistenza che ricevemmo dagli Uomini del Lago verrà generosamente ripagato, a tempo debito. Ma non daremo *niente*, neanche il valore di una pagnotta, sotto la minaccia della forza. Fin tanto che una schiera armata sta davanti alle nostre porte, noi vi riguardiamo come ladri e nemici.

« Vorrei inoltre chiedere quale parte della loro eredità avreste pagato ai nostri consanguinei, se aveste trovato il tesoro incustodito e noi uccisi ».

« Una domanda appropriata » replicò Bard. « Ma voi non siete morti e noi non siamo banditi. Inoltre, i ricchi possono provare una pietà maggiore del loro senso di giustizia, verso i bisognosi che li hanno trattati da amici quando essi erano in miseria. E le mie altre richieste non hanno ancora avuto risposta ».

« Non parlamenterò, come ho detto, con uomini armati alla mia porta. E non parlamenterò affatto con il popolo del re elfico, di cui conservo un ricordo poco gentile. In questa discussione loro non c'entrano affatto. Vattene ora, prima che fischino le nostre frecce! E se vorrai parlarmi di nuovo, rimanda la schiera degli elfi nei boschi, dov'è il loro posto, e poi ritorna, ma deponendo le armi prima di avvicinarti alla mia soglia ».

« Il re degli Elfi è un mio amico, e ha soccorso gli Uomini del Lago nel momento del bisogno, sebbene essi non avessero nessun diritto su di lui, tranne quelli che dà l'amicizia » rispose Bard. « Ti daremo tempo per pentirti delle tue parole. Fa' appello al tuo buonsenso prima del nostro ritorno! ». Poi partì, e tornò all'accampamento.

Prima che fossero trascorse molte ore, gli ambasciatori tornarono, i trombettieri si fecero avanti e suonarono uno squillo:

« In nome di Esgaroth e della foresta » gridò uno « parliamo a Thorin Scudodiquercia figlio di Thrain, che chiama se stesso Re sotto la Montagna, e gli intimiamo di considerare seriamente le richieste che sono state avanzate, sotto pena di essere altrimenti dichiarato nostro nemico. Come minimo egli dovrà consegnare un dodicesimo del tesoro a Bard, in quanto uccisore del drago, ed erede di Girion. Con quella porzione Bard stesso contribuirà ad aiutare Esgaroth; ma se Thorin vorrà avere l'amicizia e il rispetto delle terre qui intorno, come l'avevano nel passato i suoi antenati, allora dovrà aggiungere qualcosa di suo per soccorrere gli Uomini del Lago ».

Allora Thorin tese un arco di corno e contro colui che parlava scoccò una freccia che si infilò nel suo scudo e rimase lì vibrando.

« Poiché questa è la tua risposta, » egli gridò di rimando « dichiaro la Montagna assediata. Non ve ne andrete di qui, finché non ci chiederete una tregua e un parlamento. Non prenderemo le armi contro di voi, ma vi lasciamo al vostro oro. Mangiate quello, se volete! ».

Così dicendo i messaggeri partirono velocemente, e i nani furono lasciati a meditare sulla loro situazione. Thorin si era talmente inasprito che se anche avessero voluto, gli altri non avrebbero osato criticarlo; in realtà, sembrava che la maggior parte di loro condividesse la sua opinione: eccetto forse il vecchio grasso Bombur, e Fili e Kili. Bilbo, ovviamente, disapprovava completamente come si erano messe le cose. A quel punto ne aveva più che abbastanza della Montagna, ed essere assediato dentro di essa non era per niente di suo gusto.

« Tutto il posto puzza ancora di drago » brontolò tra sé e sé « e mi fa venire la nausea. E il rimpinzimonio comincia proprio a starmi sullo stomaco ».

XVI

UN LADRO NELLA NOTTE

Ora i giorni trascorrevano lenti e faticosi. Molti nani passavano il tempo mettendo in ordine e ammucchiando il tesoro; e Thorin parlò dell'Archepietra di Thrain, e intimò loro impazientemente di cercarla in ogni angolo.

« Infatti l'Archepietra di mio padre » egli disse « ha un valore più grande di quello di un fiume tutto d'oro, e per me ha un valore inestimabile. Di tutto il tesoro io reclamo per me stesso soltanto quella pietra e mi vendicherò di chiunque la trovi e la tenga per sé ».

Bilbo udì queste parole e si spaventò chiedendosi che cosa sarebbe successo, se la pietra fosse stata trovata avvoltolata in un vecchio fardello di oggetti laceri e scompagnati che egli usava come cuscino. Ciò nonostante non ne fece parola, poiché a mano a mano che i giorni si facevano sempre più gravi e faticosi, un piano aveva cominciato a prender corpo nella sua testolina.

Le cose erano andate avanti in questo modo per un po' di tempo, quando i corvi imperiali portarono la notizia che Dain con più di cinquecento nani, affrettandosi dai Colli Ferrosi, era ora a circa due giorni di marcia da Dale, proveniente da nord-est.

« Ma non possono raggiungere la Montagna senza essere visti, » disse Roac « e temo che ci sarà battaglia nella valle. Non mi pare che questa sia una buona cosa. Sebbene siano una razza pronta a tutto, non è probabile che sopraffacciano l'esercito che vi assedia! e anche se fosse così, che cosa ne guadagnerete? L'inverno e la neve incalzano dietro di loro. Come farete a nutrirvi senza l'amicizia e la buona volontà delle contrade attorno a voi? Il tesoro finirà coll'essere la vostra morte, anche se il drago non c'è più! »

Ma Thorin non si smosse. « L'inverno e la neve morderanno tanto gli uomini quanto gli elfi, » egli disse « ed è probabile che trovino la loro permanenza nel deserto atroce da sopportare. Coi miei amici dietro di loro e l'inverno addosso a loro, forse saranno di umore più dolce quando parlamenteranno ».

Quella notte Bilbo si decise. Il cielo era nero e senza luna. Appena fu completamente buio, egli andò in un angolo di una stanza interna proprio dietro l'ingresso e tirò fuori dal suo fardello una corda e l'Archepietra avvolta in uno straccio. Poi si arrampicò in cima al muro. C'era solo Bombur, perché era il suo turno di guardia, e i nani tenevano solo una sentinella per volta.

« Fa un freddo cane! » disse Bombur. « Come vorrei che potessimo avere un fuoco anche noi, come ce l'hanno loro all'accampamento! ».

« Dentro fa abbastanza caldo » disse Bilbo.

« Vorrei ben dire! ma io sono costretto a stare qui fino a mezzanotte » brontolò il grasso nano. « Tutto sommato, è una gran brutta faccenda. Non che mi azzardi a criticare Thorin, che la sua barba diventi sempre più lunga; però è sempre stato un nano molto rigido nelle sue decisioni ».

« Meno rigido delle mie gambe » disse Bilbo. « Sono stanco di scale e passaggi di pietra. Non so quanto darei per sentirmi l'erba sotto i piedi ».

« Io non so quanto darei per sentirmi un liquore forte nella gola, e per avere un letto soffice dopo una buona cena! ».

« Queste cose non te le posso proprio dare, finché continua l'assedio. Ma è passato molto tempo da che sono stato di guardia, e finirò il tuo turno per te, se ti fa piacere. Stanotte non ho voglia di dormire ».

« Sei proprio una brava persona, signor Baggins, e accetterò la tua gentile offerta. Se ci fosse qualcosa da segnalare, svegliami per primo, mi raccomando! Starò sdraiato nella stanza più interna sulla sinistra, non lontano da qui ».

« Vai, vai! » disse Bilbo. « Ti sveglierò a mezzanotte, e potrai svegliare la prossima sentinella ».

Appena Bombur se ne fu andato, Bilbo si infilò l'anello, fissò la corda, scavalcò il muro e sparì. Aveva circa cinque ore davanti a sé. Bombur avrebbe dormito (poteva addormentarsi in qualsiasi momento, e dopo l'avventura nella foresta cercava sempre di riafferrare i magnifici sogni che aveva fatto allora); e tutti gli altri avevano da fare con Thorin. Era molto improbabile che qualcuno, perfino Fili e Kili, uscisse sul muro finché non fosse il suo turno.

Era molto scuro e quand'ebbe lasciato il sentiero appena costruito scendendo verso il corso inferiore del fiume, scoperse che la strada non gli era affatto familiare. Finalmente giunse alla curva dove avrebbe dovuto attraversare l'acqua, se voleva dirigersi verso l'accampamento. Là il letto del fiume era basso, ma già largo, e guadarlo al buio non fu facile per il piccolo hobbit. Era quasi arrivato all'altra riva quando scivolò su una pietra rotonda e cadde nell'acqua fredda con un tonfo. Era appena riuscito a sgattaiolare sulla sponda, rabbrividendo e sputacchiando, che già emergevano dalle tenebre alcuni elfi con delle lanterne luminose, per scoprire la causa di quel rumore.

« Non poteva essere un pesce! » disse uno. « C'è una spia in giro. Nascondete le luci! Aiuteranno lui più che noi, se si tratta di quell'esserino che si dice sia loro servo ».

« Servo, senti un po' questa! » fremette Bilbo; e a metà del suo fremito fece un violento starnuto e gli elfi si affollarono immediatamente verso il rumore.

« Fate luce! » egli disse. « Eccomi qua, se mi volete! » e toltosi l'anello, fece capolino da dietro a una roccia.

Lo afferrarono prontamente, nonostante la sorpresa. « Chi sei? Sei lo hobbit dei nani? Che stai facendo? Come hai fatto ad arrivare fin qui, sfuggendo alle nostre sentinelle? » chiesero l'uno dopo l'altro.

« Sono il signor Bilbo Baggins, » egli rispose « compagno di Thorin, se proprio volete saperlo. Conosco bene di vista il vostro re, anche se forse egli non conosce il mio aspetto. Ma Bard si ricorderà di me, ed è Bard in particolare che voglio vedere ».

« Ma guarda un po'! » dissero. « E quali sarebbero i tuoi affari? ».

« Quali che siano, sono affari miei, miei cari elfi. Ma se desiderate di tornare ai vostri boschi da questo posto triste e freddo, » egli rispose rabbrividendo « mi porterete di corsa vicino a un fuoco, dove possa asciugarmi, e poi mi farete parlare coi vostri capi al più presto possibile. Ho ancora soltanto un'ora o due a disposizione ».

Andò così che circa due ore dopo la fuga dalla Porta, Bilbo se ne stava seduto accanto a un fuoco caldo davanti a una larga tenda, e lì sedevano del pari, fissandolo con curiosità, sia il re degli Elfi sia Bard. Uno hobbit in un'armatura elfica, parzialmente avvolto in una vecchia coperta, era una novità per loro.

« In realtà, come voi ben sapete, » stava dicendo Bilbo col suo stile più professionale « la situazione si è fatta insostenibile. Io personalmente sono stufo dell'intera faccenda. Vorrei proprio essere di nuovo a Ovest, a casa mia, dove la gente è più ragionevole. Ma ho un certo interesse in questa faccenda – un quattordicesimo, per essere precisi, secondo una lettera che per fortuna credo di avere conservato ». E tirò fuori da una tasca della sua vecchia giacchetta (che indossava ancora sopra la cotta di maglia), stropicciata e più volte ripiegata, la lettera di Thorin che era stata messa a maggio sotto l'orologio sulla mensola del suo camino!

« Una parte dei *profitti*, badate bene » egli continuò. « Ne sono ben consapevole. Personalmente sono fin troppo pronto a considerare attentamente tutte le vostre rivendicazioni e dedurre quello che è giusto dal totale, prima di avanzare le mie richieste. Comunque voi non conoscete Thorin Scudodiquercia bene quanto me. Ve lo assicuro io, è prontissimo a star seduto su un mucchio d'oro per tutto il tempo che voi state seduti qui, a costo di morir di fame ».

« Ebbene, che lo faccia! » disse Bard. « Un pazzo del genere non merita altro ».

« Certo, certo » disse Bilbo. « Capisco il tuo punto di vista. D'altra parte però l'inverno sta sopravvenendo molto rapidamente. Tra non molto avrete la neve e chissà cos'altro, e i rifornimenti saranno difficili, perfino per gli elfi, m'immagino. Ci saranno molte altre difficoltà. Non avete sentito parlare di Dain e dei nani dei Colli Ferrosi? ».

« Sì, molto tempo fa; ma cos'ha a che fare con noi? » chiese il re.

« È quello che pensavo. Vedo che ho delle informazioni che voi non avete avuto. Dain, lasciate che ve lo dica, è ora a meno di due giorni di marcia da qui, e ha con sé almeno cinquecento nani pronti a tutto, e un bel po' di loro sono veterani della terribile guerra degli orchi e dei nani, di cui avrete senz'altro inteso parlare. Quando arriveranno, ci potranno essere guai seri ».

« Perché ce lo dici? Stai tradendo i tuoi amici o stai tradendo noi? » chiese Bard aspramente.

« Mio caro Bard! » squittì Bilbo. « Non essere così frettoloso! Non ho mai incontrato gente così sospettosa! Sto semplicemente cercando di evitare guai a tutti gli interessati. Ora vi farò un'offerta! ».

« Sentiamola! » dissero.

« Potete vederla! » egli disse. « Eccola! », e tirata fuori l'Archepietra, la liberò dallo straccio che la ricopriva.

Financo il re degli Elfi, i cui occhi erano abituati alle cose più belle e più mirabili, si levò in piedi stupefatto. Perfino Bard la fissò incantato, in silenzio. Era come se un globo fosse stato riempito di luce lunare e poi appeso davanti a loro in una rete intessuta del bagliore delle gelide stelle.

« Questa è l'Archepietra di Thrain, » disse Bilbo « il Cuore della Montagna; ed è anche il cuore di Thorin. Egli la valuta più di un fiume d'oro. Io la do a voi. Vi sarà d'aiuto nelle vostre trattative ». Così detto Bilbo, non senza un fremito, non senza un'occhiata di intenso desiderio, porse la pietra meravigliosa a Bard, che la tenne in mano quasi abbagliato.

« Ma come fai ad avere il diritto di darcela? » egli chiese alla fine con uno sforzo.

« Oh, be'! » disse lo hobbit con un certo imbarazzo « diritti veri e propri non ne ho; ma, be', sono disposto a darla in cambio di tutte le mie richieste, proprio così, sapete. Posso anche essere uno scassinatore – o così dicono loro: personalmente non mi sono mai considerato tale – ma sono uno scassinatore onesto, spero, più o meno. Comunque adesso torno indietro, e i nani possono farmi quello che vogliono. Spero che la troverete utile ».

Il re degli Elfi guardò Bilbo con nuovo stupore. « Bilbo Baggins! » egli disse « sei più degno tu di indossare quell'armatura da principe elfico che molti altri che l'hanno portata con più grazia. Ma mi domando se Thorin Scudodiquercia la penserà così. La mia conoscenza della razza nanesca è forse più vasta della tua. Ti consiglio di rimanere con noi, e qui sarai onorato e tre volte benvenuto ».

« Grazie infinite, ne sono sicuro » disse Bilbo con un inchino. « Ma non mi pare giusto abbandonare in questo modo i miei amici, dopo tutto quello che abbiamo passato insieme. E poi ho promesso di svegliare il vecchio Bombur a mezzanotte! Devo veramente andarmene, e in fretta ».

Nonostante tutto quello che dissero, non riuscirono a trattenerlo; così gli fu assegnata una scorta e quando se ne andò sia il re sia Bard lo salutarono con rispetto. Mentre attraversavano il campo un vecchio avvolto in uno scuro mantello si alzò dalla soglia di una tenda dove stava seduto e si avvicinò a loro.

« Ben fatto! signor Baggins! » disse, dando una pacca sulla schiena di Bilbo. « Sei sempre più in gamba di quanto chiunque possa credere! ». Era Gandalf.

Per la prima volta dopo molti giorni Bilbo fu veramente felice. Ma non c'era tempo per tutte le domande che egli avrebbe immediatamente voluto fare.

« Ogni cosa a suo tempo! » disse Gandalf. « Le cose ora stanno volgendo alla fine, se non mi sbaglio di grosso. Avete un brutto periodo proprio davanti a voi; ma non scoraggiatevi! *Probabilmente* ne verrete fuori sani e salvi. Qualcosa bolle in pentola, qualcosa di cui neanche i corvi imperiali hanno sentito parlare. Buona notte! ».

Perplesso ma rinfrancato, Bilbo corse via. Fu condotto a un guado sicuro, e portato dall'altra parte senza bagnarsi; poi salutò gli elfi e si arrampicò cautamente verso la Porta. Una grande stanchezza cominciava a pesare su di lui, ma mezzanotte era ancora lontana, quando si arrampicò sulla corda, che ritrovò dove l'aveva lasciata. La slegò e la nascose, poi si sedette sul muro e si chiese ansiosamente che cosa sarebbe successo in seguito.

A mezzanotte svegliò Bombur; poi si acciambellò nel suo angoletto, senza dare ascolto ai ringraziamenti del vecchio nano (aveva la sensazione che fossero alquanto immeritati). Si addormentò subito profondamente, dimenticando tutte le sue preoccupazioni fino al mattino. Per la precisione sognò pane, burro e marmellata.

XVII

... E SCOPPIA IL TEMPORALE

Il giorno dopo le trombe squillarono di buon mattino nell'accampamento. Presto si vide un uomo tutto solo affrettarsi su per lo stretto sentiero. A una certa distanza si fermò e li salutò, chiedendo se Thorin avrebbe dato ascolto a un'altra ambasceria, poiché incombevano grandi novità, e le cose erano cambiate.

« Sarà Dain! » disse Thorin quando udì ciò. « Avranno avuto sentore del suo arrivo. Sapevo che questo avrebbe cambiato il loro modo di fare! Intima loro di venire in pochi e disarmati, e io li ascolterò » gridò al messaggero.

Verso mezzogiorno si videro venire avanti di nuovo gli stendardi della Foresta e del Lago. Era una compagnia di circa trenta persone; all'inizio dello stretto sentiero misero da parte spade e lance, e avanzarono verso la Porta. Stupiti, i nani videro che in mezzo a loro c'erano sia Bard sia il re degli Elfi, davanti al quale un vecchio, avvolto in mantello e cappuccio, portava un robusto cofanetto di legno fasciato di ferro.

« Salute, Thorin! » disse Bard. « Sei ancora dello stesso parere? ».

« Io non cambio parere coll'alba e il tramonto di pochi soli » rispose Thorin. « Siete venuti a farmi domande oziose? L'esercito degli elfi non se ne è ancora andato via, come avevo intimato! Fino ad allora inutilmente vieni a trattare con me! ».

« Non c'è nulla per cui cederesti un po' del tuo oro? ».

« Nulla che tu o i tuoi amici abbiate da offrire ».

« E se fosse l'Archepietra di Thrain? » disse Bard, e a quelle parole il vecchio aprì il cofanetto e tenne alta la gemma. La luce filtrò dalla sua mano, vivida e bianca nel mattino.

Allora Thorin ammutolì, stupefatto e confuso. Per un lungo momento nessuno parlò.

Alla fine Thorin ruppe il silenzio, e la sua voce era densa di collera. « Quella pietra era di mio padre, e appartiene a me » egli disse. « Perché dovrei comprare quello che mi appartiene? ». Ma lo stupore lo sopraffece ed egli aggiunse: « Ma come avete fatto a impàdronirvi di questo cimelio della mia famiglia? ammesso che ci sia bisogno di fare una domanda simile a dei ladri... ».

« Noi non siamo ladri » rispose Bard. « Quello che ti spetta ti verrà restituito in cambio di quello che spetta a noi ».

« Come avete fatto a impadronirvene? » urlò Thorin in un crescendo di collera.

« Gliel'ho data io! » squittì Bilbo, che faceva capolino da sopra il muro, ormai spaventato da morire.

« Tu! Tu! » gridò Thorin, voltandosi verso di lui e afferrandolo con entrambe le mani. « Miserabile hobbit! Sottosviluppato! Scassinatore! » egli gridò mancandogli le parole, e scosse il povero Bilbo come un coniglio.

« Per la barba di Durin! Come vorrei che Gandalf fosse qui! Che sia maledetto, lui che ti ha scelto! Che gli caschi la barba! Per quanto riguarda te, ti scaraventerò giù dalle rocce! » gridò, e sollevò Bilbo colle braccia.

« Fermo! Il tuo desiderio è esaudito! » disse una voce. Il vecchio col cofanetto buttò da parte cappuccio e mantello. « Ecco qua Gandalf! E neanche troppo presto, a quel che vedo! Se non ti piace il mio scassinatore, per piacere non danneggiarmelo. Mettilo giù, e ascolta prima cos'ha da dire! ».

« Siete proprio tutti d'accordo! » disse Thorin posando Bilbo in cima al muro. « Non avrò mai più niente a che fare con nessuno stregone né coi suoi amici. Che hai da dire tu, brutto ratto figlio di ratti? ».

« Povero me! Povero me! » disse Bilbo. « Tutto questo è molto imbarazzante. Forse ti ricorderai di avere detto che avrei potuto scegliere la mia quattordicesima parte? Forse ti ho preso troppo alla lettera: mi è stato detto che talvolta i nani sono più educati a parole che a fatti. Ciò nonostante c'è stato un tempo in cui pareva che tu ritenessi che io vi ero stato di un certo aiuto. Figlio di ratti, ma senti un po'! Sono questi i servizi che mi hai promesso a nome tuo e della tua famiglia, Thorin? Considera che ho disposto a piacer mio della mia parte e lascia perdere! ».

« Lo farò! » disse Thorin aspramente. « E lascerò perdere anche te – e il cielo voglia che non ci rincontriamo mai più! ». Poi si volse e parlò da sopra al muro. « Sono stato tradito » disse. « Era giusto immaginare che non avrei potuto fare a meno di riacquistare l'Archepietra, il tesoro della mia famiglia. Per essa darò la quattordicesima parte del tesoro in oro e argento, lasciando da parte le gemme; ma tutto ciò verrà calcolato come la parte promessa a questo traditore, e con questa ricompensa può andarsene e voi potete dividervela come vi pare. Lui ne avrà ben poco, non lo metto in dubbio. Prendetevelo, se volete che viva; la mia amicizia certo non lo accompagna. Adesso scendi dai tuoi amici! » disse a Bilbo « o ti butto giù io ».

« E l'oro e l'argento? » chiese Bilbo.

311

« Verranno dopo; come, si vedrà » disse Thorin.
« Scendi! ».

« Fino ad allora terremo noi la pietra » gridò Bard.

« Non stai facendo una bellissima figura come Re
sotto la Montagna » disse Gandalf. « Ma le cose possono ancora cambiare ».

« Proprio così » disse Thorin. E stava già meditando, tanto forte era il fascino che il tesoro esercitava
su di lui, se coll'aiuto di Dain non gli sarebbe stato
possibile riprendere l'Archepietra e trattenere la ricompensa.

E così Bilbo fu calato dal muro, e partì senza niente di niente per tutta la pena che si era presa, tranne l'armatura che Thorin gli aveva già dato. Più di
un nano sentì in cuor suo vergogna e pietà di fronte
alla sua partenza.

« Addio! » egli gridò loro. « Spero che ci rincon-
treremo da amici ».

« Sparisci! » urlò Thorin. « Hai indosso un'armatura che è stata fatta dalla mia gente e che è troppo
buona per te. Non può essere trafitta dalle frecce;
ma se non ti sbrighi, ti pungerò quei miserabili piedi.
Perciò spicciati! ».

« Senza tanta fretta! » disse Bard. « Ti diamo tempo fino a domani. A mezzogiorno torneremo a vedere
se hai prelevato dal tesoro la porzione che deve essere
barattata con la pietra. Se questo sarà fatto senza fal-
lo, allora ce ne andremo, e l'esercito degli elfi ritor-
nerà nella foresta. Nel frattempo, addio! ».

Con ciò se ne tornarono all'accampamento; ma
Thorin inviò messaggeri tramite Roac informando
Dain di quanto era accaduto, e intimandogli di ve-
nire a marce forzate.

Passò il giorno e passò la notte. Il giorno dopo il
vento mutò, e si mise a soffiare da ovest, e l'aria era
scura e tetra. Era ancora mattino presto quando nel-
l'accampamento si udì un grido. Alcuni messaggeri
vennero a riferire che un esercito di nani era ap-

parso dietro lo sperone orientale della Montagna, e si affrettava ora verso Dale. Dain era arrivato. Aveva forzato la marcia durante la notte, ed era piombato su di loro prima di quanto si aspettassero. Ogni nano del suo popolo era rivestito di un usbergo di maglia d'acciaio che gli arrivava fino alle ginocchia, e le gambe erano coperte da schinieri fatti di una lega metallica fine e flessibile, il cui segreto era prerogativa del popolo di Dain. I nani sono eccezionalmente forti per la loro statura, ma la maggior parte di questi era forte perfino rispetto ad altri nani. In battaglia brandivano delle doppie piccozze; ma ciascuno di loro aveva al fianco anche una spada corta e larga, e uno scudo rotondo gli pendeva dietro alla schiena. Portavano la barba divisa in due, intrecciata e infilata nella cintura. Calzavano scarpe ferrate, di ferro erano i loro elmi, e i loro volti erano spietati.

Le trombe chiamarono uomini ed elfi alle armi. Dopo poco si videro i nani risalire la valle a forte andatura. Si fermarono tra il fiume e lo sperone orientale; ma alcuni tirarono avanti e, attraversato il fiume, si avvicinarono all'accampamento; lì deposero le armi e alzarono le mani in segno di pace. Bard uscì a incontrarli e con lui andò Bilbo.

« Siamo inviati da Dain figlio di Nain » dissero quando furono interrogati. « Ci affrettiamo a raggiungere i nostri consanguinei nella Montagna, perché siamo stati informati che il regno del passato è risorto. Ma chi siete voi che sedete in questa pianura come nemici di fronte a mura difese? ». Questo, nel linguaggio educato e alquanto fuori moda che si usava in tali occasioni, significava semplicemente: « Non avete niente da fare qui. Noi andiamo avanti, dunque toglietevi di mezzo o vi facciamo guerra! ». Essi intendevano inoltrarsi tra la Montagna e la curva del fiume; infatti non pareva che quella stretta striscia di terra fosse saldamente protetta.

Bard, ovviamente, rifiutò ai nani il permesso di dirigersi direttamente verso la Montagna. Era risoluto ad aspettare finché l'oro e l'argento non fossero stati tirati fuori in cambio dell'Archepietra; ed egli non credeva che questo sarebbe avvenuto, qualora la fortezza fosse difesa da una compagnia così numerosa e così marziale. Essi avevano portato con sé una grande riserva di provviste; infatti i nani possono portare fardelli molto pesanti, e quasi tutta la gente di Dain, nonostante la loro rapida marcia, portava sulla schiena, oltre alle armi, dei grossi fagotti. Avrebbero sostenuto un assedio per settimane, e in quel mentre altri nani sarebbero potuti arrivare, e altri ancora, perché Thorin aveva molti parenti. Inoltre, essi avrebbero potuto riaprire e sorvegliare qualche altro ingresso, così che gli assedianti avrebbero dovuto circondare l'intera Montagna; e per far questo non erano abbastanza numerosi.

Questi, in realtà, erano esattamente i loro piani (i corvi messaggeri erano stati indaffaratissimi a volare tra Thorin e Dain); ma per il momento la via era loro sbarrata, così dopo aver detto parole irate, i nani messaggeri si ritirarono imprecando nella barba. Allora Bard inviò messaggeri verso la Porta; ma essi non trovarono né oro né pagamento. Appena furono a tiro, vennero investiti da un nugolo di frecce, e si affrettarono a tornarsene indietro costernati. Nell'accampamento regnava ormai la più grande eccitazione, come se la battaglia fosse imminente; infatti i nani di Dain avevano ricominciato ad avanzare lungo la riva orientale.

« Pazzi! » rise Bard « venire così sotto le pendici della Montagna! Non capiscono niente di guerre all'aria aperta, anche se sono esperti di battaglie nelle miniere. Ci sono molti dei nostri arcieri e soldati nascosti tra le rocce sul loro fianco destro. Le armature nanesche saranno anche buone, ma tra poco saranno messe duramente alla prova. Attacchiamoli da entrambi i lati adesso, prima che si siano riposati! ».

Ma il re degli Elfi disse: « Aspetterò a lungo, prima di incominciare questa guerra per l'oro. I nani non possono passare di qui, se noi non lo vogliamo o se non succede qualcosa che non possiamo prevedere. Speriamo ancora che qualcosa porti alla riconciliazione. La nostra superiorità numerica sarà sufficiente, se alla fine sarà proprio inevitabile venire alle mani ».

Ma egli faceva i conti senza i nani. La consapevolezza che l'Archepietra era nelle mani degli assedianti bruciava loro la mente; inoltre indovinarono l'esitazione di Bard e dei suoi amici e risolsero di attaccare mentre essi discutevano. Senza un segnale essi balzarono improvvisamente all'assalto. Gli archi si tesero e le frecce fischiarono; stava per iniziare la battaglia.

Ma più improvvisamente ancora, con velocità spaventosa, calò una fitta oscurità. Una nuvola nera correva alta nel cielo. Una tempesta invernale, trasportata da un vento fortissimo, rotolò rombando contro la Montagna, e i fulmini ne illuminarono la vetta. E sotto le nuvole temporalesche si vide un'altra macchia nera che avanzava turbinando; ma non veniva col vento, veniva da nord, come una vasta nube di uccelli, così fitta che nessuna luce poteva filtrare tra le loro ali.

« Fermi! » gridò Gandalf, che subitamente apparve, isolato, in piedi e con le braccia levate, fra i nani che avanzavano e le schiere che li aspettavano. « Fermi! » egli gridò con voce tonante, e il suo bastone fiammeggiò con un bagliore simile a quello del fulmine. « Il terrore è calato su tutti voi! Ahimè! È arrivato più presto di quanto immaginavo. Gli orchi sono su di voi! Sta arrivando Bolg * dal Nord, o Dain! il cui padre ammazzasti a Moria. Ecco! I pipistrelli sono sopra al suo esercito come una marea di cavallette. Ed essi montano i lupi, e i Mannari sono al loro seguito! ».

Caddero tutti in preda allo stupore e alla confusione. Mentre Gandalf parlava il buio cresceva. I nani

* Figlio di Azog. Cfr. p. 37.

si fermarono e fissarono il cielo. Molte voci gridarono nelle schiere degli elfi.

« Venite! » disse Gandalf. « C'è ancora tempo per un consiglio. Che Dain figlio di Nain venga subito da noi! ».

Così cominciò una battaglia che nessuno si era aspettato; e fu chiamata la Battaglia dei Cinque Eserciti, e fu tremenda. Da un lato c'erano gli Orchi e i Lupi selvaggi, e dall'altro c'erano Elfi, Uomini e Nani. Ed ecco come cominciò: fin da quando era caduto il Grande Orco delle Montagne Nebbiose l'odio della loro razza contro i nani si era riacceso più furibondo che mai. Messaggeri avevano fatto la spola tra tutte le loro città, colonie e piazzeforti; ed ora essi decisero di assicurarsi il dominio del Nord. In gran segretezza si erano informati di tutto ciò che potesse servire al loro scopo, e per tutte le montagne si forgiarono armi. Poi marciarono per valli e colline confluendo da ogni parte e avanzando sempre o sottoterra o al buio, finché ai piedi del gran Monte Guerrinferno del Nord, dov'era la loro capitale, non fu raccolto un vasto esercito pronto a riversarsi a sud, di sorpresa, durante una tempesta. Erano venuti a sapere della morte di Smog, e i loro cuori erano ebbri di gioia; a marce forzate, una notte dopo l'altra, attraversarono le montagne e alla fine giunsero da nord proprio alle calcagna di Dain. Neanche i corvi imperiali furono a conoscenza del loro arrivo finché essi non uscirono nelle terre desolate che dividevano la Montagna Solitaria dalle colline retrostanti. È impossibile dire quel che ne sapesse Gandalf, ma è chiaro che non si era aspettato un attacco così improvviso.

Questo è il piano che egli elaborò in consiglio con il re degli Elfi e con Bard e con Dain, visto che ora il signore dei nani si era unito a loro: infatti gli orchi erano nemici di tutti, e al loro arrivo ogni altro dissidio fu dimenticato. La loro sola speranza era di attirare gli orchi nella valle tra i contrafforti della Montagna; e di potere essi stessi occupare i grandi speroni che si sporgevano a sud e a est. Questo poteva però essere pericoloso se gli orchi fossero stati in numero sufficiente da invadere la Montagna stessa, così da attaccare contemporaneamente da dietro e da sopra; ma ormai non c'era tempo per fare un altro piano, o per chiedere aiuto.

Presto il temporale passò, rombando, verso sud-est; ma la nube di pipistrelli, volando più bassa, giunse sopra lo schienale della Montagna, e volteggiò su di loro togliendogli la vista della luce e riempiendoli di terrore.

« Alla Montagna! » gridò Bard. « Alla Montagna! Prendiamo posto finché c'è ancora tempo! ».

Sui pendii più bassi dello sperone meridionale e tra le rocce ai suoi piedi, si disposero gli elfi; sullo sperone orientale stavano gli uomini e i nani. Ma Bard e parecchi fra gli uomini e gli elfi più agili si arrampicarono in alto sul dorso orientale per riuscire a vedere che cosa succedeva a nord. Presto scorsero le terre ai piedi della Montagna nere per la moltitudine che si affrettava. Non ci volle molto perché l'avanguardia aggirasse l'estremità dello sperone ed entrasse precipitosamente a Dale. Erano i più veloci, quelli che cavalcavano i lupi, e l'aria era già piena delle loro grida e dei loro ululati. Un manipolo di uomini coraggiosi si era schierato davanti in quel punto col compito di fingere di resistere, e molti caddero lì prima che il resto si ritirasse aprendosi su entrambi i lati. Come Gandalf aveva sperato, il grosso dell'esercito degli orchi si era ammassato dietro all'avanguardia mentre a questa veniva contrastato il passo, e ora essi si riversarono furiosi dentro la valle, spingendosi selvaggiamente in mezzo ai due contrafforti della Montagna, in cerca del nemico. Innumerevoli erano i loro stendardi, rossi e neri, ed essi avanzavano come una marea furibonda e disordinata.

Fu una battaglia tremenda. La più terribile di tutte le esperienze di Bilbo, e quella che egli odiò di più quando la visse – vale a dire quella di cui fu più fiero, e che più amò poi ricordare, benché la parte da lui avuta fosse stata del tutto insignificante. Per l'esattezza posso dire che si mise l'anello poco dopo l'inizio di tutta la faccenda, e sfuggì alla vista di ognuno, se non al pericolo. Un anello magico come il suo non dà una protezione assoluta durante una carica di orchi, e non ferma una freccia volante o una lancia in arrivo: ma resta pur sempre assai utile se uno vuole togliersi di mezzo ed evitare che proprio la sua testa sia prescelta per un fendente calato da un orco.

Gli elfi furono i primi a caricare. Il loro odio contro gli orchi è freddo e spietato. Lance e spade brillavano nella penombra con un gelido bagliore di fiamma, tanto mortale era l'ira delle mani che le reggevano. Appena le schiere nemiche si infittirono nella valle, essi scagliarono una pioggia di frecce, e ciascuna guizzò volando come un fuoco pungente. Dietro le frecce un migliaio dei loro arcieri strisciò giù e caricò. Le urla erano assordanti. Le rocce erano macchiate di nero dal sangue degli orchi.

Proprio mentre questi si riprendevano dall'assalto furioso, e la carica degli elfi si arrestava, attraverso la valle si levò un ruggito roco. Con grida di « Moria! » e « Dain, Dain! », i nani dei Colli Ferrosi si lanciarono all'attacco sull'altro lato, brandendo le loro piccozze; e dietro di essi venivano gli Uomini del Lago dalle lunghe spade.

Il panico si impadronì degli orchi; e mentre si voltavano a fronteggiare questo nuovo attacco, gli elfi caricarono di nuovo con maggiore impeto. Già molti orchi fuggivano giù per il fiume per sfuggire alla trappola; e molti dei lupi gli si rivoltavano contro e squarciavano morti e feriti. Pareva che la vittoria fosse a portata di mano quando un grido risuonò sulle alture sovrastanti.

Una parte degli orchi aveva scalato la Montagna dall'altro lato e molti erano già sui pendii sopra la Porta, e altri ancora scendevano a fiotti incuranti del pericolo, senza badare a quelli che cadevano gridando da rupi e precipizi, per attaccare gli speroni da sopra. Ognuno di questi poteva essere raggiunto dai sentieri che correvano giù dal massiccio centrale della Montagna; e i difensori avevano troppo pochi soldati per poter sbarrare loro la via. Svaniva ora ogni speranza di vittoria. Avevano solo arginato il primo assalto furioso della nera marea.

Le ore passavano. Gli orchi si raccolsero di nuovo nella valle. Ed ecco che una schiera di Mannari arrivò in cerca di preda, e con essi arrivò la guardia del corpo di Bolg, grandi orchi dalle scimitarre d'acciaio. Presto il buio si infittì nel cielo tempestoso; e i grandi pipistrelli volteggiavano attorno alla testa e alle orecchie degli elfi e degli uomini, o si attaccavano come vampiri sui caduti sul campo di battaglia. Bard combatteva ora per difendere lo sperone orientale e retrocedeva a poco a poco; i nobili elfi resistevano attorno al loro re sullo sperone meridionale, vicino al posto di guardia di Collecorvo.

Improvvisamente ci fu un grido fortissimo, e dalla Porta venne uno squillo di tromba. Avevano tutti dimenticato Thorin! Parte del muro, scalzato da leve, crollò e cadde nella pozza. Il Re sotto la Montagna balzò fuori, e i suoi compagni lo seguirono. Cappuccio e mantello erano spariti; erano tutti rivestiti di abbaglianti armature, e dai loro occhi divampava una luce rossa. Nella penombra il grande nano brillava come oro in un fuoco morente.

Dall'alto, gli orchi fecero rotolare su di loro dei macigni, ma essi resistettero, superando le cascate, e si precipitarono a dar battaglia. Lupi e cavalieri caddero o fuggirono davanti a loro. Thorin assestava con la sua ascia colpi possenti, e sembrava invulnerabile.

« A me! A me! Elfi e Uomini! A me! o miei consanguinei » egli gridò, e la sua voce squillava come un corno nella vallata.

Tutti i nani di Dain si precipitarono in suo aiuto, senza badare allo schieramento. Vennero giù anche molti degli Uomini del Lago, né Bard riuscì a impedirlo; e dall'altro lato si unirono molti soldati elfici. Una volta di più gli orchi furono stretti d'assalto nella valle; e gli alti cumuli dei loro cadaveri resero Dale scura e ripugnante. I Mannari furono sbaragliati e Thorin puntò decisamente contro le guardie del corpo di Bolg. Ma non riuscì a sfondare i loro ranghi.

Dietro di lui, in mezzo agli orchi morti, giacevano ormai molti uomini e molti nani, e molti nobili elfi che avrebbero dovuto vivere ancora nei boschi a lungo e allegramente. E man mano che la valle si allargava l'attacco di Thorin si faceva meno impetuoso. La sua schiera era troppo poco numerosa, i suoi fianchi erano scoperti. Presto gli attaccanti vennero attaccati, e furono stretti in un gran cerchio, fronteggiati da ogni lato, circondati da orchi e lupi che tornavano all'assalto. Le guardie del corpo di Bolg vennero urlando contro di loro, e si precipitarono sulle loro file come ondate contro scogli che si sgretolano sotto la loro furia. I loro amici non potevano aiutarli, poiché l'attacco dalla Montagna era rinnovato con raddoppiato vigore, e su entrambi i lati uomini ed elfi stavano lentamente per venire sconfitti.

Con immensa pena Bilbo assisteva a tutto ciò; aveva preso posizione su Collecorvo in mezzo agli elfi – in parte perché da quel punto c'erano maggiori possibilità di fuga, e in parte (la parte più Tucchica della sua testa) perché se doveva trovarsi in una situazione di difesa disperata, tutto sommato preferiva difendere il re degli Elfi. Anche Gandalf, posso aggiungere, era lì, seduto al suolo e come immerso in profonde meditazioni, preparando, immagino, qualche ultimo colpo magico prima della fine.

Questa non pareva molto lontana. « Ormai non ci vorrà molto, » pensò Bilbo « perché gli orchi conquistino la Porta, e noi siamo tutti massacrati o inseguiti e catturati. C'è da piangere, pensando a tutto quello che abbiamo passato. Quasi quasi preferirei che il vecchio Smog fosse rimasto qui con il suo maledetto tesoro, piuttosto che se ne impossessino questi esseri spregevoli, e il povero vecchio Bombur e Balin e Fili e Kili e tutti gli altri facciano una brutta fine! Misero me! Ho udito canti di molte battaglie, e mi è sempre parso che anche la sconfitta possa essere gloriosa. Come è dolorosa, invece, e quanta angoscia! Come vorrei esserne fuori sano e salvo! ».

Ma ecco che le nuvole furono spazzate via dal vento e un rosso tramonto squarciò l'occidente. Vedendo quell'improvviso chiarore fugare la penombra Bilbo si guardò attorno, e lanciò un grido altissimo: aveva scorto un'apparizione che gli fece balzare il cuore in petto, scure sagome ancora piccole che si stagliavano maestose contro quel chiarore lontano.

« Le aquile! Le aquile! » egli urlò. « Arrivano le aquile! ».

Gli occhi di Bilbo si ingannavano raramente. Le aquile stavano arrivando seguendo la direzione del vento, una fila dietro l'altra, in numero tale che tutti i nidi del Nord pareva ne fossero stati svuotati.

« Le aquile! Le aquile! » gridò Bilbo, ballando e agitando le braccia. Se gli elfi non potevano vederlo potevano però udirlo: presto ripresero il suo grido, ed esso si ripercosse attraverso la valle. Molti occhi stupiti si volsero in su, benché fino a quel momento non si potesse vedere ancora niente, se non dallo sperone meridionale della Montagna.

« Le aquile! » gridò Bilbo ancora una volta, ma in quell'attimo una pietra proveniente dall'alto batté pesantemente sul suo elmo, ed egli crollò a terra e perse conoscenza.

XVIII

IL VIAGGIO DI RITORNO

Quando tornò in sé, Bilbo era completamente solo. Giaceva disteso sulle piatte rocce di Collecorvo, e non c'era nessuno vicino a lui. Sopra si faceva strada il chiarore di un giorno limpido, ma gelido. Egli tremava e si sentiva freddo e rigido come una pietra, anche se la testa gli bruciava come fosse in fiamme.

« Be', e ora che è successo? » disse tra sé e sé. « A quanto pare non sono ancora uno degli eroi caduti, benché, immagino, ci sia ancora tempo per diventarlo! ».

Si rizzò a sedere dolorante. Guardando nella valle non riuscì a scorgere nemmeno un orco vivo. Dopo un po', essendoglisi un po' schiarita la testa, gli parve di poter vedere alcuni elfi che si muovevano tra le rocce sottostanti. Si stropicciò gli occhi: ecco, c'era ancora un accampamento nella pianura, a una certa distanza; e non c'era forse un grande andare e venire attorno alla Porta? Sembrava che i nani fossero indaffarati a rimuovere il muro. Ma non c'erano né grida né risuonar di canti: un silenzio di tomba gravava sulla vallata e sembrava che il dolore aleggiasse nell'aria.

« Abbiamo vinto, immagino! » egli disse, toccandosi la testa che gli faceva male. « Ma tutto è così triste! ».

Improvvisamente si accorse di un uomo che si inerpicava su per il pendio, venendo verso di lui.

« Ehi, laggiù! » gridò Bilbo con voce tremante. « Ehi, laggiù! Che notizie ci sono? ».

« Che voce è questa che parla tra le pietre? » disse l'uomo, fermandosi e scrutando attorno a sé non lontano da dove sedeva Bilbo.

Allora Bilbo si ricordò dell'anello. « Che il cielo mi fulmini! » disse. « Quest'invisibilità ha anche i suoi svantaggi. Altrimenti avrei passato la notte caldo e comodo a letto! Sono io, Bilbo Baggins, compagno di Thorin! » gridò, togliendosi l'anello in fretta e furia.

« Meno male che ti ho trovato! » disse l'uomo avanzando a grandi passi. « Si richiede la tua presenza, e ti abbiamo cercato a lungo. Saresti stato annoverato tra i morti, che sono molti, se Gandalf non avesse detto che la tua voce era stata udita per l'ultima volta in questo posto. Io sono stato mandato a cercarti di nuovo. Sei ferito gravemente? ».

« Una brutta botta in testa, mi pare » disse Bilbo. « Ma avevo il mio elmo e ho il cranio duro. Tutto sommato però mi sento abbastanza male e ho le gambe che sembrano due fuscelli di paglia ».

« Ti porterò giù fino all'accampamento nella valle » disse l'uomo, e lo sollevò con facilità.

L'uomo era un camminatore esperto e veloce, e non ci volle molto perché Bilbo fosse deposto davanti a una tenda, a Dale; e lì trovò Gandalf, col braccio appeso al collo. Neanche lo stregone se l'era cavata senza ferite: e in tutto l'esercito ben pochi erano rimasti illesi.

Quando Gandalf vide Bilbo, ne fu felicissimo. « Baggins! » esclamò. « E io che non ci speravo quasi più! Sei vivo dopotutto: come sono contento! Cominciavo a chiedermi se perfino la tua fortuna fosse bastata a salvarti! Che cosa terribile: per un pelo non è stato un disastro completo. Ma le altre notizie possono aspettare. Vieni! » disse più gravemente. « Qualcuno vuole vederti », e facendogli strada accompagnò lo hobbit dentro una tenda.

« Salute, Thorin! » egli disse entrando. « Te l'ho portato ».

A terra giaceva Thorin Scudodiquercia, ferito di molte ferite; l'armatura infranta e l'ascia intaccata posate al suo fianco. Levò gli occhi quando Bilbo gli venne vicino.

« Addio, buon ladro » egli disse. « Io vado ora nelle sale di attesa a sedermi accanto ai miei padri, finché il mondo non sia rinnovato. Poiché ora l'oro e l'argento abbandono, e mi reco là dove essi non hanno valore, desidero separarmi da te in amicizia, e ritrattare quello che ho detto e fatto alla Porta ».

Bilbo piegò un ginocchio a terra, pieno di dolore. « Addio, Re sotto la Montagna! » egli disse. « Amara è stata la nostra avventura, se doveva finire così; e nemmeno una montagna d'oro può essere un adeguato compenso. Tuttavia sono felice di avere condiviso i tuoi pericoli: questo è stato più di quanto un Baggins possa meritare ».

« No! » disse Thorin. « In te c'è più di quanto tu non sappia, figlio dell'Occidente cortese. Coraggio e saggezza, in giusta misura mischiati. Se un maggior numero di noi stimasse cibo, allegria e canzoni al di sopra dei tesori d'oro, questo sarebbe un mondo più lieto. Ma triste o lieto, ora debbo lasciarlo. Addio! ».

Allora Bilbo si allontanò, e se ne andò in disparte; tutto solo si sedette avvolto in una coperta e, lo crediate o no, pianse finché i suoi occhi non furono rossi e roca la voce. Aveva un cuore gentile, e dovette passare molto tempo, prima che avesse voglia di scherzare di nuovo. « È stata proprio una grazia » egli disse alla fine tra sé e sé « che mi sia svegliato al momento giusto. Vorrei che Thorin fosse vivo, ma sono felice che ci siamo separati d'amore e d'accordo. Sei un pazzo, Bilbo Baggins, e hai combinato un bel pasticcio con quella faccenda della pietra; e c'è stata una battaglia, nonostante tutti i tuoi sforzi per ottenere pace e tranquillità, anche se di questo non ti si può certo far colpa ».

Bilbo apprese più tardi tutto quello che era accaduto mentre era rimasto privo di sensi; ma quello che seppe gli diede più dolore che gioia, ed era ormai stanco della sua avventura. Desiderava ardentemente iniziare il viaggio di ritorno, ma poiché questo fu comunque rimandato per un po', vi dirò quello che era successo. Da molto tempo le aquile avevano notato con sospetto le manovre degli orchi, i cui movimenti sulle montagne non potevano essere tenuti completamente nascosti alla loro vigilanza. Così anch'esse si erano radunate in gran numero, al comando della grande Aquila delle Montagne Nebbiose; e alla fine, avendo da lontano sentor di battaglia, erano giunte appena in tempo affrettando il loro volo sulle ali del vento violento. Furono loro a snidare gli orchi dai pendii montani, scaraventandoli giù per i precipizi, o sollevandoli con gli artigli, urlanti e sconvolti. Non ci misero molto a liberare la Montagna Solitaria, e gli elfi e gli uomini che erano saliti sulle alture poterono così tornare nella valle e portare aiuto ai compagni che vi combattevano.

Ma, nonostante l'intervento delle aquile, essi restavano ancora inferiori di numero. Ma all'ultima ora era apparso Beorn in persona – nessuno sapeva come o da dove. Venne da solo, e in forma d'orso; e nella sua furia pareva che fosse diventato grande come un gigante.

Il rombo della sua voce era pari a quello di armi e tamburi; egli spazzò via dalla sua strada lupi e orchi come fossero piume e pagliuzze; piombò alle loro spalle, e irruppe come uno scoppio di tuono in mezzo all'accerchiamento. I nani tenevano ancora la posizione attorno ai loro signori, su una bassa collina accerchiata. Beorn si fermò e sollevò Thorin, che era caduto trafitto dalle lance, e lo trasse fuori dalla mischia.

Subito ritornò, la sua furia raddoppiata, così che nulla gli si poteva frapporre, e sembrava che nessun'arma gli facesse del male. Egli sbaragliò le guardie del corpo, afferrò Bolg e lo fece a pezzi. Allora il terrore piombò nel cuore degli orchi, ed essi fuggirono in tutte le direzioni. Ma con le nuove speranze la stanchezza lasciò i loro nemici, che li incalzarono da vicino, e impedirono alla maggior parte di loro di scappare. Ne spinsero molti nel Fiume Fluente, e dettero la caccia a quelli che fuggivano a sud o a ovest fin nelle paludi attorno al Fiume Selva; lì perì la maggior parte degli ultimi fuggitivi, mentre quelli che cercarono scampo nel reame degli Elfi Silvani furono abbattuti lì, o attirati nelle profondità del buio impenetrabile di Bosco Atro, per morirvi. I canti tramandarono che tre quarti dei guerrieri degli orchi del Nord morirono in quel giorno, e le Montagne ebbero pace per molti anni.

La vittoria fu assicurata prima del calar della notte, ma l'inseguimento durava ancora quando Bilbo tornò all'accampamento; pochi erano rimasti nella valle, a parte quelli più gravemente feriti.

« Dove sono le aquile? » egli chiese a Gandalf quella sera, mentre giaceva avvolto in molte calde coperte.

« Alcune prendono parte alla caccia, » disse lo stregone « ma la maggior parte è tornata ai propri nidi. Non volevano restare qui, e sono partite con la prima luce del mattino. Dain ha incoronato d'oro il loro re, e giurato con lui eterna amicizia ».

« Mi dispiace. Voglio dire, avrei voluto rivederle, » disse Bilbo insonnolito « forse le vedrò sulla via del ritorno. Immagino che andrò a casa presto, vero? ».

« Appena vuoi » disse lo stregone.

In realtà trascorsero alcuni giorni prima che Bilbo si mettesse veramente in cammino. Seppellirono Thorin profondamente sotto la Montagna, e Bard depose l'Archepietra sul suo petto.

« Che rimanga qui finché la Montagna non cada! » egli disse. « Possa portare fortuna a tutto il suo popolo, che qui dimorerà in futuro! ».

Sulla sua tomba il re degli Elfi depose poi Orcrist, la spada elfica che era stata tolta a Thorin durante la prigionia. Nelle canzoni si dice che essa brillava sempre nel buio se si avvicinava un nemico, e che la fortezza dei nani non poté mai essere presa di sorpresa. Dain, figlio di Nain, prese lì dimora, e divenne Re sotto la Montagna e col tempo molti altri nani si raccolsero attorno al suo trono nelle antiche sale. Dei dodici compagni di Thorin, ne rimanevano dieci. Fili e Kili erano caduti difendendolo coi loro scudi e coi loro corpi, poiché egli era il fratello maggiore della loro madre. Gli altri rimasero con Dain; infatti Dain distribuì con accortezza il tesoro.

Non era più il caso ormai di dividere il mucchio in tante parti uguali, secondo il progetto iniziale, fra Balin e Dwalin, e Dori e Nori e Ori, e Oin e Gloin, e Bifur e Bofur e Bombur – e Bilbo. Ma un quattordicesimo di tutto l'oro e l'argento, lavorato e non lavorato, fu consegnato a Bard; perché Dain disse: « Onoreremo l'accordo preso dal defunto, ed egli ha ora l'Archepietra in sua custodia ».

Un semplice quattordicesimo era già una ricchezza immensa, maggiore di quella di molti re mortali. Di questo tesoro Bard mandò molto oro al Governatore di Pontelagolungo; e ricompensò liberalmente i suoi seguaci e amici. Al re degli Elfi dette gli smeraldi di Girion, essendo questi i gioielli che egli prediligeva e che Dain gli aveva restituito.

A Bilbo egli disse: « Questo tesoro è tuo quanto mio; però gli antichi accordi non possono più sussistere, perché molti hanno acquisito un diritto su di esso, conquistandolo e difendendolo. Tuttavia nemmeno se tu fossi disposto a rinunciare a tutti i tuoi diritti, vorrei che le parole di Thorin, di cui egli si pentì, si dimostrassero vere: e cioè che ti dessimo poco. Vorrei ricompensarti più riccamente di tutti ».

« È molto gentile da parte tua » disse Bilbo. « Ma veramente per me è un sollievo. Come sarei riuscito a portarmi a casa tutto quel tesoro senza guerre e assassini lungo tutta la strada, proprio non lo so. E non so cosa me ne sarei fatto una volta tornato a casa. Sono sicuro che sta meglio nelle tue mani ».

Alla fine egli prese solo due cassette, una piena d'argento e l'altra d'oro, quanto ne poteva portare un pony robusto. « Questo è più che abbastanza » egli disse.

Finalmente venne per lui il momento di salutare i suoi amici. « Addio, Balin! » egli disse « e addio Dwalin, e addio Dori, Nori, Ori, Oin, Gloin, Bifur, Bofur e Bombur! Che le vostre barbe siano sempre folte! ». E girandosi verso la Montagna aggiunse: « Addio, Thorin Scudodiquercia! e Fili e Kili! Che il vostro ricordo non svanisca mai! ».

Allora i nani si inchinarono profondamente davanti alla loro Porta, ma le parole gli si bloccarono in gola. « Arrivederci, e buona fortuna, dovunque tu vada! » disse Balin alla fine. « Se mai tornerai a visitarci, quando le nostre sale si saranno rifatte belle di nuovo, allora splendidi saranno i festeggiamenti! ».

« Se mai passerete dalle mie parti, » disse Bilbo « non esitate a bussare! Il tè è servito alle quattro; ma tutti voi siete benvenuti a qualsiasi ora! ».

Poi egli si girò e partì.

La schiera degli elfi era in marcia; e se era tristemente rimpicciolita, molti erano tuttavia felici, poiché ora il mondo del Nord sarebbe stato più lieto per molti anni. Il drago era morto, gli orchi sconfitti, e i loro cuori pregustavano una primavera di gioia dopo l'inverno.

Gandalf e Bilbo cavalcavano dietro il re degli Elfi, e accanto a loro camminava a grandi passi Beorn, di nuovo in forma umana, e rideva e cantava ad alta voce lungo la strada. Così avanzarono finché giunsero al margine di Bosco Atro, a nord del punto dove il Fiume Selva ne usciva. E lì si fermarono, perché lo stregone e Bilbo non vollero entrare nel bosco, anche se il re li pregò di restare un po' nel suo palazzo. Essi avevano l'intenzione di aggirare la foresta lungo il suo margine settentrionale, nel deserto che si stendeva tra di essa e l'inizio delle Montagne Grigie. Era un cammino lungo e triste, ma ora che gli orchi erano stati debellati, sembrava loro più sicuro che non il terribile sentiero sotto gli alberi. Inoltre Beorn andava anche lui per quella strada.

« Addio, o re degli Elfi! » disse Gandalf. « Lieto sia il bosco fronzuto finché il mondo è ancora giovane! E lieto sia tutto il tuo popolo! ».

« Addio, o Gandalf! » disse il re. « Che tu possa sempre apparire là dove più si ha bisogno di te e meno ci si aspetta di vederti! Più spesso apparirai nel mio palazzo, più sarò contento! ».

« Ti prego » disse Bilbo balbettando e stando ritto su una gamba sola « di accettare questo dono! », e tirò fuori una collana d'argento e perle che Dain gli aveva dato quando si erano salutati.

« Che cos'ho fatto per meritare un tale dono, o hobbit? » chiese il re.

« Be', ehm, pensavo, come sai, » disse Bilbo piuttosto confuso « ehm, la tua – ehm – ospitalità dovrebbe essere ricambiata con qualcosa. Anche uno scassinatore ha il suo orgoglio, non so se mi spiego. E ho bevuto un bel po' del tuo vino e mangiato molto del tuo pane ».

« Accetterò il tuo regalo, o Bilbo il Munifico! » disse il re gravemente. « E ti nomino amico degli elfi e benedetto. Che la tua ombra non dimagrisca mai! (o rubare sarebbe troppo facile!). Addio! ».

Poi gli elfi si volsero verso la foresta, e Bilbo iniziò il suo lungo cammino verso casa.

Egli dovette affrontare molte avversità e avventure

prima di arrivare a destinazione. Le Terre Selvagge erano ancora le Terre Selvagge, e c'erano molte altre cose in quei giorni oltre gli orchi; ma egli era ben guidato e ben difeso – lo stregone era con lui, e anche Beorn rimase con loro per un lungo tratto di strada, e così non fu mai più in grave pericolo. Comunque, a metà inverno Gandalf e Bilbo giunsero a casa di Beorn; e lì rimasero entrambi per un po'. Il periodo natalizio fu caldo e allegro lì; e, chiamati da Beorn, vennero uomini da tutte le parti per prender parte alle feste. Gli orchi delle Montagne Nebbiose erano ora pochi e terrorizzati, e si nascondevano nelle caverne più profonde; anche i Mannari erano spariti dai boschi, e gli uomini potevano quindi uscire senza timore. In realtà, Beorn divenne poi un grande capo in quelle regioni e governò la contrada selvaggia tra le montagne e il bosco; e si dice che per molte generazioni gli uomini della sua stirpe ebbero il potere di assumere l'aspetto di orsi, e alcuni furono uomini aspri e cattivi, ma per la maggior parte somigliarono a Beorn nel cuore, se pur furono inferiori a lui per statura e forza. Ai loro tempi gli ultimi orchi furono cacciati via dalle Montagne Nebbiose, e una nuova pace scese al confine delle Terre Selvagge.

Venne la primavera, una bella primavera mite e splendente di sole, prima che Bilbo e Gandalf se ne andassero finalmente da casa di Beorn, e sebbene desiderasse ardentemente la sua caverna, Bilbo partì con rimpianto, poiché in primavera i fiori del giardino di Beorn non erano meno meravigliosi che in estate inoltrata.

Alla fine risalirono la lunga strada delle Montagne e raggiunsero il passo dove gli orchi li avevano catturati la prima volta. Ma vi giunsero di mattina, e guardando indietro videro un sole bianco brillare sopra le terre che si stendevano davanti a loro. Al di là, si vedeva Bosco Atro, azzurro nella distanza, e verde cupo, anche in primavera, nella parte a loro più vicina. Lontano lontano, appena visibile a occhio nudo, la Montagna Solitaria: sulla sua vetta più alta la neve, non ancora disciolta, brillava pallida.

« Così, dopo il fuoco, viene la neve, e perfino i draghi trovano la loro fine! » disse Bilbo, e volse la schiena alla sua avventura. La parte Tucchica stava diventando stanchissima, e quella Baggins diventava ogni giorno più forte. « L'unica cosa che vorrei, adesso, è starmene nella mia poltrona! » aggiunse.

XIX

L'ULTIMA TAPPA

Era il primo maggio quando i due arrivarono finalmente sull'orlo della valle di Forraspaccata, dove c'era l'Ultima (o la Prima) Casa Accogliente. Era di nuovo sera, i loro pony erano stanchi, specialmente quello che portava i bagagli; e tutti sentivano il bisogno di riposare. Mentre cavalcavano giù per il sentiero scosceso, Bilbo udì gli elfi che cantavano ancora tra gli alberi, come se non avessero mai smesso da quando egli era partito; e appena i cavalieri scesero nelle radure più basse del bosco, essi esplosero in un canto più o meno come quello di un tempo.

Ecco il drago è già spacciato,
il suo corpo è sbriciolato,
il suo dorso è fracassato,
lo splendore suo offuscato!
E se il brando è rovinato,
se sul trono i re cadranno
col poter loro fidato
e con l'or che caro hanno,
l'erba qui rispunta ancora,
l'acqua scorre nella gora,
gli elfi cantano a ogni ora

« Su tornate trallallà
nella valle, tutti qua! ».

Ogni stella è più lucente
delle gemme, immensamente,
e la luna è più splendente
di ogni argento appariscente:
qui la fiamma è incandescente,
nel tramonto il focolare
più dell'oro è rifulgente:
perché allor raminghi andare?

Ora dunque dove andate?
A tornar perché tardate?
Corre il fiume, orsù guardate
queste stelle inargentate!
Dove mai vi trascinate
con il cuor triste, avvilito?
Gli elfi con le innamorate
a chi torna qui sfinito
fan: « Tornate trallallà
nella valle, tutti qua! ».
trallallà
trallallà
trallallarallarallà

Poi gli elfi della valle uscirono fuori e li salutarono,
e li condussero attraverso il fiume fino alla casa di
Elrond. Lì fu dato loro un caldo benvenuto, e quella
sera molte avide orecchie vollero ascoltare il racconto
delle loro avventure. Fu Gandalf a parlare, perché
Bilbo era piombato in uno stato di taciturna sonnolenza: egli conosceva la maggior parte della storia,
perché vi aveva partecipato e ne aveva raccontato un
bel po' allo stregone sulla via del ritorno o a casa di
Beorn; ma di tanto in tanto apriva un occhio e ascoltava, quando si arrivava a una parte della storia che
egli ancora non conosceva.

Fu così che apprese dove era andato Gandalf, ascoltando per caso quando questi lo raccontava a Elrond.
A quanto pareva, Gandalf si era recato a un grande

consiglio di stregoni bianchi, maestri di dottrina e magia buona; ed essi erano finalmente riusciti a snidare il Negromante dalla sua oscura tana a sud di Bosco Atro.

« Fra non molto, ormai, » diceva Gandalf « la foresta diventerà un po' più salubre. Il Nord sarà libero da quell'orrore per lunghi anni, spero. Tuttavia vorrei che egli fosse bandito dal mondo intero! ».

« Sarebbe proprio una buona cosa, » disse Elrond « ma temo che non accadrà in quest'epoca del mondo, e neanche in molte di quelle a venire ».

Quando la storia delle loro peripezie fu raccontata, ci furono altre storie, storie vecchie, storie nuove, storie senza tempo, finché Bilbo abbassò lentamente la testa sul petto, e si mise a russare tranquillamente in un angolo.

Si svegliò in un letto bianco, colla luna che brillava attraverso una finestra aperta. Sotto di essa molti elfi cantavano a voce alta e chiara sulle rive del fiume.

> Cantate gioiosi, unitevi in cori!
> Il vento sussurra tra alberi e fiori,
> già sbaciian le stelle, la luna è fiorente,
> la Notte dischiude la torre lucente!
>
> Ballate riuniti! Ballate ben lieti!
> Il piede è una piuma, son l'erbe tappeti!
> Son l'ombre svanite, il fiume è d'argento:
> trovarsi qui a maggio, qual dolce momento!
>
> Cantiam sottovoce, e un sogno lo colga!
> Cullato dal sonno, lasciam che l'avvolga.
> Il nomade dorme su un letto silvano,
> dormite anche voi, o Salice e Ontano!
>
> All'alba nascente sospira tu, Pino!
> Tu, Luna, tramonta! Il buio si faccia!
> Silenzio tu, Quercia! Tu, Frassino, Spino!
> Finché non vien l'alba il fiume si taccia!

« Ebbene, Gente Allegra! » disse Bilbo guardando di fuori. « Che ora è, secondo la luna? La vostra nin-

nananna sveglierebbe un orco ubriaco! Ma vi ringra-
zio lo stesso! ».

« E il rumore che fai russando sveglierebbe un drago di pietra... Ma ti ringraziamo lo stesso! » essi risposero ridendo. « È quasi l'alba, e hai dormito fin
dalle prime ore della notte. Domani, forse, il sonno
avrà curato la tua stanchezza ».

« Un po' di sonno è una cura eccellente nella casa
di Elrond, » egli rispose « e io voglio curarmi il più
a lungo possibile! Di nuovo buona notte, cari amici! ».
E con ciò tornò a letto e dormì fino a tardi.

La stanchezza gli cadde di dosso molto presto in
quella casa, ed egli prese parte a molti divertimenti
e danze, di mattino o di sera, organizzati dagli elfi
della valle. Però neanche quel posto poteva trattenerlo a lungo, ormai, perché pensava sempre a casa
sua. Dopo una settimana, perciò, disse addio a Elrond,
e facendogli alcuni regali, piccoli perché venissero ac-
cettati, partì assieme a Gandalf.

Mentre lasciavano la valle il cielo si oscurò a ovest
davanti a loro, e il vento e la pioggia si levarono loro
incontro.

« È proprio bello a maggio! » disse Bilbo, mentre
la pioggia gli batteva in faccia. « Le leggende sono
ormai alle nostre spalle e stiamo arrivando a casa.
Suppongo che questa sia una specie di benvenuto! ».

« C'è ancora un lungo tratto di strada da fare »
disse Gandalf.

« Ma è l'ultimo tratto » disse Bilbo.

Arrivarono al fiume che segnava l'estremo limite
del confine delle Terre Selvagge, e al guado sotto la
riva scoscesa, di cui forse vi ricorderete. L'acqua era
rigonfia sia per lo scioglimento delle nevi all'appros-
simarsi dell'estate, sia per la pioggia continua; ma
con qualche difficoltà essi l'attraversarono e senza por
tempo in mezzo, perché calava la sera, affrontarono
l'ultima tappa del loro viaggio.

Tutto era più o meno come prima tranne che la

brigata era meno numerosa, e più silenziosa; inoltre questa volta non c'erano Uomini Neri. A ogni punto della strada Bilbo ricordava eventi e parole di un anno prima – ma gli sembrava piuttosto che fossero passati dieci anni – così che, ovviamente, egli notò rapidamente il punto in cui il pony era caduto nel fiume, ed essi avevano deviato a causa della brutta avventura con Maso, Berto e Guglielmo.

Non lontano dalla strada trovarono l'oro degli Uomini Neri, che avevano seppellito, ancora nascosto e intatto. « Io ne ho abbastanza finché campo » disse Bilbo quando lo ebbero dissepolto. « È meglio che questo lo prenda tu, Gandalf. Oso dire che sai benissimo come utilizzarlo ».

« Su questo non c'è dubbio! » disse lo stregone. « Ma dividiamolo a metà! Potresti scoprire di averne bisogno più di quanto ti aspetti ».

Così misero l'oro dentro alcune borse, e le caricarono sui pony, che non ne furono affatto entusiasti. La loro andatura si fece quindi più lenta, perché per lo più andarono a piedi. Ma la contrada era verde, e c'era tanta erba sulla quale lo hobbit gironzolava tutto contento. Si asciugò la faccia con un fazzoletto di seta rosso (non gliene era rimasto neanche uno dei suoi, questo se lo era fatto prestare da Elrond), perché ormai giugno aveva recato l'estate, e il tempo era di nuovo caldo e luminoso.

Poiché tutte le cose hanno una fine (perfino questa storia), venne finalmente il giorno in cui giunsero in vista della regione dove Bilbo era nato e cresciuto, dove la forma della terra e degli alberi gli era nota quanto le proprie mani e piedi. Arrivando su un'altura, egli poté vedere in distanza la « sua » Collina, e improvvisamente si fermò e disse:

Sempre, sempre le strade vanno avanti
su rocce e sotto piante, a costeggiare
antri che di ogni luce son mancanti,
lungo ruscelli che non vanno al mare,

sopra la neve che d'inverno cade,
in mezzo ai fior felici dell'estate,
sopra la pietra e prati di rugiade,
sotto montagne di luna inondate.

Sempre, sempre le strade vanno avanti
sotto le nubi e la volta stellata,
ma i piedi incerti, nel cammino erranti,
volgono infine alla dimora amata.

Gli occhi che han visto spade e fiamme ardenti
ed in sale di pietra orrori ignoti,
guardano infine i pascoli ridenti
e gli alberi ed i colli tanto noti!

Gandalf lo guardò con tanto d'occhi. « Mio caro Bilbo! » disse. « C'è qualcosa che non va! Non sei più lo hobbit di un tempo! ».

E così attraversarono il ponte e passarono il mulino sul fiume, e si trovarono finalmente davanti alla porta di casa di Bilbo.

« Santo cielo! Che sta succedendo? » egli gridò. C'era una gran confusione, e gente d'ogni razza, rispettabile e non, si accalcava davanti alla porta, e molti ne entravano e uscivano – senza neanche pulirsi i piedi sullo zerbino, come Bilbo notò con fastidio.

Se lui fu sorpreso, gli altri lo furono ancora di più. Egli era ritornato nel bel mezzo di un'asta! C'era un grosso cartello appeso al cancello, su cui c'era scritto in rosso e nero che il ventidue luglio, a cura dello Spett. Studio Notarile Grufola, Grufola e Zappa-scava sarebbero stati venduti all'asta gli effetti del defunto Egr. sig. Bilbo Baggins, Casa Baggins, Vicolo Cieco, Sottocolle, Hobbitopoli. La vendita avrebbe avuto inizio alle dieci precise. Oramai era quasi ora di pranzo, e la maggior parte delle cose erano già state vendute, per prezzi che variavano da quasi niente a quattro soldi (cosa non del tutto insolita in questo tipo di aste). I cugini di Bilbo, i Sackville-Baggins, erano, infatti, indaffaratissimi a prendere le misure delle stanze per vedere se i loro mobili ci sarebbero stati bene. In breve, Bilbo era stato oggetto di una dichiarazione di morte presunta, e non tutti quelli che lo avevano dichiarato furono spiacenti di scoprire che la presunzione era illegittima.

Il ritorno del signor Bilbo Baggins creò un bel po' di scompiglio, sia sotto la Collina sia sopra la Collina sia di là dall'Acqua; fu molto più di un fuoco di paglia. In realtà, le seccature legali si trascinarono per anni. Ci volle un bel po' di tempo prima che il signor Baggins fosse effettivamente riammesso nel mondo dei vivi. La gente che aveva fatto dei buoni affari alla vendita ci mise un bel po' a convincersene; e alla fine, per non perdere altro tempo, Bilbo dovette ricomprare molti suoi mobili. I suoi cucchiaini d'argento erano spariti misteriosamente quasi tutti, e non se ne seppe più nulla. Personalmente egli sospettava i Sackville-Baggins. Dal canto loro, questi non ammisero mai che il Baggins ritornato fosse quello vero, né mai furono in buoni rapporti con Bilbo. In realtà gli sarebbe piaciuto moltissimo vivere nella sua bella caverna hobbit.

In realtà Bilbo scoprì di aver perso più dei cucchiaini: aveva perso la reputazione. È vero che in seguito egli rimase sempre amico degli elfi, ed ebbe l'onore di ricevere la visita di nani, stregoni e simili quando passavano da quelle parti; ma non era più rispettabile. In effetti veniva considerato da tutti gli hobbit del circondario come un essere « stravagante », coll'eccezione dei suoi nipoti e nipotine dalla parte Tuc, ma neanche questi furono incoraggiati in questa amicizia dai loro maggiori.

Mi spiace dire che non gliene importava niente. Era abbastanza contento; e in seguito il fischio della cuccuma risuonò in cuor suo più melodioso di quanto non avesse mai fatto perfino nei giorni quieti prima della Riunione Inaspettata. Appese la spada sopra il caminetto, e la cotta di maglia fu sistemata su un sostegno nell'ingresso (finché non la die-

L'ingresso della caverna hobbit di Bilbo.

de in prestito al museo). L'oro e l'argento li spese per lo più per far regali, sia utili sia bizzarri, il che spiega fino a un certo punto l'affetto dimostratogli da nipoti e nipotine. Mantenne il segreto più assoluto riguardo all'anello magico, usandolo essenzialmente quando arrivavano visitatori antipatici.

Si mise a scrivere poesie e a far visita agli elfi; e benché molti scuotessero la testa e si picchiassero la fronte dicendo: « Povero vecchio Baggins! », e solo pochi credessero a una qualsiasi delle sue storie, egli visse felice e contento fino alla fine dei suoi giorni, che furono eccezionalmente lunghi.

Una sera d'autunno di qualche anno dopo, Bilbo stava seduto nel suo studio a scrivere le sue memorie (meditava di intitolarle « Andata e Ritorno, le Vacanze di uno Hobbit »), quando suonarono alla porta. Era Gandalf con un nano; e per la precisione il nano era Balin.

« Avanti, avanti! » disse Bilbo, e ben presto furono comodamente seduti accanto al fuoco. Se Balin si accorse che il panciotto del signor Baggins era di una taglia più grande (e anche di maggior valore: aveva bottoni d'oro vero), dal canto suo Bilbo si accorse che la barba di Balin era più lunga di parecchi centimetri, e che la sua cintura di pietre preziose era sfarzosissima.

La conversazione cadde naturalmente sui tempi trascorsi insieme, e Bilbo chiese come andassero le cose dalle parti della Montagna. Pareva che andassero benissimo. Bard aveva ricostruito la città di Dale e attorno a lui si erano raccolti uomini provenienti dal lago, da sud e da ovest, e tutta la valle era ridiventata fertile e ricca, e il deserto era ora pieno di uccelli, fiori a primavera, e frutta e feste in autunno. E Pontelagolungo era stata ricostruita ed era più prospera che mai, e grandi ricchezze andavano su e giù per il Fiume Fluente; e c'era amicizia da quelle parti tra elfi, nani e uomini.

Il vecchio Governatore aveva fatto una brutta fine. Bard gli aveva dato molto oro per aiutare la gente del lago, ma essendo di quella razza che prende facilmente certe malattie, egli cadde in potere del drago e, presa con sé la maggior parte dell'oro, fuggì, e morì di fame nel Deserto, abbandonato dai suoi compagni.

« Il nuovo Governatore è un tipo più saggio, » disse Balin « e molto popolare, perché, naturalmente, si prende tutto il merito dell'attuale prosperità. Stanno componendo canzoni che dicono che ai suoi giorni l'oro scorre a flutti ».

« Allora le profezie delle vecchie canzoni si sono rivelate vere, più o meno! » disse Bilbo.

« Ma certo! » disse Gandalf. « E perché non dovrebbero rivelarsi vere? Certo non metterai in dubbio le profezie, se hai contribuito a farle avverare! Non crederai mica, spero, che ti sia andata bene in tutte le tue avventure e fughe per pura fortuna, così, solo e soltanto per il tuo bene? Sei una bravissima persona, signor Baggins, e io ti sono molto affezionato; ma in fondo sei solo una piccola creatura in un mondo molto vasto! ».

« Grazie al cielo! » disse Bilbo ridendo, e gli porse la borsa del tabacco.

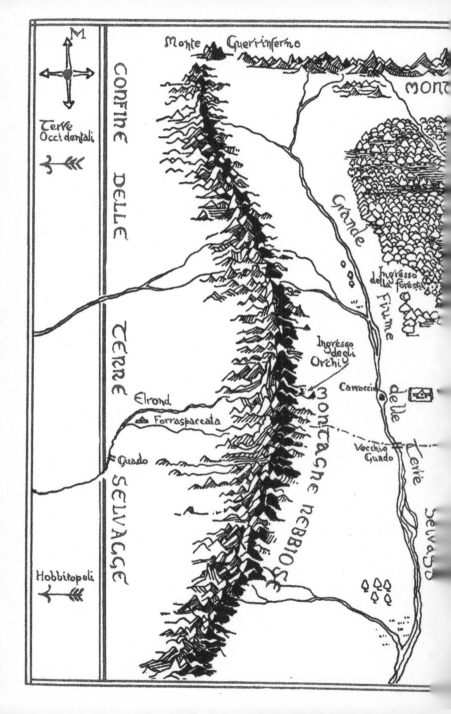

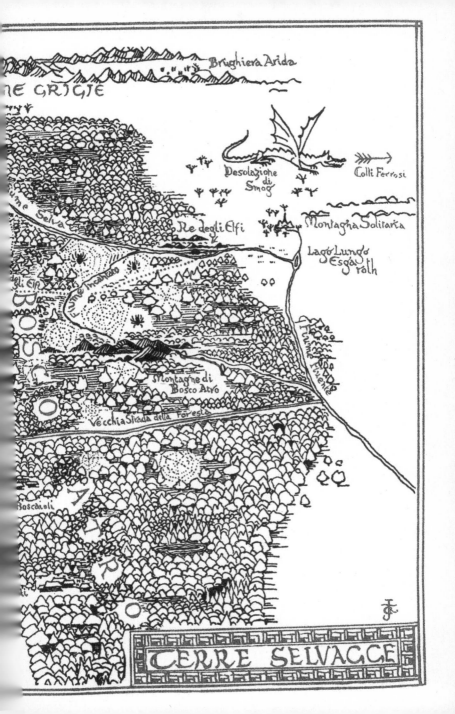

BRUGHIERA ARIDA

ME GRIGIE

Desolazione
di
Smog

Colli Ferrosi

Fiume Selva

Re degli Elfi

Montagna Solitaria

Lago Lungo
Esgaroth

Fiume Incantato

dei Elfi

Fiume Rapido

BOSCO

Montagne di
Bosco Atro

Vecchia Strada della Foresta

Boscaioli

A T R O

TERRE SELVAGGE

GLI ADELPHI

STAMPATO DA L.E.G.O. S.P.A. STABILIMENTO DI LAVIS